BASTEI
LÜBBE

GILL COLLIER

Täuschung und Spiel

Aus dem Englischen von
Karin König

BASTEI
LÜBBE

BASTEI-LÜBBE-TASCHENBUCH
Band 12924

Meiner geliebten Familie
in der geschätzten Erinnerung
an eine sehr liebe Tante gewidmet
Gladys Annie Vernon,
die Romanzen liebte

Titel der englischen Originalausgabe:
The Gamester

Lizenzausgabe: Bastei Verlag Gustav H. Lübbe GmbH & Co.,
Bergisch Gladbach
Printed in Germany März 1999
Einbandgestaltung: Manfred Peters
Titelfoto: Mauritius
Druck und Bindung: Elsnerdruck, Berlin
ISBN 3-404-12924-5

Eins

Es dämmerte schon fast, als sie ihren Gefangenen in den Kerker am Rande der Stadt brachten und ihn dem Gefangenenwärter übergaben. Er wurde durch ein Labyrinth enger Gänge mit dicken Steinmauern geführt, die vom Echo der Schritte widerhallten. Es war kalt und roch unangenehm, denn der Atem des frischen, neuen Tages gelangte nicht in diese ungesunden Kaninchengänge hinein, und kein Sonnenstrahl durchdrang die ewige Düsternis. Nur die flackernde Flamme der Laterne des Gefangenenwärters lockte grotesk tanzende Schatten aus der Dunkelheit hervor, die verstohlen hinter ihnen her zu kriechen schienen. Ein- oder zweimal wurde die tiefe Stille von unheimlichen Schreien und Seufzern einiger armer Teufel unterbrochen, deren gequälter Schlaf unruhig war. Der Gefangene erschauderte unwillkürlich.

Nun stiegen sie eine Treppe hinab, und vor ihnen wurde ein niedriger, gebogener Eingang sichtbar. Er mußte den Kopf einziehen, bevor er hindurchgehen und einen gewölbeartigen, von Fackeln beleuchteten Raum betreten konnte, eine große, mit Eisengittern versehene Zelle, in der sich dreißig oder vierzig Männern befanden. Es stank übelkeitserregend, und er zog ein weißes Seidentaschentuch aus dem Mantelärmel, um es sich vor die Nase zu halten, während die Ketten um seine Handgelenke trostlos klickten.

»*Lasciate ogni speranza voi ch'entrate*«, murmelte er leise. Der Gefangenenwärter schloß die Tür mit einem der großen, von dem Gürtel um seine breite

Taille herabhängenden Schlüssel auf und bedeutete dem Gefangenen mit einer ruckartigen Kopfbewegung einzutreten.

Der Gentleman, der er, seiner Kleidung nach zu urteilen, zu sein schien, reagierte mit einer nur angedeuteten, spöttischen Verbeugung und betrat die Zelle. Er sah sich ruhig um, als hätte er tatsächlich gerade den vornehmsten Salon in Rom betreten.

Die Tür schlug klirrend hinter ihm zu, und der Schlüssel rasselte im Schloß.

»Ich danke Euch, mein guter Mann«, rief er der sich zurückziehenden Gestalt des Gefangenenwärters nach. »Obwohl die Räumlichkeiten nicht ganz meinem Geschmack entsprechen, wie ich zugeben muß. Ich hätte einen eigenen Raum vorgezogen, aber ich beschwere mich nicht gern und will das beste aus Eurer dubiosen Gastlichkeit machen.« Und dann zu sich selbst: »Ah! Ich glaube, dort sehe ich einen Sitzplatz.«

Er stieg vorsichtig über die schlafenden Körper auf dem strohbedeckten Boden hinweg, bis er einen Platz erreichte, der ausreichend geräumig war, und machte es sich mit dem Rücken an der feuchten Mauer in sitzender Stellung bequem.

Er seufzte resigniert, zog sich den Hut über die Augen, kreuzte die langen, mit Stiefeln bekleideten Beine, faltete ruhig die Hände über dem Bauch und schickte sich an zu schlafen. Nach einer kleinen Weile sank er in einen leichten Schlummer, wurde aber bald wieder aufgestört, als der neben ihm liegende Mann plötzlich in Krämpfe verfiel, die seinen ganzen Körper erschütterten.

Der Gentleman sprang auf und eilte zu der Wasserschüssel, die er in einer Ecke der Zelle entdeckt hatte. Daneben lag eine hölzerne Schöpfkelle, die er schnell füllte und dem kranken Mann brachte. Er hob ihn sanft an, bis dessen kraftlos herabhängender Kopf an seiner breiten Schulter lag, und führte die Schöpfkelle dann an die bleichen Lippen des Mannes.

Sein Mitgefangener nippte dankbar an dem Wasser und legte sich dann, rauh und abgehackt atmend, in den Armen des Gentleman zurück. Als er sich ausreichend erholt hatte, so daß er sprechen konnte, dankte er seinem Zellengenossen in englischer Sprache.

»Spart Euch Euren Atem, mein Freund«, erwiderte der Gentleman. »Ich kann in diesem verteufelten Loch wenig genug für Euch tun. Bleibt jetzt ganz ruhig, und Ihr werdet Euch gleich besser fühlen.«

»Ihr … Ihr seid Engländer!« keuchte der arme Bursche atemlos, und die dunklen Augen richteten sich flackernd auf das Gesicht seines Trösters.

»Ich ziehe es vor, mich als Kosmopolit zu betrachten. Aber wie seid Ihr hier nach Italien und in eine solch verzweifelte Lage geraten?«

»Das ist eine lange Geschichte, und ich habe nicht genug Atem, sie Euch jetzt zu erzählen. Es ist über fünf Jahre her, daß ich zuletzt in England war, und ich fürchte, daß sich dieses stinkende Verlies als meine letzte Ruhestätte erweisen wird. Meine Gesundheit ist recht angegriffen, wie Ihr seht, und selbst wenn ich nicht so hilflos hier läge, bezweifle ich, daß ich jemals in der Lage sein würde, die Heimreise zu überleben.«

Seine Stimme klang wehmütig, und dann verfiel er zunächst eine Weile in Schweigen. Doch bald hob er erneut den Blick und fuhr fort. »Mein Name ist Richard Colton, und ich bin von Beruf Rechtsanwalt. Ihr seht mich hier dahinsiechen, weil mir fünfzig Pfund fehlen, obwohl es genausogut tausend Pfund sein könnten, was meine Hoffnungen betrifft, jemals an eine solche Summe zu gelangen. Aber Ihr, Sir, Ihr macht einen begüterten Eindruck. Welches Ungemach hat Euch an einen Ort wie diesen geführt?«

»Oh, ich bin aufgrund einer Laune des Schicksals hierhergeraten. Die Karten waren heute nacht gegen mich, und obwohl mich also tatsächlich ein Ungemach hierhergebracht hat, wird Frau Fortuna mich doch auch wieder hier hinausbegleiten. Darauf wette ich. Sie und ich sind selten lange voneinander getrennt!«

»Ihr sprecht wie ein Spieler, Sir«, bemerkte Colton mit schwachem Lächeln.

»Solange wir atmen, sind wir alle Spieler, mein Freund. Jeder von uns hat ein Blatt im Leben. In diesem riskanten Spiel ist alles nur eine Frage des Könnens, eines guten Urteils und einer gehörigen Portion Glück«, lächelte er heiter. »Und das Leben hat mich einige Listen gelehrt. Ich stelle immer wieder fest, daß ich sehr geschickt darin bin, Gelegenheiten einzuschätzen und das Blatt eines Gegenspielers zu erahnen. Ich spiele die Karten selten leichtfertig aus, und ich habe gelernt, einer Enttäuschung niemals Bedeutung beizumessen. Erlaubt mir, mich Euch vorzustellen: James Farenden, *à votre service, M'sieur.*«

Mr. Colton hob eine schwache Hand, die sofort fest ergriffen wurde. »Ich bin erfreut, Eure Bekanntschaft zu machen, Mr. Farenden. Es ist lange her, daß ich das Vergnügen hatte, meine Muttersprache zu hören. Wann wart Ihr zuletzt in England? Erzählt mir, was es Neues gibt.«

»Ich kann Euch leider nichts berichten, Mr. Colton, weil ich mich nicht erinnern kann, jemals in England gewesen zu sein.«

 »Aber Ihr sprecht tadelloses Englisch!« rief Mr.

Colton äußerst überrascht. »Und Ihr tragt einen englischen Namen.«

»Was hat ein Name schon zu bedeuten? Tatsächlich wurde ich in Paris geboren, und was meine Sprachkenntnisse betrifft, so kann ich mich genauso fließend in Französisch, Spanisch und Italienisch unterhalten. Auch könnte ich versichern, Euch in annehmbarem Deutsch und sogar in ein wenig Russisch oder Portugiesisch zu ergötzen.«

»Tatsächlich? Ihr scheint ein sehr belesener Mann zu sein. Vielleicht werdet Ihr bald aus dieser Zelle freikommen. Eure Freunde werden Euch sicherlich nicht im Stich lassen. Wenn Ihr Eure Freilassung bewirkt habt, solltet Ihr nach England gehen. Und dann erinnert Euch an mich und besucht die Südküste. Geht nach Sussex und spaziert über die Grasmatten der Kreidehügel. Ich versichere Euch, daß Ihr niemals eine lieblichere Luft als die der englischen Landschaft geatmet habt, wenn sie sich mit dem Wohlgeruch des Meeres vereinigt.«

Er hielt inne, und Farenden vermutete, daß er in Gedanken weit fort war, in den fernen Feldern und Wäldern seiner geliebten Heimat.

»Nur Mut, Mr. Colton! Wir werden beide aus diesem Gefängnis freikommen, und dann könnt Ihr selbst in Euer Heimatland zurückkehren.«

Der alte Mann lachte krächzend. »Da spricht der Optimismus der Jugend. O hätte ich nur ein wenig Eures jungen Blutes in meinen Adern! Ich glaube, dann könnte ich noch immer hoffen.«

»Ah, aber Mr. Colton, ich glaube, Ihr habt vergessen, daß Ihr immer eine Chance in diesem Spiel habt. Gebt noch nicht auf. Ich denke, die Umstände werden sich zu unseren Gunsten ändern. Horcht! Hört Ihr die Stimmen?«

Er stand rasch auf, sprang über die auf den Boden lagernden, schlafenden Gestalten hinweg und erreichte die Zellentür gerade in dem Moment, als der Gefangenenwärter wieder erschien, dicht gefolgt von einem vornehm gekleideten Gentleman.

»Justin! Ich dachte schon, daß das dein Oxfordakzent ist, der die poetische Musik der Sprache unseres Gastlandes verballhornt. Ich muß sagen, du hast den Tonfall, zur Freude meiner Ohren, hervorragend geschliffen. Großartig, daß du das so vollkommen gelernt hast.«

»*Buongiorno*, James, *mio amico*. Ich muß dir ernstlich Abbitte leisten, daß ich dich so lange in diesem Loch habe schmachten lassen, aber es hat mich verdammt viel Zeit gekostet, diesen Schwachsinnigen ihre eigene Sprache verständlich zu machen. Worüber lachst du? Ich bin erstaunt, daß du dieser abscheulichen Situation etwas Heiteres abgewinnen kannst«, beklagte er sich und schwenkte ein parfümiertes Taschentuch vor seiner aristokratischen Nase.

»Meine Heiterkeit ist das Resultat einer ausgeprägten Vorstellungskraft, gepaart mit dem Wissen um deine sprachlichen Fähigkeiten. Ich gehe davon aus, daß ich, trotz deiner offensichtlichen Unzulänglichkeiten auf diesem Gebiet deiner Erziehung, meine Freiheit gewährt bekommen werde?«

»Ja, so ist es. Es war das mindeste, was ich unter diesen Umständen für dich tun konnte. Würdest du mir jetzt weitere geistige Pein ersparen und diesen behäbigen Charon hier anweisen, dich ohne weitere Verzögerung aus diesem stinkenden Hades hinaus nach oben zu bringen?«

»*Si, certo*. Aber zunächst – hast du immer noch das Geld, das du letzte Nacht gewonnen hast?«

»Ja, das meiste davon habe ich noch. Allerdings mußte ich diesem fetten Burschen etwas davon als Bestechung geben, sonst hätte er dich noch einige Tage länger hierbehalten. Warum? Du brauchst ihm nicht noch mehr zu geben, denn ich war bereits äußerst großzügig.«

»Ich möchte einen Freund mitnehmen. Er ist unzufrieden mit diesen Räumlichkeiten, und ich möchte die Auslösesumme für ihn bezahlen. Überlasse mir deine Geldbörse, und ich werde diese Angelegenheit mit unserem habsüchtigen Gastgeber regeln.«

Und so fand sich Mr. Colton nach Monaten hoffnungsloser Gefangenschaft im Handumdrehen als freier Mann wieder. Dank seines ehemaligen Mitgefangenen wurde er schon bald durch die dunklen, gewundenen Gänge in das Tageslicht und den goldenen Glanz eines frühen Septembermorgens hinausgeführt.

Das Licht war nach der Düsternis des Gefängnisses so hell, daß es seine Augen schmerzte und er fast blind war. Seine beiden Begleiter geleiteten ihn zu einer in der Nähe befindlichen niedrigen Mauer im Schatten einer Zypresse. Als sich seine Augen allmählich an die Helligkeit des Tages gewöhnten, begann er sich mit ehrfürchtiger Verwunderung umzusehen und atmete tief die frische Morgenluft ein.

»Oh, Sirs«, flüsterte er ergriffen. »Ich kann Euch niemals genug für das danken, was Ihr heute für mich getan habt. Möge Gott Euch beide für Eure Freundlichkeit gegenüber einem Mann segnen, der in diesem Land keinen Freund zu haben meinte. Ich kann es noch kaum glauben.« Er fuhr mit einer zitternden Hand über seine Augen, während er weitersprach. »Ich träume doch nicht? So viele Male habe ich mir diesen Moment vorgestellt, aber stets erwachte ich und stellte fest, daß dieser lediglich das Trugbild eines fiebernden Geistes war.«

»Nein, Ihr träumt nicht«, versicherte Farenden ihm. »Kommt, stützt Euch auf mich, dann werde ich Euch zur Kutsche bringen. Ihr werdet mein Gast sein, bis Ihr kräftig genug seid zu reisen, und dann mögt Ihr, wenn Ihr wollt, nach England zurücksegeln.«

Der alte Mann senkte den Kopf, um Freudentränen zu verbergen, und sein überquellendes Herz raubte ihm die Sprache.

Seine beiden neugewonnenen Freunde faßten ihn vorsichtig unter und führten ihn davon. Schon bald eilten sie in einer Kutsche der Stadt zu.

Schwungvoll fuhr der Wagen in einen hübschen kleinen Hof ein, der von hohen, eleganten Häusern umgeben war. Jedes Stockwerk hatte seinen eigenen schmiedeeisernen Balkon und hohe, mit Läden versehene Fenster, von denen einige offenstanden. Das Geplapper von Stimmen und sorgloses Lachen schwebten zu ihnen herab, als sie ausstiegen und die gepflasterte Straße betraten.

Plötzlich erklang ein schmelzendes Lied, und Mr. Colton schaute hinauf in Richtung der wunderbaren Tenorstimme. Er stand wie gebannt da und blickte himmelwärts, bis Farenden seinen Arm nahm und ihn auf eine kurze Treppe zuführte. »Dies ist mein Zuhause, Mr.Colton. Ich hoffe, daß Ihr mir die Ehre erweisen werdet, es zu dem Euren zu machen, solange Ihr es für notwendig erachtet. Glücklicherweise liegen meine Räume in den unteren Stockwerken. Wollen wir hineingehen?«

Gemeinsam halfen sie ihm ins Haus und ließen ihn auf einem Platz am offenen Fenster nieder. Dieses Fenster führte hinaus auf einen kleinen Hof mit einem

Marmorbrunnen in der Mitte, der glitzernde Schnüre von Kristallperlen hoch in die Luft sandte. Die klingende Musik des Wassers entzückte Mr. Coltons Ohren, während er gierig die farbenfreudige Szene vor sich betrachtete.

Hier gab es weitere Balkone, die alle mit Blumentöpfen in leuchtenden Rot-, Rosa-, Orange- und Gelbschattierungen geschmückt waren. Die Farben schmerzten seine Augen heftig, aber er konnte doch nicht fortschauen. Nach den langen Monaten der Dunkelheit und des trostlosen Elends war dies alles zu wunderbar.

Mr. Farenden brachte ihm ein Glas Wein, und er nippte vorsichtig daran. Die rosenrote Flüssigkeit glühte im Tageslicht, und ihre Wärme breitete sich in seinem abgezehrten Körper aus, als er den Wein trank, besänftigte und tröstete ihn, als sei ihm ein magisches Elixier eingeflößt worden.

»Jetzt weiß ich, daß ich wirklich lebe«, sagte er zu dem jüngeren Mann hinauf lächelnd, während sein Blick klarer wurde.

Als das Licht von der geöffneten Tür auf Farenden fiel, konnte er dessen Gesicht zum ersten Mal aus der Nähe betrachten. Es war ein eindrucksvolles Gesicht, hager und von dunklem Teint. Haare, Augenbrauen und Wimpern waren schwarz wie Rabenflügel. Die dunklen, leuchtenden Augen schienen große Intelligenz auszudrücken, während sie seiner Begutachtung ruhig und fest standhielten. Seine markanten Gesichtszüge wurden von einer langen, schmalen Narbe von der linken Schläfe über den Wangenknochen entstellt. Es sah so aus, als habe irgendwann ein Dolch oder ein Schwert diese Seite seines Gesichts aufgerissen, und die Narbe hob sich weiß von der sonnengebräunten Haut ab.

Mr. Colton verengte stirnrunzelnd die Augen.

Als Farenden die Reaktion des alten Mannes bemerkte, tastete er nach der Narbe und lächelte kläglich.

»Das ist nicht meine beste Seite, nicht wahr? Frau Fortuna ist eine launische Geliebte, und dies ist das Memento an eine Zeit, in der sie ihre Gunst anderweitig vergeben hatte.«

»Es tut mir leid. Vergebt mir, daß ich Euch so angestarrt habe. Das war sehr unhöflich von mir. Es ist nur so, daß ich Euch zu kennen glaubte, aber ich vermute, daß mir nur mein Gedächtnis einen Streich spielt. Ich hatte einen flüchtigen Moment das Gefühl, wir wären uns schon einmal irgendwo begegnet ... Nein, die Erinnerung trügt mich. Ich habe Euch zweifellos verwechselt.«

»So muß es sein«, fiel Farendens Begleiter ein. »Ich glaube kaum, daß Ihr jemals mit Seeräubern aneinandergeraten seid, nicht wahr, Mr. Colton? Denn nur das würde Euren natürlichen Irrtum erklären. Er ist eine eher piratenhafte Erscheinung, findet Ihr nicht? Ich habe es häufig selbst bemerkt. Ihm fehlt nur noch ein goldener Ohrring und das Tuch um die Stirn, und der blutrünstigste Schurke, den man sich vorstellen kann, steht vor einem!«

»Ich habe schon oft behauptet, daß eine politische Karriere nichts für dich ist, Justin. Aber du wärst ein Meister in der Kunst des Schauerromans. Bitte übt Nachsicht mit meinem jungen Freund, Mr. Colton. Die Phantasie muß für ein ansonsten eintöniges Dasein herhalten. Erlaubt mir, Euch die eher zweifelhafte Bekanntschaft mit Lord Justin Trevingham zu vermitteln. Ihr braucht Euch übrigens von dem Titel nicht beeindrucken zu lassen. Er ist von keinerlei historischem Interesse, da er erst kürzlich von der Familie erworben wurde.«

Lord Trevingham quittierte diese geistreiche Bemerkung nur mit einem anerkennenden Grinsen und streckte die Hand aus, um die Vorstellung zu vervollständigen.

Er war ein großer, schlanker Gentleman mit freundlichem, offenem Gesicht und einem gewinnenden Lächeln. Er zwinkerte Mr. Colton mit seinen lustigen blauen Augen zu. »Nein, bitte, behaltet Platz, Sir, ich bitte Euch. James, du darfst die meiner erhabenen Stellung angemessene Hochachtung übergehen, aber erlaube mir, dich davon in Kenntnis zu setzen, daß dieser Titel zumindest dazu gedient hat, die Angelegenheit heute morgen zu beschleunigen. Der *Commissario* des Gefängnisses erkannte in meiner vornehmen Haltung alles, was meine offensichtliche adlige Herkunft bezeichnete: überlegenes Verhalten gegenüber Mißgeschick, geistige Erhabenheit, geschmackvolle Kleidung, eine anmutige Sprache ...«

In diesem Moment hinderte ihn ein plötzlicher Heiterkeitsausbruch Farendens, mit den Übertreibungen fortzufahren, und trotz seines Bemühens, einen stolzen Gesichtsausdruck beizubehalten, begannen seine Lippen zu zittern, und er brach ebenfalls in unwürdiges Gelächter aus. Mr. Colton schaute äußerst belustigt von einem zum anderen. Ihre ansteckend gute Laune drang in sein Herz, und der Schrecken der letzten Monate begann zu weichen wie die Dunkelheit bei Tagesanbruch.

Als ihr Gelächter schließlich erstarb, durchschritt Farenden den Raum und öffnete eine mit Schriftrollen vollgestopfte Schreibschatulle. Er rief seiner Lordschaft über die Schulter zu: »Vermutlich hat der *Com-*

missario unter deinen anderen Qualitäten auch deine großzügige Natur erkannt? Ich kenne diese kleinlichen Beamten, die stets bereit sind, einen Dummen übers Ohr zu hauen. Hier, nimm diese Geldbörse. Ihr Inhalt sollte die Unkosten, die du für mich auf dich genommen hast, decken können.«

»Nein, wirklich, James«, protestierte Lord Trevingham und errötete zutiefst. »Du beleidigst mich. Ich hätte für dich nicht nur mein Geld, sondern auch mein Blut in den Handel eingebracht. Bitte laß mich dir um unserer Freundschaft willen diesen unbedeutenden Dienst erweisen.«

»Nun gut, wenn du es so willst. Ich hatte wirklich nicht die Absicht, dich zu beleidigen. Ich zahle nur gern meine Schulden zurück.«

»Im Gegenteil – ich schulde dir etwas. Ich muß dir gestehen, daß ich vollkommen auf diese Kartentrickser hereingefallen bin. Für was für einen Dummkopf mußt du mich halten. Mir ist ganz übel, wenn ich daran denke, wie leicht ich von ihnen übertölpelt wurde.«

»Sei nicht so streng mit dir. Es hätte eines scharfsinnigen Augenpaares bedurft, um ihr Spiel zu durchschauen.«

»Aber dir ist es gelungen«, bemerkte Trevingham düster.

»Du vergißt meinen Beruf, Justin. Ich bin vollkommen vertraut mit solchen Praktiken. Erfahrung ist ein bemerkenswerter Lehrer, und ich bin durch viele solcher Erfahrungen belehrt worden. Nun gut, möchtest du nun mit uns frühstücken? Ich gebe zu, ich bin ausgehungert.«

Da Trevingham sofort zustimmte, rief Farenden seinen Diener.

»*Mario! Vieni qui, presto!*«

»*Si, Signore, cosa vuole?*« Mario erschien auf den Ruf seines Herrn wie durch Magie und erhielt augenblicklich den Befehl, ein üppiges Frühstück zuzubereiten.

»*E il dottore, Mario, per favore. Il Signore Colton é malato.*«

»*Si, certo, Signore. Me ne occupo io subito.*«

Und so wurde Mr. Colton, vor wenigen Stunden noch die armseligste aller Kreaturen, gespeist, medizinisch behandelt, gebadet und zu einem bequemen Bett geführt. Nachdem man sich so aufmerksam um seine körperlichen Bedürfnisse gekümmert hatte, fiel er bald in einen tiefen Schlummer und wachte erst am Nachmittag wieder auf.

Er erhob sich erheblich erfrischt und weitaus kräftiger als zuvor. Auf einem in der Nähe stehenden Stuhl fand er frische Kleidung vor. Er zog sich sorgfältig an und trat dann vor den Spiegel, um seine modische Erscheinung zu bewundern.

Er war entsetzt, sich so verändert zu sehen. Ein dünnes, hageres, vom Gefängnisaufenthalt blasses Gesicht mit eingefallenen Wangen und hohlen, von dunklen Ringen umgebenen Augen sah ihm entgegen. Sein Körper war jetzt abgezehrt und glich einer dürren Stange, obwohl er einst eine kräftige Statur besessen hatte. Langes, dünnes Haar hing ihm strähnig und verfilzt um die Schultern und war genauso weiß wie der Bart, der seine Wangen zierte.

»Du lieber Gott! Nicht einmal meine besten Freunde würden mich wiedererkennen! Ich erkenne mich kaum selbst und biete wenig Grund zum Entzücken!«

Dann machte er sich auf die Suche nach seinem Gastgeber. Das Hausfaktotum, Mario, kam ihm entgegen, als er langsam die Treppe hinabschritt, und begrüßte ihn höflich.

»*Buon pomeriggio*, Signore Colton. Ihr gut geschlafen? Signore Farenden 'e ein wenig ausgangen. 'E komm zuruck zu Essen. Soll ich Euch e'was bringen? *Mangiare*? Ja?« fragte er in seinem drolligen, gebrochenen Englisch.

»*Grazie*, Mario, ein wenig *caffe, per favore*.«

»*Si, si*, i bringen. Bitte setzen.« Er öffnete die Tür zu dem den Hof überschauenden Raum und ließ den Gast allein zurück. Als dieser dann bequem in einem tiefen, weichen Sessel saß, seinen Kaffee und ein Tablett mit Köstlichkeiten in Reichweite, gab er sich einer ruhigen Lesestunde hin. Er hatte eine ledergebundene Ausgabe von Dr. Johnsons Dichterbiographien unter den Büchern auf den Regalen entdeckt. Zuvor hatte er entdecken müssen, daß fast alle Bücher, die er zu lesen erwogen hatte, in fremden Sprachen, und zwar vorwiegend in Französisch, geschrieben waren.

Schließlich legte er jedoch auch den Johnson beiseite, da sich das Fehlen einer Brille als unüberwindliches Hindernis erwies, um Vergnügen irgendeiner Art aus seiner Lektüre zu ziehen. Es war ein heißer Nachmittag, und es war, bis auf entferntes Stimmengemurmel aus den Nachbarwohnungen und das gelegentliche Rumpeln von Kutschenrädern auf dem Kopfsteinpflasterhof draußen, still und ruhig. Er betrachtete erfreut die schimmernden Blüten in ihren Terrakottatöpfen und beobachtete müßig die Honigbienen bei ihrer Arbeit zwischen den zerbrechlichen Blütenblättern. Das unaufhörliche Summen der winzigen Flügel versetzte ihn allmählich in einen leichten Schlummer, und er schlief eine Weile, bis der Klang flüsternder Stimmen in sein schwebendes Bewußtsein drang. Mr. Colton nahm an, daß sein Gastgeber nach Hause zurückgekehrt war, erhob sich und ging zur Tür, um sich bemerkbar zu machen.

Als er die Tür öffnete und in die Halle hinausblickte, sah er Mario in ein Gespräch mit einem Fremden vertieft, der einen langen schwarzen Umhang, Stulpenstiefel und einen tief über die Augen gezogenen, halbmondförmigen Hut trug.

Beide schauten beim Geräusch der sich öffnenden Tür auf.

»*Mon Dieu! Qui est lá?*« rief der Fremde aus und runzelte offensichtlich verärgert die Stirn.

»*N'avez pas peur, Monsieur, c'est un ami de* Signore Farenden. *Il ne comprends pas, je vous assure.*«

Der Unbekannte schien nicht vorgestellt werden zu wollen, denn er wandte Mr. Colton schnell den Rücken zu und eilte die Treppe ins Erdgeschoß hinab. »*Un momento, scusi, signore.*« Mario vollführte eine knappe Verbeugung und eilte dem Fremden nach.

Mr. Colton, der über dieses Verhalten recht verwundert war, zuckte nur die Achseln und kehrte in die Bequemlichkeit seines Armsessels zurück, wo er seinen unterbrochenen Nachmittagsschlaf bald wieder aufnahm. Es war bereits früher Abend, als er das nächste Mal erwachte, und dieses Mal war die Stimme, die ihn aus dem Schlaf gerissen hatte, laut und heiter, als Trevingham einen Gruß herüberrief, um seine Ankunft zu verkünden.

»Guten Abend, Lord Trevingham. Ich fürchte, Ihr findet zur Zeit nur mich vor. Mr. Farenden ist noch unterwegs, wie ich gehört habe.«

»Guten Abend, Sir. Wie geht es Euch heute?« fragte Trevingham besorgt.

»Ich habe mich recht gut erholt, Mylord, vielen

Dank, obwohl ich zu meinem Chagrin feststellen muß, daß ich so schwach wie ein Kätzchen bin und den ganzen Tag wie ein Säugling geschlafen habe.«

»Dann nehmt bitte wieder Platz, Sir. Besteht mir gegenüber nicht auf Höflichkeitsgesten, ich bitte Euch. Ich frage mich, was James vom Abendessen fernhält? Er hat mich für acht Uhr eingeladen, und es fehlt nur noch eine halbe Stunde bis zur vorgegebenen Zeit. Ich hoffe, er wird sich nicht verspäten. Ich bin so hungrig, daß ich einen ganzen Ochsen verspeisen könnte!«

»Ich beneide Euch um Eure Konstitution, Mylord«, antwortete Mr. Colton lächelnd. »Ihr seid zu beglückwünschen.«

Lord Trevingham grinste jungenhaft. »Tatsächlich, nicht wahr? Oh, ich wünschte, James würde sich mit seiner Rückkehr beeilen. Ich hoffe, er ist nicht in weitere Dispute verwickelt worden, denn ich glaube nicht, daß meine Laune noch eine Unterhaltung mit diesem *Commissario* aushalten würde.«

Mr. Colton wirkte besorgt. »Ihr vermutet doch nicht wirklich, daß etwas Derartiges geschehen sein könnte?«

»Nach dem, was James mir erzählt hat, ist er recht vertraut mit solchen Angelegenheiten. Er ist gestern morgen nicht zum ersten Mal verhaftet worden. Aber nein, ich glaube, sogar ihn würde es sehr bedrücken, zwei Nächte in der gleichen Woche eingesperrt zu werden.«

»Ich gebe zu, daß ich über die Ereignisse, die mich hierhergeführt haben, sehr verwundert bin. Ich verstehe noch immer nicht, wie es dazu gekommen ist.«

»Dann laßt mich es Euch erklären, während wir auf unseren Gastgeber warten. Es ist eine ausreichend aufregende Geschichte, obwohl das leider nicht so sehr mir zu verdanken ist. Vorgestern abend begleitete ich

James in eine Spielhölle. Ihr kennt diese Art Räumlichkeiten. Nein, ich sehe, daß Ihr sie nicht kennt. Nun, wie dem auch sei, laßt mich nur erwähnen, daß sich dort einige angesehene Gentlemen aufhielten. Leider war ich zu unerfahren, um Unterschiede zu erkennen, und nahm eine Einladung einer Gruppe Offiziere zum Pharao-Spiel an. Zunächst schien ich eine Glückssträhne zu haben und gewann mehrere Runden. Ich hätte daran denken sollen, daß die Bank selten verliert, denn als die Nacht voranschritt, war ich schließlich stark verschuldet. James hatte sein Spiel beendet und kam herüber, um unserem zuzusehen. Ich hatte gerade, von meinem Pech angewidert, meine letzten Geldrollen ins Spiel geworfen, als er sich plötzlich über den Tisch beugte und den Arm des Burschen ergriff, der die Bank innehatte. Als er es tat, fielen einige Karten aus dem Ärmel des Mannes heraus und segelten zu Boden. Dann brach die Hölle los, oder zumindest schien es mir so, und ich fand mich mit einem Schwert an der Kehle wieder. Nun, ich kann mich mit einer Pistole recht gut verteidigen, wenn es sein muß, aber ich bin nicht für meine Fechtkünste bekannt und befand mich daher etwas im Nachteil. Die Situation war äußerst unangenehm für mich, wie Ihr Euch vielleicht vorstellen könnt, als plötzlich der Tisch umgestürzt wurde und mein Widersacher vorübergehend zurückweichen mußte. In diesem Moment griff James mit einem Eifer in den Kampf ein, über den ich nur staunen konnte. Er schlug einen der Offiziere mit einem gewöhnlichen Schwinger nieder, riß das Schwert des Schurken hoch und sprang mit freudiger Begeisterung auf die anderen beiden zu. In sehr kurzer Zeit hatte er sie mit einer geschickten Serie von Finten, Ausfallstößen und Nachstößen, wie ich sie nicht einmal bei Angelo gesehen habe, vollkommen erledigt. Es nahm mir fast den Atem, sage ich Euch, und doch schien es, daß James noch kaum erschöpft war. Er hat ein Handgelenk aus Stahl und die Behendigkeit einer Katze, und es sollte mich nicht wundern, wenn er auch ihre neun Leben beanspruchte. Anscheinend hat er sich seinen Lebensunterhalt früher, wie er mir jedenfalls sagte, als Fechtlehrer verdient. Er ist ein Mann ungezählter Fertigkeiten. Dann trafen die Soldaten ein, und James wurde, sehr zu meinem Entsetzen, verhaftet, aber ihn schien es nur zu amüsieren. Er hat ein sehr launenhaftes Gemüt, wie Ihr bald feststellen werdet. Wie dem auch sei, es folgte ein hitziger Streit, der alle Anwesenden einzubeziehen schien, und ein lautes Geschnatter, in dem ich mich nicht verständlich machen konnte, selbst wenn man mich beachtet hätte, was ganz sicher nicht der Fall war. James wurde fortgeschleppt, und ich fühlte mich verpflichtet, ihn so weit wie möglich im Auge zu bchalten. Den Rest kennt Ihr.«

»Gütiger Gott!« rief Mr. Colton mit vor Staunen geweiteten Augen aus. »Ist Mr. Farenden ein Duellant? Ich habe mich bereits gewundert, als ich diese schreckliche Narbe in seinem Gesicht gesehen habe.«

»Vielleicht war er es einmal. Oder nur ein unvorsichtiger Lehrer?« grinste Trevingham boshaft. »Ich muß zugeben, daß ich zu gerne wüßte, ob diese spezielle Geschichte der Wahrheit entspricht.«

»Warum? Zweifelt Ihr daran?« fragte Mr. Colton überrascht.

»Vielleicht. Ich weiß es wirklich nicht. Seht Ihr, James und ich kannten uns vorher erst seit drei Monaten, und unsere erste Begegnung war recht eigenartig. Laßt es mich erklären: Mein Onkel gehört der Kammer für auswärtige Angelegenheiten in London an, und ich bin sein Sekretär. Jetzt, da Bonaparte sicher in der Verbannung auf Elba weilt und Papst Pius nach Rom zurückgekehrt ist, dachte Onkel George, meine Ausbildung könnte durch eine Auslandsreise vervollständigt werden. Er hat die Kavalierstour in seiner Jugend selbst gemacht und glaubte, daß ich Nutzen daraus ziehen würde. Er hat hier in Rom alte Freunde, und bei einem dieser Freunde wohne ich. Eines Abends stellte mir dieser Gentleman bei einem Empfang einen italienischen Grafen vor. Man hatte einige Kartentische aufgestellt, und ich ließ mich darauf ein, einige Partien Pikett mit diesem zu spielen. Er war so geübt in diesem Spiel, daß er mich innerhalb sehr kurzer Zeit um ein kleines Vermögen erleichterte. Wie dem auch sei, als Ausgleich lud er mich herzlich zum Abendessen ein, und ich, der ich bemüht war, ihm zu zeigen, daß ich ihm nichts nachtrug, ging auf sein Friedensangebot ein.

Wir speisten verschwenderisch, und er unterhielt mich prächtig. Es war mir im Verlauf des Abends aufgrund meiner ungenügenden Kenntnisse der italienischen Sprache schwergefallen, intelligente Gespräche zu führen. Stellt Euch daher mein Erstaunen vor, als mir der Graf nach der Hälfte der Mahlzeit plötzlich vorschlug, die Förmlichkeiten beiseite zu lassen, da meine Aussprache seine Verdauung ernstlich beeinträchtige. Nicht diese Bemerkung erstaunte mich, da ich bereits bemerkt hatte, daß sich mein Gastgeber offensichtlich sehr bemühte, seine Erheiterung über irgend etwas zu verbergen, obwohl mir die Quelle seiner Belustigung bis dahin verborgen geblieben war, aber als er mich jetzt in vollkommenem Englisch ansprach und mir sagte, sein Name sei James Farenden, war das Geheimnis gelöst. Zunächst war ich geneigt, mich zu ärgern, da ich ihn im Verdacht hatte, sich auf meine Kosten unterhalten zu haben, aber er bat mich so flehentlich um Verzeihung, daß ich ihm bald vergab. Tatsächlich erwies er sich als so erheiternd, daß ich das Lachen selbst nicht mehr unterdrücken konnte. Er ist wirklich der hilfreichste Freund und ein ausgezeichneter Begleiter, und Ihr werdet feststellen, daß er aufgrund der Tatsache, daß er sehr viel gereist ist, wie ich zu behaupten wage, über jedes beliebige Thema außerordentlich gut informiert ist.

Dann gestand er mir ein, daß sein Titel nur angenommen sei, und gab freimütig zu, daß er ihn nur benutzt, um *Entree* in die gesellschaftlich höhergestellten Kreise zu finden und aus seinen beruflichen Fähigkeiten das Beste machen zu können! Ihr müßt wissen, daß er sich seinen Lebensunterhalt an den Spieltischen verdient. Und er schämt sich absolut nicht, das zu bekennen. Tatsächlich hat er mir selbst erzählt, daß er seinen Namen und Rang wechselt wie ein anderer vielleicht seine Kleidung. Man kann sein *sang-froid* nur bewundern. Er sagte mir, ohne mit der Wimper zu zucken, daß er keinerlei Prinzipien habe, und daß ich nichts glauben sollte, was ich über ihn höre. Aber ich bin sicher, daß er ein wahrer Gentleman ist, der einigermaßen stilvoll lebt, wie Ihr ja selbst seht. Man muß ihn mögen. Er ist sehr charmant und hat sich als bewunderungswürdiger Begleiter erwiesen. Und ich schulde ihm natürlich mein Leben.«

»Tatsächlich befinde ich mich in einer ähnlichen Situation. Aber ich kann solch außergewöhnliches Verhalten dennoch nicht verstehen. Aus dem, was Ihr mir gerade erzählt habt, könnte man schließen, daß er trotz allem eine Art Scharlatan ist. Und ich kann kaum glauben, daß Ihr nur Freundlichkeit von ihm empfangen habt.« Mr. Colton schüttelte zutiefst verwirrt und nachdenklich den Kopf.

»Nun, vielleicht wäre es zutreffend, in ihm eine Art Rätsel zu vermuten«, bot Trevingham hilfreich an.

Genau in diesem Moment hörten sie den Gentleman selbst zurückkehren. Er betrat rasch und ohne innezuhalten, um Hut und Umhang abzulegen, den Raum.

»Guten Abend, James, wir sprachen gerade von dir«, hieß Trevingham ihn herzlich willkommen.

»Dann tut es mir leid, ein so interessantes Thema unterbrochen zu haben«, erwiderte er mit seinem raschen Lächeln. »Ich bitte um Entschuldigung, meine Herren, aber ich wurde unvermeidbar durch eine geschäftliche Angelegenheit aufgehalten. Ich habe Mario angewiesen, das Abendessen sofort zu servieren. Gewährt mir einige Minuten Zeit, um mich frisch zu machen, und ich werde sofort wieder bei Euch sein. Mr.Colton, ich bin erfreut zu sehen, daß Ihr heute abend mit uns speisen könnt, aber Ihr müßt darauf achten, Euch nicht zu überanstrengen, nicht wahr?«

»Oh, tatsächlich habe ich nicht die geringste Anstrengung unternommen, außer der Notwendigkeit, mich anzukleiden und die Treppe herunterzusteigen«, versicherte ihm dieser eilig.

»Nun, wir wollen dafür sorgen, daß die Anordnungen des Doktors genau befolgt werden. Also stellt Euch auf erzwungene Ruhe ein, bis Ihr Eure Kräfte wiedererlangt habt«, warnte er streng, aber seine Worte wurden durch das sie begleitende, entwaffnende Lächeln allem an eine Ermahnung Erinnernden beraubt.

Später, nachdem die Herren ein ausgezeichnetes Abendessen zu sich genommen hatten, machten sie es sich bei einer Flasche Portwein bequem.

»Also seid Ihr anscheinend inzwischen mit den Einzelheiten unserer Abenteuer vertraut. Vielleicht könntet Ihr uns, wenn Ihr keine Einwände habt, ein wenig von Eurer eigenen Geschichte erzählen?« Farenden goß seinen Gästen ein weiteres Glas Wein ein, während er sprach.

»Sicher kann ich das, in einfachen Worten. Zunächst muß ich Euch in Erinnerung rufen, daß ich Anwalt und als solcher einer der Partner einer Anwaltskanzlei in London bin. Und in Zusammenhang mit der Arbeit in dieser Kanzlei bin ich vor fünf Jahren nach Indien gereist. Ich habe in Kalkutta mehrere Monate lang meine Geschäfte abgewickelt und mich, nach deren erfolgreichem Abschluß, im Frühjahr 1811 auf die Schiffsreise zurück nach England begeben. Der Kapitän hatte Befehl, an der britischen Garnison in Sizilien haltzumachen, und ist dieser Verpflichtung auch getreulich nachgekommen. Leider wurde unser Schiff dann von einem heftigen Sturm ergriffen, und wir kamen vom Kurs ab und sanken irgendwo nördlich von Neapel. Ich wurde, dank der Gnade Gottes, sicher an den Strand gespült, halb ertrunken, aber ansonsten weitgehend unversehrt. Dann wurde ich in meiner Bedrängnis von zwei Fischern entdeckt, die mich in ein nahe gelegenes Dorf brachten. Ich wurde von diesen ehrlichen Leuten freundlich behandelt, aber ich mochte ihnen, die kaum selbst genug zum Überleben hatten, nicht lange zur Last fallen. Sobald ich reisefähig war, verabschiedete ich mich von ihnen und fuhr in der Hoffnung die Küste entlang, daß ich irgendeine Möglichkeit ersinnen könnte, nach Sizilien zurückzugelangen und mich erneut nach England einzuschiffen. Ich war erst drei Tage unterwegs, als mich der Hunger in eine kleine Stadt trieb. Ich befand mich in einem erbärmlichen Zustand und sprach herzlich wenig Italienisch. Ich konnte weder verstehen noch verstanden werden und wurde mit mißtrauischer Feindseligkeit behandelt, was vermutlich nicht sehr überraschend war.« Seine Lippen kräuselten sich bei der Erinnerung zu einem leisen Lächeln. »Da ich es für besser hielt, den nagenden Hunger zu erdulden, als weitere Spekulationen herauszufordern, folgte ich diesem Weg einfach weiter, denn er war leichter begehbar als die unzugänglichen Felder, und ich war bestrebt, meine Kräfte zu bewahren. Eine oder zwei Stunden nachdem ich die Stadt wieder verlassen hatte, hörte ich das Geräusch von Pferden und gewahrte, als ich den Kopf wandte, einen Trupp Soldaten, die wild auf mich zuritten. Ich wurde schnell überwältigt und, da ich ihre Fragen nicht beantworten konnte und weder Papiere noch Geld besaß, unter Arrest gestellt und in französischen Gewahrsam genommen. Meine Gefangenenwärter beschuldigten mich, ein englischer Spion zu sein, und ich wurde in das Gefängnis geworfen, in dem Ihr mich vorgefunden habt, um auf meine Verurteilung zu warten. Natürlich wurde mir niemals die Chance gewährt, die Anschuldigungen gegen mich zu entkräften, aber als uns schließlich die Nachricht erreichte, daß Bonaparte verbannt worden war, hoffte ich freizukommen. Der Gefangenenwärter informierte mich jedoch, daß ich nur durch die Bezahlung von fünfzig Goldstücken freikommen würde, die ich natürlich keinesfalls beschaffen konnte. Also hätte ich dort bleiben müssen, wenn mir die freundliche Vorsehung nicht zwei solch großzügige Wohltäter gesandt hätte. Und so endet nun meine Erzählung und, wie ich zugeben muß, auch meine Kraft. Wenn Ihr mich entschuldigen würdet – ich fühle mich recht ermüdet und würde mich, mit Eurer Erlaubnis, gern zurückziehen. Bitte vergebt mir.«

»Natürlich, Ihr müßt Euch ausruhen. Ich hätte Euch nicht so lange aufhalten sollen. Habt Dank, daß Ihr uns die Einzelheiten Eurer unglückseligen Lage anvertraut habt. Ich bedaure wirklich, daß Ihr so vieles erleiden mußtet, und bin froh, daß wir helfen konnten, diese Leiden zu beenden. Darf ich Euch von jetzt an viel Glück und eine erfreuliche Rückkehr in Eure Heimat wünschen, Mr. Colton?« sagte Farenden, während er ihm aus dem Sessel half.

»Ich bin Euch sehr verbunden, lieber Herr. Meine Gesundheit und Kraft wiederzuerlangen, damit ich möglichst bald wieder nach Hause reisen kann, soll jetzt mein einziges Ziel sein.« Sie wünschten einander eine gute Nacht, und Mr. Colton verließ die jüngeren Männer, die zusammen noch eine zweite Flasche anbrachen.

»Armer Kerl«, bemerkte Trevingham mitfühlend, während er ihre Gläser erneut füllte. »Er hat wirklich ein gerüttelt Maß an Kummer erlebt. Diese verdammten Franzosen haben vieles auf dem Gewissen!«

»*C'est la guerre*, mein Freund. Wir sollten auf Mr. Coltons sichere Heimkehr und eine friedliche Zukunft für uns alle trinken.« Er hob sein Glas, und sie prosteten einander zu. »Nun komm, laß uns eine oder zwei Runden Pikett spielen, und du kannst versuchen die zweihundert Guineen zurückzugewinnen, die ich dir gestern nacht abgenommen habe.«

»Auf jeden Fall«, rief Seine Lordschaft begeistert. »Ich glaube, ich werde heute abend Glück haben.«

Dieser Glaube erwies sich indes als unzutreffend, und schließlich warf Trevingham seine Karten angewidert hin.

»Warum verleite ich mich fortwährend selbst zu der Annahme, ich könnte auch nur eine Partie gewinnen?«

Bevor sein Partner eine Erklärung für dieses Phänomen anbieten konnte, wurden sie von einem leisen Klopfen an der Tür abgelenkt, und Mario trat ein.

»*Signore, c'è qualcuno alla porta.*«

»*Chi è?*«

»*E il* Signore Lacroix.«

»Ah, *molto bene*, Mario. *Mi aspetti.*«

Farenden stand vom Kartentisch auf. »Ich bedaure, Justin, aber ich werde anscheinend geschäftlich fortgerufen. Bitte entschuldige, wenn ich dich verlasse, ohne dir die Chance zur Revanche zu geben. Vielleicht ein anderes Mal?«

»Oh, was das betrifft, so habe ich nicht die geringste Hoffnung auf Erfolg, das weißt du selbst genausogut wie ich! Aber ich werde es wohl dennoch weiterhin versuchen. Nun, ich werde dich deinen Geschäften überlassen, obwohl es ein eigenartiges Geschäft sein muß, das einen Mann zu dieser Nachtstunde aus seinem Heim ruft. Wie auch immer, es ist nicht meine Angelegenheit, und so verabschiede ich mich. Gute Nacht, James.«

Mario eilte davon, um ihm seinen Hut und Spazierstock zu bringen, und er schlenderte hinaus, um sein Bett aufzusuchen.

Zwei

Wenige Minuten nachdem Lord Trevingham gegangen war, schlüpfte Farenden mit seinem späten Besucher leise aus dem Haus. Sie stiegen in eine geschlossene Kutsche, die sie im Hof wartete, und verließen eilig die Stadt. Es war eine wundervolle Nacht, ruhig und still unter einem samtartigen Himmel, mit Myriaden glitzernder Sterne geschmückt. Der zunehmende Mond verströmte einen weichen, leuchtenden Glanz über die schlafende Landschaft, während sie die letzten Häuser weit hinter sich ließen.

Die Kutsche, die schon ungefähr eine Stunde in gutem Tempo dahingerollt war, bog plötzlich in einen ausgefahrenen Weg ein, und der Kutscher mußte seine Pferde ein wenig zügeln. Seine Fahrgäste waren jetzt großer Unbequemlichkeit ausgesetzt, während sie auf ein altes, weit von der Straße zurückgesetztes Haus zuruckten und -ratterten. Es war ein niedriges Gebäude mit verschmutzten weißen Steinmetzarbeiten und Fenstern, deren Läden kein Licht hindurchließen. Der Ort schien völlig verlassen, und als sie davor anhielten, kam niemand zu ihrer Begrüßung heraus.

Farenden stieg, dicht gefolgt von seinem Begleiter, schnell aus, trat auf den dunklen, abweisenden Eingang zu und klopfte dreimal an die verwitterte Täfelung. Er hielt eine oder zwei Sekunden lang inne und klopfte dann noch zweimal, aber dieses Mal langsam und bedächtig.

Eine sehr lange Stille folgte, aber er wiederholte seinen Ruf nicht, sondern wartete nur mit geneigtem

Kopf, als lausche er angestrengt. Nach einigen Minuten war das leise Schaben von Holz zu hören, und die Tür öffnete sich einen Spalt. Dann erklang ein heiseres Flüstern, und Farenden antwortete mit einem leise gesprochenen Wort. Auf seine Antwort hin öffnete sich der Spalt weit genug, daß er hindurchschlüpfen konnte, während Lacroix draußen Wache hielt. Inzwischen hatte der Kutscher sein Gefährt zur Rückseite des Gebäudes gebracht, wo es von der Straße aus nicht zu sehen war.

Farenden schloß schnell die Tür und folgte dem hellen Strahl der Laterne, die der Diener im Gehen hochhielt.

Er wurde zu einem spärlich möblierten Raum geführt, wo ihn ein Gentleman erwartete, der an einem großen, mit Papieren übersäten Tisch aus unpoliertem Holz saß. Eine schwere Pistole lag nahe seiner rechten Hand, und zu seiner Linken stand ein einarmiger Kerzenleuchter, der einen Lichtteich vor ihn warf. Der übrige Raum war in Schatten gehüllt.

Farenden trat ins Licht. »*Salutations*, Monsieur Arnaud. *Vous travaillez très tard, non?*«

Der Mann erhob sich und streckte die Hand zum Gruß aus. »*Bienvenu*, Monsieur Gérard. *Il est trois heures du matin seulement. La nuit est jeune encore. Asseyez-vous, s'il vous plaît.*«

Er deutete auf einen Stuhl neben dem Tisch.

»*Merci.*« Farenden wandte sich offensichtlich unbeeindruckt von der Art der Anrede um und reichte dem Diener seinen Hut und Umhang. Dann setzte er sich hin.

»*Comment ça va?*« fragte Monsieur Arnaud, während er seinen Platz am Tisch wieder einnahm. »*Et l'Anglais?*«

Farenden lehnte sich auf seinem Stuhl zurück, und ein schwaches Lächeln kräuselte seine Lippen.

»*Ça va bien. J'étais sûr de réussir. Il est un jeune homme très confiant. Nous sommes les plus grands camarades.*«

»*C 'est bon à entendre*«, erwiderte der Franzose mit raschem Nicken. »*Mais premièrement* ... Jacques! *Deux verres et une bouteille de vin, vitment!*« rief er seinem Diener zu. Dann wandte er sich wieder an Farenden und sagte: »*Et maintenant, je pense que nous parlerons en anglais.*«

»*Oui, certainment. Vous êtes très prudent.*«

»Ich habe es notgedrungen gelernt, eine notwendige Vorsichtsmaßnahme. Ich wünschte mir, Ihr würdet meinem Beispiel folgen, Gérard. Dupois hat mich informiert, daß Ihr einen Fremden zu Gast habt. Einen Engländer. Anscheinend hat er eine vertrauliche Unterhaltung belauscht. Dupois war nicht sehr erfreut darüber.«

»Er hätte sich nicht um meine Angelegenheiten sorgen müssen. Mr. Colton stellt keine Bedrohung für uns dar. Er spricht kein Französisch und ist außerdem ein alter und sehr kranker Mann, der die letzten Jahre weit ab von der Welt verbracht hat.«

»Selbst wenn dem so ist, man kann niemals zu vorsichtig sein. Ihr seid stets so ungestüm, mein Freund. Ich warne Euch nur, ein wenig umsichtiger zu sein. Dieser Vorfall letzte Nacht hätte für uns äußerst unangenehm enden können. Ihr hättet nicht solche Risiken eingehen sollen. Es steht noch immer viel auf dem Spiel.«

»Es war aber unvermeidbar«, erwiderte Farenden stirnrunzelnd. »Es scheint, daß wir nicht die einzigen sind, die an unserem jungen Freund Interesse haben. Ich war gezwungen, die Dinge voranzutreiben, um unser eigenes Anliegen zu betreiben. Sein Wohlbefinden ist wichtiger als meine Pläne.«

»Glaubt Ihr also, daß sie ihn töten wollen?« warf Arnaud ungläubig ein.

»Darauf wollte ich es erst gar nicht ankommen lassen. Sie beabsichtigten, ihn in einen Streit zu verwickeln. Er ist ein junger Hitzkopf, und Ihr wißt, wie diese Engländer sind: pedantisch auf Fairneß bedacht. Er hätte ihren Betrug schnell erkannt und sie ebenso schnell beschuldigt. Ich mußte ihnen einen Strich durch die Rechnung machen. Es wird eine Erleichterung für mich sein, wenn er sich sicher auf dem Weg nach Hause befindet. Er verkündet seine Meinung, wie alle seine Landsmänner, zu offen. Geheimgesellschaften sind in England unbekannt. Er kann die ihnen innewohnenden Gefahren nicht erkennen, obwohl ich versucht habe, ihn zur Vorsicht anzuhalten.«

Arnaud sah ihn belustigt an. »Irgendwie hatte ich Euch nicht in der Rolle des ›*petit père*‹ gesehen.«

»*Mon Dieu!* Das will ich auch nicht hoffen!« rief Farenden entsetzt aus. »Er ist nur acht Jahre jünger als ich.«

»Ah! Aber welch ein Unterschied an Erfahrung, nicht wahr, *mon ami?* Er ist in einem gut gepolsterten Nest aufgewachsen, sicher und beschützt, während Ihr …«

»Oh, ich hatte niemals ein Nest, weder ein gepolstertes noch sonst eines«, warf Farenden unbedacht ein, während seine Finger müßig den Rand seines Glases umkreisten und er sich, einen Arm über die Rückenlehne gelegt, bequem im Sessel rekelte. »Ich würde mich als ›*un coucou*‹ beschreiben«, fügte er mit verzerrtem Lächeln hinzu.

Arnaud, der das auf geheimnisvolle Art faszinierende

Gesicht vor sich betrachtete, versuchte ein Anzeichen von Gefühl zu erkennen, das den so leicht dahingesprochenen Worten Leben verliehen hätte. Gérard war ein eigenartiger Mann. Sie hatten während der letzten Jahre bei mehreren Gelegenheiten zusammengearbeitet, aber er hatte niemals über sein Privatleben gesprochen. Allerdings war seine Vergangenheit kein Geheimnis für seine Auftraggeber: Sie hatten sich bemüht, alles nur Mögliche über seinen Lebenslauf herauszufinden.

Von dem Moment an, als er Arnaud in Madrid aufgefallen war, hatte dieser sein Potential als nützliches Mitglied ihrer auserwählten Gruppe erkannt. Gérard hatte an jenem Tag zwei ihrer Leute getötet und sechs weitere verletzt. Nicht nur seine Schwertkunst hatte Arnaud beeindruckt, sondern er sah auch einen Mann mit außerordentlicher Verwegenheit und einem Mut, der einer *joie de vivre* entsprang. Das, zusammen mit seiner Fähigkeit, übergangslos von der spanischen in die französische Sprache zu wechseln, hatte den befehlshabenden Offizier veranlaßt, seine Hinrichtung auszusetzen, während Arnaud diskret Erkundigungen über ihn einzog. Er hatte schließlich die Information erhalten, daß der junge Mann, den sie gefangenhielten, der leibliche Sohn eines mittellosen Franzosen namens Gérard war, der sein Leben damit vergeudete, quer durch Europa zu wandern und sich allen möglichen Lastern, vor allem aber dem Spiel, hinzugeben.

Während der Revolution hatte er den Jungen aus Frankreich herausgebracht und ihn als einen ihrer Schüler in die Obhut der Brüder einer Abtei nahe Toledo gegeben. Seine lebhafte Intelligenz war sorgfältig gefördert worden, und seine Klugheit blieb seinen Lehrern stets gut in Erinnerung. Einige Jahre später hatte sein Vater ihn nach Lissabon gebracht, und man war nicht erstaunt zu erfahren, daß er schon bald derselben Tätigkeit nachgegangen war wie ebendieser entartete Vater, aber mit größerem Erfolg. Anfang des neuen Jahrhunderts waren beide nach Paris zurückgekehrt, wo der junge Gérard ihr Einkommen ergänzte, indem er tagsüber als Dolmetscher am Hof des Kaisers tätig wurde und nachts spielte. Er begann ihr Vermögen aufzustocken, indem er mehrere neue Identitäten für sich erschuf. Seine Redegewandtheit erleichterte es ihm, als wohlhabender Mann aufzutreten, und er erfand beeindruckende Titel, die es ihm ermöglichten, sich in gehobenen Kreisen zu bewegen.

Dann war Paris ihm langweilig geworden, vielleicht hatte er aber auch erkannt, daß seine Hochstapelei bald durchschaut werden würde. Was auch immer der Grund war, er hatte seine Reisen wiederaufgenommen, wobei er weiterhin eine ganze Reihe von angenommenen Namen benutzte, was es Arnauds Agenten unmöglich machte, seine Geschichte noch weiter zu verfolgen. Als er in Spanien gefangengenommen wurde, hatte er am Madrider Aufstand von 1808 teilgenommen.

Arnaud war über die Ergebnisse dieser Erkundigungen erfreut gewesen und hatte keine Zeit verloren, Gérard für ihre Zwecke anzuwerben. Es war nicht schwierig gewesen, diesen Mann dazu zu überreden, sich ihnen anzuschließen. Es galt lediglich, die Wahl zu treffen zwischen Tod oder Freiheit mit dem Angebot großzügiger Entlohnung, wenn er sich entschloß, dem Kaiser zu dienen.

Arnaud gratulierte sich im stillen. Er hatte seinen Mann richtig eingeschätzt, und Gérard war einer seiner nützlichsten Agenten geworden. Keine Grenze bedeutete für ihn ein Hindernis. Er bewegte sich so leicht über den ganzen Kontinent, wie er von einer Sprache in die andere schlüpfte. Er verlor niemals den Kopf, egal in welcher Situation er sich befand, und spielte seine Rolle stets mit einem solchen Selbstvertrauen, daß jegliches Mißtrauen von vornherein ausgeschlossen wurde. Gérard war der perfekte Spion, und mit seiner Hilfe und der Hilfe anderer wie ihm würde die Trikolore in Frankreich wieder gehißt werden!

»Werdet Ihr Euer Zigeunerleben niemals leid?« fragte Arnaud neugierig.

»Im Gegenteil, ich würde jedes andere Leben bald leid werden«, sagte er sehr sicher.

»Nun, ich persönlich bin froh, das zu hören. Also kommen wir zum Geschäft – welche Neuigkeiten habt Ihr für mich?«

»Vielleicht sollten wir die Angelegenheit mit ornithologischen Begriffen weiterverfolgen. Der Adler beginnt seine Schwingen auszubreiten. Er spürt, daß seine Kräfte zurückkehren.«

Monsieur Arnaud beugte sich gespannt über den Tisch, und sein Blick zeugte von Aufmerksamkeit und Wachsamkeit. »Ihr haltet es für möglich?«

»Ich halte es für wahrscheinlich, daß unser Vogel bald zu fliegen versuchen wird. Er beobachtet die Gewitterwolken, die sich über Frankreich zusammenballen, und wartet nur noch auf den Wind, der ihn zu alten Verstecken davontragen wird.«

Arnaud atmete zwischen zusammengebissenen Zähnen lange und geräuschvoll aus. »Ihr glaubt also, daß es nur eine Frage der Zeit ist? Und ich brauche Euch nicht zu fragen, ob Eure Quellen zuverlässig sind?«

»Es ist bekannt, daß sich sogar Campbell selbst in letzter Zeit zunehmend unbehaglich fühlt. Der Kaiser beklagt sich ständig, daß das versprochene Ruhegehalt nicht gezahlt wurde. Ihr wißt, wie laut er werden kann, wenn er sich nicht beachtet fühlt.«

»Er wird die Verzögerung nicht geduldig hinnehmen«, erwiderte Arnaud mit belustigtem Zug um den Mund.

»Ganz genau«, stimmte Gérard ihm zu, nippte an seinem Wein und beobachtete aufmerksam das Gesicht des anderen.

»Wir müssen bereit sein. Ich würde mir wünschen, daß Ihr vielleicht ein wenig länger hierbliebt. Wann reist Ihr nach England?« fragte Arnaud.

»Noch in diesem Monat. Ich habe hier noch einige Geschäfte zu erledigen. Aber was ist mit Euch? Bleibt Ihr in Italien?«

»Nein, ich habe auch meine Befehle. Ich werde in Wien gebraucht. Aber Ihr und ich müssen durch Dupois in Kontakt bleiben.«

»Sehr gut, obwohl ich es vorziehen würde, wenn Ihr jemand anderen auswähltet. Dupois scheint etwas gegen mich zu haben, und wir sind selten zwei Minuten zusammen, ohne uns zu streiten.«

»Ich kann nur ihn schicken: Sein Englisch ist genauso gut wie Eures. Ich glaube, er ist eifersüchtig auf Euren Erfolg. Ihr spielt dieses Spiel so gut, daß er neidisch ist. Seht Ihr, Gérard, Ihr seid ein Mann, dem der Erfolg leichtfällt. Vielleicht zu leicht, weil Ihr Euch niemals dessen bewußt zu sein scheint, und diese Haltung wirkt auf viele Menschen arrogant. Dupois sieht, wie Ihr Euch bei allem, was Ihr unternehmt, auszeichnet. Reiche Belohnungen fallen Euch zu, während er leer auszugehen scheint. Egal ob es um Schwerter, Pistolen, Karten oder Frauen geht«, fügte er mit kurzem Auflachen hinzu. »Ihr gewinnt immer.

Ich habe dieses Talent von Anfang an in Euch erkannt. Darum wurde Euer Leben geschont.«

»Ah!« unterbrach Gérard ihn und setzte langsam sein Glas ab. »Ich war aber nicht geschickt genug, der Gefangennahme damals zu entgehen, nicht wahr?«

»Nein«, erwiderte Arnaud, lehnte sich in seinem Sessel zurück und beobachtete seinen Gast aus zusammengekniffenen Augen. »Aber Ihr wärt es gewesen – wenn Ihr nicht verraten worden wärt.«

Ein kurzes Schweigen entstand, während Gérard anscheinend sein Glas betrachtete und dann, ohne den Blick zu heben, mit kalter, ruhiger Stimme sagte: »Und darf ich nach dem Namen unseres Verräters fragen?«

»Das ist jetzt wohl kaum noch wichtig«, erwiderte Arnaud abweisend. »Da er uns nicht mehr nützlich war, hat Murat ihn erschießen lassen. Unser Kommandant glaubte, daß ein Mann, der seine Freunde verrät, auch seinen Feinden gegenüber nicht zuverlässig sein Wort hält, versteht Ihr.«

»Der Schwager des Kaisers ist der lebende Beweis, daß das stimmt!« höhnte Gérard verächtlich.

»Das kann ich nicht bestreiten«, stimmte Arnaud ihm ruhig zu. »Aber wir können es uns nicht leisten, irgendwelchen Groll zu hegen. Der Kaiser braucht seinen Schwager, wenn er die Macht jemals wiedererlangen will. Also müssen wir ihn für unsere Zwecke gewinnen. Alle Mißhelligkeiten müssen vergessen sein, einschließlich jener, die zwischen Euch und Dupois bestehen. Sie dürfen Eure Pflicht dem Kaiser gegenüber nicht beeinträchtigen. Persönliche Empfindungen müssen zum Nutzen der Sache beiseite geschoben werden. Der Kaiser wird es Euch danken.«

»Ich will nicht die Dankbarkeit des Kaisers erringen, sondern sein Gold, was Euch am besten von allen bewußt sein dürfte. Aber warum riskiert Ihr Euren Hals, Arnaud? Für Euer geliebtes Frankreich?«

»Der Kaiser ist Frankreich!« erwiderte Arnaud, und seine Augen glitzerten fanatisch. »*Vive l'Empereur! Vive* Napoleon!«

»Frankreich wird immer Frankreich sein«, bemerkte Farenden nüchtern. »Aber wird Napoleon wieder sein Kaiser sein? Wie auch immer, ich werde seinen Befehlen weiterhin folgen, seid unbesorgt. Habt Ihr nun meine Papiere fertig?«

Arnaud suchte zwischen den über seinen Schreibtisch verstreuten Schriftstücken herum und nahm dann einen kleinen Stapel Dokumente auf. »Hier sind sie. Ihr werdet wie immer feststellen, daß alles seine Richtigkeit hat. Dies ist Euer Paß. Ich habe den Namen offengelassen – diese Entscheidung überlasse ich Euch.«

»Ich werde mir zweifellos etwas Geeignetes einfallen lassen«, lächelte Farenden und verbarg die Papiere in seinem Umhang. »Ich habe schon einige Übung in dieser Kunst. Und was die andere Angelegenheit angeht, die uns in letzter Zeit beschäftigt hat, so bin ich recht sicher, daß unser listiger Gastgeber ein doppeltes Spiel treibt. Er hat in Bayern mit Eugène in Kontakt gestanden und beabsichtigt dennoch auch, einen Kundschafter nach Wien zu entsenden. Darum wurde der Engländer hierhergesandt, um ein geheimes Treffen mit einem der Leute Castlereaghs für ihn zu arrangieren. Vielleicht kann ich in London mehr über diesen Plan erfahren. Vielleicht könnt auch Ihr Nachforschungen anstellen, wenn Ihr in Österreich eintrefft?«

»Vielleicht«, antwortete Monsieur Arnaud und strich sich nachdenklich über das glattrasierte Kinn. »Warten wir ab, wie das Spiel weitergeht. Für Euch ist es vielleicht leichter, ihre Pläne aufzudecken. In ihrem eigenen Land werden sie nicht so mißtrauisch sein, aber in Wien werden sie vor unseren Agenten auf der Hut sein.«

»Das ist wahr. Vielleicht kann Trevingham uns dort weiterhin nützlich sein. Ihr werdet die Abtrünnigen inzwischen sehr sorgfältig beobachten müssen«, warnte Farenden und betrachtete ihn scharf. »Sie könnten sehr wohl zu unserem Verhängnis werden. Und ich muß daran denken, daß unser Mann seinen Kaiser schon früher verraten hat und das vielleicht wieder tun könnte ... Aber jetzt«, fügte er ermutigend hinzu, »sollten wir auf unseren Erfolg bei diesem und allen unseren anderen Wagnissen trinken. *Santé*, Monsieur Arnaud, *et bonne chance!*«

Bei diesen Worten hob er sein Glas und leerte es bis auf den letzten Tropfen. Dann stellte er das Glas wieder auf den Tisch und streckte die Hand aus. »*Au revoir*, wir werden uns wiedersehen, wenn alle unsere Pläne zufriedenstellend erfüllt sind.«

»So sei es«, antwortete Monsieur Arnaud glühend und schüttelte ihm herzlich die Hand. »*Au'voir*, Gérard, *et bonne chance aussi!*«

Wenige Minuten später saß Farenden wieder in der Kutsche und eilte durch die frühen Morgennebel zur Stadt zurück.

Zwei Tage nach seinem nächtlichen Ausflug erhielt er Besuch von Lord Trevingham, der ihn von seiner Abreise in Kenntnis setzen wollte.

»Ich habe von meinem Onkel die Instruktion erhalten, mich sofort einzuschiffen. Er muß in Castlereaghs Begleitung nach Wien reisen, und ich werde gebraucht, um mich in London um alles zu kümmern, solange mein Onkel abwesend ist. Ich habe meinen Diener zurückgelassen, damit er das Packen meiner Sachen überwacht, und bin nur gekommen, um dir Lebewohl zu sagen.«

»Nein, nein, mir gefällt dieses Wort nicht. Es ist zu endgültig und sollte daher bedachtsam gebraucht werden. Wir sollten lieber *au revoir* sagen, denn wir werden uns gewiß wiedersehen, mein Freund. Inzwischen wünsche ich dir eine sichere Reise. Ich hatte gehofft, daß unserer Freundschaft mehr Zeit beschieden gewesen wäre, und hoffe nun, daß wir sie in naher Zukunft wiederaufleben lassen können.«

»Das ist auch mein Wunsch«, antwortete Trevingham mit großer Wärme. »Sei versichert, daß ich dich mit aufrichtiger Freude empfangen und herzlich willkommen heißen werde, wenn du jemals nach London kommen solltest, und hier ist meine Hand darauf!«

»Ich danke dir. Du erweist mir zuviel Ehre.« Er ergriff die Hand Seiner Lordschaft, und sein Gewissen zwickte ihn angesichts solch aufrichtiger Empfindungen ein wenig.

Allerdings ließ, als Trevingham gegangen war, sein Schuldgefühl schnell nach. Man konnte es sich in diesem Geschäft nicht leisten, empfindlich zu sein, sondern mußte kühl und von jedem Gefühl losgelöst sein. Auf diese Weise konnte man sich in seinen Beurteilungen kaum verhängnisvoll irren. Er war dieser goldenen Regel stets gefolgt, und sie hatte ihm gut gedient.

Lord Trevingham, der beileibe keine Ahnung hatte, daß ihm sein ehemaliger Begleiter auf dem Fuße folgen würde, bedauerte es, einen so sympathischen Freund verlassen zu müssen. Aber jetzt befand er sich auf dem Heimweg, und seine Gedanken wandten sich in lebhafter Vorfreude seiner Familie zu, die ihn in London erwartete.

Als seine stark schlammbespritzte Postkutsche schließlich vor einem vornehmen Gebäude in der Albemarle Street hielt, konnte er kaum das Gefährt verlassen, als er durch die begeisterte Begrüßung seiner ältesten Schwester schon fast umgeworfen wurde.

Er erwiderte ihre herzliche Umarmung lachend und rief um Gnade. »Meine liebste Constance, erlaube mir wenigstens, Atem zu holen! So ist es besser«, keuchte er, als sie ihn schnell losließ. »Welch seltsamer neuer Brauch ist das im geliebten alten England, der erfordert, daß ein Mann halb erstickt wird, wenn er in sein Haus zurückkehrt?«

»Oh, der Brauch ist nicht neu. Die englischen Frauen wünschen sich dies schon lange. Schon seit den Kreuzzügen, könnte ich mir vorstellen«, erwiderte sie sofort, und ihre Augen funkelten vor Freude. »Oh! Es ist gut, dich wieder hierzuhaben, Jus!«

»Und es ist wundervoll, zurück zu sein, das versichere ich dir«, antwortete er und umarmte sie. »Aber jetzt müssen wir hineingehen, bevor dieses trostlose englische Wetter dich bis auf die Knochen frieren läßt.«

Er nahm ihren Arm und eilte die wenigen Stufen in das sich durch die geöffnete Tür ergießende, willkommenheißende Licht und die Wärme hinauf.

»Guten Abend, Mylord. Darf ich sagen, wie froh wir alle sind, daß Ihr sicher zurückgekehrt seid?« begrüßte der Butler ihn mit einer tiefen Verbeugung.

»Danke, Basset, ich hoffe, es geht allen gut?« fragte Trevingham und gab ihm seinen Biberpelz, während ihm zwei Lakaien aus seinem wunderschönen maßgeschneiderten Überrock halfen.

»Es geht uns in der Tat ausgezeichnet, Mylord. Lady Trevingham erwartet Euch im Salon.«

 »Ja, beeile dich, Justin, Mama sehnt sich danach,

dich zu sehen«, drängte Constance, ergriff seine Hand und zog ihn durch die Halle und eine gewundene Treppe hinauf in den ersten Stock.

»Er ist da, Mama!« rief sie jauchzend.

»Justin! Mein lieber Junge! Komm! Küsse deine Mama sofort!« forderte Lady Trevingham aufgeregt. Ihr abenteuernder Sohn war mit wenigen schnellen Schritten bei ihr, küßte sie geräuschvoll und hielt sie dann auf Armeslänge von sich.

»Laß mich dich ansehen! Du scheinst ein wenig blaß. Haben meine Schwestern dich zu Tode erschöpft?«

»Sicher nicht! Wir leben hier sehr ruhig, weißt du«, sagte sie mit einem Augenzwinkern. »Und ich wage zu behaupten, daß du mich nur für blaß hältst, weil du so ungewöhnlich braun geworden bist! Nun komm, setz dich neben mich, und erzähle mir alles, was du erlebt hast. Wie ist es in Rom? Ist es so schön, wie du es dir vorgestellt hattest?«

»Genauso schön und noch schöner. Du hättest sie geliebt, Connie, alle diese altertümlichen Monumente und ähnliches. Ich mußte sofort an dich denken, als ich sie sah«, schwärmte er und schaute zu seiner Schwester.

Sie warf ihm einen drolligen Blick zu. »Wie solltest du auch nicht? Ich werde immerhin schon langsam alt.«

»Das habe ich nicht gemeint, wie du auch sehr wohl weißt«, sagte er anerkennend grinsend. »Du bist nur zwei Jahre älter als ich, und ich zähle mich noch nicht zur altertümlichen Geschichte! Oh! Aber ich wünschte wirklich, du hättest es sehen können. Solch wunderbare Baukunst! Eigentlich ist die ganze Stadt ein Kunstwerk. Zumindest das konnte Bonaparte nicht nach Frankreich schaffen.«

»Hat die Stadt sehr viele ihrer Kostbarkeiten verloren, Justin?« fragte seine Schwester traurig.

»Ich fürchte, ja. Ist das nicht ungeheuerlich?«

»In der Tat, und noch schlimmer ist, daß diese verachtungswürdige Kreatur nicht einmal gezwungen war, etwas von dem Diebesgut aufzugeben. Es ist eine Schande, daß er so nachsichtig behandelt wurde.«

»Nun, was das betrifft, meine liebe Connie, so würden dir viele Leute zustimmen«, erwiderte er. »Mein Onkel erzählte mir, daß der Regent selbst genauso darüber denkt.«

In diesem Moment wurde seine Aufmerksamkeit vom Klang eiliger Schritte zur Tür gelenkt, und plötzlich erschien ein mit modischem Straßenkleid und pelzbesetztem Mantel bekleidetes reizendes Geschöpf auf der Schwelle. Ein bezaubernder Hut umgab ein kleines, herzförmiges Gesicht, das im Moment vor Aufregung gerötet war. Sie hielt nur kurz inne, durchquerte dann, mit einem mädchenhaften Aufschrei und sich ihrer Schönheit überhaupt nicht bewußt, eilig den Raum und fiel ihrem Bruder um den Hals.

»O Justin! Endlich bist du da! Wir haben dich schrecklich vermißt, nicht wahr, Mama? Aber wie kannst du es wagen anzukommen, wenn ich nicht zu Hause bin? Das ist wirklich zu arg von dir. Oh, warum habe ich Julia nur versprochen, sie heute nachmittag in den Park zu begleiten?«

»Weil du der Versuchung nicht widerstehen kannst, dein Gefieder zu zeigen, du Range! Obwohl ich sagen muß, daß du in deiner eleganten Aufmachung wirklich eine vornehme Erscheinung bietest.«

Sie drehte sich vor ihm, damit er ihre modische Kleidung noch besser bewundern konnte.

 »Du siehst sehr hübsch aus, Sophy«, versicherte er

ihr lächelnd und begutachtete sie von dem federgeschmückten Hut bis zu den zierlichen, mit orangefarbenen Halbstiefeln bekleideten Füßen.

»Das ist groß in Mode, weißt du. Nicht wahr, Connie?« Sie wandte sich um Bestätigung heischend zu ihrer Schwester um.

»Oh, ganz genau«, stimmte Constance ihr bereitwillig zu. »Aber jetzt geh und leg deinen Hut und Mantel ab, damit wir alle den Tee nehmen und so richtig plaudern können. Justin kann uns dann von seinen Abenteuern erzählen, ohne sich wiederholen zu müssen.«

»O ja, das ist eine ausgezeichnete Idee! Ich bin sofort zurück. Fang nicht ohne mich an, Justin, ja?« bat sie ihn.

»Keine Sorge, *Bambina*, du wirst keinen einzigen aufregenden Moment meiner Erzählungen versäumen. Fort mit dir, und laß uns nicht zu lange warten!« rief er ihr hinterher, während sie den Raum eilig verließ. »Kleiner Wildfang«, sagte er und schaute ihr erfreut nach.

Sobald der Tee serviert war, setzten sie sich ums Feuer und lauschten gierig allem, was er ihnen von seiner Reise und seinen Erfahrungen in jener höchst märchenhaften Hauptstadt zu erzählen hatte.

Als er begann, sie mit den faszinierenden Einzelheiten seiner ersten Begegnung mit dem mysteriösen Grafen und ihren späteren erstaunlichen Abenteuern zu erfreuen, gab er wohlüberlegt eine leicht berichtigte Fassung wieder, da er die Damen nur unterhalten und nicht beunruhigen wollte.

Sophys klare blaue Augen wurden vor Erstaunen ganz rund, während sie atemlos der Beschreibung dieses schrecklichen Gefängnisses lauschte.

»Oh! Es ist genau wie in Mrs. Radcliffes Romanen!« stöhnte sie verzückt.

»Nun, vermutlich kommt einem unvermeidbar *Der Italiener* in den Sinn«, stimmte Constance ihr zu und lächelte über die Aufregung ihrer Schwester. »Dieser Graf, von dem du erzählt hast, klingt nach deiner lebhaften Beschreibung recht düster und schurkenhaft, Justin.«

»Es war nicht meine Absicht, ihn euch als schändlich darzustellen. Er hat nämlich überhaupt nichts von einem Schurken an sich. Tatsächlich ist er ausgesprochen charmant. Sein Unglück ist nur, daß er eher finster wirkt. Diese Narbe auf seinem Gesicht, wißt ihr. Er ist sich dessen selbst recht bewußt, obwohl er anscheinend glaubt, daß sie mehr Anlaß zu Belustigung als zu Mitleid gibt. Du würdest ihn mögen, Connie, er ist ungeheuer intelligent und führt Gespräche leicht und vernünftig. Und er macht auch einen sehr belesenen Eindruck. Du hättest viel Freude daran, dich mit ihm zu unterhalten, dessen bin ich mir sicher. Und dennoch nimmt er sich selbst überhaupt nicht ernst. Er vermittelt den Eindruck, als wäre das Leben für ihn nur ein Spiel, und ich wußte niemals, wann er Spaß machte oder wann es ihm ernst war.«

»Ich bin absolut nicht sicher, daß er mir gefallen hätte«, erwiderte sie mißbilligend. »Es klingt nicht so, als wenn er tatsächlich so wunderbar wäre. Ich könnte mir sogar vorstellen, daß er vielleicht ein wenig als Haldori – wie du es ausdrücken würdest, Justin – angesehen wird.«

»Connie!« rief ihre Mutter entsetzt. »Bitte unterlasse es, solch unfeine Worte zu gebrauchen! Das schickt sich für eine junge Dame überhaupt nicht.«

 »Nun, es ist genau das, was Justin sagen würde, und

außerdem, Mama, bin ich siebenundzwanzig und längst über mein erstes Erröten hinaus. Wenn auch nicht über mein letztes, hoffe ich«, fügte sie augenzwinkernd hinzu. »Also hab keine Angst, daß ich dich in der Öffentlichkeit mit solchem Gerede in Verlegenheit bringen könnte, denn ich hoffe, ich weiß mich besser zu benehmen. Außerdem, wie kann ich diese wunderlichen Ausdrücke nicht kennen, wenn ich einen Bruder habe, der mit Schurken und Falschspielern und ähnlicher Gesellschaft verkehrt?«

»Nun, ich für meinen Teil finde das absolut aufregend«, unterbrach Sophy die Unterhaltung mit einem verzückten Ausdruck auf dem hübschen Gesicht. »Wie sehr wünschte ich, ich hätte mit dir reisen können, Justin. Das hätte mir über die Maßen gefallen. In London ist es heutzutage furchtbar langweilig, und ich sehne mich nach neuer Aufregung. Wie schade, daß du den Grafen nicht mit nach London bringen konntest. Ich hätte ihn so gern kennengelernt.«

»Mach dir nichts draus, Sophy, ich halte es für sehr wahrscheinlich, daß du deine Künste bald an jemand anderem ausprobieren kannst. Außerdem, ich dachte, Dilly hätte dich während der letzten Saison mit Kalbsaugen verfolgt?«

»Welch schrecklicher Ausdruck«, antwortete sie verärgert. »Ich bin sicher, daß er niemals auch nur annähernd kalbähnlich ausgesehen hat. Er ist ohnehin viel zu jung.«

»Das sind Kälber üblicherweise, weißt du«, bemerkte er klug. »Und ich war mir nicht bewußt, daß du dich an einen Methusalem hängen willst.«

Die blauen Augen blitzten empört. »Das will ich natürlich auch nicht! Dilly ist nur so … so unreif.«

»Aha! Ich verstehe! Nun, du mußt vermutlich so

denken«, bemerkte er und wechselte einen belustigten Blick mit Constance. »Immerhin ist ein Mädchen, das die zweite Saison beginnt, dem Schulalter eigentlich nicht gerade erst entwachsen. Ich vermute, daß dein Geschmack jetzt ein wenig gehobener ist und Dilly nicht viele Vorzüge bietet, nicht wahr?«

»O nein«, schaltete sich Constance ein. »Welchen möglichen Vorteil könnten ein hübsches Gesicht, ein ansehnliches Vermögen und ein sanftes Gemüt für eine Frau schon haben? Ein Mann sollte zumindest einige Reize haben, wenn er die Hand einer jungen Lady erstrebt.«

»Hört auf, Sophy zu ärgern, ihr zwei«, ermahnte ihre Mama, die der Neckerei ihrer Sprößlinge belustigt zugehört hatte. »Und jetzt sollten wir uns alle umziehen, denn es wird schon spät.«

Justin sprang auf und bot ihr seinen Arm. »Dann kommt, Mylady. Ich werde Euch zu Euren Räumen begleiten«, sagte er mit Grandezza.

»Ich danke Euch, mein Lieber«, sagte sie und knickste anmutig. Und so stiegen sie die Treppe hinauf, während die beiden Mädchen ihnen folgten.

Als Justin einige Zeit später wieder herunterkam, wartete sein Onkel bereits auf ihn.

»Onkel George! Welch erfreuliche Überraschung! Ich hatte dich nicht vor morgen erwartet.« Er schritt auf ihn zu, und sie schüttelten sich herzlich die Hände.

»Deine liebe Mama hat diesen mürrischen alten Junggesellen, mildtätig wie sie ist, freundlicherweise zum Abendessen eingeladen. Wie geht es dir, mein Junge? Wie war deine Heimreise?«

»Es geht mir sehr gut, und ich kann dir nicht genug danken, daß du dies alles für mich arrangiert hast. Ich hätte es um nichts auf der Welt versäumen mögen.«

»Es freut mich, das von dir zu hören. Vielleicht könntest du morgen früh um elf Uhr bei mir vorbeischauen, damit wir über deine Erfahrungen auf der Reise sprechen können. Aber hier kommt deine Mutter, und sie wirkt strahlend wie immer.« Er trat vor, um sie zu begrüßen, und küßte ihre dargebotene Wange.

»Schmeichler!« beschuldigte sie ihn spaßhaft.

»Keineswegs, Amelia. Du siehst blühend aus«, beharrte er ritterlich.

»Du bist ein viel zu netter Bruder, George. Spare dir deine Komplimente für meine Mädchen. Sie verdienen sie eher.«

»Onkel George hat recht, Mama, du siehst wunderschön aus«, bestätigte Justin. »Welch elegantes Kleid du trägst. Es steht dir ausgezeichnet.«

Lady Trevingham lachte erfreut. »Sei vorsichtig, sonst wirst du mir mit deinen hübschen Worten noch den Kopf verdrehen.«

Sie sah in ihrem lavendelfarbenen Seidenabendkleid »à la Turque« in der Tat sehr gut aus. Auf dem Kopf trug sie einen Turban aus silberfarbener Seidengaze. Sie war recht groß, hatte einen hellen Teint und tiefblaue Augen, und obwohl sie bereits Anfang Fünfzig war, wirkte sie viel jünger. Sie war noch immer schlank, und ihre Haut war weich und fast so perfekt wie die ihrer beiden Töchter, die gerade in diesem Moment den Raum betraten.

Sophy flog ihrem Onkel in die Arme und küßte ihn stürmisch.

»Nun, nun, Kätzchen. Ich hoffe, du begrüßt nicht alle männlichen Gäste deiner Mutter auf diese Art? Dann hätte sie das Haus niemals für sich allein«, kicherte er, höchst erfreut darüber, so liebevoll empfangen zu werden.

»Ach wo! Es gibt keinen anderen Gentleman in ganz London, der so stattlich ist wie du!« informierte seine jüngste Nichte ihn unbekümmert. »Ist es nicht so, Connie?« Sie wandte sich ihrer Schwester zu, die ihr ein wenig gesetzter gefolgt war.

»In der Tat, und keiner ist so willkommen. Guten Abend, Onkel George.« Constance küßte seine frisch rasierte Wange und hängte sich bei ihm ein. »Wir hörten, daß du bald wieder ins Ausland reist. Dieses Mal nach Wien, nicht wahr?«

»Ja, das stimmt. Castlereagh muß sich vor den Österreichern und vor seinen eigenen Leuten in der Botschaft sehr in acht nehmen. Mir wurde die Aufgabe übertragen, die Sicherheitsvorkehrungen zu überwachen.«

»Und wie lange wirst du dieses Mal fort sein, George?« fragte Lady Trevingham.

»Das ist noch nicht sicher, meine Liebe. Ich weiß es noch nicht. Vielleicht bin ich zu den Weihnachtsfeierlichkeiten wieder zurück.«

»Ich habe gehört, daß Weihnachten in Wien sehr festlich begangen wird«, fuhr Constance fort. »Der Kaiser hat keine Kosten gescheut, die Mitglieder des Kongresses zu unterhalten. Du wirst zweifellos zu sehr vielen Gesellschaften, großen Bällen und Galas eingeladen werden und nicht abreisen wollen.«

»Wie aufregend!« rief Sophy aus. »Oh, ich wünschte, du könntest mich mitnehmen, lieber Onkel! Wie ärgerlich, daß die Herren anscheinend immer allen Spaß haben können, während die Damen zu Hause bleiben und sticken müssen!«

»Hast du noch nicht gehört, Sophy, daß Talleyrand seine junge Nichte mitgenommen hat, damit sie seine Empfänge ausrichtet?« fragte Constance schelmisch.

»Die Comtesse de Perigord soll sehr schön sein. Vielleicht wirst du ihr begegnen, Onkel?«

»Nun, wenn sie eine Schönheit ist, glaube ich kaum, daß ein grauhaariger alter Mann wie ich überhaupt wahrgenommen werden wird. Sie wird von allen jungen Stutzern der Umgebung umringt sein.«

»Ich beneide sie um diese Gelegenheit«, seufzte Sophy. »Bist du sicher, daß du deine Meinung nicht noch ändern könntest, Onkel George? Wenn Herzog Talleyrand seine Nichte mitgenommen hat, muß es als recht wenig außergewöhnlich angesehen werden. Ich bin überzeugt davon, daß ich eine ausgezeichnete Gastgeberin wäre, wenn du irgendwelche großen Gesellschaften geben wolltest.«

»Vermutlich hast du recht, meine Hübsche, aber siehst du, ich werde keine Gesellschaften geben, weder große noch sonstige. Mein Besuch wird eine sehr verschwiegene Angelegenheit sein. Ich werde auch keine der großen gesellschaftlichen Gelegenheiten wahrnehmen. Tatsächlich bezweifle ich, daß ich überhaupt viel mehr von Wien sehen werde als das Botschaftsgebäude. Siehst du, wie langweilig dein Onkel ist?« fragte er kläglich.

»Oh, dann würde es mir wirklich nicht gefallen«, räumte Sophy sehr enttäuscht ein.

»Mach dir nichts daraus, Liebes«, sagte Lady Trevingham tröstend. »Wir werden an Weihnachten einen großen Ball geben, wenn wir alle nach Chailey fahren, und du kannst mir bei den Vorbereitungen helfen, wenn du möchtest.«

»Darf ich das wirklich, Mama? Ich danke dir! Ich werde sofort damit beginnen, eine Gästeliste zu erstellen!« rief ihre Tochter hocherfreut und klatschte begeistert in die Hände.

»Würde es dir sehr viel ausmachen, wenn wir zunächst zum Essen gingen?« fragte Justin gespielt gepeinigt. »Ich bin vor Hunger schon ganz schwach.«

Als Basset genau in diesem Moment mit der Ankündigung hereinkam, das Essen sei serviert, war das Thema für den Moment erledigt.

Am darauffolgenden Tag suchte Lord Trevingham, wie versprochen, die Arbeitsräume seines Onkels auf. Er traf zur genannten Zeit dort ein und wirkte in einem ausgezeichnet geschneiderten, olivgrünen Mantel, makellosen, hellbraunen Pantalons und auf Hochglanz polierten Reitstiefeln besonders *de rigueur*.

Sein Onkel saß an einem wuchtigen Walnußschreibtisch, der vor zwei großen, die darunterliegende, geschäftige Straße überschauenden Fenstern stand.

Lord George Kemsley war mit einer Schreibarbeit beschäftigt, schaute aber auf, als sein Neffe den Raum betrat.

»Pünktlich wie immer, nicht wahr, Justin? Komm und setz dich. Es dauert nur eine oder zwei Minuten. Ich muß einige dringende Papiere unterzeichnen.«

Trevingham machte es sich mit seiner großen Gestalt auf einem Sessel bequem, legte Hut und Stock auf einer Ecke des großen Schreibtisches ab und wartete darauf, daß sein Onkel die Schreibarbeit beenden würde. Er beobachtete mäßig interessiert, wie Blatt auf Blatt dicken Papiers Lord Kemsleys charakteristische Unterschrift erhielt.

Schließlich war er fertig und warf den Federhalter mit einem tiefen Seufzer hin. »Verdammte Bürokratie«, murmelte er leise. »Ich werde froh sein, wenn ich diesen Schreibtisch verlassen kann – ganz zu schweigen von dem Land!«

 Dann, während er seine breiten Schultern entspannte, setzte er sich auf seinem Sessel zurück und sah Trevingham mit seinen hellblauen, zwischen struppigen grauen Augenbrauen tiefliegenden Augen an.

»Nun, Justin, wie hast du meinen alten Freund, Signore Cavalli, vorgefunden?«

»Er erfreut sich guter Gesundheit und sendet seine besten Grüße und seine Hoffnung darauf, daß du und er euch eines nicht allzu fernen Tages treffen mögt.«

»In der Tat, in der Tat, und ich hoffe, daß das vielleicht auch wirklich geschehen wird. Ich würde ihn gern wiedersehen, um über die Heldentaten unserer Jugend zu sprechen. Ach, welch glückliche Tage in einer freundlicheren Zeit das waren!« Er hielt kurz inne, bevor er sachlich fortfuhr. »Aber meine Neugier gilt der Frage: Welche Meinungen vertritt er?«

Trevingham zog seinen Stuhl ein wenig näher heran, stützte den Ellenbogen auf den Schreibtisch und beugte sich zu seinem Onkel hinüber. »Bendinck hat mit seinem Ruf nach einem unabhängigen Verfassungsstaat zweifellos einige Unruhe bewirkt. Diese Angelegenheit in Mailand war möglicherweise ein Resultat seiner Äußerungen. Cavalli glaubt, daß er damit sozusagen eine lange Zündschnur entflammt haben könnte, aber im Moment scheint die Lage zugunsten der Bourbonen bereinigt zu sein. Und was den Norden betrifft, so haben die Liberalen noch sehr wenig Unterstützung. Er glaubt nicht, daß sich das in absehbarer Zukunft ändern wird.«

»Das bestätigt also, was ich aus anderen Quellen gehört habe«, bemerkte Lord Kemsley zufrieden. »Und wie ist dein Zusammentreffen mit dem neapolitanischen Kundschafter verlaufen?«

Justin seufzte tief. »Nun, es war recht schwierig, dieses Treffen zu arrangieren, aber schließlich konnte ich ihn sehen. Ich unterbreitete ihm den Vorschlag, daß Castlereagh bereit wäre, die österreichische Übereinkunft mit Murat zur Errichtung eines dauerhaften Friedens in Europa zu unterstützen, wenn die Bourbonen eine angemessene Entschädigung erhielten.«

»Und was hat er dazu gesagt?« fragte Kemsley, lehnte sich erneut in seinem Sessel zurück und richtete die hellen Augen aufmerksam auf das Gesicht seines Neffen.

»Er sagte, er würde König Joachim die Angelegenheit natürlich vortragen, aber er könne nicht garantieren, daß Seine Majestät in eine solche Übereinkunft einwilligen würde. Er erklärte, daß der König in einer sehr starken Position sei. Seine Truppen befehligen halb Italien, und er erinnert uns daran, daß der Anspruch des Königs auf den Thron von Neapel durch die Bedingungen der im letzten Januar getroffenen Vereinbarung von Metternich vollkommen unterstützt wird und sie daher keine weitere Übereinkunft benötigen.«

»Ja, verflucht sei er«, murmelte Kensley. »Das ist der Stolperstein!«

»Ich fürchte, daß Bendincks Bemerkungen in Piemont unsere Glaubwürdigkeit erheblich untergraben haben. Murat wird Castlereaghs Versicherung, daß er kein nationalistisches Italien errichten will, nicht bereitwillig akzeptieren.«

Nach einer kurzen Zeit des Schweigens stieß Kemsley plötzlich seinen Sessel zurück und sagte: »Komm, laß uns zum Essen gehen, bevor ich noch weitere dringende Papiere zum Unterzeichnen vorgelegt bekomme.« Er ging um den Schreibtisch herum und hängte sich bei seinem Neffen ein. »Und während des Essens kannst du mir dann mehr über die interessanten Leute erzählen, die du in Rom getroffen hast. Connie erzählte mir irgendeine phantastische Geschichte, die so klang, als hättest du deine Schwester etwas aufgezogen.«

»Einverstanden. Und sei versichert, daß ich dir die wahre Geschichte erzählen werde, denn sonst würdest du sie gar nicht glauben.«

Drei

Eines Morgens, ungefähr eine Woche nach der Abreise ihres Bruders, saß Lady Trevingham allein in ihrem Salon und schrieb einen Brief an ihre Schwester, Lady Mary Dawlish. Ihre Töchter besuchten Freunde, und ihr Sohn war in die Arbeitsräume seines Onkels gegangen, um einige Korrespondenz zu erledigen. Sie hatte kaum die Feder angesetzt, als Basset leise an die Tür klopfte.

»Verzeiht die Störung, Mylady, aber ein Gentleman wünscht Lord Trevingham zu sehen. Ich habe ihm gesagt, daß Seine Lordschaft heute morgen eine Weile außer Haus ist, aber er besteht darauf zu warten. Leider ist mir der Gentleman unbekannt, aber er hat mich gebeten, Euch seine Karte zu bringen.«

Lady Trevingham wirkte überrascht, denn normalerweise war Basset durchaus in der Lage, solche Angelegenheiten selbst zu erledigen.

»Er ist wirklich ein recht beharrlicher Gentleman«, sagte er mit entschuldigendem Unterton in der Stimme.

Sie nahm die Karte von dem Silbertablett und betrachtete die Aufschrift. »Graf Fabricati«, las sie laut.

»Ja, Mylady, ein Fremder«, verkündete Basset, als erkläre das alles.

»Ich verstehe. Nun, führe ihn in den blauen Salon und sage ihm, daß ich gleich herunterkomme.«

»Ja, Mylady.« Basset verbeugte sich und zog sich zurück, sehr erleichtert, daß ihm die Angelegenheit jetzt abgenommen wurde. Es war eine Sache, die Forderungen eines unbekannten Besuchers abzuwehren, der korrektes Englisch sprach, aber eine ganz andere, einen hochnäsigen Gentleman von der Türschwelle zu weisen, der offensichtlich nichts von dem verstand, was er zu ihm sagte. Alle üblichen, einem erfahrenen Butler verfügbaren Listen waren bei diesem gefühllosen Fremden, der nur Kauderwelsch zu beherrschen schien, vollkommen verschwendet.

Kurz darauf betrat Lady Trevingham den blauen Salon, wo der Gentleman auf sie wartete. Er stand vor dem Marmorkamin und betrachtete ein Porträt ihrer drei Kinder.

Er wandte sich beim Geräusch ihres Eintretens um, und sie wußte sofort, wer er war. Es war keine weitere Befragung nötig.

»Ich habe gerade dieses entzückende Porträt bewundert. Ein Lawrence, nicht wahr? Ganz ausgezeichnet.«

Sie lächelte und streckte die Hand aus. »Also seid Ihr auch Kunstliebhaber? Guten Morgen, Graf Fabricati, welch angenehme Überraschung. Ich habe mich schon darauf gefreut, Eure Bekanntschaft zu machen. Ihr wart äußerst freundlich zu meinem Sohn, als er in Italien war, und ich bin froh, die Gelegenheit zu haben, Euch persönlich dafür zu danken.«

»*Buon giorno*, Lady Trevingham, *come sta?*« Er nahm ihre Hand und küßte ihre schlanken Finger, während er ihr gleichzeitig unter dichten Wimpern hervor einen durchdringenden Blick zuwarf.

»Bitte setzt Euch. Ich denke, mein Sohn wird bald zurück sein. Ich werde nach einer Erfrischung läuten, während wir warten. Vielleicht können wir uns derweil ein wenig unterhalten – auf englisch natürlich«, fügte sie betont und mit blitzenden Augen hinzu.

»Aber natürlich«, versicherte er ihr und zuckte leicht mit den breiten Schultern, was ihr seltsam unenglisch erschien.

»Nun, ich sehe, daß wir einander sehr gut verstehen und hervorragend miteinander auskommen werden«, lächelte Ihre Ladyschaft und zog am Klingelzug.

Er grinste anerkennend. »Daran habe ich niemals gezweifelt, Mylady. Ich preise mich wirklich glücklich, nach so kurzer Bekanntschaft bereits Eure Anerkennung errungen zu haben.«

»Oh, was das betrifft, Sir, so seid Ihr mir schon vorab sehr empfohlen worden, wie Ihr Euch sicher vorstellen könnt.«

Er bekräftigte ihre Feststellung mit einer anmutigen Verbeugung und sagte: »Dann erlaubt mir, Euch zu versichern, daß ich Euch für Euren herzlichen Empfang äußerst verbunden bin.«

»Ich danke Euch, Sir«, erwiderte sie mit leicht geneigtem Kopf.

Sie setzte sich auf einen geschwungenen Sessel und forderte ihn auf, es ihr gleichzutun. Er machte es sich gerade in einem Sessel gegenüber von ihr bequem, als Basset auf ihr Klingeln erschien.

»Ein wenig Rotwein für den Grafen, Basset, und ein Glas Ratafia-Likör für mich.«

»Sofort, Eure Ladyschaft«, sagte er sich verbeugend und bedachte den fremden Besucher mit einem Blick schlecht verhüllten Mißtrauens, bevor er den Raum wieder verließ.

»Möchtet Ihr Euren Sessel ein wenig näher ans Feuer rücken, Graf? Ich vermute, daß Ihr solch rauhes Wetter nicht gewöhnt seid.«

»Ich fühle mich vollkommen wohl, danke, Eure Ladyschaft. Ich habe mich bereits während einer stürmischen Überfahrt über den Ärmelkanal akklimatisiert.«

 »Darum beneide ich Euch nicht!« antwortete sie mit

einem Schaudern. »Ich habe eine solche Reise 1802 durchgemacht und sie niemals wieder vergessen!«

»*Mal de mer?*« fragte er mitfühlend.

Sie nickte. »Ich muß zugeben, daß ich nicht sehr seetüchtig bin, obwohl ich gern reise. Natürlich war es während der letzten Jahre nicht möglich, den Kontinent zu besuchen, aber ich habe seine Vergnügungen nicht vollständig vergessen. Ich mochte Paris so gern.« Sie seufzte leise. »Solch eine elegante Stadt. Die Kaiserin Josephine hat ein ausgezeichnetes Stilempfinden eingeführt. Jene wundervollen klassischen Gewänder! Ach! Und die Empfänge in Paris waren so vornehmer Natur. Ich habe bedauert, daß wir schon nach kurzer Zeit wieder abreisen mußten. Aber ich wollte mich nicht in Erinnerungen verlieren. Verzeiht mir.«

Sie brach ab, als Basset mit einem Tablett hereinkam und die Erfrischungen servierte. Der Graf kostete den Wein und bezeichnete ihn als hervorragenden Jahrgang.

»Ich gratuliere Euch zu Eurem Weinkeller, Lady Trevingham, dieser Rotwein ist recht außergewöhnlich.«

»Ich danke Euch, Sir. Mein Mann ließ ihn lagern, wißt Ihr. Er war sehr stolz darauf.«

»Mit gutem Grund, Mylady. Er war zweifellos ein Mann mit ausgezeichnetem Geschmack.« Der Graf hob sein Glas, um ihr zuzuprosten, und der Blick seiner dunklen, bezwingenden Augen drückte unmißverständlich Bewunderung aus.

Ihre Ladyschaft, die in ihrer Jugend sehr schön gewesen war, stellte fest, daß sie männlichem Charme gegenüber noch immer nicht immun war und ein Kompliment von einem hübschen jungen Gentleman noch immer genießen konnte, besonders von einem Gentleman mit solch wunderbarem Lächeln. Basset, dessen entrüsteter Blick dem Gast nicht verborgen blieb, eilte in seinen Anrichteraum und äußerte leise vor sich hin murmelnd Kritik an Personen, die auf niederträchtigen Betrug zurückgriffen, um ihre Ziele zu erreichen.

»Ihr wart vermutlich in Paris, Graf?« fragte Ihre Ladyschaft höflich und in dem Bemühen, ihr Gleichgewicht wiederzuerlangen.

»Ja, in der Tat. Es ist schon seltsam, aber Ihr und ich müssen ungefähr zur gleichen Zeit dort gewesen sein«, sagte er beiläufig, warf ihr aber einen wachsamen Seitenblick zu.

»Tatsächlich? Ich frage mich, warum wir uns niemals begegnet sind. Mein Mann und ich waren dort, um meinen Bruder zu besuchen. Er war dort im diplomatischen Dienst und lud uns ein, uns ihm einige Monate lang anzuschließen. Wir haben auch an mehreren Empfängen teilgenommen. Vielleicht wart Ihr auch bei einem davon zugegen?«

»Sicherlich erinnere ich mich an einige Empfänge – besonders an jenen im März '03«, sagte er bedeutungsvoll.

»Oh, Ihr wart dort?« fragte sie interessiert. »Das muß wirklich schrecklich gewesen sein. Charles und ich haben nicht daran teilgenommen, aber George war, glaube ich, dort. Ich kann nicht verstehen, wie Whitworth sich auf einen solch erbärmlichen öffentlichen Streit einlassen konnte.«

»Es war ein Zusammenprall der Temperamente: die heftigen Ausbrüche des ungestümen Korsen gegenüber der frostigen Reserviertheit des eiskalten Engländers – bei solchen Grundvoraussetzungen war ein Streit unvermeidlich.«

 »Ja, mein Mann bestand darauf, sofort nach Hause

zu segeln, und seitdem war keine Gelegenheit mehr zurückzukehren. Aber vielleicht wird sich mein Wunsch, Paris wiederzusehen, jetzt, wo der Krieg beendet ist, doch noch erfüllen.«

»Nun, Ihr solltet Eure Reise noch nicht jetzt planen, Lady Trevingham«, riet er warnend.

»Oh? Warum nicht?« fragte sie neugierig.

»Weil Ihr eine höchst unerfreuliche Kanalüberquerung ertragen müßtet«, erklärte er glatt. »Ihr tätet gut daran, die wärmeren Monate abzuwarten. Eine Winterreise sollte unter allen Umständen vermieden werden. Es wäre eine höchst unbequeme Reise für eine Dame Eures Zartgefühls.«

Lady Trevingham betrachtete ihn mißtrauisch. Sie hatte den deutlichen Eindruck, daß es noch einen anderen Grund gab, warum er ihr von der Reise abriet. Aber sie verfolgte die Angelegenheit nicht weiter, sondern wechselte rasch das Thema.

»Und welche anderen Städte außer Paris habt Ihr besucht, Graf?« fragte sie.

»Eine ganze Reihe von Städten, denke ich. Madrid, Lissabon, Wien, Zürich, Venedig, Neapel und natürlich Rom.«

»Gütiger Gott, so viele? Welch ausgefallenes Leben Ihr führen müßt. Und habt Ihr Euch jetzt in Rom niedergelassen, Sir?«

»Ich lasse mich niemals irgendwo auf Dauer nieder«, erwiderte er sorglos.

»Aber gibt es denn keinen Ort, den Ihr Zuhause nennen könntet?!« rief sie ungläubig aus.

»Nicht in dem Sinne, wie Ihr das Wort gebraucht. Zuhause ist für mich dort, wo immer ich zufällig gerade bin.«

»Also habt Ihr keine Familie?«

»Nein, ich habe keine Familie«, antwortete er mit kalter, gefühlloser Stimme.

»Wie überaus traurig«, murmelte Lady Trevingham und hob den Blick ungewollt zu dem Porträt ihrer eigenen Familie.

»Das sollte man eigentlich meinen«, bemerkte er, während er ihren Blick aufnahm. »Aber bitte verschwendet Euer Mitleid nicht an mich. Ich brauche es nicht und verdiene es auch nicht. Ich versichere Euch, ich bin sehr zufrieden mit meinem Los. Keine Familienbande zu haben verleiht einem Mann uneingeschränkte Freiheit. Ich kann stets tun, was immer ich will, und gehen, wohin immer ich will, ohne jemandes Wünsche oder Gefühle in Betracht ziehen zu müssen. Bin ich nicht eher zu beneiden als zu bedauern?«

»Also kümmert es niemanden, was aus Euch wird?« fragte sie mit weicherer Stimme.

»Ich spüre, daß Ihr entschlossen seid, mich zum Gegenstand Eures Mitgefühls zu machen, Mylady. Das ist die Art aller Frauen. Aber ich werde Euch bitterlich enttäuschen, wenn Ihr darauf besteht, mich in diesem Licht zu betrachten. Bitte glaubt mir, wenn ich Euch sage, daß mir derartige sentimentale Empfindungen gänzlich unbekannt sind, wie Ihr bald selbst erkennen werdet. Ich muß Euch diesbezüglich fairerweise warnen«, schloß er vollkommen ernst.

Während sie sein dunkles, unbeugsames Gesicht betrachtete, konnte sie ihm seine Worte sehr wohl glauben, aber das Mutterherz in ihrer Brust und seine rauhen Worte ließen sie nur noch mehr Mitleid für ihn empfinden.

In diesem Moment wurden sie von der plötzlichen Ankunft des Hausherrn unterbrochen. Er platzte formlos und höchst aufgeregt in den Raum.

»Gütiger Himmel, du bist es, James! Ich dachte, der arme alte Basset hätte den Verstand verloren, als er über Fremde faselte, die unter nichtigem Vorwand ins Haus eindringen. Nun, das ist wahrhaftig eine großartige Nachricht! Du hier in England! Ich hätte es niemals für möglich gehalten. Wie lange bleibst du?«

Er ergriff die Hand seines Freundes und schüttelte sie kräftig, während er ununterbrochen strahlte.

»Du hast mir einen herzlichen Empfang versprochen, soweit ich mich erinnere, und ich merke, daß du es auch so gemeint hast«, lächelte der Graf, während er die Begeisterung des jungen Mannes beobachtete.

»Ich werde euch beide jetzt allein lassen«, warf Lady Trevingham taktvoll ein. »Sicherlich habt ihr euch viel zu erzählen, und ich muß noch einen Brief beenden. Vielleicht möchtet Ihr uns beim Essen Gesellschaft leisten, Graf Fabricati?«

»Es wäre mir eine Freude, Mylady«, nahm er die Einladung dankbar an, begleitete sie liebenswürdig zur Tür und öffnete diese für sie.

Als sie gegangen war, wandte er sich wieder um und nahm erneut seinen Platz am Kamin ein, während Trevingham sich in den von seiner Mutter verwaisten Sessel warf.

»Was höre ich da? Graf Fabricati? Soll ich dich so ansprechen, während du in London weilst?« erkundigte er sich mit eigenartigem Gesichtsausdruck.

»Ja, das ist richtig. Es ist eine fast vollkommene Lüge, nicht wahr?« sagte er heiter, lehnte sich in seinem Sessel zurück und streckte die langen Beine zum Feuer aus.

Trevingham konnte nicht umhin, über die Unverfrorenheit des Mannes zu lachen. »Du bist wirklich ganz außergewöhnlich, weißt du, James«, brachte er schließlich heraus.

»Ich bin dir sehr verbunden, Justin. Glaube ich. War es als Kompliment gemeint? Nun, egal, das auf diese Weise angewandte Eigenschaftswort ist vielleicht recht passend.«

»Aber dies ist London, mein Freund. Es wird nicht leicht sein, deinen Ruf hier festzuschreiben. Die Leute fühlen sich verpflichtet, viele peinliche Fragen zu stellen, und die Dinge könnten, nun, etwas schwierig werden«, beendete er seinen Satz wenig überzeugend.

»Mach dir darüber keine Sorgen. Ich tue es auch nie. Die Leute sind überall auf der Welt gleich. Sie werden dem sichtbaren Beweis glauben. Du wirst bald sehen, daß ich recht habe.«

Trevingham schien noch immer zu zweifeln. Er konnte sich die verschiedenartigsten Schwierigkeiten vorstellen.

Der Graf betrachtete ihn nachdenklich. »Würdest du dich in irgendeiner Weise besser fühlen, wenn ich dir sagte, daß es mein rechtmäßiger Titel ist?«

»Was? Willst du damit sagen, du seist wirklich ein Graf?« rief Trevingham äußerst erstaunt aus. »Oder ist das wieder eines deiner Schauermärchen?«

»Überhaupt nicht«, erwiderte er, von der Beschuldigung völlig unbeeindruckt.

»Aber hast du mir nicht erzählt, der Titel sei nur angenommen?«

»Der Name, ja, aber der Titel nicht. Er wurde mir von König Ferdinand persönlich verliehen – für geleistete Dienste, verstehst du«, fügte er geheimnisvoll hinzu.

»Du meinst es dieses Mal doch ernst?«

»Absolut. Beruhige dich, Justin. Ich versichere dir, du wirst dir deinen Ruf nicht verderben«, sagte er leichthin.

»Nun gut. Ich muß sagen, ich bin jetzt schon etwas weniger besorgt«, gestand Seine Lordschaft ziemlich erleichtert ein. »Jetzt sage mir, wo wohnst du? Ich würde mich freuen, wenn du während deines Londonaufenthaltes hier bei uns bleiben würdest.«

»Das ist sehr freundlich von dir, Justin. Aber ich habe mir bereits ein Haus in der Brook Street genommen.«

»Tatsächlich? Donnerwetter! Dann willst du also länger bleiben?«

»Vielleicht. Meine Pläne stehen noch nicht ganz fest, aber ich hoffe, drei oder vier Monate hierzubleiben.«

»Wann bist du angekommen? Und warum hast du Italien verlassen? Als ich mich von dir verabschiedete, hätte ich nicht gedacht, daß du fortwolltest. Was hat dich zu diesem Entschluß bewogen?«

»Das war Mr. Colton. Er wollte schnellstens nach Hause reisen, und da ich ihn nicht überreden konnte, noch länger zu warten, hielt ich es für das beste, ihn auf einer solch anstrengenden Reise zu begleiten. Er war noch immer sehr schwach, wobei sein geistiger Zustand meine Sorgen um sein Wohlergehen jedoch weitgehend vertrieb. Ich habe ihn vor zehn Tagen in Lewes, wieder sicher im Schoße seiner Familie, zurückgelassen. Sie waren überglücklich, ihn zu sehen, wie du dir vielleicht vorstellen kannst, und weil ich in einem solchen Moment nicht stören wollte, verließ ich sie sofort. Jetzt bin ich hier und bestrebt, mich mit deiner großartigen Hauptstadt bekannt zu machen. Sage mir, wie vergnügt man sich hier?«

»Oh, da gibt es viele Möglichkeiten. Fechten bei Angelo, Übungsboxen bei Jackson, Schießen bei Manton. Wenn du an Maskeraden interessiert bist, solltest du Cribbs Parlour aufsuchen. Und des weiteren gibt es Hahnenkämpfe, Rennen und Spiele aller Art – alle möglichen Gelegenheiten für einen Mann, der gern wettet. Und du mußt dich bei Almack's sehen lassen. Das ist ein äußerst exklusiver Klub, und obwohl es dort an den meisten Abenden recht langweilig zugeht, wirst du feststellen, daß es dir viele Türen in die Londoner Gesellschaft öffnet, wenn du dort akzeptiert wirst. Wenn du reiten möchtest, kannst du dir jedes geeignete Pferd aus unseren Ställen aussuchen.«

»Danke, du bist sehr großzügig, aber ich habe vor wenigen Tagen bereits Tattersall einen Besuch abgestattet und mir gestern eine oder zwei Kutschen angesehen.«

»Du warst schon auf der Pferdebörse?« bemerkte Trevingham erstaunt. »Ich muß sagen, du hast wirklich keine Zeit verschwendet.«

»Ich will mich natürlich vergnügen«, lächelte der Graf. »Und nach dem, was du mir erzählst, gibt es tatsächlich zahlreiche Möglichkeiten für einen Mann, diesen Ehrgeiz zu befriedigen.«

»Nun, zunächst einmal werde ich dich in einem oder zwei der Klubs eintragen und dich einer Reihe ausgezeichneter Burschen vorstellen, Freunde von mir, die uns sicherlich gerne behilflich sein werden, alle möglichen Narrheiten zu begehen. Und da wir gerade davon sprechen«, fuhr Seine Lordschaft mit kläglichem Lächeln fort, »muß ich zugeben, daß ich mich selbst ein wenig töricht verhalten habe.«

Er erhob sich, trat zum Kamin, stützte einen Arm auf den Sims und schaute brütend in die Flammen. Nach wenigen Sekunden schweigender Betrachtung wandte er sich wieder zu dem Grafen um.

»Es ist so, James, daß ich meiner Familie von jenem Zwischenfall in Rom, von der Nacht, in der wir in diesen Streit gerieten, erzählt habe. Aber ich habe die

Geschehnisse nicht sehr wahrheitsgetreu wiedergegeben. Oh, ich bin mir vollkommen bewußt, daß ich alles hätte erwähnen sollen, aber du weißt vielleicht, wie das ist! Meine Schwestern lesen stets Romanzen, nun, Sophy jedenfalls, und ich dachte vermutlich, es würde nichts schaden, ihre Phantasie mit einer Erzählung von Gefahren, Kerkern und ähnlichem Unsinn zu speisen. Ich hatte zu dem Zeitpunkt keine Ahnung, daß du die Absicht hattest, nach London zu kommen, sonst hätte ich das niemals getan. Wie dem auch sei, ich habe meiner Zunge freien Lauf gelassen und ein hübsches Abenteuer erfunden, in dem du als ziemlich ... sagen wir: farbenfreudiger Charakter agiertest und ich der Held war, der dich vor deinem schrecklichen Schicksal errettet hat. Ich wagte nicht zu enthüllen, was wirklich geschah, weil meine Mutter empört darüber gewesen wäre zu hören, daß ich Spielhöllen aufgesucht habe. Und wenn sie weiterhin hören würde, daß ich in einen Schwertkampf verwickelt war, wäre sie vollkommen entsetzt.«

»Ich verstehe«, sagte der Graf äußerst belustigt. »Nun, du brauchst nicht zu befürchten, daß ich dich bloßstelle. Immerhin ist deine Geschichte gar nicht so weit von der Wahrheit entfernt, nicht wahr? Soweit es mich betrifft, kannst du deine Heldenrolle beibehalten. Ich spiele gerne den Schurken. Das paßt gut zu mir, wie du selbst bei mehreren Gelegenheiten gesagt hast.«

»Oh, ich habe nicht gesagt, daß du ein wirklicher Schurke bist, aber habe meinen Eindruck wiedergegeben, daß du etwas Ruchloses an dir hast. Tatsächlich sagte meine Schwester Constance, daß es ein wenig klänge, als seist du ein Hallodri«, grinste Trevingham mit einem schnellen Blick auf den Gesichtsausdruck des Freundes, um seine Reaktion auf diese Information zu sehen.

Der Graf hatte gerade nach seinem Weinglas gegriffen, aber diese Bemerkung ließ ihn in der Bewegung, das Glas zum Mund zu führen, innehalten. Er hob gespielt überrascht die Augenbrauen und sagte: »Deine Schwester kennt in der Tat interessante Wörter.«

»Ja, sie gilt als eine Art Blaustrumpf. Tatsächlich ist sie eine sehr kluge Frau. Und auch bemerkenswert gerissen«, fügte er mit vor Vergnügen blitzenden Augen hinzu.

»Tatsächlich?« bemerkte der Graf trocken.

»O ja. Mama glaubt, daß das der Grund ist, warum sie niemals geheiratet hat.«

»Ich würde vermuten, daß es weniger mit der Farbe ihrer Strümpfe als mit ihrer lebhaften Ausdrucksweise zu tun hat«, bemerkte sein Freund mißbilligend.

»Oh, Connie ist kein Backfisch mehr. Sie läßt sich nichts gefallen. Sie ist sehr feinfühlig, aber auch sehr geradlinig. Sie hat mir schon aus einigen Verlegenheiten herausgeholfen, das kann ich dir sagen«, erklärte Seine Lordschaft stolz.

»Wie erbaulich ...«, murmelte der Graf schwach lächelnd. »Sie scheint ein perfektes Bild der Weiblichkeit zu sein.«

»Wahrscheinlich hältst du meine Worte für den Wahn eines übertrieben liebenden Bruders, aber warte, bis du sie kennenlernst. Du wirst sehen, daß ich nicht übertreibe.«

»Oh, sie ist sicherlich recht amazonenhaft, aber was ist mit deiner jüngeren Schwester? Sie wirkt äußerst liebreizend.«

»Ach, Sophy«, seufzte Trevingham und betrachtete das engelsgleich wirkende Kind auf dem Porträt. »Sie ist die Schönheit in unserer Familie und absolut hinreißend. Heute morgen sind sie beide ausgegangen, aber du wirst sie schon bald kennenlernen. Und nun sollten wir nachsehen, was der Koch uns zubereitet hat. Ich bin richtiggehend ausgehungert!«

»Dann laßt uns gehen, Justin, und vielleicht werden wir dann heute abend in den Genüssen Londons schwelgen können. Wie ich hörte, ist jener Tisch reich gedeckt.«

»Das stimmt, aber ich warne dich, denn jene, die daran sitzen, haben einen unstillbaren Appetit. Es ist schon manches Vermögen über Nacht verschlungen worden.«

»Danke für deine Besorgnis, aber du brauchst keine Bedenken zu haben. Ich gedenke nicht mehr abzubeißen, als ich kauen kann.«

»Sehr gut, James. Du kennst dich!« lachte Trevingham und öffnete schwungvoll die Tür.

»Zweifellos«, sagte der Graf, während er ihm aus dem Raum folgte.

Später an jenem Tag, als die Gentlemen gegangen waren, hörte Lady Trevingham ihre Töchter zurückkehren. Sie betraten den Raum lachend und schwatzend, denn sie hatten einen vergnüglichen Vormittag mit ihren Freunden verbracht. Sie hatten Bullocks Museum in der Piccadilly besucht, das viele Tausende von Ausstellungsstücken bot, einschließlich Seetauchern, Reptilien, Vögeln, Tiere aller Art und Insekten sowie verschiedene Kunstwerke und altertümliche Werkzeuge.

»O Mama! Es war großartig. Die ägyptische Halle ist faszinierend! Aber wir haben nicht einmal die Hälfte von allem gesehen! War es nicht phantastisch, Connie? Wir haben die niedlichsten kleinen Affen gesehen, die du dir vorstellen kannst, und Georgiana wurde beim Anblick der Schlangen fast ohnmächtig!« rief Sophy begeistert aus, während ihre Augen und

Wangen vor Aufregung glühten. »Sie haben so gräßlich ausgesehen!«

»Nun, hoffentlich willst du mir nicht erzählen, daß du jetzt die Absicht hast, ein solches Tier zu kaufen – ich meine natürlich einen Affen, nicht eine Schlange. Lady Caroline hatte einen Affen als Haustier, und ich kann mich erinnern, daß er ständig alles zerbrochen und Essen über die Möbel verschüttet hat«, erwiderte ihre Mutter und verzog das Gesicht. »Ein schreckliches kleines Biest.«

»Nein, natürlich denke ich nicht daran, aber das heißt nicht, daß ich nicht sehr gerne ein solches Tier hätte«, fügte sie mit bedauerndem Seufzen hinzu.

»Entschuldige, daß wir dich den ganzen Morgen allein gelassen haben, Mama«, warf Constance ein. »Wir wollten eigentlich nicht so lange fortbleiben, aber wir wurden von Georgiana und ihren Cousins zum Essen eingeladen, und ich dachte, du hättest nichts dagegen. Ich weiß, daß du heute einige Briefe schreiben wolltest, und wahrscheinlich warst du sogar froh, uns los zu sein«, erklärte sie und glättete ihr zerknittertes Kleid, während sie sich zu ihrer Mutter setzte.

»Oh, ich habe den Vormittag nicht allein verbracht, meine Lieben. Ich hatte selbst eine sehr interessante Zeit, in der ich einen Gentleman unterhalten habe, wißt ihr!« sagte sie mit schelmischem Augenzwinkern.

»Wirklich?« lächelte Constance, die spürte, daß der männliche Besucher für ihre Mutter sehr ungewöhnlich gewesen sein mußte, da sie fast vor Neuigkeiten platzte. »Und wer bitte war wohl dieser unbekannte Kavalier?«

»Nun, er war leider nicht mein Kavalier, Connie. Obwohl ich alle meine weiblichen Künste eingesetzt hätte, um ihn dazu zu machen, wenn ich noch so jung wäre wie ihr. Er war sehr außergewöhnlich. Er wollte

Justin besuchen, und da er heute morgen früh aus dem Haus gegangen war, habe ich mich bemüht, den Gentleman bis zu seiner Rückkehr zu unterhalten.«

»Und wirst du uns seinen Namen sagen?« fragte Sophy, deren Neugier durch das Schimmern in den blauen Augen ihrer Mama geweckt war.

»Es war Graf Fabricati!« verkündete sie bedeutungsschwer und lehnte sich zurück, um die Wirkung dieser Eröffnung auf den Gesichtern ihrer Töchter abzulesen.

Sophy wirkte verwirrt, und Connie hob nur überrascht die Augenbrauen. »Graf Fabricati«, wiederholte sie langsam, und als ihr dann die Erkenntnis dämmerte, setzte sie sich in ihrem Sessel aufrecht. »Nicht der Italiener?« fragte sie ungläubig.

»Genau jener, meine Lieben, und er sieht genauso aus, wie Justin ihn uns beschrieben hat. Er hat nicht übertrieben, denn er sieht wirklich recht piratenhaft aus. Tatsächlich hatte ich zunächst ein wenig Angst vor ihm, aber er ist recht charmant, wenn man ihn näher kennt.«

»Oh, werden wir ihn sehen?« rief Sophy schrill. »Ist er noch hier?«

»Nein, sie sind inzwischen fortgegangen, aber ich halte es für wahrscheinlich, daß ihr ihm bald begegnen werdet. Justin erzählte mir, daß er sich ein Haus in der Brook Street genommen hat und eine Weile in London bleiben will.«

»Und sieht er sehr gut aus?« fragte Sophy, die noch nicht gelernt hatte, einen Mann nach etwas anderem als seinem Erscheinungsbild zu beurteilen.

»Ich denke schon, aber du wirst vielleicht anderer Meinung sein. Er ist etliche Jahre älter als du, meine Liebe.«

»Das ist mir vollkommen egal«, schmollte sie auf

bezaubernde Weise. »Ich bin die albernen jungen Männer leid.«

»Aber wie hat er dir charakterlich gefallen, Mama?« fragte Constance gespannt. »Hat er sich wie ein Gentleman verhalten? Justin ist solch ein vertrauensseliger Mensch und so frei und offen, daß ich manchmal fürchte, er könnte auch von einem gewissenlosen Menschen eingenommen sein.«

»Da kannst du ganz beruhigt sein. Der Graf ist ein vollkommener Gentleman. Er ist ein Mann von guter Erziehung und ausgezeichneter Herkunft. Ich halte ihn für bemerkenswert selbstbeherrscht, und er hat eine äußerst seltsame Art, einen anzusehen, als könne er Gedanken lesen.« Sie hielt nachdenklich inne. »Es war wirklich sehr verwirrend.«

»Und was ist mit dieser Narbe auf seinem Gesicht?« fragte Sophy, die von der von ihrer Mutter abgegebenen Beschreibung des Besuchers sehr fasziniert war. »Ist sie sehr häßlich?«

»Nein, natürlich nicht! Ich finde, daß sie ihn eher heldenhaft aussehen läßt und ihm eine Art fremdartiger Faszination verleiht.«

»Oh, ich wünschte, ich wäre dagewesen! Ich hätte ihn so gerne gesehen«, klagte Sophy enttäuscht.

»Man sollte denken, du hättest für einen Tag genügend viele Ausstellungsstücke gesehen«, unterbrach Connie sie ausgelassen. »Ich frage mich, welches sich als schlimmer erweisen wird – ein italienischer Pirat oder eine mexikanische Schlange? Wir werden abwarten müssen!«

Sie mußten nicht lange warten, denn ihr Bruder kam mit einer Gruppe von Freunden auf sie zu, als sie am gleichen Nachmittag zur Zeit des Promenierens in den Park fuhren. Er begrüßte sie in ihrer Kutsche mit lautem Ruf, sobald er ihrer ansichtig wurde, und der Landauer hielt neben ihm an.

Sie begrüßten sich alle gegenseitig, und dann zog Trevingham den Grafen nach vorn, um die notwendige Vorstellung durchzuführen, denn er war der einzige Gentleman dieser Gesellschaft, den sie noch nicht kannten.

»Connie, Sophy, ich würde Euch gerne einen guten Freund von mir aus Rom vorstellen, der eine Weile in London bleiben wird. Dies ist Graf Fabricati, von dem ihr mich bereits habt erzählen hören. Graf, dies sind meine Schwestern, die Ehrenwerte Miss Constance Trevingham und die Ehrenwerte Miss Sophia Trevingham.«

Der Graf zog seinen hohen Hut und verbeugte sich schwungvoll und elegant. »Guten Tag, meine Damen, Ihr Bruder hat so ausdrucksvoll von Ihnen beiden gesprochen, daß ich fast das Gefühl habe, die Damen bereits zu kennen, und daher mehr als glücklich bin, Sie endlich tatsächlich kennenlernen zu können.«

»Danke, Sir. Es ist sehr freundlich von Euch, das zu sagen«, erwiderte Constance und neigte höflich den Kopf.

»Guten Tag, Sir«, sagte Sophy und blickte unter geziert gesenkten Lidern schüchtern zu ihm. »Wir haben uns ebenfalls sehr darauf gefreut, Euch kennenzulernen. Wir waren so enttäuscht, daß wir nicht zu Hause waren, als Ihr heute morgen Eure Aufwartung machtet, nicht wahr, Connie?«

»Wir werden sicherlich weitere Gelegenheiten haben, den Graf zu sehen, da er jetzt in der Stadt wohnt«, antwortete Constance kühl und dachte, daß ihre Schwester ein wenig zu überschwenglich reagierte. Sie beschloß, diesen Fremden von Anfang an wissen zu lassen, daß sie keinesfalls die Absicht hatte, sich so leicht bezaubern zu lassen. Sie hielt ihn, nach allem, was ihr Bruder erzählt hatte, noch immer für einen entschieden unverschämten Menschen.

»Ich werde jede dieser Gelegenheiten mit Freuden wahrnehmen, Miss Trevingham«, erwiderte der Graf glatt, während er seinen Hut wieder fest auf den dunklen Kopf setzte und ihrem herausfordernden Blick mit vollkommenem Gleichmut standhielt.

»Nehmt ihr uns bis zum Stanhope Gate mit?« fragte Justin sie und wandte sich, nachdem Sophy sofort zugestimmt hatte, an die anderen beiden Gentlemen.

»Also sehen wir uns heute abend, wie vereinbart. Um zehn Uhr. Ich werde euch auf meinem Weg dorthin in der Mount Street abholen.«

Lord John Dillcott antwortete nicht sofort, da seine Aufmerksamkeit noch immer von Miss Sophias hübschem Gesicht vereinnahmt wurde.

»Dilly! Hörst du zu? Oder hängst du schon wieder Tagträumen nach?« fragte sein Freund gereizt.

»Oh, es tut mir leid, Justin, ich habe ... eh ... gerade nachgedacht«, entschuldigte er sich und wandte den Blick widerwillig von dem faszinierenden Gesicht der jungen Dame seiner Träume ab.

»Du solltest dir keine so schwierige Aufgabe stellen, Dilly, denn du wirst feststellen, daß sie all diese Mühe selten wert ist«, riet der andere Gentleman, Sir Francis Brascombe. »Nun komm, ich glaube, ich sehe Alvanley vor uns, und ich möchte ihn kurz sprechen. Bis heute abend, Gentlemen«, fügte er mit einem Schwingen seines Biberpelzhutes hinzu, und dann gingen sie, sich von den Damen verabschiedend, davon.

Trevingham und der Graf kletterten in den Landauer, und Seine Lordschaft gab dem Kutscher den Befehl loszufahren. Während sie den Fahrdamm entlangrollten, begann er den Grafen auf verschiedene Sehenswürdigkeiten und interessante Personen hinzuweisen, wobei er von seiner jüngeren Schwester gekonnt unterstützt wurde. Die Ältere benutzte die momentane Ablenkung, um den Neuling verstohlen zu betrachten.

Er sah in seinem einreihigen, mit drei goldenen Knöpfen geschlossenen Jackett sehr elegant aus. Der edle, dunkelblaue Stoff schien sich an seine breiten Schultern anzuschmiegen, die anscheinend keiner Polsterung zur Verstärkung bedurften. Er trug den modernen hohen Hemdkragen, ohne lächerlich zu wirken, und seine weiße Musselinkrawatte war kompliziert, aber ordentlich gebunden. Sie schätzte seine Größe auf etwa sechs Fuß, was ungefähr der Größe ihres Bruders entsprach. Seine langen, muskulösen Beine waren von gut sitzenden Pantalons umschlossen, die in glänzenden, auf der Oberseite mit einer kleinen goldenen Quaste verzierten Reitstiefeln steckten. Aus all diesem auf den ersten Blick erkennbaren Putz schloß sie, daß er ein Mann von einigem Vermögen war. Er zeigte bei seiner Kleidung einen kultivierten Geschmack, und zumindest das fand ihre Anerkennung. Die Kleidung war exquisit gearbeitet, ohne an die außergewöhnliche Affektiertheit zu erinnern, die einige Mitglieder der Stutzerkreise angenommen hatten. Als einzigen Schmuck trug er an der Taille eine Uhrkette und an der Krawatte eine einfache Saphir-und-Diamant-Nadel.

Als sie sicher war, unbeobachtet zu sein, betrachtete sie seine eher dunklen Gesichtszüge. Sie schätzte ihn auf Anfang Dreißig. Er hatte eine breite, hohe Stirn unter dichtem rabenschwarzem Haar, das sich ein wenig lockte, obwohl es kurz geschnitten war, und noch keinerlei Graufärbung zeigte. Die Augenbrauen standen gerade und sehr schwarz über weit geöffneten dunklen Augen. Er hatte ein perfektes griechisches Profil mit gerader Nase, fein geschnittenen Lippen und hohen, wohlgeformten Wangenknochen. Die Narbe auf der linken Seite seines Gesichts war keineswegs nachteilig für seine Erscheinung, sondern schien seine zweifellos männliche Anziehungskraft noch zu verstärken. Sie ließ ihn noch fesselnder wirken, und sie konnte die Reaktion ihrer Mutter auf ihn gut verstehen. Und da war noch etwas, das weniger leicht zu bestimmen war. Der Mann hatte eine gewisse Aura, wie von einer verborgenen Macht, die mehr als nur physische Kraft war, die er unzweifelhaft ebenfalls besaß. Diese Aura zeigte sich in seiner leidenschaftslosen Haltung, einer vollkommenen Selbstsicherheit, die ihn von anderen Männern ihres Bekanntenkreises unterschied. Es war, als würde er sich um nichts und niemanden kümmern.

Kein Wunder, daß Justin ihn als piratenhaft beschrieben hatte. Aber nicht sein unerschrockener Gesichtsausdruck vermittelte ihr diesen Eindruck, sondern eher dieses letzte, seltsame Gefühl, das noch lange, nachdem er gegangen war, blieb und sie sich entschieden unbehaglich fühlen ließ.

Vier

Wenn Constance gewisse Vorbehalte gegen den neuen Begleiter ihres Bruders hatte, so galt dies für Sophy gewiß nicht. Sie erklärte ihn zum Inbegriff all ihrer romantischen Träume und belegte ihn mit jedem heldenhaften Attribut, das eine rege Phantasie ersinnen konnte. Noch Tage nach der Begegnung sprach sie von kaum etwas anderem als dem Grafen, dem, was er gesagt und getan und wie er ausgesehen hatte, bis sie Constance fast zur Verzweiflung trieb. Justin fand ihre Verliebtheit höchst amüsant und zog seine kleine Schwester unbarmherzig auf.

»Es hat keinen Zweck, ein Auge auf den Grafen zu werfen, Sophy. Es sähe ihm nicht ähnlich, einem Mädchen von kaum neunzehn zum Opfer zu fallen. Du solltest deinen Reiz lieber an einen jüngeren Mann verschwenden. An den armen alten Dilly zum Beispiel. Er ist vernarrt in dich, weißt du.«

Sophys blaue Augen sprühten Funken. »Du weißt sehr gut, daß ich nichts dergleichen tun werde! Nur weil ich zufällig einen Mann bewundere, heißt das nicht, daß ich ihn gleich heiraten will. Und was Lord Dillcott betrifft, so bin ich an seinen Empfindungen nicht im geringsten interessiert. Außerdem war er in Maria Westerly verliebt, bevor er mich traf, und ein Mann, der sich so kurz nacheinander in verschiedene Frauen verliebt, ist wohl kaum zuverlässig«, fügte sie verächtlich hinzu.

»Und ein Mann, der selbst zugibt, daß er nicht den Wunsch hat, ein geregeltes Leben zu führen, ist es ebenfalls nicht«, warnte Constance und schaute von ihrem Lesestoff auf, als die Unterhaltung ihre Konzentration störte.

»Vielleicht will er das aber eines Tages doch«, erwiderte Sophy, durch die mißbilligenden Worte ihrer Schwester dazu getrieben. »Wenn er die richtige Frau trifft.«

»Und du denkst vermutlich, du könntest diese Frau sein«, lachte Justin. »Nun, du solltest lieber noch kein Brautkleid aussuchen. James ist ein listiger Gesell, der dem Netz bisher immer entkommen ist. Ich würde darauf wetten, daß er die Absicht hat, dies auch weiterhin zu tun.«

»Ich bin nicht Diana«, erwiderte Sophy kalt. »Du redest, als wenn ich ihn wohlüberlegt einfangen wollte. Andere Frauen müssen vielleicht auf solche Mittel zurückgreifen, aber laß mich dir versichern, daß ich das niemals für nötig gehalten habe. Wenn du jetzt nichts dagegen hast, würde ich gerne das Thema wechseln.«

»Ich würde einen Themenwechsel wirklich auch begrüßen«, seufzte Constance und warf das Buch beiseite. »Dieses ist inzwischen recht langweilig geworden.« Sie gähnte und streckte ihre verkrampften Glieder, weil sie fast den ganzen Nachmittag zusammengekauert auf dem Sofa gesessen hatte. »Welch ein trostloser Tag das gewesen ist. Ich glaube, wir werden die Kerzen früh anzünden lassen müssen. Gehst du heute abend mit uns zu Lady Hollands Ball, Justin?«

»Vielleicht schaue ich gegen elf Uhr einmal vorbei. Das hängt von den anderen Burschen ab – wir speisen heute abend alle bei Brascombe, bevor wir zu Brooks' weiterziehen«, antwortete er unbestimmt. »Geht Mama mit euch?«

 »Ja, sie freut sich schon darauf. Darum hat sie sich

auch den ganzen Nachmittag ausgeruht. Ich glaube, ich werde einmal nachsehen, ob sie jetzt wach ist.«

Sie schwang die Beine auf den Boden und stand auf, aber anstatt den Raum sofort zu verlassen, hielt sie einen Moment inne und sah ihren Bruder stirnrunzelnd an. »Begleitet der Graf dich heute abend?« fragte sie plötzlich.

»Und warum interessiert dich das?« erwiderte er erstaunt. »Ich dachte, du wolltest nichts mehr über ihn hören?«

»Geht er mit dir zu Brooks'?« beharrte sie und ignorierte seine Frage.

»Natürlich. Warum auch nicht?« fragte Justin verwundert. »Er ist dort immerhin Mitglied.«

»Hat er dich gebeten, ihn einzuführen?«

»Was bedeutet es schon, ob er es getan hat oder nicht? Was ist so seltsam daran, Mitglied in einigen Klubs zu sein? Ich verstehe nicht ganz, warum du dir darüber solche Sorgen machst«, sagte er ein wenig ungeduldig.

»Meine Sorge gilt nur dir, glaube mir«, versicherte Constance ihm ruhig. Sie legte eine Hand auf seinen Arm und sah ihn forschend an. »Du weißt wirklich nicht viel über seinen Hintergrund, nicht wahr, Jus? Ist es klug, einem Mann zu vertrauen, dessen Schicksal vollkommen vom Umwenden einer Karte abhängt?«

»Ich weiß, er muß dir als ziemlich leichtsinnig erscheinen, Connie, aber er ist wirklich kein solcher Schwerenöter, wie du ihn dir vorstellst. Ich wünschte, ich hätte euch diese Geschichte niemals erzählt. Ich hätte es wirklich nicht tun sollen. Bitte vergiß sie, ja?« bat er, während das Schuldgefühl ihm die Röte ins Gesicht trieb.

»Also ist er kein Spieler?« fragte sie überrascht.

»Doch, das ist er«, gab er widerwillig zu. »Aber er

ist dennoch vollkommen vertrauenswürdig. Du mußt dir darüber keine Gedanken machen. Er ist nur ein wenig seltsam, das ist alles. Er gibt sich vermutlich wohl gerne geheimnisvoll, aber das schadet niemandem. Und er ist ein guter Kämpfer. Ausgesprochen mutig. Ich würde ihm mein Leben anvertrauen.«

»Nun«, erwiderte Constance, die von diesen Beteuerungen nicht sehr überzeugt war, »ich hoffe, daß du diesen Glauben niemals auf die Probe stellen mußt. Ich wünschte nur, du könntest mir vielleicht etwas Achtbareres über ihn erzählen. Ich selbst mag Geheimnisse nicht, sondern ziehe bekannte Tatsachen vor. Versprichst du mir wenigstens, darauf zu achten, nicht selbst in irgendwelche peinliche Verlegenheiten zu geraten?«

»An welche Verlegenheiten denkst du dabei?« lachte er höchst belustigt. »Ich stelle fest, daß du dich wie eine Glucke benimmst.«

»Vielleicht kommt das daher, daß ich spüren kann, daß etwas nicht stimmt«, antwortete sie bedeutungsvoll, während sie den Raum verließ.

Lady Trevinghams Dienstmädchen war im Raum, als Constance an die Tür klopfte und fragte, ob sie wach sei.

»Komm herein, mein Liebes«, rief sie, als sie die Stimme ihrer Tochter erkannt hatte. »Ich versuche mich gerade zu entscheiden, welches Kleid ich heute abend tragen werde. Welches hältst du für passender: das purpurfarbene Seidenkleid oder das saphirfarbene Satinkleid? Vermutlich ist es in meinem Alter nicht mehr wichtig«, seufzte sie, hielt eines der Kleider vor sich und schaute in den Drehspiegel. »Eine Frau mit zwei erwachsenen Töchtern sollte aufhören, sich Gedanken um ihre Erscheinung zu machen. Immerhin, wer wird schon bemerken, was ich trage, wenn ich zwei solch wunderschöne junge Damen bei mir habe?«

»Wenn du Bestätigung brauchst, Mama, mußt du nur in deinen Spiegel sehen«, lachte Constance. »Du weißt sehr gut, daß du und Sophy die einzigen Schönheiten in dieser Familie seid. Ich könnte keiner von euch das Wasser reichen, aber glaube nicht, daß es mich ärgert, das zu wissen«, fuhr sie heiter fort, bevor ihre Mutter protestieren konnte. »Denn Papa hat immer gesagt, ich hätte einen sehr ausgeprägten gesunden Menschenverstand, was für eine Frau, wie er mir versicherte, weitaus besser sei. Zumindest dachte er so, und er ist der einzige Mann, dessen Meinung mir jemals wichtig war, abgesehen vielleicht noch von der Meinung unseres lieben Onkels George.«

»Ja, ich weiß, Liebes«, erwiderte ihre Mutter und sah sie forschend an. »Aber ich kann nicht umhin, mir zu wünschen, daß du weniger Zeit mit Bildung und ein wenig mehr mit Vergnügungen verbracht hättest. Es ist nicht gut für ein Mädchen, einen belesenen Eindruck zu machen. Wenn sich ein Mann eine Ehefrau erwählt, betrachtet er Klugheit nicht als Vorzug. Das habe ich deinem Vater immer wieder gesagt, aber er war anderer Meinung. Er war so stolz auf dich. Schon als du noch ziemlich klein warst, hat er dich den Leuten mit den Worten vorgestellt: ›Sie ist die Kluge.‹ Ich glaube, es wäre besser gewesen, wenn er dich nicht darin unterstützt hätte, dich vollkommen auf deine Bildung zu konzentrieren. Du schienst niemals viel Spaß zu haben, als du in Sophys Alter warst. Ich konnte dich selten von deinen Büchern fortlocken. Vielleicht wäre es mir gelungen, wenn ich es stärker versucht hätte.« Sie hielt inne und seufzte tief. »Ich glaube, ich hätte es zu deinem eigenen Besten tun sollen. Dann wärst du jetzt vielleicht schon Ehefrau und Mutter.«

»O Mama, laß uns keine nutzlosen Vermutungen anstellen«, unterbrach Constance sie gutgelaunt. »Ich habe mir niemals auch nur im geringsten gewünscht, die Ehefrau irgendeines Mannes zu sein. Ich bin vollkommen mit mir zufrieden – wirklich. Ich führe ein Leben meiner Wahl, und das erfreut mich am meisten.«

»Wie seltsam. Graf Fabricati sagte etwas sehr Ähnliches, als ich ihm zum ersten Mal begegnet bin«, sann Lady Trevingham. »Vermutlich werde ich euch junge Leute niemals verstehen, da ich meine Unabhängigkeit als Mädchen nicht so hoch geschätzt habe. Tatsächlich habe ich mich danach gesehnt, verheiratet zu sein.«

»Ja, ich weiß. Du warst schon mit achtzehn eine Braut, nicht wahr? Was mich daran erinnert«, fuhr sie zögernd fort, »daß ich mit dir über Sophy sprechen wollte.«

»Was ist mit Sophy?« fragte ihre Mama beiläufig, während sie das Satinkleid beiseite warf und das purpurfarbene Kleid aufnahm.

»Nun, du mußt doch bemerkt haben, daß sie von diesem italienischen Grafen ziemlich eingenommen ist. Sie spricht in letzter Zeit von nichts anderem mehr. Ich fange an, mir Sorgen zu machen, daß die Angelegenheit für sie zu ernst werden könnte.«

»Oh, ist das alles, worum du dich sorgst? Du brauchst keine Angst um sie zu haben. Mädchen ihres Alters bilden sich oft ein, in einen älteren Mann verliebt zu sein. Ich war schrecklich in einen Freund meines Vaters verliebt, als ich erst siebzehn war, und er war nicht halb so gutaussehend wie Graf Fabricati. Es ist nur natürlich, daß sie ihn verehrt. Er ist immerhin eine sehr romantische Gestalt. Das mußt du doch auch selbst bemerkt haben, Connie. Selbst du kannst seinen Reizen gegenüber nicht vollkommen blind sein. Er braucht nur einen Raum zu betreten, und jede anwesende Frau ist sich dessen bewußt. Weißt du, was die Damen über ihn sagen?«

»Nein, das weiß ich nicht«, erwiderte Constance wenig interessiert.

»Sie glauben, daß er genau dem Korsaren gleicht. Und dem stimme ich durchaus zu! Findest du das nicht auch?«

»Ich kann nicht behaupten, daß ich irgendeine Ähnlichkeit festgestellt hätte«, erwiderte Constance nicht ganz wahrheitsgemäß. »Außerdem weiß jeder, daß der Korsar nur ein schlecht getarntes Selbstpoträt von Lord George Byron ist.«

Lady Trevingham schüttelte verzweifelt den Kopf. »O Connie, mein armes Mädchen, du bist die Tochter deines Vaters. Aber du kannst doch bestimmt nicht so phantasielos sein, wie du vorgibst. Das kann ich nicht glauben. Ich spreche nicht von des Korsaren Seele, die vollkommen byronisch ist, wie ich glaube, sondern ich meine, daß der Graf genauso aussieht wie ein Korsar.«

»Nun, ich bin nicht romantisch veranlagt, Mama, aber Sophy ist es, und ich bitte dich, ihre Begeisterung in dieser Richtung zu zügeln. Ich möchte nicht erleben, daß ihr weh getan wird.«

»Du nimmst das zu ernst, Constance, was für Sophy sicherlich nicht gilt. Außerdem bin ich sicher, daß ein erfahrener Mann von Welt wie der Graf gut mit liebeskranken jungen Mädchen umzugehen weiß, die gerade erst der Schule entwachsen sind.«

»Ich hoffe, du hast recht, Mama«, seufzte Miss Trevingham, gab die Unterhaltung verloren und ging zur Tür. »Trage das blaue Satinkleid, Mama«, riet sie, während sie die Tür öffnete. »Du bist viel zu jung für Purpurfarben.«

»Oh, glaubst du wirklich?« fragte Lady Trevingham zweifelnd, hielt beide Kleider hoch und schaute von einem zum anderen.

»Ganz entschieden. Tatsächlich glaube ich, daß Purpur besser zu mir passen würde. Zwischen dir und Sophy fühle ich mich wirklich uralt!«

Aber dann sahen doch alle drei Damen sehr elegant aus, als sie sich für den Ball an diesem Abend zurechtgemacht hatten.

Sophy trug ein langes Gazegewand über einem himmelblauen Satinunterkleid, und in ihre glänzenden goldenen Locken waren winzige rosarote Rosenknospen geflochten. Lady Trevingham wirkte in dem saphirfarbenen Satinkleid und mit einem Diamantreif im Haar sehr beeindruckend.

Sogar Constance hatte sich offensichtlich große Mühe gegeben, bestmöglich auszusehen, als sie schließlich unten erschien. Obwohl sie nicht die engelsgleiche Schönheit ihrer Schwester hatte, war sie dennoch eine anziehende Frau mit gleichmäßigen Gesichtszügen und honigfarbenem Haar, das heute abend in offenen, von grünen Satinbändern durchzogenen Locken herabhing. Der tiefe, quadratische Ausschnitt ihres intensiv smaragdgrünen Kleides offenbarte einen schönen Busen, und die neue, kürzere Rocklänge enthüllte hübsch geformte Knöchel. Sie war durchschnittlich groß, schlank und hatte eine gute Figur.

»Nun, meine Kinder, ihr macht mir alle Ehre«, strahlte Ihre Ladyschaft und betrachtete ihre Töchter erfreut. »Ich glaube, ihr werdet heute abend nicht ohne Begleitung bleiben. Wollen wir gehen?«

 Sie legten ihre warmen Samtmäntel um und traten

zu der wartenden Kutsche. Schon bald wand sich ihr Weg durch den geschäftigen Verkehr in der Piccadilly. Die Straßen waren von den neuen Gaslampen hell erleuchtet. Der Andrang von Kutschen wurde ständig stärker, als sie sich Kensington näherten, und es dauerte noch geraume Zeit, bis ihr Kutscher am Eingang eines herrlichen Hauses aus der Regierungszeit Jakobs I. anhielt. Zwei Lakaien in prächtiger Livree traten vor, um den Wagenschlag zu öffnen und die Stufen herabzulassen. Dann wurde den Damen herausgeholfen, und sie fanden sich auf einem langen roten Teppich wieder, der bis zur Treppe des Hauptportikus ausgelegt worden war.

Die geräumigen Zimmerfluchten im Inneren des Hauses waren alle hell erleuchtet. Die schwindlig machende Musik des Streichorchesters wetteiferte mit dem lauten Tumult vieler gleichzeitig sprechender Stimmen. Während die Damen die breite Treppe emporschritten, wo Lord und Lady Holland ihre Gäste erwarteten, wandte sich Sophy zu ihrer Schwester um und flüsterte ihr laut etwas ins Ohr.

»Sieh nur, Connie! Vor uns ist Lady Anne Rossmore. Ich hoffe, daß Justin heute abend kommt, denn er würde sie sicherlich gerne zum Tanz auffordern.«

»Das würde ihm auch nicht viel nützen«, erwiderte Constance trocken. »Unser armer Bruder kann niemals darauf hoffen, von ihrer Familie akzeptiert zu werden. Für sie wird niemand Geringerer als ein Herzog in Frage kommen.«

»Ich bin sicher, daß sie ihn dennoch mag«, sann Sophy. »Wann immer sie zusammen im selben Raum sind, wandert ihr Blick in seine Richtung. Das arme Mädchen tut mir so leid. Sie scheint nicht viel Freude zu haben. Ihr Onkel und ihre Tante lassen sie selten aus den Augen, und diese Kirby, die vermutlich ihre Anstandsdame ist, wacht über sie wie ein Drache.«

Inzwischen hatten sie den Eingang zum Ballsaal erreicht und wurden vom Zeremonienmeister angekündigt. Lady Holland trat vor, um sie zu begrüßen, und sagte auf ihre direkte Art: »Guten Abend, Amelia. Ich weiß nicht, wie du es schaffst, in deinem Alter immer noch so jung auszusehen, aber wenn du das ausnutzen wolltest, hättest du deine Mädchen nicht mitbringen dürfen. Guten Abend, meine Lieben«, fuhr sie mit ihrer eher lauten Stimme fort. »Ich fürchte, ihr werdet heute abend, wie üblich, ein schreckliches Gedränge vorfinden, aber ich weiß, daß euch das nichts ausmacht. Oh, entschuldigt mich, da ist Mr. Rogers.« Sie ging davon, um ihren nächsten Gast zu begrüßen, und die drei Damen betraten den Ballsaal.

Die Musiker saßen auf erhöhten Podesten an beiden Enden des Raumes, und die Speisetische waren direkt daran angrenzend aufgestellt worden. An den Wänden entlang standen Stuhlreihen für jene, die nicht tanzen wollten, und hier saßen die Witwen, die älteren Gentlemen und jene unglücklichen jungen Damen, deren Tanzkarten noch nicht ausgefüllt waren.

Es waren gut dreihundert Personen anwesend, und die Trevinghamdamen sahen sich ständig in Gefahr, von den wogenden Massen unangenehm gestoßen zu werden.

»Oh, seht nur!« rief Lady Trevingham in dem Bemühen, sich über den Lärm hinweg verständlich zu machen. »Mrs. Chessle winkt uns zu. Laßt uns zu ihr gehen und mit ihr sprechen, denn ich fürchte, wir werden zu Tode gequetscht, wenn wir hier noch länger stehenbleiben.«

 »Guten Abend, Amelia«, rief Mrs. Chessle, als sie

sich ihren Weg um eine Gruppe tief in eine Unterhaltung versunkener Menschen gebahnt hatten. »Sieh her, ich habe euch ein paar Stühle gesichert. Kommt und setzt euch zu mir.«

»Danke, Dorothea, das ist sehr nett von dir«, erwiderte Lady Trevingham, nahm die Einladung damit dankbar an und sank auf eines der zerbrechlich wirkenden Möbelstücke. »Oh, meine Liebe, welch ein Gedränge!« rief sie aus und begann sich mit einem Fächer aus bemalter Seide mit einem Elfenbeingriff heftig Luft zuzufächeln.

»Ja, in der Tat. Lady Holland ist verdientermaßen berühmt für ihre Gastfreundschaft. Sie ist eine wunderbare Gastgeberin. Man trifft stets solch interessante Leute unter ihren Gästen.«

»Allerdings wünschte ich mir, sie wäre nicht ganz so unverblümt«, sagte Lady Trevingham. »Sie bringt einen stets zum Erröten! Aber erzähle mir, wo ist deine Georgiana? Tanzt sie gerade?«

»Ja«, erwiderte Mrs. Chessle stolz. »Wir hatten uns kaum hingesetzt, als Mr. Phillips sie schon entführte. Oh, Mr. Fanshawe kommt zu uns herüber. Ich kann mir schon denken, wer seine Aufmerksamkeit erregt hat«, erklärte sie schelmisch und schaute in Sophys Richtung.

Ein junger Gentleman in einer flaschengrünen Jacke und einer äußerst fein bestickten Weste trat zu ihnen. Die Ecken seines Hemdkragens reichten so hoch, daß er große Schwierigkeiten hatte, den Kopf zu wenden, um sie anzusprechen. Er verbeugte sich steif und höflich und fragte, ob Miss Sophia ihm die Ehre erweisen würde, mit ihm an dem gerade beginnenden Tanz teilzunehmen.

Sophy nahm dankbar an, denn sie liebte es zu tanzen, und Mr. Fanshawe war als vollendeter Tänzer bekannt. Sie schritt glücklich mit ihm davon, erfreut, daß sie nicht nur Zuschauerin bleiben mußte, und sich wohl der Tatsache bewußt, daß sie mehr Erfolg hatte als die anderen jungen Mädchen, die ihr Glück mit neidischen Blicken verfolgten.

Constance, der es vollkommen gleichgültig war, ob sie tanzen konnte oder nicht, setzte sich neben ihre Mutter und begnügte sich damit, das farbenprächtige Schauspiel im Raum zu betrachten. Sie wurde ganz davon eingenommen, als eine nahe Stimme sie aus ihren Träumereien riß. Sie schaute erschreckt auf.

»Oh, Oberst Dyson, welch erfreuliche Überraschung. Ich habe Euch heute abend gar nicht hier erwartet, denn ich weiß, daß Ihr diese prunkvollen Bälle nicht recht mögt.«

»Guten Abend, Miss Trevingham«, sagte er, und seine kühlen grauen Augen lächelten auf sie herab. Er nahm ihre dargebotene Hand mit festem Griff und hob ihre schlanken weißen Finger an seine Lippen. »Normalerweise mißfallen mir solche Zusammenkünfte tatsächlich, aber da ich Euch heute abend hier vorfinde, scheint es, daß ich ausreichend für die Mühe entschädigt werde, an dem Ball teilzunehmen. Darf ich mich setzen?«

»Ja, bitte, Sir«, forderte Constance ihn herzlich auf, während er sich einen weiteren Stuhl heranzog. Lady Trevingham und Mrs. Chessle tauschten Grüße mit ihm aus, und dann setzte er sich hin.

Lady Trevingham war besonders erfreut darüber, daß er gekommen war, denn sie wußte, daß Constance ihn mochte und seine Gesellschaft genoß. Sie wußte auch sehr gut, daß er ihre Tochter bewunderte, aber ob er tiefergehende Gefühle für sie hegte, hatte sie noch nicht in Erfahrung bringen können.

Und sie konnte auch unmöglich beurteilen, ob Connies Herz berührt war. Wenn sie Gefühle für ihn hegte, so zeigte sie sie nicht, sondern verhielt sich wie stets ruhig und zurückhaltend und zeigte nicht die bei einer verliebten Frau übliche Erregtheit. Immerhin waren sie ein hübsches Paar, und man konnte es einer liebevollen Mutter nicht vorwerfen, wenn sie zumindest darauf hoffte, daß ihre älteste Tochter doch noch einen Ehemann finden könnte, besonders einen so liebenswürdigen Ehemann wie Oberst Dyson.

Ihre Gedanken wurden unterbrochen, als Mrs. Chessle ihr eine Frage stellte, und so mußte sie ihre ganze Aufmerksamkeit dieser gutmütigen Frau zuwenden, deren eher blühendes Gesicht durch die große Hitze im Raum allmählich noch roter wurde.

»Würdest du gerne einen Rundgang auf der Terrasse machen?« fragte Lady Trevingham freundlich.

»Nun, vielleicht einen Moment«, stimmte diese bereitwillig zu. »Du hast doch nichts dagegen, wenn wir dich eine Weile verlassen?« fragte sie Constance.

»Überhaupt nicht. Es wird mir gutgehen, jetzt wo ich Oberst Dyson zur Gesellschaft habe. Geht nur und schöpft ein wenig frische Luft.«

»Danke, meine Liebe, wir werden nicht lange fortbleiben«, versicherte Mrs. Chessle, und die beiden Damen gingen davon.

»Ich bin froh, die Gelegenheit zu haben, erneut mit Euch sprechen zu können, Miss Trevingham. Es ist eine Weile her, seit wir uns das letzte Mal begegnet sind, nicht wahr?« sagte der Oberst.

»Tatsächlich haben wir uns seit Lady Jerseys *Soiree* nicht mehr gesehen«, erwiderte Constance und erwiderte sein Lächeln. »Seht Ihr, welch gutes Gedächtnis ich habe?«

»Dann hatte ich zuletzt am 20. September das überaus große Vergnügen Eurer Gesellschaft. Auch ich habe die Gelegenheit nicht vergessen«, antwortete er leise und sah sie vielsagend an.

Sie fühlte sich geschmeichelt, daß er sich an das genaue Datum erinnern konnte, schalt sich aber dann im Geiste für die Annahme, daß sie der Grund dafür gewesen sein könnte. Immerhin konnte es ein Dutzend Gründe geben, warum er es so besonders im Gedächtnis behalten hatte. Sie errötete leicht über ihre Torheit und entfaltete den Fächer, um ihre Verwirrung zu verbergen.

»Ich habe gehört, daß Euer Bruder inzwischen aus Rom zurückgekehrt ist? Hat ihm sein Aufenthalt dort gefallen?« fuhr er fort und zeigte in keiner Weise, daß er ihr Erröten bemerkt hatte.

Sie war dankbar, daß er ein Thema zur Sprache brachte, das ihr Zeit geben würde, ihre Haltung wiederzugewinnen. Warum benahm sie sich nur so lächerlich, wenn er sie auf diese besondere Art ansah?

»Oh, er hat ihm großartig gefallen! Er hatte häufig Gelegenheit, die Stadt zu erkunden, und hat alle historischen Sehenswürdigkeiten besucht. Es gibt dort viele altertümliche Gebäude, die atemberaubend schön sein sollen. Er hat das berühmte Kolosseum besucht, das er mir als sehr ehrfurchtgebietend beschrieben hat. Wie gerne ich das alles eines Tages selbst sehen würde! Ich würde mein Skizzenbuch und die Wasserfarben mitnehmen und mit Vergnügen versuchen, einiges der prachtvollen Erhabenheit auf Papier zu bannen.«

»Sicherlich würden Eure geschickten Finger und Euer scharfsichtiges Auge diese Aufgabe mit Leichtigkeit erfüllen. Ich hatte das Vergnügen, Eure Arbeit zu bewundern, als ich am Musikabend Eurer Mutter teilnahm. Ich seid eine begabte Künstlerin, Miss Trevingham.«

»Das ist sehr freundlich von Euch, Sir, aber ich glaube nicht, daß ich solch großes Lob verdiene«, erwiderte Constance offen.

»Es sieht Euch ähnlich, das zu sagen. Wie dem auch sei, in diesem Falle ist Eure Bescheidenheit fehl am Platze. Ihr seid eine sehr talentierte und intelligente junge Dame. Tatsächlich kann ich ehrlich behaupten, daß Ihr die einzige Dame in meiner Bekanntschaft seid, die mich nicht bis zur Verzweiflung langweilt. Ihr seid in jeder Beziehung außergewöhnlich«, verkündete er, während sein Blick den ihren noch immer gefangenhielt.

Sie erwiderte seinen Blick nachdenklich. Er sprach mit so viel Gefühl, daß sie sich fragte, ob er wohl versuchte, sein Interesse an ihr zu bekunden. Sie konnte nichts Kokettes an seinem Verhalten erkennen, was zu bedeuten schien, daß er es vollkommen ernst meinte. War es möglich, daß er tatsächlich ein tiefergehendes Gefühl für sie entwickelt hatte? Oder war seine Vorliebe mehr die eines Freundes, der den gleichen Geschmack und gleiche Interessen hatte?

»Ich danke Euch für Eure gute Meinung, Oberst«, erwiderte sie leichthin, denn sie wollte die Richtung ihrer Gedanken nicht preisgeben, aus Angst, daß sie sich in ihm irren könnte. »Ich hoffe nur, daß ich Euch niemals Grund geben werde, sie zu revidieren.«

»Es besteht nicht die geringste Möglichkeit, daß ich in diesem speziellen Punkt meine Ansicht widerrufen könnte«, versicherte er ihr herzlich.

Die Leidenschaft, mit der er diese Worte äußerte, war unverkennbar, und sie begann ernsthaft zu glauben, daß er sich tatsächlich in sie verliebt hatte. In diesem interessanten Augenblick wurde ihr trautes Zusammensein allerdings durch Sophy gestört, die sie drängte, am nächsten Tanz teilzunehmen.

Sie gaben ihrer Überredungskunst nach und nahmen ihre Plätze neben Sophy und einem weiteren ihrer Verehrer ein. Die Bewegung des Tanzes machte jegliche weitere Unterhaltung schwierig, und Constance hatte ausreichend Gelegenheit, ihre Gedanken zu ordnen.

Sie erlaubte ihrer Phantasie, sich vorzustellen, daß der Oberst ihr einen Antrag machen könnte. Wie würde sie einen solchen wohl aufnehmen? Er war sicherlich ein anziehender Mann, intelligent und mit guten Manieren, und sie mochte ihn sehr. Sie bewunderte seine militärische Haltung und seinen offenen und freundlichen Charakter. Das hatte sie ihm zuerst geneigt gemacht, als sie sich bei einer Abendgesellschaft im Burlingtonhaus und dann auch bei nachfolgenden Sommerfeierlichkeiten für die Allianz begegnet waren. Seit Wellingtons Siegen war in der Nation wieder Frieden eingekehrt, Oberst Dyson war nach London zurückgekehrt und dem Heeresministerium zugewiesen worden, eine Position, in der er kaum mehr zu tun zu haben schien, als zahlreiche gesellschaftliche Funktionen wahrzunehmen.

»Nun muß ich vermutlich die Kunst der Auseinandersetzung mit der Schlagfertigkeit üben, da mein Schwert nicht mehr gebraucht wird. Eine Tatsache, die ich, wie ich zugeben muß, als recht verdrießlich empfinde«, hatte er ihr bei einer Gelegenheit anvertraut.

Sie beobachtete ihn beim Tanzen und stellte fest, wie gut ihm die scharlachrot- und goldfarbene Uniform stand. Er war gepflegt und ordentlich, und sein hellbraunes Haar war sorgfältig so gekämmt, daß es einen windgepeitschten Eindruck machte, was gut zu seinen eher römischen Zügen paßte. Er war mittelgroß und kräftig gebaut, wodurch sich seine ausdrucksvollen grauen Augen fast auf gleicher Höhe mit ihren befanden, und jetzt richteten sie sich mit sanfter Anteilnahme in den kühlen Tiefen auf sie.

»Warum so schweigsam?« bemerkte er leise. »Ich frage mich, was Eure Gedanken beschäftigt? Ich hoffe, daß Euch nichts beunruhigt. Ihr wirkt so ernst.«

»Oh, ich habe nur geträumt. Beachtet mich einfach nicht«, erwiderte sie leichthin.

»Ihr fordert das Unmögliche. Eure bloße Gegenwart fordert Beachtung, und ich bin Euer ergebenster Diener«, erwiderte er ernsthaft.

Sie spürte, wie ihr Herz bei der Intensität seines Blicks einen Sprung tat, und wußte nicht, wie sie reagieren sollte. Glücklicherweise führten sie die Tanzschritte von ihm fort, und ihr blieb die Notwendigkeit einer Erwiderung erspart. Ihr Herz schlug noch einige Minuten aufgeregt, und sie rief sich im stillen zur Ordnung. Also wirklich! Sie benahm sich wie ein liebeskrankes Schulmädchen anstatt wie eine vernünftige Frau von siebenundzwanzig, die besser wissen sollte, wie sie ein Kompliment von einem Bewunderer anzunehmen hatte.

Als der Tanz endete, bot ihr der Oberst seinen Arm und fragte sie, ob er sie zum Essen führen dürfe. Sie stimmte bereitwillig zu, nicht abgeneigt, ihre Unterhaltung wiederaufzunehmen, und hoffte, ihre Selbstachtung wiederherzustellen, indem sie sich von nun an ein wenig vernünftiger verhielt.

Als sie auf den Speisesaal zuschritten, entdeckte sie plötzlich Justin, der genau in diesem Moment den Ballsaal betreten hatte und sich gründlich umsah.

»Oh, dort ist mein Bruder. Laßt uns hinübergehen

und mit ihm sprechen«, sagte sie und deutete mit dem Fächer in Justins Richtung.

»Natürlich. Ich würde auch gerne kurz mit ihm über seine Neuigkeiten aus Italien sprechen. Vielleicht könnten wir ihn dazu bewegen, sich uns anzuschließen?«

Sie bahnten sich ihren Weg durch die Menschenmenge, um zu Justin zu gelangen, und Constance sprach ihn an, als sie sich ihm näherten.

»Justin! Ich bin überrascht, dich hier zu sehen. Ich dachte, du würdest deine Freunde überhaupt nicht verlassen wollen.«

»Oh, Connie, ich habe dich gerade gesucht. Guten Abend, Oberst Dyson«, sagte er mit einem schnellen Nicken, und der Oberst verbeugte sich höflich.

»Guten Abend, Trevingham. Ich hoffe, es geht Euch gut? Wir wollten Euch gerade fragen, ob Ihr uns zum Speisesaal begleiten mögt.«

»Nun, ich habe gerade erst ein reichliches Essen zu mir genommen«, gestand er zögernd ein, »aber ich könnte vielleicht noch einen oder zwei Bissen bewältigen.«

»Sicher kannst du das«, erwiderte Constance lachend. »Ihr müßt wissen, Oberst, daß mein Bruder einen recht bemerkenswerten Appetit hat.«

»Zumindest glaubt meine Familie das, denn sie erwähnt es mehrmals am Tag«, erwiderte Justin.

»In der Tat immer dann, wenn er ißt«, antwortete sie fröhlich. »Nun komm, wir sollten uns beeilen, denn ich sehe, daß Mama und Sophy bereits hineingegangen sind.«

Sie setzten ihren Weg fort und schlossen sich dann den anderen an, die sich gerade hinsetzten.

»Justin!« rief Sophy erfreut. »Wie lange bist du schon hier?«

»Ich bin gerade erst eingetroffen. Ich weiß, daß es schon spät ist, aber ich mußte mich noch umziehen. Amüsierst du dich, Kleines?«

»Großartig! Ich bin den ganzen Abend nicht ohne Tanzpartner gewesen«, verkündete sie stolz. »Aber erzähle mir, wo ist der Graf? Ist er nicht mit hierhergekommen?«

»Nein, er, Brascombe und die anderen sind bummeln gegangen. Ich war zunächst auch dabei, weil Dilly so hartnäckig darauf bestand, daß wir alle mitkommen sollten. Hast du ihn schon gesehen? Er wollte mich hier treffen.«

»Nein«, erwiderte Sophy gleichgültig. Sie hätte viel lieber gesehen, daß er den Grafen mitgebracht hätte. »Ich wünschte, du hättest Graf Fabricati überreden können, statt dessen dich zu begleiten.«

»Und wer ist dieser Graf, den Miss Sophia so gerne hier haben möchte?« fragte der Oberst leise, während er seinen Stuhl näher an Constance heranrückte.

»Ihr seid ihm noch nicht begegnet? Er ist ein italienischer Gentleman, ein Freund von Justin. Sie sind sich in Rom begegnet, und er ist kürzlich zu einem Besuch nach London gekommen.«

»Tatsächlich? Nein, ich hatte noch nicht das Glück, ihm zu begegnen. Aber es wäre mir sehr willkommen. Findet Ihr ihn genauso angenehm wie Eure Schwester?«

»Ich halte mich in dieser Angelegenheit mit meinem Urteil zurück. Er ist angenehm, sicherlich, aber die meisten gutaussehenden Männer können sich diesen Anschein geben – besonders Frauen gegenüber.«

»Also nehme ich an, daß ein solcher Vorzug vor Eurem eher kritischen Blick nicht bestehen kann?«

»Ich hoffe zumindest, daß ich gelernt habe, mir meine Meinungen auf einer solideren Basis als nur der rein physischer Anziehung zu bilden. Sicherlich wird meine Schwester, wenn sie mein Alter erreicht, auch ein wenig Weisheit im Einschätzen der Menschen erlangt haben.«

In diesem Moment eilte Lord Dillcott, der den Ballsaal bereits nach ihnen abgesucht hatte, auf ihre Gruppe zu und fragte, ob er sich ihnen zugesellen dürfe. Er zog seinen Stuhl so nahe an Sophy heran, wie er es nur wagte, und setzte sich hin. Er hatte sich mit seiner Erscheinung große Mühe gegeben, wohl wissend, daß sie dasein würde, und war darum so spät gekommen. Seine guineengoldenen Locken waren sorgfältig pomadisiert und *à la Titus* gekämmt, und er trug einen enganliegenden Frack und eine makellose weiße Satinkniehose. Er richtete seine hellblauen Augen wie ein treuer Hund auf Sophy.

»Nach dem Essen soll Walzer getanzt werden, Miss Sophia. Ich habe mich gefragt, ob ich Euch bitten dürfte, mir die große Ehre zu erweisen, mit mir an einem der Tänze teilzunehmen?«

»Nun, es ist sehr freundlich von Euch, mich zu bitten, Lord Dillcott, aber Ihr seid ein wenig spät, wißt Ihr, und ich glaube, meine Karte ist bereits ganz ausgefüllt«, erwiderte sie, ließ das Band von ihrem Arm gleiten und betrachtete die Liste der Unterschriften.

Er wirkte so niedergeschlagen, daß sie sofort Mitleid mit ihm empfand und ein wenig freundlicher sagte: »Vielleicht könnt Ihr am Ende des Abends noch mit mir tanzen.«

Er war hingerissen über diese Herablassung und dankte ihr überschwenglich. Constance verbarg ein Lächeln hinter ihrem Fächer, denn sie amüsierte sich sehr über die erhabene Art, in der Sophy ihm seinen Wunsch zu erfüllen geruhte. Wenn dieser junge Lord sein Herz nur nicht so offen zeigen würde, könnte Sophy sicherlich bald seine ehrliche Aufmerksamkeit zu schätzen lernen, dachte sie.

Nach dem Essen, währenddessen der Oberst Lord Trevingham viele Fragen über seinen Besuch in Italien gestellt hatte, kehrten sie in den Ballsaal zurück und erreichten den Eingang genau in dem Moment, als eine weitere Gruppe Gäste ihren Tisch verließ. Justin, der den anderen ein kleines Stück vorausgegangen war, trat höflich beiseite, um diese Gäste vorbeizulassen. Dabei fiel sein Blick auf eine junge Frau, die fast mit ihm zusammengestoßen wäre. Constance, die unmittelbar hinter ihm ging, bemerkte, wie sich sein Gesichtsausdruck veränderte, sich seine Wangen röteten und die blauen Augen weiteten.

»Lady Anne!« rief er verwundert aus und verbeugte sich hastig. »Ich wußte nicht, daß Ihr in der Stadt seid. Ich hatte gehört, daß Ihr nach Hartsmere gefahren wärt.«

»Guten Abend, Lord Trevingham«, erwiderte sie und errötete ebenso tief wie er. »Ich bin erst gestern zum Grosvenor Square zurückgekehrt. Ich bin mit meiner Tante und meinem Onkel hier. Und Ihr seid erst kürzlich aus Italien zurückgekehrt, nicht wahr?«

»Ja, in der Tat.«

»Ich wünschte, Ihr würdet uns besuchen, wenn Ihr Zeit habt, und uns über die wundervollen Dinge berichten, die Ihr auf Euren Reisen gesehen habt«, sagte sie schüchtern.

»Es wäre mir eine Freude«, antwortete er eifrig. »Vielleicht morgen früh? Oder wäre das ungünstig?«

»Wir werden Donnerstagmorgen zu Hause sein. Vielleicht könntet Ihr uns dann besuchen?« schlug sie mit zaghafter Stimme vor.

»Selbstverständlich«, antwortete er mit leuchtenden Augen.

Bevor er noch etwas sagen konnte, ergriff die Begleiterin der jungen Dame, eine Frau mit scharfgeschnittenem Gesicht, Spitzenhäubchen und schwarzem Seidenkleid, den Arm des Mädchens.

»Kommt, Mylady, wir versperren den Eingang. Es wird Zeit zu gehen. Es wird bald dämmern, und Euer Onkel wird den Ball verlassen wollen.«

»Oh, schon gut, Mrs. Kirby«, seufzte sie. »Auf Wiedersehen, Lord Trevingham«, sagte sie lächelnd und warf ihm einen letzten glühenden Blick aus ihren großen, dunklen Augen zu, während sie fortgedrängt wurde.

Justin stand da und sah ihr wie verzaubert nach, bis Constance ihn aufmerksam machte, daß er sie aufhielt.

»Ich wußte nicht, daß sie hier ist«, murmelte er seiner Schwester ins Ohr. »Wenn ich auch nur die leiseste Ahnung davon gehabt hätte, daß sie dieses Haus mit ihrer Anwesenheit beehren würde, hätte ich Brascombe den Laufpaß gegeben und den ganzen Abend damit verbracht, die Festung zu belagern.«

»Dann hättest du umsonst ein gutes Essen geopfert«, antwortete Constance hart und fügte dann in sanfterem Ton hinzu: »Du mußt doch wissen, daß ihre Familie dir niemals freundlich gesinnt sein wird, Justin. Sie sind steif und stolz und entschlossen, sie an den Höchstbietenden zu vergeben. Diese Familie hat immer viel Wert auf Reichtum und Ländereien gelegt, und du kannst sicher sein, daß sie Lady Anne niemals mit einem Mann verheiraten werden, der ihrem Reichtum weder Geld noch Besitz hinzufügt.«

»Ich weiß«, seufzte er voller Verzweiflung, »aber ein Mann darf doch träumen, oder?«

»Mehr als ein Traum vom Glück kann es niemals sein, Justin. Sie kann niemals deine Frau werden. Es wäre besser für dich, wenn du sie nicht besuchen würdest«, riet sie ihm sanft. »Ich sehe, daß ein solcher Traum nur mit Unglück und Schmerz für euch beide enden wird. Sie könnte deine Zuneigung vielleicht erwidern – tatsächlich glaube ich sogar, daß sie das tut –, aber sie würde niemals gegen den ausdrücklichen Wunsch ihres Onkels und ihrer Tante handeln. Dazu steht sie zu sehr unter ihrem Einfluß.«

»Ich würde sie daraus befreien, wenn ich könnte«, stöhnte er verbittert. »Es ist unerträglich für mich, daß sie solche Macht über sie haben.«

»Aber es sind goldene Ketten, Justin – und die sind die schwersten und am schwierigsten zu zerreißen. Ich bezweifle, daß sie die Kraft hätte, dies zu tun, selbst wenn sie es wollte.«

»Glaubst du, das wüßte ich nicht?« sagte er traurig. »Sie ist in dieser Welt unerreichbar für mich, aber ich muß und werde sie sehen.«

Fünf

Lord Trevingham gelang es nicht, Lady Anne zu sehen, denn ihm wurde, als er am betreffenden Morgen am Grosvenor Square vorsprach, höflich, aber bestimmt gesagt, die Herrschaft sei indisponiert. Er konnte nichts anderes tun, als unglücklich davonzugehen, und blieb nur einmal an der Ecke der Brook Street stehen, um einen letzten sehnsüchtigen Blick auf das stattliche Haus zu werfen, in dem, vor seinen begierigen Blicken verborgen, die Frau lebte, an die er sein Herz verloren hatte.

Da er sich nun in der Nähe von Graf Fabricatis Haus befand, wollte er wenigstens ihn besuchen.

Sein Klopfen wurde fast augenblicklich von einem kleinen Mann mit dunklerem Teint beantwortet, der den Besucher, nachdem er sich nach dessen Namen erkundigt hatte, in den Ankleideraum seines Herrn führte.

Trevingham folgte dem Diener mit schwerem Schritt die Treppe zu den oberen Stockwerken hinauf. Bevor er auch nur die Tür erreicht hatte, hörte er bereits die Stimme des Grafen rufen: »*Qui est ce?*«

»*C'est votre ami anglais, Monsieur le Comte. Milor' Trevingham.*«

»*Merci, Jean, je suis prêt – ou presque.* Komm herauf, Justin, ich beende gerade meine Toilette.«

»Das habe ich bereits. Guten Morgen, James. Ich hoffe, du nimmst mir meine unverzeihlich frühe Störung nicht übel.«

 »Nein, überhaupt nicht. Normalerweise erledige ich

dies vor dem Mittag. Bitte setz dich. Ich komme gleich zu dir«, erwiderte der Graf heiter. »Du mußt entschuldigen, daß ich nicht aufstehe, um dich zu begrüßen, aber ich befinde mich in einem kritischen Stadium, wie du sehen kannst.«

Justin zog sich einen Stuhl heran, setzte sich rittlings darauf, verschränkte die Arme über der Rückenlehne und legte das Kinn auf die Hände. Trotz der Schwermut, die ihn noch immer niederdrückte, beobachtete er interessiert, wie der Graf, der an einem Toilettentisch saß, seiner Krawatte seine ganze Aufmerksamkeit schenkte. Er legte gerade letzte Hand an ein wahres Kunstwerk. Während sich der Graf schließlich zurücklehnte und sein Werk betrachtete, streckte er die Hand aus.

»Die Smaragdnadel, Jean, denke ich«, sagte er sinnend, während er den Blick keinen Moment von den vollkommenen Falten des gekräuselten weißen Musselins abwandte.

Sein Diener öffnete eine in Saffianleder gebundene Schatulle und durchsuchte ihren Inhalt. Dann nahm er das geforderte Schmuckstück heraus und reichte es dem Grafen. Ein weiteres langes Schweigen folgte, als Fabricatis Hand einen Moment schwankte, bevor er den schimmernden Edelstein fast zärtlich zwischen den Falten seines Halstuchs befestigte.

»*Oh, mais c'est parfait!*« rief der kleine Diener begeistert.

»Ja, ich denke, so wird es gehen«, bemerkte der Graf nachdenklich. »Ich gebe zu, ich schäme mich meiner Bemühungen nicht. Was sagst du, Justin?«

»Für mich sieht es recht gut aus. Ist es deine eigene Schöpfung?«

»Ich nenne es die Kontinentale Kaskade«, erwiderte er, während er von seinem Stuhl aufstand und sich von seinem Diener in einen Frack aus dunkelgrünem, hochfeinem Stoff helfen ließ. Nachdem er sich durch einen rückwärtigen Blick in den Spiegel davon überzeugt hatte, daß der Rock, ohne eine einzige Falte zu werfen, an seinen Schultern ansaß, wandte er sich wieder zu Jean um, der schnell alle außer einem der Knöpfe der doppelten Knopfreihe schloß. Dann nahm er eine Resedablüte auf und steckte sie vorsichtig ins Knopfloch.

»Jetzt stehe ich dir vollkommen zu Diensten«, sagte er zufrieden. »Was ist denn geschehen? Warum bist du so niedergeschlagen? Du wirkst, als hättest du eine Guinee verloren und einen Penny gefunden.«

»Nein, es ist schlimmer, mein Freund«, seufzte er tief. »Du siehst ein bemitleidenswertes Wesen vor dir – einen von einem Unstern verfolgten Liebenden.«

»Oh, warum mußt du Romeo sein?« deklamierte der Graf mitfühlend, während er nach seinem Hut griff.

»Die verabscheuungswürdige Familie der Frau, die ich bewundere, hält diese Frau von mir fern. Darum bin ich zu dir gekommen, James.«

»Mein Schwert steht dir selbstverständlich zur Verfügung«, bot er großzügig an. »Also schreite voran, Freund Montague.«

Diese Worte zauberten ein zögerliches Lächeln auf Trevinghams Gesicht, während er sich schwerfällig erhob. »Ich wünschte, ich könnte dein Angebot annehmen, aber leider ist dies London und nicht Verona. Aber vielleicht kommst du mit mir zu Angelo, wo ich meine Enttäuschung zumindest mit einem Florett, wenn auch nicht mit dem Degen loswerden kann?«

Der Graf sah ihn mit amüsiert verzweifeltem Ausdruck an.

»Was ist los?« fragte Trevingham. »Kannst du nicht mitkommen?«

»Ich stehe dir natürlich vollkommen zu Diensten, Justin. Ich wünschte nur, du hättest mich zwei Stunden früher dazu aufgefordert.«

»Warum? Welchen Unterschied hätte das bedeutet?« fragte Trevingham verblüfft.

»Den Unterschied zwischen einer Kontinentalen Kaskade und einem bunten Halstuch«, lautete die knappe Antwort.

»Graf Fabricati, Ihr werdet einem Engländer mit jedem Tag in dieser Stadt ähnlicher!« lachte Trevingham, nun endgültig aus seiner trüben Stimmung gerissen. »Dann komm und lehre mich den Trick mit dem Handgelenk, den du gegen jene Leute in Rom benutzt hast.«

»Es wird mir eine Freude sein«, lächelte der Graf und schlug sich unternehmungslustig an den Biberhut. »Laß uns aufbrechen.«

Die beiden Gentlemen schlenderten zur Bond Street davon, aber bevor sie Nummer dreizehn erreichen konnten, wurden sie von den Damen Trevingham angesprochen, die zufällig in diesem Moment aus Hookhams Bücherei traten.

»Justin! Ich dachte, du wolltest heute morgen am Grosvenor Square vorsprechen?« sagte Constance überrascht.

»Das habe ich bereits getan. Aber ich hätte mir die Mühe sparen können. Und jetzt gehe ich mit Fabricati zu Angelo, wo er mir einige neue Ausfallstöße zeigen wird, da ich in der Stimmung bin, einige Capulets zu töten.«

»Wir haben uns ein paar Bücher ausgesucht«, erklärte Sophy und achtete nicht auf ihren Bruder, sondern richtete den Blick ihrer funkelnden Augen statt dessen auf den Grafen. Er sah heute morgen so gut aus, daß er jeden anderen Gentleman aus ihrem Bekanntenkreis ausstach. »Seht, ich habe mir *Lara* ausgesucht«, fügte sie scheu hinzu.

»Ich muß Euch ein unverzeihliches Geständnis machen, Miss Sophia«, erwiderte Fabricati kläglich. »Ihr werdet mich zweifellos für verachtenswert halten, aber ich muß Euch sagen, daß ich keines der Werke Lord Byrons gelesen habe. So, nun kennt Ihr die schreckliche Wahrheit, und ich habe mir vermutlich Schande zugezogen. Ihr dürft mich von nun an schneiden, und wer würde es Euch vorwerfen?« klagte er mutlos.

Sophy kicherte mädchenhaft. »Ihr seid zu albern, Sir. Ich würde es niemals übers Herz bringen, das zu tun. Wie solltet Ihr Byrons Werke gelesen haben, wenn Ihr erst so kurz in England weilt?«

»Und ich dachte, du hättest gesagt, der Graf sei sehr belesen, Justin?« bemerkte Constance und schüttelte gespielt enttäuscht den Kopf.

»Das hat Euer Bruder nicht ganz richtig verstanden, Miss Trevingham«, warf der Graf verteidigend ein. »Er wollte natürlich sagen, daß ich gut lesen kann.«

Obwohl sie sich vorgenommen hatte, seinem Charme niemals zu erliegen, konnte sie sich ein Lächeln nicht versagen.

»Warum haben wir Euch neulich abends beim Holland-Haus-Ball nicht getroffen?« fragte Sophy. »Ich dachte, Ihr wolltet mit Justin und Dilly kommen. Ihr hättet den Ball sicherlich genossen. Es war großartig.«

»Ach, Miss Sophia, Justin hatte sich um eine Einladung für mich bemüht, aber leider hat mich Lady Holland verstoßen, da ich als Schwerenöter bekannt bin«, seufzte er klagend und begegnete Constances Blick mit Schalk in den Augen.

 Constance hielt diesem Blick stand, ohne zu erröten, und ihre blaugrauen Augen blitzten vor Vergnügen. Der Graf machte sich offenbar keine Illusionen über sich selbst, und sie wußte instinktiv, daß er sich durch ihre Bemerkung nicht angegriffen gefühlt hatte.

»Lady Holland ist als Dame bekannt, die wohl zu unterscheiden weiß«, bemerkte sie betont.

»*Touché*, Miss Trevingham«, erkannte er bewundernd an. »Ich hätte es natürlich besser wissen müssen, als im Herbst in London zu erscheinen. Man wird zu leicht für einen Emporkömmling gehalten.«

Constance mußte sich auf die Lippen beißen, um nicht erneut zu lächeln, aber immerhin begegnete ihr Blick seinen spöttisch-ernst dreinschauenden Augen, was bei ihm wiederum eine deutliche Reaktion hervorrief. Dann wandte sie den Blick schnell ab, während sich ihre Wangen aus irgendeinem unerklärlichen Grund röteten.

»Nun, ich finde, das war sehr unhöflich von ihr«, schmollte Sophy mürrisch. »Aber Ihr werdet doch nächsten Dienstag zu Almack kommen, nicht wahr? Dort wird eine Gala stattfinden. Bitte sagt, daß Ihr kommen werdet«, beschwor sie ihn ernst.

»Sophy! Bitte!« tadelte Constance und sah ihre Schwester düster stirnrunzelnd an. »Ich bin sicher, daß der Graf andere, wichtigere Verpflichtungen hat.«

Aber die Schärfe in ihrer Stimme war eher der Verärgerung über sich selbst zuzuschreiben, weil sie sich von einem flüchtigen Blick hatte aus der Ruhe bringen lassen.

»Im Gegenteil, wenn Miss Sophia darauf besteht, werde ich mich natürlich bemühen, daran teilzunehmen«, erwiderte er prompt. »Besonders wenn sie mir verspricht, mir einen Tanz zu reservieren.«

»Ich werde dafür sorgen, daß er sein Versprechen

hält«, schwor ihr Bruder, der bereits entschlossen war, die Hoffnung, daß Lady Anne auch dort sein könnte, nicht aufzugeben. Dann trennten sie sich. Die Damen kehrten nach Hause zurück, und die Gentlemen setzten ihren Weg fort. Als sie bei Angelo eintrafen, begegneten sie Brascombe und zwei seiner Kameraden, die gerade bei Jacksons einige Übungsboxrunden bestreiten wollten. Nachdem sie erfahren hatten, daß der Graf eine Art Experte in der Fechtkunst war, wollten sie die beiden sofort begleiten, um zuzusehen. Der Graf erhob keine Einwände, und so gingen sie alle zusammen hinein. Dort waren bereits einige andere Gentlemen unter den wachsamen Blicken Henry Angelos mit ihren Unterrichtsstunden beschäftigt.

Nach kurzer Vorbereitung nahmen Fabricati und Trevingham ihre Florette auf und machten sich eifrig ans Werk, aber es wurde schon bald erkennbar, daß der junge Lord keine Konkurrenz für seinen talentierten Gegner war. Sogar Angelo, der das Spiel der Schwerter mit großem Interesse verfolgt hatte, fühlte sich genötigt, eine Bemerkung zur Fertigkeit des Grafen zu machen.

»Es ist eine Freude, solche Vollendung zu betrachten, Sir«, rief er begeistert, als Trevingham sein Florett schon ganz außer Atem zu Boden sinken ließ. »Nur Italien konnte einen solchen Meister dieser Kunst hervorbringen!«

Der Graf verneigte sich höflich und hob grüßend sein Rapier. »Lob von Euch, Sir, ist wahrhaft ein Lob.«

»Phantastisch, Sir!« rief ein Gentleman in einem tabakfarbenen Mantel, der zu Brascombes Begleitern gehörte. »Ich habe noch niemals einen Mann gesehen, der so schnelle und leichte Beinarbeit beherrscht und
 solche Risiken eingeht! Diese letzte Parade hat mir fast

den Atem genommen. Ihr seid ein vollendeter Künstler, Sir.«

»Ich danke Euch. Ich gebe zu, ich bin wohl ein Lehrmeister in dieser Kunst«, sagte er sehr zu Trevinghams Bestürzung, denn dieser war sich der Anspielung nur zu bewußt.

»Ich kann dir bei weitem nicht das Wasser reichen«, wandte er schnell ein, aus Angst, sein Freund könnte etwas noch Unerhörteres äußern.

»Aber ich vielleicht«, sagte eine Stimme hinter ihm.

Trevingham fuhr betroffen herum. »Oh, Ihr seid es, Morton«, bemerkte er mit leicht verächtlichem Unterton in der Stimme.

Der Gentleman neigte den Kopf, mißachtete die unfreundliche Bemerkung hochmütig und wandte sich dem Grafen zu.

»Ich fürchte, Seine Lordschaft hat uns nicht gut vertreten«, sagte er gedehnt. »Ich selbst habe ihn bereits bei vielen Gelegenheiten sowohl mit dem Schwert als auch mit der Pistole besiegt, nicht wahr, Trevingham?«

Seine Lordschaft runzelte nur zornig die Stirn. Morton schmunzelte über seine Niederlage, wandte ihm den Rücken zu und fuhr fort: »Ich würde die Ehre meines Landes gern wiederherstellen, wenn Ihr gestattet, Graf. Erlaubt mir, mich vorzustellen. Mr. Giles Morton, zu Euren Diensten.« Er verbeugte sich provokant.

Der Graf erwiderte ebenso freundlich: »Ihr solltet diese Chance auf jeden Fall bekommen, wenn das Euer Wunsch ist.« Sie machten sich ohne weitere Umschweife bereit und nahmen dann mit einem beiläufigen »*En Garde*« die vorschriftsmäßige Haltung ein.

Morton ergriff zuversichtlich die Initiative und eröffnete mit einem plötzlichen Terzstoß, als hoffe er, seinen Gegner zu einer unbedachten Erwiderung herausfordern zu können. Fabricati war jedoch auf der Hut und parierte sofort und vollkommen besonnen mit einer Quart. Danach umkreisten sie einander wachsamer, bis Morton erneut vorwärtssprang, darauf vertrauend, daß er die Abwehr des Grafen durch bloße Wildheit durchbrechen könne. Fabricati erwiderte eine Reihe gut abgepaßter Stöße mit offensichtlicher Leichtigkeit, wodurch seine Abwehr fast nachlässig erschien. Dann änderte er seine Taktik mit einer kaum wahrnehmbaren Bewegung des Handgelenks plötzlich und antwortete mit einem so schnellen und unerwarteten Gegenstoß, daß Morton gezwungen war zurückzuweichen. Er konnte seine Abwehr sofort wiederherstellen und vollführte einen weiteren Vorstoß, den Fabricati gekonnt abwehrte, wobei die Klingen zischend aneinanderschabten. Das Handgelenk des Grafen schien wie aus Stahl, als er sich schnell befreite und fast ohne innezuhalten erneut mit solch blitzartigen Gegenstößen angriff, daß Morton mehrere Schritte zurückweichen mußte. Der Klang aneinanderschlagenden Metalls hallte im Raum wider, während die beiden Männer tatkräftig weiterkämpften. Morton vollführte einige meisterhafte Stöße – er war kein mittelmäßiger Schwertkämpfer –, aber mit der Zeit zeigte er Anzeichen von Schwäche. Sein Gesicht hatte den spöttischen Ausdruck verloren und wirkte jetzt eher grimmig. Schweißperlen bildeten sich auf seiner geröteten Stirn. Sein Atem klang unter dem Ansturm dieses unermüdlichen Arms des Gegners mühsam, während Fabricati kaum erschöpft schien. Seine dunklen Augen funkelten vor Vergnügen, und seine Lippen kräuselten sich zu einem Lächeln, als genieße er die Aufregung des Kampfes. Er bewegte sich mit pantherartiger Anmut und Geschmeidigkeit, die, zusammen mit seiner unerschöpflichen Kraft, den Eindruck erweckte, als spiele er mit seinem Gegner, wie eine Katze eine Maus quälen würde. Morton empfand es jetzt als äußerst schwierig, seine Abwehr aufrechtzuerhalten, und wurde wieder und wieder zum Rückzug gezwungen. Sein Zorn steigerte sich, als er erkannte, daß er vollkommen unterlegen war. Immer wenn er dachte, er hätte eine Lücke in der Verteidigung des Gegners erkannt, sprang er mit einem direkten Stoß vorwärts, nur um in eine weitere, klug geführte Quint zu geraten. Aber er fing sich stets wieder und griff erneut an. Der Graf schien vor dieser entschlossenen Bemühung zurückzuweichen, reagierte aber dann plötzlich mit einer schnellen Parade. Morton ergriff die Gelegenheit, unterlief seine Abwehr, zielte mit tiefem Stoß am Arm des Grafen entlang und stieß mit seinem Florett zu. Der Gentleman keuchte aufgeregt, aber zur äußersten Überraschung aller wich der Graf der Klinge mit erstaunlicher Wendigkeit aus und erwiderte mit einem unerwarteten, von einer geschickten Finte gefolgten Gegenstoß, was Mortons Florett zu einem weiteren wilden Stoß veranlaßte. Ihre Waffen kreuzten sich, Mortons Arm zitterte vor Erschöpfung. Morton knirschte mit den Zähnen, während er die Situation zu meistern versuchte, aber dann beschrieb die Klinge des Grafen durch eine schnelle Drehbewegung einen glitzernden Bogen, und das Florett seines Gegners flog aus dessen Hand und schlitterte über den Boden.

»Bravo! Bravo!« rief Angelo und klatschte begeistert in die Hände. »Ich hätte es selbst nicht besser machen können!«

Der Graf steckte sich sein Schwert unter den Arm und trat mit ausgestreckter Hand auf Morton zu. »Ich danke Euch für die Übung, Sir. Es war höchst anregend.«

Der Mann ignorierte die freundliche Geste, wandte

sich wortlos auf dem Absatz um und verließ den Raum.

Alle anderen umringten den Sieger, schüttelten ihm die Hand und gratulierten ihm zu seiner meisterhaften Beherrschung des Schwertes.

»Das hätte ich nicht für hundert Guineen versäumen mögen«, erklärte Brascombe vergnügt. »Ich wünschte, Ihr könntet mir diesen Trick mit dem Handgelenk zeigen, mit dem Ihr Euren Gegner entwaffnet habt.«

Der Gentleman in dem braunen Mantel schlug ihm auf die Schulter und sagte: »Sir, laßt mich Euch danken. Das war ein Erlebnis, Sir, ein Erlebnis! Ich hoffe, Ihr überseht das ungeschliffene Verhalten jenes Gentleman.« Er sprach das Wort betont und mit verächtlich geschürzten Lippen aus. »Er ist ein schlechter Verlierer und entehrt den guten Namen Englands.«

Der Graf zuckte gleichgültig mit den Schultern. »Er ist jung und hat noch nicht gelernt, seine Gefühle zu zügeln. Daher verstehe ich sein Verhalten nicht als Beleidigung«, erwiderte er. Dann wandte er sich zu Lord Trevingham um, der von einem Ohr zum anderen grinste, und murmelte: »Ich wünschte, er wäre ein Capulet gewesen.«

»Aber das war er!« lachte Trevingham. »Das ist ja das Wundervolle daran. Du weißt nicht, wie gut es mir getan hat, Zeuge einer solchen Niederlage zu werden! Ich stehe zutiefst in deiner Schuld.«

»Ich bin froh, dir dienlich gewesen sein zu können, aber wenn stimmt, was du sagst, wird deine Werbung nun erst recht fehlschlagen.«

»Das ist mir egal. Morton ist mir schon seit einiger Zeit ein Ärgernis, und außerdem könnte es um meine Werbung ohnehin nicht schlechter bestellt sein. Nun komm, laß uns zu White's gehen. Ich kann es nicht erwarten, Dilly von alledem zu erzählen. Er wird sich schwarz ärgern, Mortons Niederlage verpaßt zu haben. Niemand hat ihn bisher besiegen können. Er ist sehr stolz auf seinen Ruf als Mann von Welt und ärgert sich jetzt bestimmt furchtbar darüber, daß du ihn so leicht von seinem Sockel gestoßen hast. Du wirst jetzt sicher eine Art Held für all die unter uns, die durch diesen Aufschneider schmähliche Niederlagen erlitten haben.«

»Ich frage mich, welchen Kranz ich zuerst bekomme«, sann der Graf, während er zur Tür schaute, durch die sein besiegter Gegner gerade entschwunden war. Der Blick, mit dem er ihn bedacht hatte, war wirklich mörderisch gewesen.

Kurz darauf schlenderten sie die St. James Street entlang, bis sie zu dem imposanten Gebäude mit seinem berühmten, zur Straße hinausführenden Bogenfenster gelangten, wo die gleichermaßen berühmten Mitglieder des Klubs von White's saßen. Die erlauchtesten Namen des Landes waren vertreten, zumeist Torys, und man sah es für den gesellschaftlichen Status eines Gentleman als unbedingt notwendig an, hier eingetragen zu sein. Sie traten durch das Portal und wurden sofort von mehreren Bekannten begrüßt.

Trevingham begann sie eifrig mit den Ereignissen bei Angelo zu ergötzen, und der Graf fand sich zu seiner Erheiterung inmitten einer kleinen Gruppe von Bewunderern wieder.

»Ich wünschte, ich wäre dort gewesen!« sagte Lord Dillcott sehnsüchtig, denn er war einer der glücklosen Gentlemen gewesen, die durch Mortons überragendes Können gründlich gedemütigt worden waren. Nicht die Tatsache, daß er fair besiegt worden war, hatte ihn erschüttert – er war viel zu gutmütig, um aus diesem

Grunde Groll zu hegen –, sondern die abfälligen Bemerkungen über seine schwachen Bemühungen, wenn Morton seinen Freunden gegenüber damit prahlte, wie leicht er seinen jungen Gegner besiegt hatte.

»Es war an der Zeit, daß jemand diesem Burschen die Stirn bot. Er ist solch ein eingebildeter Snob.«

»Nun, heute hat er seinen Meister gefunden, Dilly. Ich glaube nicht, daß er sehr erpicht darauf sein wird, diese Geschichte herumzuerzählen«, grinste Trevingham, der sein eigenes Hühnchen mit dem unbeliebten Morton zu rupfen hatte.

»Gott, ich würde sonstwas geben, sein Gesicht gesehen zu haben, als Ihr ihn so sauber entwaffnen konntet«, schwärmte Dillcott, und der bloße Gedanke daran zauberte ein Strahlen in seine Augen.

»Wo habt Ihr gelernt, so zu fechten, Graf Fabricati? Vermutlich in Italien?« fragte Brascombe interessiert.

»Ich habe in Italien trainiert, ja, und in Spanien«, antwortete er und gab vor, Trevinghams besorgten Blick nicht zu bemerken.

»Ihr müßt ausgezeichnete Fechtlehrer gehabt haben«, bemerkte Brascombe. »Ihr könntet uns allen einige Tricks beibringen, denke ich.«

»Ja, tatsächlich. Ihr habt auch Morton bereits eine Lektion gelehrt, die er nicht so schnell vergessen wird«, warf ein anderer Gentleman ein, der gerade erst hinzugetreten war. »Er hat ein gutes Gedächtnis und die erbärmliche Angewohnheit, einen Groll zu hegen, wenn er sich einbildet, gekränkt worden zu sein. Wollt Ihr uns nicht vorstellen, Brascombe?« fuhr er an Sir Francis gewandt fort.

»Natürlich, mein Lieber. Graf Fabricati, dies ist der Marquis von Fearnley.«

 Die beiden Männer verneigten sich höflich. Als der

Graf erkannte, daß der Marquis der Gentleman war, der ihn bei Angelo angesprochen hatte, streckte er die Hand aus. »Ich bin erfreut, Eure Bekanntschaft zu machen, mein Herr. Vermutlich seid Ihr ebenfalls ein eifriger Fechter?«

»Ich hatte das Glück, einen guten Lehrer zu haben, und bilde mir ein, eine Art Vertreter dieser Kunst zu sein. Aber als ich Eure Darbietung heute mittag gesehen habe, erkannte ich sofort, daß ich mich in Gesellschaft eines überragenden Schwertkämpfers befand. Ich würde sehr gerne die Gelegenheit bekommen, die Klingen mit Euch zu kreuzen, wenn Ihr erlaubt.«

»Es wäre mir eine Ehre. Ich stehe vollkommen zu Eurer Verfügung«, erwiderte der Graf mit leichter Verbeugung.

»Ausgezeichnet!« sagte der Marquis lächelnd. »Und nun frage ich mich, ob Ihr Euch zu einer oder zwei Partien Makao entschließen könntet? Seid Ihr mit den Regeln vertraut?«

»Ich danke Euch, Mylord, und die Antwort auf beide Fragen lautet ja«, stimmte der Graf bereitwillig zu.

Also begaben sie sich auf die Suche nach einem Tisch, aber als der Graf sich ihnen anschließen wollte, ergriff Lord Trevingham schnell seinen Arm und hielt ihn zurück.

»Ich hoffe, du weißt, was du tust, James. Die Einsätze an Fearnleys Tisch sind stets sehr hoch«, warnte er flüsternd.

Der Graf zuckte auf die ihm typische Art mit den Schultern und sagte: »Dann werde ich dafür sorgen müssen, daß ich mich gut schlage.«

»Das muß dir tatsächlich gelingen«, stimmte Trevingham ernst zu, »denn dein Vater ist kein Herzog, der für deine Verluste bürgen würde.«

»Ich brauche keinen Herzog, Justin. Ich brauche nur ein paar Königsbilder – in Münzform, versteht sich«, gab er augenzwinkernd zu.

Lord Trevingham seufzte resigniert und ließ ihn gehen. Als der Kartentisch erheblich später aufgehoben wurde, konnte der Graf die Befürchtungen seines Freundes beschwichtigen.

»Nun, das war ein recht einträglicher Nachmittag«, informierte er Seine Lordschaft zufrieden. »Ich denke, es könnte mir gefallen, einige Zeit in London zu weilen. Es scheint, daß die Straßen mit Gold gepflastert sind, besonders in St. James.«

»Also bist du vermutlich doch nicht zur Aufgabe der Klubmitgliedschaft aufgefordert worden?« fragte Lord Trevingham erleichtert.

»Du mußt wirklich versuchen, ein wenig mehr Vertrauen in meine Fähigkeiten zu setzen, gerade jetzt, Justin«, erwiderte der Graf gutmütig spottend. »Habe ich dir nicht versprochen, daß ich dir niemals Grund zur Verlegenheit geben würde?«

»Ich glaube mich an etwas Ähnliches zu erinnern, aber du verschaffst mir immerhin gewiß einige quälende Momente. Ich wäre fast gestorben, als du bemerktest, du seist ein wahrer Lehrmeister der Fechtkunst! Wenn jemals bekannt würde, daß du ...« Er hielt inne und schaute über die Schulter, um sich zu vergewissern, daß sie nicht belauscht wurden, »... daß du Fechtlehrer warst«, fuhr er *sotto voce* fort, »dann wärest du in diesen Kreisen unmöglich.«

»Aber ich bin bereits von einigen dieser Gentlemen – einschließlich des Marquis – gebeten worden, ihnen einige Unterrichtsstunden zu geben«, sagte er mit unschuldig fragender Miene.

 »Ja, dessen bin ich mir bewußt, aber du wirst dafür

nichts bezahlt bekommen. Das ist der Unterschied. Du wirst kein gemieteter Lehrer sein«, erklärte er geduldig.

»*O tempora! O mores!* Vergib mir, Justin, aber ich habe meine früheste Jugend im revolutionären Frankreich verbracht, wo solche Feinheiten einige Zeit an Bedeutung verloren hatten.«

»Aber du bist doch kein Antiroyalist, nicht wahr?« rief Trevinham aus, den plötzlich eine schreckliche Ahnung befiel.

»Habe ich dir nicht bereits erzählt, daß ich eine große Vorliebe für goldene Kronen und Königsbilder habe?«

»James, bitte sei einen Moment ernst und sage mir, daß du kein Revolutionär bist.«

»Ich bin nicht nach England gekommen, um die Monarchie zu stürzen, Justin, da kannst du ganz beruhigt sein. Ich habe auch nicht die Absicht, auf dieser zeptertragenden Insel eine Revolution anzuzetteln«, versicherte sein Freund besänftigend.

»Wer will eine Revolution anzetteln?« fragte Lord Dillcott und unterbrach damit ihre Unterhaltung.

»Niemand«, sagte der Graf, an den jungen Gentleman gewandt, lächelnd. »Justin hat sich eingebildet, ich könnte so etwas in Erwägung ziehen, und ich habe ihm nur nachdrücklich versichert, daß dem nicht so ist.«

»Oh, dann ist es gut«, bemerkte Lord Dillcott zufrieden. »Revolutionen sind verflucht lästige Angelegenheiten. Der Pöbel benimmt sich dann stets sehr seltsam.«

»Ja, mein Lieber, Revolutionen können Menschen dazu bringen, vollkommen den Kopf zu verlieren, nicht wahr?«

»Genau!« stimmte Seine Lordschaft von ganzem Herzen zu. »Eine teuflisch unerfreuliche Angelegenheit. Aber wie kommst du zu der Annahme, daß der Graf eine Revolution anzetteln will, Trev?«

»Oh, mach dir darüber keine Gedanken. Es ist nicht wichtig. Wir haben nur Spaß gemacht, weißt du. Kommt, laßt uns einen Spaziergang durch den Park machen.«

»Gut, wie du willst«, fügte sich der Graf. »Aber laß mich zunächst noch mich von dem Marquis verabschieden. Er war so zuvorkommend zu mir«, sagte er vertraulich und tätschelte bedeutungsvoll seine Tasche.

Als sie schließlich auf die St. James Street traten, teilte der Graf seinen Freunden mit, daß ihn der Marquis für den darauffolgenden Abend zum Essen im Clarendon eingeladen habe.

»Man sagt, daß Monsieur Jacquiers Etablissement für sein ausgezeichnetes Menü bekannt ist. Es ist lange her, seit ich die Freuden guter französischer Küche genossen habe, und ich freue mich darauf.«

Trevingham pfiff leise vor sich hin. »Mein Gott, hast du heute Glück. Fearnley ist als großzügiger Gastgeber bekannt, und das aus gutem Grund. Das Clarendon ist eines der teuersten Hotels in London.«

»Gott, ja! Ich habe mit meiner Tante Matilda an ihrem Geburtstag dort gespeist. Weißt du, daß eine Flasche Bordeaux eine ganze Guinee kostet? Und die alte Dame liebt Rotwein leider sehr«, bemerkte Lord Dillcott, sich erinnernd.

»In diesem Falle ist es gut, daß ich sein Gast sein werde«, lachte der Graf, »weil ich einer guten Flasche Bordeaux auch nicht abgeneigt bin. Aber wenn Fearnley wirklich so hochfliegende Sitten pflegt, wie ihr sagt, wäre es vielleicht klug, wenn ich mich der heilsamen Geschichte des jungen Ikarus erinnerte.«

»Er hatte zuviel Rotwein getrunken, nicht wahr?« fragte Dillcott verständnisvoll.

»Es war eher zuviel Wasser«, erklärte der Graf amüsiert.

»Oh, dann brauchst du dir, glaube ich, keine Gedanken zu machen. Ich bin sicher, daß Fearnley selbst niemals Wasser anrührt. Zumindest habe ich es ihn niemals tun sehen. Diese Devise gilt auch für mich, und ich bin dabei sogar recht stur. Ich habe es in Cheltenham einmal probiert. Es war ziemlich abstoßend. Ich kann mir nicht vorstellen, warum dieser von dir erwähnte Bursche es so gern mochte«, grübelte er, verwirrt die Stirn runzelnd.

»Ich fürchte, Dillys Geist gleicht einem Labyrinth«, sagte Trevingham belustigt. »Er neigt dazu, hin und wieder darin umherzuwandern, und verirrt sich oft hoffnungslos, wie man sieht.«

»Nun, wir sollten hoffen, daß er wieder hinausfindet«, grinste der Graf, während sie in die Piccadilly einbogen.

Zu dieser Tageszeit waren die Straßen voller Fahrzeuge und Reiter, die einander zu verdrängen versuchten, und ihr gemeinsames Ziel war der Park.

Es gab Gigs, Karriolen, Phaetons, Tilburys und Landauer, die sich alle ihren Weg zur Hyde Park Corner bahnten. Jetzt war die Zeit, in der Mitglieder des *haut ton* nach Mayfair strebten, um im Park spazierenzufahren, in Rotten Row zu reiten oder auf den breiten Wegen um die Serpentine spazierenzugehen.

Für die Damen war dies die Gelegenheit, ihre modischen Hüte, Kutschen und Ausgehensembles, Reitkleider und zahlreiche vornehme Accessoires zu zeigen, während die Gentlemen ihre neuesten Errungenschaften von Tattersall vorführen oder den Neid ihrer Zeitgenossen mit den neuesten Sportkutschen erwecken konnten. Es war die Zeit zu sehen und gesehen zu werden, die Insassen der vorüberfahrenden Kutschen zu begutachten, um vielleicht als erster die interessantesten *Ondits* aufzuschnappen.

Die Bürgersteige in der Piccadilly waren stets mit Fußgängern überfüllt. Es war eine der geschäftigsten und prachtvollsten Straßen Londons, denn neben den großen Stadtresidenzen hinter ihren hohen Ziegelsteinmauern befanden sich dort Hotels, Klubs, exklusive Wohnhäuser und viele feine Stallungen für Kutschen.

Nachdem die drei Gentlemen einen Penny für die Dienste eines kleinen Straßenkehrers bezahlt hatten, erreichten sie sauberen Fußes die Eintrittsschranke und passierten das Curds-and-Whey-Cottage am Eingang des Parks.

Als sie auf dem Kutschenweg in Richtung See fahren wollten, mußten sie warten, weil ein von vier prachtvollen Kastanienbraunen gezogener Landauer an ihnen vorüberrollte. In der Kutsche saß eine kräftige Frau mittleren Alters in einem üppig bestickten Mantel und einem mit Straußenfedern geschmückten Hut, einen Pekinesen auf dem Schoß. Als die Herren gerade wieder weiterfahren wollten, hörten sie die Frau ängstlich aufschreien. Sie schauten zurück und sahen, daß der Hund auf die Straße gesprungen war und Gefahr lief, von einer nachdrängenden zweirädrigen Kutsche überrollt zu werden.

Der Graf, der sofort erkannte, daß das einfältige Tier vorhatte, nach den Beinen des nächstgelegenen Pferdes zu schnappen, sprang schnell hinterher und ergriff es am Nackenfell, wobei er nur knapp den schneidenden Hufen eines Paares nervöser Grauer entging. Er bedachte das zappelnde Tier mit einigen beruhigenden Worten, bis es sich nicht mehr wehrte, und ging dann zu dem Landauer zurück, der in einiger Entfernung angehalten hatte.

Die Frau beugte sich aus der Kutsche und sah ihn mit vor Schreck bleichem Gesicht an.

»Ihr könnt jetzt beruhigt sein, Madam«, sagte er tröstend. »Der Hund hat keinen Schaden erlitten, das versichere ich Euch. Seht Ihr, er ist vollkommen in Ordnung.« Er legte das Tier in ihre ausgestreckten Arme, und sie drückte es sofort an ihren stattlichen Busen.

»Oh, ich danke Euch, Sir!« rief sie erleichtert »Es war so mutig von Euch, meinen armen kleinen Chino zu retten. Oh, wenn ich nur daran denke, was ihm hätte zustoßen können!« Sie erschauderte und schloß die Augen vor dem schrecklichen Gedanken.

»Nun, es ist nichts geschehen, also beunruhigt Euch bitte nicht weiter. Aber vielleicht wäre es sicherer, wenn Ihr ihn von jetzt an am Halsband festhalten würdet.«

»Oh, das werde ich tun! Ganz gewiß werde ich das tun!« schwor sie inbrünstig, drückte den Hund noch fester an sich und ließ Küsse auf seinen Kopf regnen. »Ich bin Euch so dankbar, Sir. Ihr habt sehr schnell reagiert! Solche Geistesgegenwart! Ich kann Euch wirklich nicht genug danken, daß Ihr meinem Liebling das Leben gerettet habt.«

»Ich bin erfreut, Euch zu Diensten gewesen zu sein, Madam«, antwortete er galant.

»Ihr seid sehr freundlich, Sir. Ich bin Euch überaus dankbar. Auf Wiedersehen.«

»*Au revoir, Madame*«, erwiderte er mit einer Verbeugung, lüpfte den Hut und wandte sich ab, um sich wieder seinen Begleitern zuzugesellen.

»Nun!« rief Trevingham aus, als der Graf wieder bei ihnen war. »Dies ist wohl dein Tag, James. Zuerst machst du dir einen der Capulets zum Feind und dann einen anderen im Handumdrehen zum Freund.«

»So? Ist mir das gelungen?« fragte der Graf leicht überrascht.

»Das war niemand anderer als die Tante meiner süßen Lady Anne«, erklärte Seine Lordschaft mit grimmigem Lächeln. »Wäre mir doch ihre unsterbliche Dankbarkeit zuteil geworden. Vielleicht hätte ich dann die Gelegenheit gehabt, ein wenig erfolgreicher voranzukommen. Ich wünschte, ich hätte dein schnelles Reaktionsvermögen, James. Du scheinst Gefahren stets so schnell zu erkennen. Ich erinnere mich, daß ich schon einmal eine Bemerkung darüber gemacht habe, als wir zusammen in Italien waren. Es ist fast so, als würdest du immer das Unerwartete erwarten.«

»Oh, ich bin normalerweise auf alles gefaßt, weißt du«, erwiderte der Graf heiter. »Das kommt vielleicht von meiner mit den Karten vergeudeten Jugend.«

»Nun, was auch immer der Grund dafür ist, du hast mir vielleicht einen großen Gefallen erwiesen«, sagte Trevingham nachdenklich. »Ja, tatsächlich, wir können diesen Glücksfall vielleicht wirklich zu unserem Vorteil verkehren.«

»Verzeih, Justin, aber der junge Dillcott und ich tappen ziemlich im dunkeln darüber, warum wir plötzlich solche Glückspilze sind«, erwiderte der Graf belustigt. »Vielleicht könntest du uns aufklären?«

»Versteht ihr denn nicht?« rief Trevingham, dessen Augen vor Aufregung glänzten. »Du hast Ihrer Ladyschaft einen großen Dienst erwiesen. Sie ist vollkommen vernarrt in diesen Hund, und du hast ihn durch einen Akt selbstlosen Mutes gerade vor dem sicheren Tode bewahrt. Versteht ihr jetzt?«

 »Nun, ich denke, wir wissen das große Glück des

Hundes zu schätzen«, antwortete der Graf und wechselte einen Blick mit Lord Dillcott. »Aber unser Glück ist uns anscheinend nicht ganz so offensichtlich, nicht wahr, Dilly?«

»Ich kann den Vorteil an dieser Situation auch noch nicht erkennen«, grinste Dillcott höchst amüsiert.

»Dann laßt mich die Sachlage so einfach wie möglich erklären«, fuhr Trevingham geduldig fort. »Ich spreche von Dankbarkeit.«

»Dankbarkeit?« wiederholte Dilly verständnislos. »Wie kann sie uns von Vorteil sein?«

»Die Dankbarkeit, mein lieber Dillcott, wird uns Zutritt zu einem gewissen Haus am Grosvenor Square verschaffen. Türen, die uns bislang verschlossen waren, werden nun auf wundersame Weise geöffnet werden.«

»Es tut mir leid, Justin«, entschuldigte sich der Graf, »aber Dilly und ich haben das Geheimnis noch immer nicht entschlüsselt. Du wirst noch ein wenig deutlicher werden müssen.«

»Ich verstehe, ihr wollt einfach begriffsstutzig sein. Nun gut, ich werde es euch erklären. Die Lady, der du gerade einen solch bemerkenswerten Dienst erwiesen hast, ist die Frau des Oberhaupts des Hauses ›Capulet‹. Ihre Dankbarkeit dir gegenüber, James, wird keine Grenzen kennen. Sie steht jetzt tief in deiner Schuld, in der Schuld des heldenhaften Retters ihres geliebten Lieblings! Du wirst dich morgen früh nach dem Befinden des armen Tieres erkundigen, und sie wird dich hereinbitten, um selbst nachzusehen. Du und sie werden die besten Freunde werden, und sie wird dich wahrscheinlich zum Essen einladen. Dann wirst du ihrer Familie vorgestellt werden, und du wirst ihr natürlich im Gegenzug deine Freunde vorstellen wollen, damit diese auch an ihrer Gunst teilhaben können.«

»Oh, natürlich würde ich das tun«, stimmte der Graf von ganzem Herzen zu, »wenn ich in der glücklichen Lage wäre, mit ihr bekannt zu sein. Aber leider haben wir uns einander nicht vorgestellt.«

»Was?« rief Trevingham entsetzt aus. »Du hast ihr nicht deinen Namen genannt?«

»Ich habe nicht daran gedacht, ihn ihr mitzuteilen«, erwiderte er ein wenig zerknirscht. »Wenn ich natürlich gewußt hätte, wer sie ist, hätte ich deine Sache auf der Stelle vorangetrieben.«

»Mach dir nichts draus. Noch ist nicht alles verloren. Sie könnte sehr wohl nächste Woche bei Almack's sein, und dann hättest du die Gelegenheit, es wiedergutzumachen.«

»Aber Justin, ich kann ihre Aufmerksamkeit doch nicht erzwingen!« protestierte der Graf lachend.

»Das wird nicht nötig sein. Mama sagt, du seist der Typ Mann, den eine Frau immer bemerkt – sogar in einem überfüllten Raum. Sophy hat es mir erzählt«, erwiderte Trevingham grinsend. »Die Damen denken offenbar, du ähneltest charakterlich sehr diesem Korsaren, den Byron geschaffen hat, und folglich setzt du einige weibliche Herzen in Flammen.«

»Mir war nicht bewußt, daß Lady Trevingham romantisch veranlagt ist, obwohl ich es hätte vermuten müssen, als ich ihrem Sohn zuhörte!«

»O ja, in unserer Familie sind alle romantisch veranlagt. Alle außer Connie natürlich. Sie ist unserem Vater zu ähnlich, überhaupt nicht phantasiebegabt, weißt du.«

»Nun, wenn du dir einbildest, daß ich eine nähere Bekanntschaft mit dieser Dame im Landauer eingehe, dann irrst du dich gewaltig!« erwiderte der Graf entschieden. »Eher würde ich mich mit dem Hund anfreunden!«

»Ausgezeichnet! Jedermann, der sich mit diesem Hund anfreundet, wird sich auch den Beifall seiner Besitzerin erwerben.«

»Dann hoffe ich, daß *du* ein Hundeliebhaber bist!« erklärte der Graf heiter.

Sechs

Anscheinend hatte das Schicksal jedoch bereits selbst beschlossen, »Lady Capulets« Aufmerksamkeit auf den Grafen zu lenken, denn schon am nächsten Abend, als er gerade mit dem Marquis und Sir Francis Brascombe speiste, kreuzte sie erneut seinen Weg.

Sie traf bald, nachdem er sich zum Essen hingesetzt hatte, im Clarendon ein. Er erkannte ihre recht große Gestalt sofort, aber sie sah ihn zunächst nicht, und er hoffte, er könnte ihrem Blick ganz entgehen. Aber als er sich gerade mit einer Bemerkung an den Marquis gewandt hatte, fiel ihr Auge plötzlich auf ihn. Er sah, wie sie sich zu dem Mann zu ihrer Rechten hinüberlehnte und einige Worte mit ihm wechselte, und dann schauten sie beide in seine Richtung.

Der Graf gab vor, ihre offensichtliche Neugier nicht zu bemerken. Erst als er den Raum verließ, wobei er an ihrem Tisch vorübergehen mußte, gelang es ihr, seinen Blick auf sich zu ziehen, aber er verbeugte sich nur kurz.

Er beschloß, den Zwischenfall Lord Trevingham gegenüber nicht zu erwähnen, denn er ahnte, daß Justin enttäuscht sein würde, wenn er entdeckte, daß sein Freund diese goldene Gelegenheit, seine Bekanntschaft mit der Dame zu vertiefen, nicht genutzt hatte.

Einige Tage später wurde er wieder an den Zwischenfall erinnert, als Trevingham in der Brook Street vorsprach, um sich zu vergewissern, daß der Graf sein Versprechen, an dem Galaabend bei Almack teilzunehmen, nicht vergessen hatte.

 »Ich hoffe, du willst dein Versprechen nicht brechen,

James, denn ich brauche dich heute abend dort. Du mußt dich nur mit dem alten Drachen bekannt machen und mich dann als deinen engsten und angesehensten Freund vorstellen. Danach komme ich allein zurecht.«

»Keine Angst, Justin. Ich werde dort sein. Aber nur, weil ich es deiner wunderschönen Schwester versprochen habe. Dir verspreche ich jedoch nichts. Ich bin kein Ersatz für den heiligen Georg.«

Der Graf hielt Wort und machte seine Aufwartung weit vor der elften Stunde, der Zeit, wenn die Türen Zuspätkommenden fest verschlossen sein würden, auch den Erlauchtesten des Landes.

Sophy bestand darauf, daß er sofort mit ihr tanzte, und betrat an seinem Arm triumphierend die Tanzfläche, wohl wissend, daß jeder weibliche Blick auf ihnen ruhte. Sie war Frau genug, sich an dem Wissen zu erfreuen, daß einige ihrer Freundinnen sie mit eifersüchtigen Blicken verfolgten. Der Graf hatte seit seinem Eintritt in ihre gesellschaftlichen Kreise nicht wenig Interesse hervorgerufen, und sie erkannte, daß sie, dank ihres Bruders, in einer beneidenswerten Position war. Alle Damen bemühten sich, dem »Korsaren« vorgestellt zu werden. Seine dunkle Attraktivität und die piratenhafte Ausstrahlung bezauberten und fesselten die romantischen Herzen, die durch Lord Byrons poetische Erzählungen bereits angeregt waren.

Nur Constance betrachtete ihn mit unfreundlichem Mißtrauen. Es beunruhigte sie zutiefst, daß ihre Familie beschlossen hatte, einen solchen Mann in die Gesellschaft einzuführen. Was wußte Justin schon von ihm? Nur so viel, wie dieser Farenden oder Fabricati, wie er sich zu nennen beliebte, ihm zu erzählen geruhte. Wie konnte Justin wissen, ob auch diese wenigen Einzelheiten überhaupt den Tatsachen entsprachen? Welche Art

Mann war er in Wahrheit? Ein ehrlicher Mensch oder ein Betrüger? Sie vermutete eher letzteres. Es war ihrer Aufmerksamkeit nicht entgangen, daß er genau wußte, wie man Menschen zu seinen Zwecken beeinflußte. Er hatte eine Art, Vertrauen zu erwecken, die seine Gesprächspartner veranlaßte, mehr von sich preiszugeben, als sie sich bewußt waren. Seinen Augen schien nichts zu entgehen, obwohl er selbst nur wenig offenbarte. Sie hatte ihr Bestes versucht, ihm Informationen zu entlocken, aber ohne Erfolg. Er hatte alle ihre direkten Fragen sorgfältig abgewehrt, und seine Vorsicht wankte niemals, nicht einen Moment. Sie konnte sich sehr wohl vorstellen, wie dienlich eine solch erstaunliche Zurückhaltung einem Spieler sein konnte.

Sie runzelte verärgert die Stirn, als sie den verzückten Gesichtsausdruck ihrer Schwester bemerkte. Was erzählte er, daß Sophy mit solch einfältigem Lächeln zu ihm aufsah? Zweifellos noch mehr lächerliche Schmeicheleien, eben die Art Komplimente, die er einem leichtgläubigen Mädchen machen würde. Der Mann war wahrscheinlich ein geübter Verführer und sich der Wirkung nur zu bewußt, die er auf alle diese törichten Frauen hatte, deren nichtige Einbildungen von den Vorstellungen genährt wurden, die Byrons egozentrisches Genie in seinen Gedichten auftischte.

»Ich stelle fest, Miss Trevingham, daß Ihr gerade jetzt absolut beeindruckend ausseht«, murmelte eine Stimme an ihrer Schulter. »Ich frage mich, welche Gedanken durch Euren kritischen Geist ziehen?«

Constance wandte sich zu Lady Jersey um, lächelte leicht und sagte kühl: »Wahrscheinlich ist die Tatsache, daß ich eine verschrobene alte Jungfer werde, für meinen griesgrämigen Gesichtsausdruck verantwortlich.«

 »Sagt das nicht. Ich kann mir nicht vorstellen, daß

Ihr schon bald das Spitzenhäubchen aufsetzen werdet. Ihr seid viel zu hübsch, und ich kenne mehrere Gentlemen, die darin mit mir übereinstimmen würden.«

»Ja, aber Ihr sagtet nicht *junge* Gentlemen«, erwiderte Constance leichthin.

»Nun, sie sind auch noch nicht altersschwach«, lachte Lady Jersey. »Oberst Dyson ist es sicherlich nicht«, fügte sie ruhig hinzu.

»Oberst Dyson ist ein Gentleman mit guten Manieren. Sicher würde er von jeder Dame seiner Bekanntschaft freundlich sprechen, egal wie alt sie ist«, erwiderte sie glatt.

»Ja, er ist reizend, nicht wahr? Und der Tanzpartner Eurer Schwester anscheinend ebenfalls«, bemerkte sie. »Ich habe sie noch niemals in solch sprühender Laune erlebt.«

»Meine Schwester ist stets am glücklichsten, wenn sie tanzt.«

»Welch attraktiver Mann dieser Graf doch ist – und so fesselnd geheimnisvoll! Recht faszinierend! Wie gut, daß der liebe George im Moment so sehr mit seiner Werbung um Miss Milbanke beschäftigt ist, sonst wäre sein Selbstgefühl zutiefst verletzt. Wie ich hörte, ist Graf Fabricati ein Freund Eures Bruders? Sie sind sich, glaube ich, in Rom begegnet? Vielleicht ist er ein Mitglied einer der alten, etablierten römischen Familien?«

»Das ist durchaus möglich«, erwiderte Constance und zeigte dann plötzlich großes Interesse an ihrer Tanzkarte. »Oh, bitte entschuldigt mich. Ich sehe gerade, daß ich Lord Alvanley den nächsten Tanz versprochen habe«, erklärte sie und eilte davon.

Sie biß sich verärgert auf die Lippen. Das waren genau die Fragen, die sie erwartet, aber auch befürchtet hatte. Die Menschen waren neugierig, dessen mußte sich der Graf bewußt sein. Kümmerte es ihn nicht, daß er Justins Familie in eine unmögliche Situation gebracht hatte? Was sollten sie auf solche Fragen antworten? Wenn es nicht um ihren Bruder ginge, hätte sie den Hochstapler nur zu bereitwillig bloßgestellt! Wie konnte er es wagen, sie in seine zweifelhaften Manöver hineinzuziehen! Es war wirklich zu schlimm, daß Justin sich mit diesem betrügerischen Spieler befreundet hatte.

Als der Graf sie später an diesem Abend um einen Tanz bat, gab sie ihm einen Korb, was er mit der ihm üblichen Selbstsicherheit hinnahm.

»Beunruhigt Euch etwas, Miss Trevingham?« fragte er prompt.

»Warum solltet Ihr annehmen, daß mich etwas beunruhigt, nur weil ich nicht mit Euch tanzen möchte?« fragte Constance hochmütig.

»Es ist ziemlich offensichtlich, daß Euer Geist sehr mit etwas beschäftigt ist«, erwiderte er ruhig. »Das wollt Ihr doch sicherlich nicht leugnen?«

Sein Tonfall stachelte sie zu einer scharfen Erwiderung an. »Wieso bildet Ihr Euch ein, daß ich mich Euch anvertrauen sollte? Wir sind fast Fremde.«

»Ihr mögt mich nicht besonders, nicht wahr, Miss Trevingham?« stellte er unverfroren fest.

»Das habt Ihr sehr gut erkannt, Sir. Ich mag Euch überhaupt nicht«, gab sie gleichermaßen kühl zu.

»Ihr seid sehr offen!« sagte er und lachte kurz über ihre Unerschrockenheit. »Ich frage mich wirklich, wie ich es geschafft habe, Euch zu kränken? Wird mir eine Erklärung zuteil werden, oder muß ich über die Art meiner Kränkung im ungewissen bleiben?«

»Könnt Ihr es nicht vermuten? Ist nicht auch das offensichtlich?« höhnte sie sarkastisch.

»Nun, laßt mich sehen«, sagte er und betrachtete sie grübelnd. »Ich lese Mißbilligung in diesen ausdrucksvollen Augen und was noch?« Er brach ab und hielt ihren Blick fest. Sie zuckte mit keiner Wimper, sondern sah ihn trotzig und unverwandt an.

»Ah, ja, Mißtrauen«, fuhr er gemächlich fort. »Ihr seid zweifellos mißtrauisch, Miss Trevingham, und habt ein wenig Angst vor mir, glaube ich«, schloß er, als habe er eine interessante Entdeckung gemacht.

»Angst? Vor Euch!?« rief sie verächtlich.

»Oh, aber ja«, beharrte er lächelnd. »Ihr habt Angst, daß ich Eurer Familie Schande bereiten könnte. Habt Ihr mich nicht darum den ganzen Abend über beobachtet?«

Constance starrte ihn finster grollend an, während ihr Zorn wuchs. So war das also! Er hatte gemerkt, daß sie ihn genau beobachtete, und hatte ihr Verhalten zweifellos als sehr amüsant empfunden.

»Nun, wagt Ihr es zu leugnen?« fuhr er lächelnd fort.

»Ich würde alles wagen, Sir, um meine Familie vor einem ... einem Schmeichler, der leichtgläubige Opfer sucht, zu beschützen!« zischte sie durch zusammengebissene Zähne.

Er nahm auch diese ihm ins Gesicht geschleuderte Beleidigung mit irritierender Gelassenheit auf. »Ich sehe, Ihr habt Euch eine sehr schlechte Meinung von mir gebildet, Miss Trevingham. Aber ich weiß wirklich nicht, was ich gesagt oder getan haben soll, um mir solchen Unwillen zuzuziehen.«

»Dann erlaubt mir, Euch aufzuklären. Ich habe keine Angst, offen zu sprechen, wie Ihr jetzt erfahren werdet. Mein Bruder hat uns bereits mit den Einzelheiten Eurer Eskapaden in Rom versorgt und zieht es vor, sie belustigend zu finden. Bei mir ist das anders. Ich finde nichts Bewundernswertes an betrügerischem Verhalten, besonders wenn man aus rein materiellen Zwecken darauf zurückgreift. Ich mißtraue Euren Motiven, Euch in meine Familie einzuschleichen, und mir mißfällt die Art, in der Ihr die Freundschaft meines Bruders für Eure eigenen Zwecke benutzt. Ihr werdet nur durch seine Fürsprache überall eingeladen, und ich denke, ich kann mir den Grund denken, warum Ihr ihm so schnell und unerwartet nach London gefolgt seid.«

»So? Und was hatte ich, Eurer Meinung nach, dabei im Sinn?« fragte er höchst interessiert und wandte seinen Blick keinen Moment von ihrem Gesicht ab.

»Ich bin keine Närrin, Mr. Farenden, und Ihr seid auch nicht töricht, also versucht bitte nicht, mich zu täuschen«, fauchte sie ungeduldig. »Eure Beweggründe sind ausreichend offensichtlich. Ihr wollt damit fortfahren, unerfahrene, unbekümmerte Dummköpfe durch Betrug dazu zu bringen, sich von ihrem Geld zu trennen. Warum sonst müssen wir Euch als *Graf Fabricati* ansprechen? Ihr seid sicherlich kein Adliger. Tatsächlich frage ich mich, ob Ihr überhaupt ein Gentleman seid!«

»Mein Schweigen ist meine Antwort«, erwiderte er gleichmütig, aber mit einem feurigen Aufflackern in den dunklen Augen. »Da Ihr nun die ersten Blutstropfen hervorgebracht habt, werdet Ihr Eure Waffe beiseitelegen, bis wir diese Begegnung fortsetzen können? Ich sehe nämlich Euren Bruder nahen.«

Genau in diesem Moment trat Lord Trevingham aufgeregt an die Seite des Grafen, ergriff ihn am Arm und wies ihn auf eine Gruppe von Leuten, die wenige Meter von ihnen entfernt standen. Constance folgte dem scharfen Blick des Grafen und sah, wie er dann plötzlich erstarrte und sein Gesicht unter der sonnengebräunten Haut zu erblassen schien.

»*Conosce chi è quella bruna signorina?*« murmelte er überrascht. »*E bellissima! E che begli ochi!*«

»Ja, sie ist ein Engel, nicht wahr?« seufzte Justin seelenvoll. »Das, mein Freund, ist die Dame meines Herzens: Lady Anne Rossmore.«

»*La Signorina Rossmore?*« keuchte der Graf wie betäubt. »*Dio mio!*«

Constance wunderte sich über diesen plötzlichen Wandel in seinem Verhalten. Zumindest war er aus dieser ekelhaften Selbstzufriedenheit gerissen worden. Aber wodurch?

»*E i due signori che sono con lei?*« fragte er mit gedämpfter Stimme, den Blick noch immer auf das hübsche Gesicht auf der anderen Seite des Raumes gerichtet.

»*Il signore anziano è un zio e quello più giovane è un cugino*«, antwortete Constance, bevor ihr Bruder etwas erwidern konnte.

Der Graf wandte sich einigermaßen überrascht zu ihr um, fast als hätte er ihre Anwesenheit vergessen.

»Ihr sprecht italienisch, Miss Trevingham – und zwar hervorragend. Ich wundere mich, daß Euer Onkel nicht Euch anstelle Eures Bruders nach Rom gesandt hat.«

»Ihr habt Glück gehabt, daß er es nicht getan hat«, zischte sie ihm ins Ohr. »Denn dann wärt Ihr noch immer im Gefängnis. Meine Geldbörse sitzt nicht so locker!«

»Ich wünschte, dasselbe könnte man von Eurer Zunge behaupten, Madam!« erwiderte er schnell.

Glücklicherweise zog Lord Trevingham ihn fort, bevor Constance ihre Stimme wiederfand. Sie blieb mit ihrer Verärgerung allein, was sie sehr verdroß. Die nächsten Minuten verbrachte sie damit, im Geiste mehrere höchst anschauliche Bezeichnungen zu ersinnen, mit denen sie diesen unerträglichen Mann bedenken wollte – wenn sie nur nicht so sehr Dame gewesen wäre!

Lord Trevingham zog den Grafen in eine ruhige Ecke, wo sie ungestört sprechen konnten. »Ich muß dich um einen Gefallen bitten, James«, sagte er verschwörerisch.

»Tatsächlich?« sagte der Graf gedehnt und hob leicht die Augenbrauen. »Ich frage mich, ob ich erraten kann, was genau du von mir willst?«

Trevingham grinste. »Ich glaube, du weißt es. Aber jetzt, wo du sie selbst gesehen hast«, fuhr er eifrig fort, »mußt du doch verstehen, warum ich so verzweifelt versuche, die Gunst ihrer Familie zu erringen. Du hast selbst festgestellt, daß Lady Anne wunderschön ist, aber ich habe mich nicht nur deshalb in sie verliebt. Sie ist solch ein sanftmütiges Mädchen, so verletzlich und unschuldig, so weltfremd und scheu. Darum ist sie vollkommen der Gnade ihres Onkels und ihrer Tante ausgeliefert. Sie braucht jemanden, der sie beschützt und sich um sie kümmert.«

»Ich verstehe. Und du willst ihr Ritter in schimmernder Rüstung sein, nicht wahr?« fragte der Graf belustigt.

»So könnte man es vermutlich sagen«, gestand Trevingham ziemlich verschämt. »Sie muß wirklich aus ihren Fängen errettet werden, sonst zwingt man sie, lediglich Besitz und Stellung zu heiraten, und sie wird für den Rest ihres Lebens zum Unglück verdammt sein«, fügte er dramatisch hinzu.

»Bist du so sicher, daß sie sich nicht mit einem der
 großen Häuser verbinden will? Die Rossmores sind

eine sehr wohlhabende Familie, nicht wahr? Die Erwartungen der Dame könnten erheblich anders sein als das, was du ihr an Wünschen unterstellst.«

»Oh, also hast du von der Familie gehört?« sagte Trevingham einigermaßen überrascht.

»Natürlich. Sie werden im gleichen Atemzug mit Admiral Hughes genannt.«

»Ja, das ist der Haken!« stöhnte Justin bedrückt. »Jedermann wird natürlich annehmen, daß, wer immer um ihre Hand bittet, dies nur darum tut, weil sie eine Erbin ist. Wäre sie nur keine Rossmore! Dann hätte ich keinerlei Skrupel, in einer solchen Angelegenheit an Lord Wyvern heranzutreten.«

»Ah! Lord Wyvern! Natürlich, der Onkel!« rief der Graf aus. »Aber er muß wissen, daß du kein stadtbekannter Mitgiftjäger bist. Deine Familie ist durchaus akzeptabel, und du selbst bist überaus tüchtig – ausreichend, um auch die anspruchsvollsten Verwandten zufriedenzustellen«, beendete er seine Beurteilung ermutigend.

»Das ist richtig, aber du weißt nicht, welchen Ehrgeiz die Wyverns bezüglich ihrer Nichte entwickeln. Ich glaube nicht, daß meine Stellung und mein Rang für sie erhaben genug ist, um mich freudig zu akzeptieren.«

Während er sprach, betrachtete er einmal mehr den Gegenstand seiner Leidenschaft, die gerade mit ihrem Cousin, dem ehrenwerten Frederick Wyvern, tanzte.

Der Graf folgte seinem Blick und beobachtete das Paar einen Moment schweigend. »*Come balla bene*«, murmelte er leise zu sich selbst. Und dann, als sei er plötzlich zu einer Entscheidung gelangt, sagte er: »Nun gut, Justin. Lege deine Rüstung an, und wir werden versuchen, das Turnier zu eröffnen.«

»Du meinst, du willst mir helfen?« rief Trevingham

überrascht. »Was hat dich dazu veranlaßt, deine Meinung zu ändern?«

»Eigensinn, mein Freund, reiner Eigensinn«, erwiderte der Graf gemächlich und mit nur der Andeutung eines Lächelns. »Nun komm.«

Er wandte sich um und schritt entschlossen auf den Erfrischungsraum zu, den Lady Wyvern am Arm ihres Gatten betreten hatte. Er beobachtete genau, wo sie saßen, wählte freie Plätze in ihrer Nähe, und setzte sich mit Trevingham ruhig hin.

»Willst du nicht mit ihr sprechen?« flüsterte Seine Lordschaft ungeduldig.

Der Graf hob eine Einhalt gebietende Hand. »Beobachte und lern, mein Romeo. Wir müssen geschickt vorgehen.«

Lord Wyvern war gegangen, um seiner Frau eine Limonade zu besorgen, und der Graf wartete einige Minuten, bis er ihn mit dem Glas in der Hand zurückkommen sah. Dann stand er ruhig auf, ging wie beiläufig in Wyverns Richtung und strich an dem Gentleman vorbei, der seine Nähe offensichtlich nicht bemerkt hatte. Er schien gegen den Graf zu geraten und vergoß einen Teil des Getränks.

»Ich bitte um Verzeihung, Sir!« entschuldigte sich Wyvern bestürzt. »Ich habe Euch nicht gesehen, ich trage heute abend meine Brille nicht. Ich hoffe, ich habe Euch nicht bespritzt? Bitte vergebt mir meine Unbeholfenheit.«

»Aber ich bitte Euch, Sir, macht Euch keine Gedanken. Ich versichere Euch, es ist nicht der geringste Schaden entstanden. Ich hätte besser aufpassen sollen. Vielleicht erlaubt Ihr mir, Euch ein neues Glas zu holen?«

 »Das kann ich Euch nicht zumuten, Sir. Es war

immerhin vollkommen meine Schuld«, erwiderte Lord Wyvern widerwillig.

»Überhaupt nicht. Es dauert nur einen Moment.« Und bevor Wyvern ihn davon abhalten konnte, machte sich der Graf auf den Weg.

Justin beobachtete das Geschehen höchst interessiert und erkannte mit zunehmender Bewunderung, daß sein Freund tatsächlich sehr geschickt vorging.

Als er mit einem neuen Glas zurückkam, gab er es direkt Lady Wyvern in die Hand. Sie schaute zu ihm auf, und ihre Augen weiteten sich überrascht, als sie ihn wiedererkannte.

»Oh! Ihr seid es, Sir!« rief sie. »Der Gentleman, dem ich im Park begegnet bin!« Sie wandte sich erklärend an ihren Mann. »Du erinnerst dich doch, Wyvern, ich erzählte dir, was meinem törichten kleinen Chino vorige Woche passiert ist. Dieser beherzte junge Mann hat ihm das Leben gerettet.«

»Natürlich. Ich erinnere mich, daß du mir davon erzählt hast. Nun, welch ein Zufall! Ihr kommt uns anscheinend erneut zu Hilfe, Sir.« Er streckte die Hand aus. »Ich möchte mich vorstellen. Ich bin Lord Wyvern, und dies ist meine Frau, Lady Augusta Wyvern. Darf ich nach Eurem Namen fragen, Sir?«

»Graf Fabricati«, erwiderte er mit einer eleganten Verbeugung. »Ich fühle mich in der Tat geehrt, Euch kennenzulernen. Da ich leider erst kürzlich in London eingetroffen bin, kenne ich erst wenige seiner Einwohner, so daß es stets ein Vergnügen ist, neue Bekanntschaften zu machen.« Er wandte sich an Lady Wyvern. »Der kleine Hund hat sich vermutlich von seinem Abenteuer erholt?« fragte er mit dem, wie er hoffte, richtigen Maß an Besorgnis in der Stimme.

»O ja, es geht ihm ausgezeichnet, vielen Dank. Es ist

sehr freundlich von Euch nachzufragen. Also seid Ihr zu Besuch in England, Graf Fabricati? Wie lange werdet Ihr bleiben?«

»Das ist im Moment noch ungewiß. Vielleicht noch zwei oder drei Monate. Dann muß ich nach Rom zurückkehren.«

»Ah, Ihr kommt aus Rom? Eine wundervolle Stadt. Ich habe sie in meiner Jugend selbst besucht, wißt Ihr«, bemerkte Lord Wyvern mit großem Interesse. »Ich frage mich, ob sie sich sehr verändert hat, seit dieser kleine korsische Emporkömmling sie zu einem Teil seines Reichs gemacht hat?«

»Sie wird nicht umsonst die Ewige Stadt genannt«, lächelte der Graf. »Ich glaube, Ihr würdet sie auch jetzt noch als genauso wundervoll empfinden wie damals.«

»Ich hoffe, Ihr findet London mindestens ebenso interessant, Sir«, unterbrach Lady Wyvern. »Ich weiß, daß Ihr bereits einige seiner Vergnügungen gekostet habt, denn Ihr wart es, den ich im Clarendon habe speisen sehen, nicht wahr?«

»Ihr habt natürlich recht. Ich war Gast des Marquis von Fearnley. Ich habe tatsächlich das Glück, ihn zu meinen neuen englischen Freunden zählen zu dürfen. Ich hoffe, Ihr vergebt mir, daß ich Euch an jenem Abend nicht angesprochen habe, Mylady, aber das wollte ich mir nach so flüchtiger Bekanntschaft nicht herausnehmen«, entschuldigte sich der Graf bescheiden.

»Eure Bedenken ehren Euch, Sir. Ich bin froh, daß wir diese Gelegenheit hatten, uns angemessen bekannt zu machen. Seid Ihr heute abend auch mit dem Marquis hier?«

»Nein, ich bin mit Lord Trevingham hergekommen. Vielleicht kennt Ihr ihn und seine reizende Familie bereits? Sie sind sehr gute Freunde von mir. Dort ist er übrigens.« Er schaute zu Justin hinüber, der bereits sehnlichst auf ein Zeichen des Grafen gewartet hatte und sich jetzt die Freiheit nahm, sich ihnen zuzugesellen.

»Guten Abend, Lady Wyvern, Lord Wyvern«, sagte er und verbeugte sich jeweils nervös vor ihnen beiden. »Das ist eine angenehme Überraschung. Anscheinend kennen Sie meinen Freund, Graf Fabricati, bereits?«

»Wie geht es Euch, Lord Trevingham? Und wie geht es Eurer Mutter und Euren Schwestern? Sie sind vermutlich heute abend ebenfalls hier?« fragte Lady Wyvern und erwiderte seine Begrüßung mit einem leichten Neigen ihres Kopfes.

»Ja, wir sind alle hier. Ich sah Frederick und Lady Anne ebenfalls. Wäre es zu anmaßend von mir, Euch um die Erlaubnis zu bitten, mit Lady Anne tanzen zu dürfen, wenn sie mir dieses Glück zuteil werden lassen möchte?« drängte er unerschrocken voran und riskierte, ihren Unwillen auf sich zu ziehen.

Sie zögerte sichtlich, bevor sie, wenn auch eher kalt, sagte: »Nun gut, Ihr dürft sie um einen Tanz bitten. Aber sie tanzt keinen Walzer!« warnte sie nachdrücklich. Dann wandte sie sich wieder dem Grafen zu und bemerkte daher den Ausdruck reinster Freude auf Trevinghams Gesicht nicht. »Da Ihr noch recht fremd in London seid, Sir, frage ich mich, ob Ihr vielleicht zum Geburtstagsball meiner Nichte im nächsten Monat kommen wollt? Es wird eines der größten gesellschaftlichen Ereignisse der Saison werden. Vielleicht möchte der Marquis sich Euch anschließen, da Ihr mit ihm so vertraut seid. Ich weiß, daß er diese Gelegenheiten normalerweise nicht wahrnimmt, aber ich wage zu behaupten, daß er Euch, wenn Ihr ihm den Vorschlag macht, nur zu gern begleiten würde. Er ist mit fast jedermann der Londoner Gesellschaft so gut bekannt, daß er für Euch von unschätzbarem Wert wäre, was die notwendigen Einführungen betrifft.«

Sie sah ihn flüchtig zu Lord Trevingham schauen, als zweifele er, und so fügte sie etwas verspätet hinzu: »Ich werde Eurer Familie natürlich ebenfalls eine Einladung schicken, Lord Trevingham.«

»Dann nehme ich mit Freuden an, Lady Wyvern«, sagte der Graf und verbeugte sich. »Habt Dank für Eure Aufmerksamkeit. Und was den Marquis betrifft, so bin ich, glaube ich, gut genug mit ihm befreundet, um Eure freundliche Einladung in seinem Namen annehmen zu können. Ich bin sicher, er wird mich gerne begleiten.«

Er war froh, den Grund für das plötzliche Interesse Lady Wyverns an ihm neulich abends entdeckt zu haben. Natürlich war es die Bekanntschaft mit dem Marquis, die ihn so willkommen machte. Es schien, daß das Speisen mit dem Sohn eines Herzogs mehr zählte, als etwas für einen Lieblingshund zu riskieren. Sie hatte offensichtlich angenommen, er habe einigen Einfluß auf den Marquis, glaubte vielleicht, daß ihre Freundschaft schon lange bestand. Nun, er würde einfach seine Erfindungsgabe nutzen müssen, um diesen adligen Sproß eines herzoglichen Hauses zu überzeugen, daß er an dem Ball teilnehmen mußte. Nachdem sie ihren Zweck so erfolgreich erfüllt hatten, verabschiedeten sich Trevingham und der Graf von den Wyverns und kehrten in den Tanzsaal zurück.

»Ich sage dir, James!« rief Justin bewundernd. »Das hast du wirklich hervorragend gemacht! Nicht nur, daß ich die Erlaubnis habe, mit der göttlichen Lady Anne zu tanzen, sondern ich bin auch zu ihrem Ball eingeladen. Welch erstaunliches Glück! Du bist wirklich sehr hilfreich!«

»Nun, ich muß zugeben, daß die Karten sehr zu

meinen Gunsten fielen, obwohl ich das Spiel wirklich recht gekonnt gemacht habe«, gestand er ein. »Aber wir sind nicht die einzigen Spieler, die mit einem Anteil an den Gewinnen vom Tisch aufstehen. Lady Wyvern ist absolut keine Anfängerin und weiß Tricks anzuwenden. Und wie schwierig wird es wohl für mich sein, Fearnley zu diesem »großen gesellschaftlichen Ereignis« zu überreden?«

Trevingham verzog das Gesicht. »Teuflisch schwierig! Er haßt das Tanzen, und besonders Bälle meidet er wie die Pest. Er hält sich lieber bei Brooks oder White's auf und beobachtet die weiblichen Füllen auf den Weiden in Newmarket, als diejenigen zu betrachten, die ihre Paraden auf dem Ballparkett zeigen.«

»Das habe ich schon vermutet. Ich frage mich, warum Lady Wyvern so auf mich setzt«, überlegte der Graf. »Und wenn ich die Trümpfe nicht hervorziehen kann, wird auch dein Ziel nicht erreicht werden.«

»Ah! Aber du wirst mich doch nicht im Stich lassen, nicht wahr, James? Ich beginne allmählich an deine erstaunlichen Fähigkeiten zu glauben, und das wolltest du doch, oder?«

»Wie wahr. Habe ich dir jemals erzählt, daß eines der Motti meiner Familie lautet: ›Ich werde mir etwas einfallen lassen‹?«

»Und du hast sicherlich mehr als ein Motto«, lachte Trevingham. »Ich hoffe, du kannst es beherzigen. Nun werde ich mich um meine Herzensdame bemühen, wenn du die Schwächen von uns gemeinen Sterblichen entschuldigst.«

Der Graf beobachtete, wie er auf Lady Anne zuging, die gerade, auf der Suche nach ihrem Onkel und ihrer Tante, in den Erfrischungsraum zurückkehrte. Er bemerkte, wie ihr wunderschönes Gesicht noch lieblicher wurde, während sie Trevinghams Bitte lauschte. Der Cousin überließ ihre Hand dem eifrigen Neuankömmling, und sie kehrte mit ihrem hingerissenen Tanzpartner bereitwillig in den Ballsaal zurück.

Fabricati verharrte in schweigender Betrachtung jenes feingeschnittenen, von dunklen, glänzenden Locken umrahmten Antlitzes. Die tiefbraunen Augen, die vor Freude strahlten, ließen Trevinghams Gesicht keinen Moment los, so sehr genoß sie es, seinen Worten zu lauschen und sich in der Bewunderung seiner Blicke zu sonnen. Etwas fast Schmerzhaftes regte sich irgendwo tief im Herzen des Grafen, während er dieses Lächeln und die edle Schönheit ihrer Züge betrachtete. Er wandte sich mit hartem, angespanntem Gesicht schnell ab und eilte, ohne einen Blick zurückzuwerfen, aus dem Raum, wobei er seine überstürzte Entscheidung bereits bedauerte, sich in Angelegenheiten einzumischen, die besser sich selbst überlassen blieben.

Der Graf brauchte nicht lange zu der Erkenntnis, daß das Kartenzimmer bei Almack's nur der Unterhaltung diente. Die Einsätze waren sehr niedrig und machten die Spiele daher uninteressant. Gelangweilt beschloß er, vorzeitig zu gehen und sein Vergnügen anderswo zu finden. Er schlenderte in den Tanzsaal zurück und suchte Lord Trevingham.

Der Tanz war noch nicht beendet, aber Justin würde seine junge Dame bald wieder ihrem Onkel und ihrer Tante übergeben müssen. Er konnte sich genausogut noch eine Erfrischung gönnen, während er auf ihn wartete.

Die Wyverns befanden sich noch immer dort, wo er sie verlassen hatte, obwohl sich jetzt ihr Sohn und ein anderer Gentleman zu ihnen gesellt hatten. Der Graf erkannte den mürrischen jungen Mann, der ihn bei

Angelo herausgefordert hatte, als Mr. Giles Morton. Er dachte über den Namen nach, aber er sagte ihm nichts, obwohl Justin angedeutet hatte, daß er mit der Rossmorefamilie verbunden sei.

Wohin paßt er? sann er schweigend. Morton schien recht beunruhigt über etwas zu sein, so daß der Graf ihrem Tisch ein wenig näher rückte, um seine Neugier zu befriedigen.

»Ich muß sagen, ich bin sehr überrascht, daß Ihr ihm gestattet habt, mit ihr zu tanzen, Lady Wyvern. Ich dachte, Ihr hättet beschlossen, ihr Interesse an diesem Gentleman zu unterbinden. Sie ist bereits jetzt schon zu sehr von ihm angetan, und ihre Freundschaft sollte nicht noch mehr gefördert werden. Ihr muß klargemacht werden, wo ihre Pflichten liegen. Die Rossmores sollten nach etwas entschiedem Höherem als nur einem Regierungsbeamten Ausschau halten«, fügte er schneidend hinzu.

»Du hast keinen Grund, mir das vorzuhalten, Giles. Ich sollte ihr natürlich niemals erlauben, so tief zu sinken, aber ich habe einen anderen Plan im Sinn. Außerdem habe ich ihm nur die Erlaubnis für einen Tanz erteilt, und das läßt ihm nur wenig Gelegenheit für persönliche Gespräche. Ich habe seiner Bitte nachgegeben, weil ich eine Bekanntschaft mit einem Freund von ihm – Graf Fabricati – fördern möchte, die ich kürzlich gemacht habe.«

»Fabricati! Er schon wieder! Nach dem, was ich über ihn gehört habe, ist er nicht mehr als ein Emporkömmling. Ein Tunichtgut, der Spielhöllen aufsucht. Nichts spricht für diese italienischen Adligen. Sie sind so zahlreich wie russische Prinzen und genauso nichtswürdig!« rief er angewidert aus.

»Dieser Ausbruch hat vermutlich nichts damit zu

tun, daß er Euch vorige Woche bei Angelo so öffentlich besiegt hat?« fragte Frederick Wyvern, der vorgab, die Decke zu betrachten, während er sich auf seinem Stuhl zurücklehnte.

»So war es nicht!« schrie Morton hitzig. »Es war ein sehr ausgewogener Kampf, und ich hätte ihn besiegt, wenn ich nicht den Halt verloren hätte. Außerdem hat das keinerlei Einfluß auf meine Meinung über ihn. Ich sprach neulich mit Oberst Dyson. Er hat einige Verbindungen zum Bourbonenhof in Sizilien, und er hat niemals einen Graf Fabricati erwähnen hören.«

»Das ist kaum ein schlüssiger Beweis gegen ihn. Dyson kann wohl nicht den ganzen italienischen Adel kennen«, bemerkte Frederick verächtlich.

»Das ist nicht so wichtig«, unterbrach Lady Wyvern das Gespräch ungeduldig. »Ich habe nicht das geringste Interesse an Graf Fabricati. Weitaus wichtiger sind mir seine Freunde. Du weißt nicht alles über ihn, Giles. Ich habe zufällig etwas herausgefunden, was sich als nützlich für mich erweisen könnte. Und jetzt seid beide still, denn dort kommt Anne mit Lord Trevingham zurück.«

Die junge Dame, die tatsächlich nicht viel älter als Sophy war, kam zu ihnen, ihre großen, dunklen Augen glänzten, und ihr sahniger Teint war anmutig gerötet.

»Dein Cousin Giles ist gekommen, Anne. Ist das nicht eine erfreuliche Überraschung?« lächelte Lady Wyvern, während Justin sie zu ihrem Platz führte.

»Ja, natürlich. Guten Abend, Giles«, antwortete sie wenig begeistert.

»Guten Abend, Lady Anne. Darf ich sagen, daß Ihr in diesem wunderschönen Gewand entzückend ausseht? Aber andererseits überstrahlt Ihr, genauso wie der Mond die sanfte Schönheit der Sterne mindert, jede andere junge Dame, wenn Ihr erscheint«, sagte er seidenweich, bemächtigte sich ihrer Hand und küßte ihre Fingerspitzen, und seine Lippen verweilten auf ihrer weichen Haut.

Trevingham versteifte sich bei dieser eitlen Zurschaustellung von Zuneigung ärgerlich, was genau die von Morton erhoffte Wirkung war.

»Wollt Ihr mir das Vergnügen gewähren, diese kleine weiße Hand noch ein wenig länger halten zu dürfen, und mir erlauben, mit Euch zu tanzen?«

»Natürlich erlaubt sie es. Ihr werdet sie entschuldigen, nicht wahr, Lord Trevingham? Sicherlich wartet doch schon eine andere Tanzpartnerin ungeduldig auf Euch? Wir sollten Euch nicht von Euren Freunden fernhalten«, sagte Lady Wyvern verabschiedend.

Justin konnte nichts anderes mehr tun, als sie zu verlassen. Er wandte sich um und schritt untröstlich davon.

»*El Caballero de la Triste Figura*«, erklang eine Stimme hinter ihm. »Nur Mut. Sie haben nur deinen Stolz verletzt und den Glanz deines Glücks ein wenig angekratzt, aber nicht deine Rüstung. Sie schimmert in den Augen deiner Lady so strahlend wie eh und je.«

»Oh, du bist es, James. Du hast es also gehört? Ich bin anscheinend vom Turnier verbannt. Weil ich es gewagt habe, meinen Blick zu erheben und zuviel zu erhoffen«, beklagte sich Trevingham bitterlich.

»Dann laß mich dein Exil mit dir teilen, und wir sollten den Ritterwettstreit eine Weile vergessen. Ich habe ohnehin das Gefühl, daß du im Nahkampf besser abschneiden würdest. Ich werde sehen, was ich tun kann, um die Dinge für dich zu regeln. Komm schon, was hältst du davon, wenn wir zu Fearnley und Brascombe gingen? Dies ist ein ermüdend langweiliger Abend. Wir sollten sehen, ob wir unser Glück beim Würfelspiel wenden und dem Trübsinn entfliehen können, indem wir uns eine oder zwei Flaschen guten Rotweins gönnen«, schlug der Graf ermutigend vor.

»Eine ausgezeichnete Idee«, stimmte Trevingham bereitwillig zu. »Es hat keinen Sinn, den Rest des Abends hier herumzusitzen. Ich werde mich Lady Anne sicherlich nicht wieder nähern dürfen. Ich sage Mama Bescheid, daß wir gehen.«

Constance beobachtete ihr Fortgehen mit gemischten Gefühlen. Sie war froh, daß der Graf gegangen war, aber es gefiel ihr überhaupt nicht, daß er James mitgenommen hatte.

Oberst Dyson bemerkte den finsteren Gesichtsausdruck seiner Tanzpartnerin und sagte dazu: »Ihr wißt, wenn ich Euch irgendwie dienlich sein kann, braucht Ihr nur zu fragen. Ich wünschte, Ihr würdet mich mit Eurem Vertrauen ehren. Ich würde alles in meiner Macht Stehende tun, um Eurem Lächeln seine Fröhlichkeit zurückzubringen.«

Er sprach mit solcher Wärme und Aufrichtigkeit, daß sie von Dankbarkeit über seine Freundlichkeit überwältigt war. Vielleicht sollte sie ihm ihre Ängste anvertrauen. Sie war sicher, daß er ein sehr rechtschaffener Mann war und ihr Vertrauen respektieren würde. Sie schaute zu ihm auf und las echte Zuneigung in seinen Augen.

»Es ist wirklich nichts, nur dieser empörende Mann, Graf Fabricati. Seine Unverschämtheit ist unerträglich. Ich wünschte wirklich, Justin würde ihn nicht so schätzen.«

»Ihr mögt ihn nicht? Aber er scheint, trotz seines Rufes, recht angenehm«, bemerkte er nachdenklich.

»Sein Ruf? Was wißt Ihr über seinen Ruf?« fragte sie ein wenig zu scharf.

Er wirkte durch ihre plötzliche Befragung überrascht. »Nun, ich beziehe mich nur auf seine bekannte

Bevorzugung von Spielhöllen«, erklärte er ruhig. »Er ist in Fearnleys Freundeskreis aufgenommen worden, und deren Einsätze sind bekanntermaßen extravagant.«

Bei diesen Worten runzelte sie die Stirn noch stärker, und ihr Blick umwölkte sich erneut.

»Macht Ihr Euch Sorgen um Euren Bruder?« fragte er sanft. »Ihr braucht keine Angst zu haben, daß er auch nur in der geringsten Gefahr schwebt, in jene Falle gelockt zu werden. Trevingham ist viel zu vernünftig. Aber wenn es Euch beruhigt, bin ich bereit, für seine Schwester ein wachsames Auge auf ihn zu haben.«

»Oh, würdet Ihr das wirklich für mich tun?« rief Constance eifrig. »Ich wäre so erleichtert, wenn Ihr darauf achten könntet, daß er keinen Schaden erleidet. Nicht daß ich es glaube, versteht Ihr. Es ist nur so, daß es beruhigend wäre zu wissen, daß ein Mann Eurer Klugheit und Diskretion zur Stelle wäre, um ihm Rat zu erteilen, wenn er ihn jemals brauchen sollte, meine ich.«

»Ihr dürft mir vollkommen vertrauen, Miss Trevingham. Ich betrachte es als höchste Ehre, daß Ihr mich für wert erachtet, Euch einen solchen Dienst zu erweisen«, erwiderte er galant. »Aber glaubt Ihr wirklich, daß er auf meinen Rat hören würde, wenn ich mir erlauben würde, ihn ihm anzubieten?«

»Ich bin sicher, daß er auf Euch hören würde. Er respektiert Euch, das weiß ich«, versicherte sie ihm herzlich.

»Wenn ich tatsächlich das Glück haben sollte, sein Vertrauen zu gewinnen, weiß ich, wen ich zu meinem Leumund berufen sollte«, antwortete er sanft und sah ihr tief in die Augen.

»Ich bin die Glückliche, Oberst Dyson. Weil ich einen solch freundlichen und aufmerksamen Freund gefunden habe.«

Sieben

Es war fast vier Uhr morgens, als Lord Trevingham und der Graf ihre Schritte schließlich heimwärts lenkten. Die Straßen waren dunkel und leer, und die Luft war entschieden zu frostig, während sie gemächlich die Oxford Street hinabschlenderten. Ein Lichtschein aus einem einzelnen, nicht verdunkelten Fenster enthüllte silbernes Frostglitzern auf den Pflastersteinen, und ein schneidender Ostwind fegte raschelnde Haufen welken Herbstlaubs die Gosse entlang. Justin erschauderte und schlug den großen Kragen seines Überrocks hoch. Der Graf warf ihm einen Blick zu.

»Du brauchst ein warmes Getränk, mein Freund. Und wie könnte man die Kälte besser vertreiben als mit einer guten Flasche französischen Brandys? Zufällig habe ich einen ausgezeichneten Jahrgang da, der dich sicherlich beeindrucken wird. Möchtest du ihn mit mir probieren?«

»Brandy, hm? Da bin ich dabei!« erwiderte Trevingham voller rotweinseliger Gutmütigkeit.

Als sie das Haus des Grafen in der Brook Street erreichten, schlug die Uhr gerade die volle Stunde. Während das Echo ihres Rufes in der Stille der schlafenden Stadt verhallte, wurde die Tür geöffnet, und der Diener Jean erschien mit einem Kerzenständer voll hell brennender Kerzen.

»*Bon matin*, Jean. *Il fait très froid, hm? Apportez-moi le cognac. Le meilleur cognac, s'il vous plaît!*«

»*Toute de suite, Monsieur le Comte.*«

 Schon bald hatten sie es sich in tiefen Armsesseln

vor dem Feuer bequem gemacht, das Jean geschickt zum Lodern gebracht hatte. Trevingham, der sich zu den wärmenden Flammen beugte, drehte das Glas zwischen seinen Handflächen hin und her und beobachtete, wie das reflektierende Licht die bernsteinfarbene Flüssigkeit erglühen ließ. Dann hob er das Glas hoch und atmete zunächst anerkennend das köstliche Aroma ein, bevor er einen Mundvoll zu sich nahm.

»Ich habe nichts annähernd so Gutes mehr gekostet, seit ich einmal von einem Fäßchen probieren konnte, das ein Händler von der Küste von Kent geliefert hatte.«

»Wirklich? Es ist doch immer wieder erstaunlich, wie sehr sich die Qualität verbessert, wenn man keine Transportsteuern zahlen muß«, bemerkte der Graf wissend und setzte sich noch bequemer zurecht, während er zufrieden aus seinem eigenen Glas trank.

»Du bist wirklich unverfroren, James, das muß ich schon sagen!« bemerkte Trevingham lachend und sah seinen Begleiter, die Ellenbogen auf die Knie gestützt, von der Seite an. »Du bist der außergewöhnlichste Bursche, dem ich jemals begegnet bin. Je besser ich dich kennenlerne, desto weniger scheine ich dich überhaupt zu kennen.«

»So ist das also«, antwortete der Graf und hob eine Einhalt gebietende Hand. »Du hältst mich also auch für einen Schwerenöter. Willst du nicht das damit sagen?«

»Ich würde eher sagen, daß du wie ein Aal bist. Gerade wenn man denkt, man hätte dich im Griff, entwindest du dich wieder.«

»Oh, also bin ich ein aalglatter Bursche? Nun, was habe ich getan, um dir diesen Eindruck zu vermitteln?« fragte er spöttisch.

»Nun, einerseits hast du mich stets glauben lassen, du seist ein abgehärteter Spieler, den nur das Gewinnen interessiert. Tatsächlich habe ich geglaubt, deine Existenz hinge davon ab.«

»Meine Existenz, ja. Mein Leben, nein«, lautete die unbeteiligte Antwort.

»Warum hast du dieses letzte Spiel verschenkt?« fragte Trevingham, fasziniert von solch unberechenbar seltsamem Verhalten.

»Was glaubst du, warum ich es getan habe?« erwiderte der Graf unbekümmert.

»Ich stand hinter deinem Stuhl und habe die Karten gesehen, die du abgeworfen hast. Das Paar Könige hätte Graysons Blatt leicht überboten. Kannst du es dir leisten, achthundert Guineen fortzuwerfen?«

Ein seltsames Lächeln kräuselte die scharf geschnittenen Lippen des Grafen. »Ich bin heute nacht in menschenfreundlicher Stimmung«, murmelte er und schaute in sein Glas, während er den Inhalt umherschwenkte.

»Ich hoffe, deine Taschen sind so tiefgründig wie deine Stimmungen.«

»Ich kann den Verlust verschmerzen. Der arme Grayson konnte kaum noch stehen. Er trank während des Spiels zwei Flaschen Rotwein, nur um den Mut zu finden, bis zum bitteren Ende dabeizubleiben. Er hat jede Guinee, die er besaß, in der verzweifelten Hoffnung eingesetzt, seine Verluste wieder wettmachen zu können.«

»Er kennt die Regel. Wenn man nicht zahlen kann, sollte man nicht spielen«, erklärte Trevingham grimmig.

»Du würdest das niemals tun, nicht wahr, Justin?« stellte der Graf einigermaßen nachdenklich fest.

 »Sicherlich nicht. Das ist ein Spiel für Narren.«

»Verzweiflung kann aus uns allen Narren machen, denke stets daran, mein Freund« Der Graf trank seinen letzten Schluck Brandy.

»Da wir gerade von Verzweiflung sprechen: Hältst du es für falsch, wenn ich meinen Traum, die Hand von Lady Anne Rossmore zu erringen, weiterverfolge, James?« fragte Lord Trevingham nach einer nachdenklichen Pause.

»Liebe erscheint, wie die meisten Träume, im Moment des Erwachens als der reinste Unsinn«, erwiderte der Graf verächtlich, während er ihre Gläser erneut füllte. »Vielleicht ist ein Kuß deshalb mit geschlossenen Augen so sehr viel angenehmer. Du siehst, ich bin ein glühender Anhänger von Diogenes und kein Revolutionär, wie du vermutet hast. Ich bin bereits in zartem Alter durch die Schule des Zynismus gegangen, und man vergißt in der Kindheit gelernte Lektionen selten. Sie sind für die gesamte Lebensauffassung eines Menschen fundamental wichtig.« Er lehnte sich behaglich zurück und legte seine Füße auf den Messingkaminvorsetzer. »Wie dem auch sei, ich bin bereit, dir bei deiner Werbung zu helfen, weil ich einsehe, daß du einen Hund aus der Zucht Diogenes' brauchst, der dir hilft, diesen Rossmores die Stirn zu bieten.«

»Diese Notwendigkeit wirst du erklären müssen, James. Mein Erinnerungsvermögen ist nicht so gut wie deines.«

»Dann höre mir zu: ›Ich bin ein Hund, weil ich mich bei jenen einschmeichle, die mir alles geben, jene ankläffe, die es mir verweigern, und Schurken beiße.‹ Ich habe doch heute abend schon gut mit dem Einschmeicheln angefangen, nicht wahr? Du wirst solche Hilfe brauchen, Justin«, fuhr er fort, »weil du es ziemlich schwer hast, weißt du. Deine Ansichten über das Leben sind zu sehr von dieser Erziehungsmethode Monsieur Rousseaus beeinflußt und daher recht unbrauchbar. Aber bevor ich dir in dieser Angelegenheit helfe, würde ich gerne etwas mehr über die Rossmores wissen, angefangen bei Lady Anne.«

»Ohne sie gibt es für mich ohnehin keinen Anfang«, seufzte Justin sehnsüchtig. »Sie ist mein Leben. Ihr Haar, dunkel wie die Nacht, ihr Gesicht, so atemberaubend schön wie der erste Stern am Abendhimmel, ihre Figur, so ...«

»Erspare mir die Beispiele deines poetischen Genies, Justin«, unterbrach ihn der Graf mitleidslos. »Mein Sehvermögen ist ausgezeichnet, danke. Alles das habe ich gestern abend selbst gesehen. Erzähle mir etwas, was ich noch nicht weiß.«

»Es tut mir leid, James. Aber du mußt einem verliebten Mann verzeihen.«

»Das habe ich bereits getan, aber ich warne dich, meine Geduld ist fast am Ende. Und wenn du das in Erinnerung behältst, kannst du dann vielleicht bitte ohne weitere unwichtige Ausschmückungen fortfahren?«

»Wie schade, daß wir nicht dieselbe Schule besucht haben«, grinste Trevingham. »Deine Phantasie hätte von der Ausbildung profitiert.«

»Da ich deine Familie kennengelernt habe, Justin, wurde sie bereits bis fast zur Erschöpfung gefördert. Aber ich frage mich, wer von uns den besseren Kurs eingeschlagen hat? Oder liegt dauerhaftes Glück unsicher ausbalanciert irgendwo dazwischen?« fragte er nachdenklich. Und dann, als würde ihm seine Abschweifung plötzlich bewußt, sagte er lachend: »Du
 siehst, wie einfach es ist, von der menschenfreund-

lichen in die philosophische Stimmung abzugleiten. Aber jetzt sollten wir über das uns naheliegendste Thema sprechen.«

»Unbedingt. Obwohl ich dir nicht viel erzählen kann, weil es gewisse Lücken in meinem Wissen gibt, die nur jemand aus der Generation meines Onkels ausfüllen könnte.«

»Das macht nichts. Erzähle mir einfach, was du weißt«, spornte der Graf ihn an. »Warum lebt Lady Anne, zum Beispiel, bei ihrem Onkel und ihrer Tante?«

»Weil ihre verstorbene Mutter es so wollte. Lord Wyvern ist der Bruder ihrer Mutter, wie du wahrscheinlich schon vermutet hast. Er ist ihr Vormund, bis sie ihren fünfundzwanzigsten Geburtstag erreicht hat. Obwohl ihr Vater seltsamerweise noch lebt, soweit ich weiß.«

»Warum braucht sie dann ihren Onkel als Vormund?«

»Darauf komme ich gleich. Aber es ist für mich ein wenig schwierig zu erklären, da ich nicht alle Fakten kenne. Anscheinend ist das Blut der Grafen von Rossmore nicht ohne Fehl. Sie waren wohl schon immer anfällige Burschen, und der gegenwärtige Graf bildet da keine Ausnahme. Bevor Lady Anne geboren wurde, war ihr Vater in ein Duell verwickelt, das mit dem Tod seines Gegners endete. Die Angelegenheit wurde noch dadurch verschlimmert, daß der Mann einer der Höflinge des Königs war. Als der König seine Inhaftierung befahl, war Rossmore gezwungen, das Land zu verlassen. Er hatte im Ausland Eigentum und ging dann auch, soweit ich weiß, nach Amerika, bis Gras über die Sache gewachsen war. Vermutlich hat er dieses Leben liebengelernt, denn er kam niemals zurück, auch nicht, als der König schließlich beschloß, ihn zu begnadigen.

Wie dem auch sei, er hatte Schande über den Familiennamen gebracht, der ohnehin schon durch seine Vorgänger anrüchig geworden war, und so verließ ihn seine Frau und zog zu ihrem Vater. Inzwischen sind beide tot, und so wurde Lady Anne der Obhut der Wyverns unterstellt. Das war vor ungefähr elf Jahren. Sie haben sie seitdem aus zwei Gründen streng bewacht. Erstens wegen des schlechten Rufs ihres Vaters: Sie waren entschlossen, daß kein Hauch von Skandal ihrem Namen anhaften sollte. Und zweitens wollten sie eine passende Heirat für sie arrangieren. In vier Jahren wird sie ein beträchtliches Erbe antreten, denn die verstorbene Gräfin hinterließ sie reich versorgt. Zusätzlich ist sie die Erbin des Eigentums der Rossmores, soweit es veräußerlich ist, was alles in allem eine ansehnliche Summe bedeutet. Der Graf hat sein Testament einige Monate nach dem Ableben ihrer Mutter plötzlich zugunsten seiner Tochter geändert, vermutlich um zu verhindern, daß sein Erbe mehr erhält als den Titel und das unveräußerliche Erbteil.«

»Und wer ist sein Erbe?« fragte der Graf.

»Giles Morton!« verkündete Trevingham mit angewiderter Stimme. »Anscheinend ist er der einzige überlebende männliche Abkomme des fünften Grafen. Sein Familienzweig hat sich mittels eines Ehevertrags vor zwei Generationen in Morton umbenannt. Die Wyverns führten ihn auf ihre Kosten aus dem Schattendasein heraus und bezahlten seine Ausbildung, um ihn auf seine neue Rolle im Leben vorzubereiten. Ich bin ihm in Eton zum ersten Mal begegnet. Er war ein äußerst unbeliebter Schüler, der stets alle beherrschen wollte. Die plötzliche Veränderung seiner Lebensumstände ist ihm ziemlich zu Kopf gestiegen, und er war besessen von dem Wunsch, uns anderen allen zu zeigen, wie überlegen er uns in jeder Hinsicht war. Wie du bereits bemerkt hast, hat er sich im Laufe der Zeit nicht geändert. Du fragst dich vielleicht, warum die Wyverns zu einem entfernten, nur durch Heirat mit ihnen verbundenen Verwandten so großzügig sind. Nun, sie haben selbst auch eine Tochter. Sie ist erst sechzehn und weilt zur Zeit in einem Mädcheninternat. Leider ist sie keine Schönheit, und ich vermute, daß sie darum eine Verlobung mit Morton geplant haben, sobald sie alt genug dazu ist. Er weiß, daß sie ihn deswegen all die Jahre unterstützt haben, während er auf sein Erbe wartet. Ihr Vermögen gründet sich generell auf solchen Zweckheiraten. Frederick Wyvern ist Wyverns Sohn aus erster Ehe. Seine Mutter war die Tochter eines wohlhabenden Kaufmanns, deren Mitgift die Familientruhen erheblich angefüllt hat. Die gegenwärtige Lady Wyvern brachte kaum mehr als einen tadellosen Stammbaum mit, aber sie hält diese Tatsache für wertvoller als Gold. Darum ist sie so verdammt hochmütig. Sie hat dafür gesorgt, daß der arme alte Freddy mit irgendeiner spitzgesichtigen Frau verheiratet wurde, deren Vorfahren angeblich mit Wilhelm dem Eroberer herübergekommen sein sollen. Wahrscheinlich ein Versuch, seine Blutlinie von allem Makel zu befreien«, beendete er seine Erklärung verächtlich.

»Ich könnte mir vorstellen, daß Lady Wyvern für ihre Nichte ähnliche Pläne hat, was dir nicht weiterhelfen wird. Wie dem auch sei, du hast deinem Rivalen gegenüber zwei Hauptvorteile«, belehrte ihn der Graf.

»Und um welche handelt es sich dabei?« fragte Trevingham ziemlich verwirrt.

»Ich dachte, sie wären offensichtlich«, antwortete der Graf. »Besonders einer der Vorteile. Die Dame ist in dich verliebt.«

»Woher willst du das wissen?« Trevingham schien atemlos. »Du hast noch nie mit ihr gesprochen.«

»Das ist richtig. Aber sie hat mit mir gesprochen«, erwiderte er geheimnisvoll.

»Wann? Wie?« rief Justin äußerst verblüfft.

»Ihre Augen! Du hast doch *ces belles yeux brunes* sicherlich bemerkt? Sie sind erstaunlich beredt! Aber vielleicht warst du zu sehr damit beschäftigt, an die antike Venus zu denken, als daß du diejenige bemerkt hättest, die du in den Armen hieltest.«

»Ich bin erstaunt, daß ein so geübter Zyniker wie du fähig ist, die Sprache des Herzens mit einiger Genauigkeit zu übersetzen. Und du bist dir bewußt, daß du gerade fast poetisch geworden bist, mein unromantischer Freund?«

»Auch ein Zyniker wie ich ist Liebe und Schönheit gegenüber nicht blind. Aber ich erkenne sie als das, was sie sind – die Hilfsmittel des Wilderergewerbes. Das Netz, die Schlinge, der Köder werden ausgelegt, um zu fangen, zum Stolpern zu bringen, die unbedachte Seele aus ihrer friedvollen Abgeschiedenheit zu locken.«

»Wenn dem so wäre, würde ich dem Zauber meiner Dame gerne zum Opfer fallen. Aber wie könnte sie etwas stehlen, was ihr bereits gehört? Sie besitzt meine Seele, mein Herz, mein ganzes Leben. Ich gebe sie ihr freiwillig, wenn sie mich genauso liebt wie ich sie. Glaubst du wirklich, sie interessiert sich für mich?« fragte er besorgt. »Wenn das nur wahr ist, dann wird uns nichts voneinander fernhalten können, nichts!« schwor er dramatisch.

»Würdest du eine Entführung in Betracht ziehen?« fragte der Graf nachdenklich. »Das wäre vielleicht das klügste.«

 »Das schlägst du doch sicherlich nicht ernsthaft

vor? Nein, ich könnte ihren Ruf nicht ruinieren, indem ich sie der Kritik jener Leute der Gesellschaft aussetzte, die nur zu bereitwillig behaupten würden, daß sie mehr als nur das Rossmorevermögen geerbt hätte. Außerdem habe ich es nicht nötig, verstohlen zu handeln. Das würde den Eindruck erwecken, als müßte ich mich wegen irgend etwas schämen, was sicherlich nicht der Fall ist! Und ich werde sie auch nicht beleidigen, indem ich ihr eine heimliche Heirat anbiete.«

»Wie schade«, murmelte der Graf bedauernd. »Ich hätte das so leicht für dich arrangieren können.«

»Da ich gestern abend einiges über deine Methoden erfahren habe, bezweifle ich das keinen Moment.«

»Was uns unmittelbar zu deinem zweiten Vorteil gegenüber deinem Rivalen führt – nämlich Graf Fabricati, der vollkommen zu deinen Diensten steht. Du kannst beruhigt alles mir überlassen. Ich werde mir etwas einfallen lassen.«

»Ich bewundere deine Zuversicht!«

»Höre ich da eine Spur Skepsis heraus?« fragte der Graf mit verletztem Ton. »Nun, warte es ab. Zuversicht wird der Schlüssel zum Erfolg sein. Du wirst deine Standarte auf dem Schlachtfeld errichtet sehen. Also erhebt Euch, Herr Ritter! An die Waffen!«

»Es tut mir sehr leid, dich enttäuschen zu müssen, James, aber ich gehe jetzt zu Bett. Gute Nacht!«

»Zu träumen vielleicht?« lachte der Graf in Hamlet-Pose und half ihm in den Mantel.

»Das werde ich zweifellos tun, denn ich denke sowohl im Wachen wie im Schlafen stets an sie«, murmelte er seufzend.

»Welch Stoff, aus dem die Träume sind!« spottete der Graf.

»Lebe wohl, stolzer Antisthenes!« Trevingham winkte ihm hinterher, als er den Raum verließ.

Der Graf beschloß, trotz seiner kritischen Ansichten über die romantische Liebe und aus Gründen, die nur er selbst am besten kannte, den Liebenden bei ihrer Werbung zu helfen – vielleicht aus Freundschaft zu Trevingham oder weil er die ränkevollen Rossmores verachtete, oder vielleicht war es einfach der Reiz des Spiels, der Welt seine Fähigkeiten und sein Wissen entgegenzustellen – oder in diesem Falle den Menschen!

Wenige Tage später, als er an einer Soiree bei Lady Sefton teilnahm, machte er seinen Eröffnungszug: Lady Wyvern und Lady Anne waren anwesend, und er verschwendete keine Zeit, sich ihnen zu nähern. Er plauderte einige Minuten mit der Tante und machte auch hin und wieder eine Bemerkung zu Lady Anne, im Bemühen, sie in die Unterhaltung mit einzubeziehen. Und als sich dann beide unter dem Zauber seines Charmes zu entspannen begannen, erwähnte er beiläufig, daß man ihn zu einem Maskenball im Argyll eingeladen habe.

»Oh, wie aufregend!« erklärte Lady Anne sehnsüchtig. »Ich habe noch niemals an einem Maskenball teilgenommen. Wie sehr ich mir wünschte, auch dorthingehen zu können.«

»Das wirst du bestimmt nicht tun!« Lady Wyvern schnaubte mißbilligend. »Das ist nicht die Art Unterhaltung, die eine wohlerzogene junge Dame suchen sollte. Sie ziehen Personen niederer Herkunft an und verleiten zu schimpflichem Benehmen.«

»Dankenswerterweise ist dieser Maskenball nicht solcher Art«, erwiderte der Graf mit engelsgleichem Lächeln. »Er ist vollkommen ehrenhaft, sonst würde uns Lady Trevingham sicherlich nicht begleiten, noch würde sie ihren entzückenden Töchtern gestatten, an einem Ereignis teilzunehmen, das ihrem makellosen Ruf schaden könnte. Der Marquis selbst hat mir versichert, daß der Ball keinen Anlaß zu Beanstandungen geben wird und ich keine Skrupel zu haben brauchte. Seht Ihr, als Fremder in London, dessen gesellschaftliche Bräuche mir unvertraut sind, muß ich ein wenig übervorsichtig sein, wenn ich Einladungen zu Ereignissen annehme, über die ich eigentlich nichts weiß. Man muß in einem fremden Land aufmerksam sein, wenn man keine Grenzen überschreiten will. Wie dem auch sei, ich bin sicher, daß Ihr am besten beurteilen könnt, was für Eure Nichte richtig ist, Lady Wyvern, und ich weiß, daß Lady Trevingham nicht im mindesten verletzt sein wird, wenn Ihr ihre Einladung zu unserer Gesellschaft ausschlagt. Vielleicht hätte ich ihr diesen Vorschlag nicht machen sollen, ohne vorher mit Euch darüber zu beraten, aber ich wollte Euch Eure Güte, mich zu Eurem Ball einzuladen, nur vergelten.«

Sie streckte sich wunderbar nach dem Köder aus, wie er es erhofft hatte. Der Marquis schien sich als seine Trumpfkarte zu erweisen!

»Nun«, begann sie nachdenklich, »wenn Lady Trevingham mir versichern kann, daß dies eine untadelige Angelegenheit sein wird, und wenn der Marquis nichts Ehrenrühriges daran sieht, sollte ich die Einladung vielleicht tatsächlich sehr sorgfältig erwägen.«

»Darf ich Lady Trevingham in diesem Falle vorschlagen, Euch an einem Morgen dieser Woche aufzusuchen, um mit Euch darüber zu sprechen? Wenn es Euch beruhigt, wird sie es sicher nur zu gern tun.«

»Also gut, dann mag sie uns am Mittwochmorgen aufsuchen«, stimmte Lady Wyvern zu.

»Ausgezeichnet! Aber ich darf Eure Gesellschaft nicht allein in Anspruch nehmen. Ich sehe, daß Miss Berry Euch ebenfalls sprechen möchte. Guten Abend, Lady Wyvern, Lady Anne. Es war mir ein Vergnügen, mich mit Euch zu unterhalten«, sagte er mit eleganter Verbeugung und wandte sich ab, wobei er die jüngere Dame, die seinem schelmischen Blick begegnete, mit einem fröhlichen Lächeln bedachte.

Jetzt mußte er nur noch Lady Trevinghams Hilfe erringen, aber er war sicher, daß sie keine Einwände haben würde. Es sollte eine leichte Aufgabe sein, sie dazu zu überreden, seine Pläne zu unterstützen.

Seine Annahme war richtig. Lady Trevingham ging begeistert auf seine Bitte ein.

»Ich sehe, daß Ihr nicht nur rhetorische Klugheit besitzt«, stellte sie tief beeindruckt von seiner Entschlußkraft fest.

Justin, der dem kunstvollen Plan mit verzückter Aufmerksamkeit zugehört hatte, rief: »Es ist sehr lehrreich, ihm zuzuhören, nicht wahr? Er hat ein Familienmotto, Mama, das in der Tat sehr passend ist.«

»Und was kann das bitte sein?« fragte sie lächelnd.

»Es lautet: ›Ich werde mir etwas einfallen lassen‹«, informierte der Graf sie erhaben, aber mit einem Augenzwinkern.

»Nun, und das habt Ihr anscheinend wirklich getan. Vielleicht sollten wir uns einen ähnlichen Grundsatz zu eigen machen, Justin. Was hältst du von: ›Ich werde Nachsicht üben‹?«

»Es soll fortan in unser Wappen eingeschrieben sein«, lachte ihr Sohn fröhlich. »Jetzt sage mir, James, wie willst du Fearnley dazu bringen, uns zu begleiten? Das wird noch schwieriger zu erreichen sein.«

 »Warum solltest du den Marquis dabeihaben wollen? Er wäre doch sicherlich *de trop?*« fragte er äußerst überrascht.

»Aber Lady Wyvern wird erwarten, ihn dort zu sehen!« rief Trevingham bestürzt aus. »Sie glaubt, er gehöre zu uns.«

»Tatsächlich?« sagte er unschuldig. »Ich frage mich, wer ihr diese absonderliche Idee in den Kopf gesetzt hat?«

»Aber ich dachte, das wärest du gewesen!?«

»Ich? Bestimmt nicht. Ich habe nur erwähnt, daß der Marquis gesagt hat, es sei nichts Unschickliches an einem Maskenball. Ich habe ihn zufällig gefragt, was er davon hält, und seine Wahrnehmungen nur mit Lady Wyvern geteilt. Ich hoffe, sie hat mich nicht mißverstanden? Ich dachte, mein Englisch sei ausreichend gut, um vollkommen verstanden zu werden. Wenn dem jedoch nicht so ist, bin ich überzeugt, daß sie mir vergeben wird. Ich halte sie für *una signora simpatica.*«

»Dann vertraue ich darauf, daß sie derselben Überzeugung ist, sonst wird keiner von uns ihrer Beachtung jemals wieder würdig sein«, warnte Trevingham.

»Du vergißt, daß wir bereits zu ihrem Ball eingeladen sind.«

»Ich denke, du wirst feststellen, daß auch das von dem Erscheinen des Marquis abhängig sein wird«, bemerkte Trevingham ein wenig düster. »Selbst du wirst es schwer haben, ihn davon zu überzeugen, daß er diese Gelegenheit nicht verpassen darf!«

»Vielleicht«, erwiderte der Graf unbekümmert. »Wir werden sehen. Inzwischen kannst du dich auf einen angenehmen Abend freuen, sofern deine Mama Lady Wyvern davon überzeugen kann, daß auch Engel keine Angst haben müssen, sich bei Argyll im Tanz zu drehen.«

»Ihr könnt Euch darauf verlassen, daß mir das gelingen wird«, erklärte Ihre Ladyschaft entschlossen.

»Ich hege nicht den leisesten Zweifel daran, werte Dame, daß Ihr ihren Widerwillen überwinden werdet«, lächelte der Graf und küßte galant ihre Hand »Ist mir nicht bisher alles gelungen?«

»Wißt Ihr, es stimmt, was ich über Euch gehört habe, Graf Fabricati. Ihr seid ein *sehr* gefährlicher Mann«, murmelte sie leise und sah ihn forschend an. Dann wandte sie sich an ihren Sohn und sagte: »Würdest du mir meinen Schal holen, Justin? Es ist heute etwas kühl. Ich glaube, ich habe ihn unten gelassen, im blauen Salon.«

Als er den Raum verlassen hatte, schaute sie erneut zu dem Grafen auf. »Ich möchte gerne wissen, wie Ihr den Marquis von Fearnley überreden wollt, mit Euch zu Lady Wyverns Ball zu kommen.«

»Sicherlich kann ich niemanden dazu bringen, etwas zu tun, was er nicht tun will«, erwiderte er, als erstaune ihn die Frage.

»Aber er hat doch zugesagt, nicht wahr? Das habe ich Eurer ausweichenden Bemerkung Justin gegenüber zumindest entnommen. Wie habt Ihr das geschafft? Oder wäre ich über Eure hinterlistigen Methoden zu schockiert?« fragte sie heiter. »Ich habe bemerkt, daß Ihr nicht bereit wart, sie Justin gegenüber preiszugeben.«

»Nun gut, ich werde es Euch sagen, da Ihr so gezielt fragt. Ich weiß, ich brauche Euch nicht zu bitten, über dieses Thema Stillschweigen zu bewahren, denn Ihr erkennt Notwendigkeiten sehr schnell. Der Marquis hat tatsächlich zugestimmt, die Einladung anzunehmen.«

»Ich gebe zu, ich bin neugierig zu erfahren, wie Ihr seine erklärte Abneigung gegen das Tanzen beiseite geräumt habt! Wenn er wirklich zu dem Ball zu gehen beabsichtigt, wird das Ihrer Ladyschaft gehörig zur Ehre gereichen. Sie hat dann gesiegt, wo alle anderen Gastgeberinnen versagt haben, und Ihr werdet ihre höchste Gunst genießen. Aber das habt Ihr vermutlich bereits bedacht? Natürlich habt Ihr das getan! Nun, wie habt Ihr es erreicht?«

»Ich habe an sein edleres Naturell appelliert, das heißt, an seinen Sportsgeist. Das haben Fearnley und ich gemeinsam, die Liebe zum Spiel und den Wunsch, um jeden Preis zu siegen – oder doch fast«, fügte er in Erinnerung an Grayson hinzu. »Glücklicherweise ist wohlbekannt, daß die Wyverns ihre Nichte sorgfältig behüten und daß es ihr niemals erlaubt ist, mehr als zwei Tänze an einem Abend mit demselben Mann auszuführen. Bedauerlicherweise wird das auch für Justin alles sein, was er sich erhoffen kann. Aber für einen Marquis? Das ist, wenn ich mich nicht sehr irre, eine vollkommen andere Angelegenheit. Fearnley ignoriert das Interesse Lady Wyverns an ihm natürlich vollkommen, und so ist es mir gelungen, ihn mit einer Art Herausforderung – zumindest glaubt er das – zu locken. Ich habe mit ihm um eintausend Guineen gewettet, daß er an dem Abend ihres Geburtstagsballes nicht dreimal mit der jungen Dame tanzen kann.«

»Und er hat die Wette angenommen? Nun, ich muß sagen, Eure Methoden sind sehr ungewöhnlich. Wenn Lady Wyvern jemals die Wahrheit entdecken sollte, wird sie sehr zornig sein!«

»Macht Euch darüber keine Gedanken, denn ich war klug genug, die Wette nicht im Wettbuch bei Whites einzutragen«, lachte er. »Dies ist ein diskretes ›Gentleman's agreement‹, dem nur Sir Francis Brascombe als Zeuge beigewohnt hat. Jetzt wißt Ihr, warum ich Justin darüber im unklaren lassen muß. Er weiß mein Genie vielleicht nicht zu schätzen. Wie dem auch sei, wenn alles gutgeht, könnte sich das romantische Zwischenspiel Eures Sohnes ohne weiteres zu einem dauerhafteren Glück entwickeln.«

»Aber wenn Ihr recht habt und Lady Wyvern dem Marquis die Erlaubnis erteilt, so oft mit ihrer Nichte zu tanzen, wie er möchte, würde sie dann nicht berechtigterweise vermuten, daß er in sie verliebt ist?« fragte Lady Trevingham, nachdem sie darüber nachgedacht hatte. »Seht Ihr, er tanzt selten überhaupt jemals, und dann auch nur, wenn der Herzog und die Herzogin einen Ball geben oder wenn seine Mama ihn drängt, es zu tun.«

»Das wäre genau das von mir erhoffte Ergebnis«, antwortete er einfach.

»Aber Ihr werdet tausend Guineen verlieren! Diese ganze Idee ist unglaublich. Ihr könnt nicht darüber nachgedacht haben! Justin würde nicht erwarten, daß Ihr so viel riskiert! Ihr müßt betrunken gewesen sein, eine so hohe Summe auf dieses verrückte Spiel zu setzen!«

»Tatsächlich war ich nur leicht berauscht«, gab er reuelos zu. »Außerdem ist es eine meiner Regeln, stets einen klaren Kopf zu bewahren, wenn ich Einsätze tätige. Und ich versichere Euch, daß mein Urteilsvermögen vollkommen unbeeinträchtigt war, wie Ihr in naher Zukunft feststellen werdet. Aber darüber werden wir ein anderes Mal sprechen, denn ich höre Justin zurückkommen.«

Lady Trevingham begann zu glauben, daß Constance vielleicht recht hatte und Graf Fabricati tatsächlich ein leichtsinniger Spieler war! Sie war über seine ungezähmte Verschwendungssucht erstaunt und auch erheblich beunruhigt. Sie konnte nicht verstehen, warum er bereitwillig den Verlust einer solch hohen Summe erdulden sollte, nur damit ihr Sohn einige Stunden in Lady Rossmores Gesellschaft verbringen konnte. Sicherlich war das Können des Grafen beim Kartenspiel nicht ausreichend, um diesen besonderen Lebensstil zu finanzieren? Hatte er vielleicht noch andere, geheime Einkommensquellen? Sie sollte diesen übermütigen Streich verbieten. Einmal angenommen, Lady Wyvern würde sie nach dem Marquis fragen, was sollte sie ihr dann sagen? Wenn sie die Wahrheit sagte, würde Lady Anne niemals an dem Maskenball teilnehmen dürfen, und Justin würde vielleicht keine Einladung für den Ball bekommen. Er freute sich so auf beides, daß sie es nicht übers Herz brachte, ihm sein Glück zu verderben. Sie beschloß, den vereinbarten Besuch bei Lady Wyvern zu machen und den Dingen ihren Lauf zu lassen. Auch Constance wollte sie nichts von den Plänen des Grafen erzählen. Sie traute ihrer ältesten Tochter nicht und wußte sehr wohl, daß sie sie zu überzeugen versuchen würde, sich nicht an einem von dem Grafen erdachten Plan zu beteiligen. Also nahm sie statt dessen Sophy mit zum Grosvenor Square und beschwor sie zuvor, sich modisch, aber vornehm zu kleiden und so entzückend und zurückhaltend aufzutreten wie ein unschuldiges Kind.

»Dann muß ich nur ich selbst sein«, lächelte sie boshaft. »Mach dir keine Sorgen, Mama, ich werde der wahre Inbegriff engelsgleicher Bescheidenheit sein.«

Sie hielt Wort und benahm sich vorzüglich, sprach nur, wenn sie direkt angesprochen wurde, und wirkte, als könne sie kein Wässerchen trüben. Zum Glück für den Seelenfrieden ihrer Mutter erwähnte Lady Wyvern den Marquis nicht namentlich, sondern fragte nur, ob sie eine große Gesellschaft bilden würden und ob die jungen Damen angemessen begleitet sein würden. Zweifellos wollte sie ihre eigenen Pläne vor Lady Trevingham geheimhalten.

»Ich werde den ganzen Abend anwesend sein und Mrs. Chessle ebenfalls, so daß Ihr Euch diesbezüglich keine Sorgen zu machen braucht. Meine älteste Tochter Constance wird uns ebenfalls helfen, ein wachsames Auge auf die jüngeren Mitglieder unserer Gesellschaft zu haben. Sie ist eine erwachsene junge Frau von großer Vernunft, wie Ihr sicher wißt, Lady Wyvern.«

»Das ist mir tatsächlich bekannt. Miss Trevingham wird als intelligentes Mädchen mit sehr gutem Benehmen hoch geschätzt. Sie muß seit dem Tode Eures Gatten eine Quelle großen Trostes für Euch gewesen sein und wird Euch sicherlich an Eurem Lebensabend, wenn die jüngeren Kinder das Nest verlassen haben, eine ideale Begleiterin sein. Ich persönlich finde es nicht angemessen, wenn Mädchen über das von einer jungen Dame von vornehmer Herkunft erwartete Maß hinaus erzogen werden. Natürlich sollte man dafür sorgen, daß sie in allen weiblichen Künsten wie Malen, Nähen und Musik geschult werden, aber übertrieben häufiges Lesen sollte niemals erlaubt sein. Es ist gefährlich, Mädchen dazu zu ermutigen, sich ihre eigene Meinung zu bilden. Das ist einer der Gründe für häusliche Zwistigkeiten, verleiht ihnen unweibliche Vorstellungen von Überlegenheit, und sie werden wenig begehrenswert. Dann ist es kein Wunder, wenn Gentlemen ganz allgemein nicht mehr um sie werben.«

»Constance ist eine äußerst pflichtbewußte Tochter, und ich schätze mich tatsächlich glücklich, daß sie so viele und auch so viele verschiedene Fähigkeiten hat. Ich habe jeden Grund, äußerst stolz auf sie zu sein, was tatsächlich für alle meine Kinder gilt. Und nun …«, sie wandte sich mit einem gezwungenen Lächeln an Lady Anne, » … glaubt Ihr, Ihr würdet gerne zu dem Maskenball zu uns kommen, meine Liebe?«

»O ja!« lautete die sofortige und begeisterte Antwort. »Das würde ich lieber tun als alles andere! Darf ich bitte hingehen, Tante? Ich verspreche dir, nichts zu tun, worüber du dir auch nur die geringsten Sorgen machen müßtest. Ich werde mich so strikt an Lady Trevinghams Anweisungen halten, als wären es deine, und mich ihrer Führung in jeder Beziehung unterordnen«, schwor sie ergeben.

»Wollt Ihr nicht auch mitkommen, Lady Wyvern? Mrs. Chessle und ich wären glücklich, wenn Ihr uns Gesellschaft leisten würdet, und natürlich könntet Ihr dann auch selbst darauf achten, daß alles so ist, wie es sein sollte«, schlug Lady Trevingham vor und dachte, daß der Graf sicherlich belustigt lächeln würde, wenn er diese subtile List hören könnte. »Ich denke, es wird ein anregender Abend werden.«

»Nein, danke. Ich fände keinen Gefallen an einem solchen Ereignis, aber Mrs. Kirby wird mitgehen. Ich setze größtes Vertrauen in ihr Urteilsvermögen. Sie wird dafür sorgen, daß Anne sich angemessen benimmt.«

»Aber Tante! Lady Trevingham wird sicherlich …«, begann Lady Anne gegen diese unerwartete Regelung zu protestieren.

Ihre Tante runzelte über diesen plötzlichen Ausbruch die Stirn, und ihr Gesicht nahm einen mißbilligenden Ausdruck an. »Ich denke, ich weiß, was das beste für dich ist, Anne. Wenn du dich meiner Entscheidung nicht fügen willst, kann ich dir vielleicht gar nicht erlauben hinzugehen.«

Lady Trevingham konnte, obwohl sie mindestens ebenso verärgert war wie Lady Anne, an Lady Wyverns unnachgiebigem Gesichtsausdruck erkennen, daß jede weitere Diskussion nutzlos war, und schaltete sich schnell erneut ein, bevor das Mädchen seiner offensichtlichen Enttäuschung weiterhin Ausdruck verleihen konnte. »Eure Tante hat vollkommen recht, meine Liebe. Ihr wollt Ihr doch sicherlich keinen Kummer bereiten und müßt einsehen, daß sie als Euer Vormund gar nicht sorgfältig genug auf Euer Wohlergehen achten kann. Darf ich also annehmen, daß wir alle einer Meinung sind?«

»Ja, sicher. Vielen Dank, Lady Trevingham. Es ist so nett von Euch, mich einzuladen«, erwiderte Lady Anne ruhig und senkte den Blick auf ihren Schoß, aber nicht ehe Lady Trevingham das Schimmern unvergossener Zornestränen darin gesehen hatte.

»Also sehen wir Euch am Dienstag. Auf Wiedersehen, meine Liebe.« Sie schüttelte Lady Anne die Hand und wünschte, sie könnte mehr zu ihrer Aufmunterung beitragen.

Als Justin später vom Ausgang dieser Unterredung erfuhr, war er genauso bitter enttäuscht wie seine Angebetete.

»Du hättest Lady Wyvern doch sicherlich davon überzeugen können, daß es unnötig ist, ihrer Nichte eine Anstandsdame mitzugeben«, sagte er verzweifelt.

»Ich habe mein Bestes getan, Justin, aber du kennst Lady Wyvern genauso gut wie ich. Sie wird Lady Anne niemals erlauben, ohne eine Begleiterin irgendeiner Art auch nur einen Schritt aus dem Haus zu tun«, erwiderte seine Mutter tröstend.

»Nun, dann wird der ganze Abend ziemlich verdorben sein! Es besteht nicht die geringste Hoffnung auf eine Gelegenheit, auch nur einen Moment mit Lady Anne allein zu sein. Sie wird wahrscheinlich augenblicklich nach Hause gebracht werden, wenn Mrs. Kirby erkennt, daß der Marquis nicht bei uns ist. Ich hätte mir denken können, daß dies zu nichts führt. Sie hat uns erneut überlistet!« Er warf sich gerade in dem Moment verdrießlich aufs Sofa, als sich die Tür öffnete und Basset das Eintreffen des Grafen verkündete.

»Guten Abend, Lady Trevingham«, grüßte er fröhlich, während er ihr die Hand küßte und leise hinzufügte: »Entdecke ich ein wenig Trübsinn?« Er warf einen fragenden Blick in Justins Richtung.

»Vielleicht könnt Ihr versuchen, ihn zu trösten, Graf Fabricati. Seine in den Maskenball gesetzten Hoffnungen haben einen Rückschlag erlitten. Lady Wyvern besteht darauf, daß Mrs. Kirby Lady Anne begleitet, und jetzt fürchtet Justin, daß er nicht mit ihr sprechen können wird.«

»Oh, ist das alles? Ich dachte, etwas wirklich Schreckliches hätte unseren Plan durchkreuzt.«

Justin sah ihn stirnrunzelnd an. »Du hältst das vielleicht nicht für schrecklich, aber du kennst Mrs. Kirby nicht! Ich fürchte, du hast Lady Wyvern unterschätzt, als du diesen Plan ersonnen hast, James.«

»Im Gegenteil, Justin. Ich unterschätze einen fähigen Gegner niemals, und ich betrachte dies als ein Schachspiel. Lady Wyvern hat ihre Figur bewegt, und ich muß jetzt erwidern. Wenn ich diesen Kampf der Geister gewinnen will, muß ich vorausplanen und ihre Züge vorhersehen, und genau das habe ich getan. Sie hat ihren schwarzen Turm gesetzt, *eh bien*, und ich werde ihn mit meinem weißen Pferd vorführen, *et voilà!*« Er setzte sich mit einem Gesichtsausdruck vollkommener Zufriedenheit neben Lord Trevingham.

»Welches weiße Pferd meinst du?« fragte Trevingham, der sich verdächtig unbehaglich fühlte.

»Nun, dich natürlich«, sagte sein Freund sanft. »Du bist mein weißes Pferd in diesem Spiel. Du brauchst dich nur noch vollkommen in meine Hände zu begeben.«

»Ich fange an zu glauben, daß wir alle ein Unterpfand in Eurem Spiel sind«, erklang eine ärgerliche Stimme von der Tür her. »Denn Ihr seid bereit, uns alle für Euren Erfolg zu opfern.«

»Miss Trevingham, welch erfreuliche Überraschung, und darf ich sagen, wie bezaubernd Ihr heute abend ausseht?« sagte der Graf zuvorkommend, während er sich höflich erhob.

»Vermutlich dürft Ihr das sagen. Immerhin geht es dabei um ein Thema, das Ihr gründlich studiert habt, nicht wahr? Ich bezweifle, daß es viele auf diesem Gebiet so qualifizierte Leute gibt wie Euch.« Sie schloß die Tür hinter sich und trat näher. »Ich habe gerade von diesem lächerlichen Maskenball gehört. Wie konntest du ihm erlauben, dich in seine Täuschung mit hineinzuziehen, Mama?«

»O ja, ich wollte es dir gegenüber erwähnen, Connie«, begann ihre Mutter schuldbewußt. »Am Dienstag wird bei Argyll ein Maskenball stattfinden, und wir dachten alle, es wäre höchst amüsant, wenn wir vorgäben ...« Ihre Stimme verklang, als sie dem zornigen Blick ihrer Tochter begegnete.

»Tatsächlich«, unterbrach Graf Fabricati sie freiheraus, »war es vollkommen meine Idee. Wir Italiener lieben Maskenbälle. Sie sind bei uns sehr verbreitet, besonders in Venedig.«

»Oh, ich bezweifle absolut nicht, daß ihr ein sehr geübter Blender seid, *Graf* Fabricati«, erwiderte Constance spöttisch. »Tatsächlich frage ich mich, ob wir jemals Euer wahres Gesicht sehen werden. Sagt mir, warum habt Ihr Euch so sehr bemüht sicherzustellen, daß Lady Anne Rossmore auch an dem Ball teilnehmen wird?« forderte sie ihn eisig heraus und sah ihn wachsam an.

»Wenn du es wirklich wissen willst – er hat es für mich getan«, schaltete sich Justin zur Verteidigung seines Freundes ein. »Er kennt meine Gefühle für Lady Anne und hat beschlossen, mir zu helfen.«

»Geschieht es wirklich zu deinem Nutzen, Justin? Oder hilft er sich nur selbst?«

»Was meinst du damit, Connie?!« rief ihr Bruder, der über ihre provozierenden Bemerkungen sehr verärgert war.

»Lady Anne ist eine sehr hübsche Erbin. Ich könnte mir einen offensichtlicheren Beweggrund als reine Nächstenliebe denken«, belehrte sie ihn bissig. »Und ich habe bemerkt, wie er sie von dem Moment an, als er wußte, wer sie war, angesehen hat!« fügte sie anklagend hinzu, und ihre Brust hob sich in kaum unterdrückten Empfindungen.

»Constance, bitte! Der Graf ist unser Gast!« wies ihre Mutter sie schockiert zurecht.

»Bekümmert Euch nicht, Lady Trevingham«, lächelte der Graf, den dieser heftige Angriff auf seine Integrität nicht erschüttert hatte. »Ich bin nicht beleidigt. Miss Trevingham will ihre Familie nur beschützen, und ich finde das lobenswert. Es ist natürlich bedauerlich, daß ich die Ursache für so sehr ...«, er hielt kurz inne, » ... sehr weibliche Gemütsbewegungen sein sollte«, endete er herausfordernd.

»Weibliche Gemütsbewegungen?!« rief Constance empört aus.

»Nun, ich kann zumindest erkennen, daß Ihr durcheinander seid, Miss Trevingham«, berichtigte er sich vergnügt.

»Wie überaus scharfsichtig von Euch. Wie dumm von mir zu glauben, ich könne meine Empfindungen vor Euch verbergen«, sagte sie äußerst sarkastisch.

»So ist es«, erwiderte der Graf mit einem Glitzern in den Augen. »Vermutlich bedeutet das, daß Ihr uns nächsten Dienstag nicht begleiten werdet?«

»Nun, da habt Ihr Euch sehr geirrt, Graf Fabricati. Ich werde selbstverständlich mitkommen. Und ich habe vor darauf zu achten, daß Ihr die Mitglieder meiner Familie nicht länger manipulieren werdet!«

Acht

Ein Strom seltsam gewandeter Personen ergoß sich aus den in der Great Windmill Street haltenden Kutschen. Über ihren Kostümen trugen sie Dominomäntel in fröhlichen Farben, und ihre Gesichter waren geheimnisvoll maskiert.

Das Argyll wurde im Inneren von funkelnden Kristallkerzenhaltern erleuchtet, die in den glänzenden, vergoldeten Spiegeln entlang der Wände flackernd reflektiert wurden. Die Atmosphäre war berauschend, oder zumindest dachte Lady Anne das, als sie mit den Trevinghams eintrat. Sie war wie eine Schäferin mit einem rosafarbenen Köperbaumwollgewand bekleidet, das über weißen Petticoats aus gestärktem Musselin mit kirschfarbenen Bändern hochgebunden war. Ihre glänzenden Locken bauschten sich unter einem breitrandigen Strohhut, der mit breiten Seidenbändern unter ihrem kleinen, spitzen Kinn festgebunden war. In der Hand trug sie einen am oberen Ende mit Bändern und Seidenrosen geschmückten Hirtenstab. Der obere Teil ihres Gesichts war unter einer rosafarbenen Seidenmaske verborgen, aber Justin, der ihrer Ankunft mit ständig wachsender Ungeduld entgegengesehen hatte, erkannte sie sofort. Sie sah so entzückend, frisch und unschuldig aus, daß ihn seine Liebe zu ihr plötzlich zu überwältigen drohte. Er sehnte sich danach, sie stets zärtlich zu lieben und für sie sorgen zu können und sie vor allem glücklich zu machen.

Er beobachtete besorgt, wie der Graf zu ihrer Begrüßung heraneilte. Seine Hoffnungen stiegen, als er bemerkte, daß Mrs. Kirby nicht mitgekommen war. Der Graf sprach mit Lady Trevingham und Mrs. Chessle, und er sah sie dann beide in seine Richtung blicken. Sophy ging sogar so weit, ihm mit ihrem Schal zuzuwinken. Sie trug ein fließendes griechisches Gewand und sah schön aus wie die legendäre Helena von Troja. Georgiana Chessle war prachtvoll mit einem reichbestickten Brokatgewand herausgeputzt, das sie über einem elisabethanischen Reifrock trug. Der Graf beglückwünschte die Damen zu ihrer Kleiderwahl.

»Aber wo ist Eure Schwester, Miss Sophia? Hat sie sich nun doch nicht dazu herabgelassen, sich uns anzuschließen?«

»O doch, sie ist gekommen«, erwiderte Sophy und sah hinter ihrer weißen Samtmaske mit glänzenden Augen zu ihm auf. »Sie ist noch bei Mrs. Kirby und hilft ihr, den Volant an ihrem Kleid wieder zu befestigen. Sie hat ihn sich ein wenig eingerissen, als sie aus der Kutsche stieg. Sie werden sicher jeden Moment hiersein. Oh! Graf Fabricati!« fuhr sie hastig und aufgeregt fort. »Ihr seht großartig aus!«

Er schüttelte die Mechelner Spitzenrüschen seiner Rockärmel aus und verbeugte sich elegant vor ihr. »Danke, meine reizende Helena, ich habe mein bescheidenes Bestes gegeben.«

Sophy kicherte erfreut. »Glaubt Ihr, Ihr werdet in diesen Schuhen tanzen können?«

Er betrachtete seine Schuhe mit den Silberschnallen und den hohen roten Absätzen und bewegte eine Schuhspitze.

»Ich werde mir zweifellos etwas einfallen lassen. Ich gewöhne mich bereits allmählich an sie. Man muß nur einen gezierten Gang entwickeln, *comme ca.*« Er führte ihnen, sehr zu Sophys Belustigung, einige Schritte vor, und sie und ihre Freunde brachen in Gelächter aus.

Er wandte ich um und betrachtete sie, wobei er eine hochmütige Miene zog und mit dem beringten Finger seiner linken Hand die Locken seiner großartigen Perücke glättete, die ihm über die breiten Schultern fielen. In der rechten Hand trug er einen großen Spazierstock mit einem Knauf aus mattem Bernstein und Bändern aus hellblauer Seide. Sein Samtmantel zeigte die gleiche Blauschattierung und war reich mit Silberstickereien geschmückt, und um den Hals trug er eine Krawatte aus antiker Silberspitze. Quer über die Brust verlief eine dunkelblaue Schärpe, die an der Schulter mit einem juwelenbesetzten goldenen Orden befestigt war.

»Schaut her! Ihr seht vor Euch den heimatlosen, exilierten Prinzen, der aus Frankreich zurückgekehrt ist, um seinen Thron von dem Thronräuber zurückzufordern und die Ehre seines Hauses wiederherzustellen.« Er stolzierte kühn auf sie zu, lehnte sich geckenhaft auf seinen Spazierstock und traf damit tatsächlich genau die königliche Haltung. »Erkennt Ihr mich jetzt, Lady Anne?« fragte er herausfordernd, stellte sich vor sie hin und sah ihr lächelnd in die Augen.

»Ja, in der Tat, Sire.« Sie knickste pflichtbewußt. »Ihr seid Karl II., nicht wahr?«

»Und nicht als Gesellschaft für Euch geeignet, süße Phyllis«, warnte Constance, die gerade zu ihnen getreten war.

Der Graf warf ihr einen belustigten Blick zu. »*E cortesia fu in lui esser villano*. Guten Abend, Miss Trevingham. Würdet Ihr mir die Ehre erweisen, mich Eurer charmanten Begleitung vorzustellen?«

»Dies ist Mrs. Kirby, Lady Annes Verwandte. Darf ich Euch den Grafen Fabricati vorstellen, Mrs. Kirby?«

»Ich bin erfreut, Eure Bekanntschaft zu machen, Madam«, begrüßte er sie herzlich und beugte sich aus seiner beträchtlichen Höhe über ihre Hand hinab.

»Guten Abend, Sir«, erwiderte sie und betrachtete ihn wachsam, denn sie hielt ihn mit seiner schweren Perücke und dem halb von einer schwarzen Maske verborgenen Gesicht eher für beängstigend.

Dann wanderte ihr scharfer Blick flackernd durch den Raum, als suche sie etwas oder jemanden. »Ich bin erfreut, Euch endlich kennenzulernen, Graf Fabricati. Lady Wyvern hat äußerst freundlich von Euch gesprochen«, fuhr sie fort und verzog ihre dünnen Lippen zu der Andeutung eines Lächelns. »Und natürlich haben Lady Anne und ich uns sehr darauf gefreut, den Marquis zu sehen, denn wir sind ihm zuvor noch nicht vorgestellt worden, wie Ihr wissen müßt.«

»Tatsächlich nicht? In diesem Fall helfe ich Euch nur zu gerne«, antwortete er freundlich. »Hier kommt er schon«, verkündete er über die Schulter schauend.

Er trat ein wenig zurück, damit sie den Marquis herannahen sehen konnten, und seufzte zufrieden. »Man kann ihn sogar in der Verkleidung nicht verwechseln. Diese stolze Haltung, diese edle Stirn«, murmelte er bewundernd. »Kommt, Mylord«, rief er auffordernd. »Mrs. Kirby möchte mit Euch bekannt gemacht werden.«

»Guten Abend, Madam«, sagte Seine Lordschaft ein wenig heiser. »Ich hoffe, Ihr vergebt mir meine versagende Stimme, aber dieses unfreundliche Wetter ist die Ursache. Ich habe eine schwache Konstitution, und mein Hals reagiert auf Veränderungen in der Atmosphäre sehr empfindlich.«

»Aber natürlich, Mylord«, erwiderte sie eifrig. »Zweifellos ist diese neblige Nachtluft schuld. Ich bin auch anfällig für solche Erkrankungen. Ich kann Zugluft nicht vertragen, weil ich dann mit Sicherheit eine fiebrige Erkältung bekomme, die unweigerlich damit endet, daß ich mehrere Tage an mein Bett gefesselt bin. Und wann immer der Wind von Osten bläst, muß ich meinen Kopf in Schals hüllen, weil ich sonst entsetzliche Ohrenschmerzen bekomme! Aber ich war schon als Mädchen nicht sehr robust und bekam häufig alle möglichen Kinderkrankheiten, obwohl ich niemals Mumps hatte, wobei ich mir nicht erklären kann, wie es mir gelungen ist, das zu umgehen. Und erinnerst du dich, als du daran erkrankt warst, Anne, als ich zufällig das überaus große Glück hatte, zu dem Zeitpunkt meine Schwester in Worcestershire besucht zu haben? Gott sei Dank war ich damals nicht bei dir. Ich lebe in der Angst, mir eine Infektion zuzuziehen, was für Menschen meines Alters so sehr gefährlich ist. Ich hatte dreimal Masern und erlitt jedesmal die ernstesten Symptome! Ich kann Euch gar nicht sagen, wie sehr ich gelitten habe!« Sie erschauderte heftig.

»Ich bitte Euch, es nicht zu versuchen, Mrs. Kirby. Es wäre eine zu schmerzliche Erfahrung. Ich darf sicherlich sagen, daß niemand von uns das von Euch verlangen würde«, bemerkte der Graf gefühlvoll.

»Nein, in der Tat«, schaltete sich Lady Trevingham eilig ein. »Solche Erinnerungen sind oft sehr schmerzlich.«

»Darf ich Euch Lady Anne vorstellen, Mylord?« fuhr der Graf fort, bevor Mrs. Kirby etwas erwidern konnte, und er zog die junge Dame nach vorn.

»Oh, sie ist reizend!« kommentierte Seine Lordschaft bewundernd. »Wie geht es Euch, Lady Anne? Ihr wißt nicht, wie sehr ich diesen Moment ersehnt habe. Ich bin hoch erfreut, daß Ihr heute abend kommen konntet. Der Abend wäre für mich recht stumpfsinnig verlaufen, wenn Ihr uns nicht mit Eurer Anwesenheit beehrt hättet. Ich frage mich, ob ich Euch um Nachsicht bitten dürfte, Mrs. Kirby, denn ich würde sehr gerne mit dieser wunderschönen jungen Dame tanzen. Und ich versichere Euch, daß ich sehr gut auf sie aufpassen werde. Würdet Ihr es gestatten?«

»Natürlich, Mylord«, erwiderte sie sofort und war außerordentlich stolz, daß der Erbe eines Herzogtums so zuvorkommend mit ihr gesprochen hatte. Lady Anne gab ihr den Hirtenstab, und sie sah ihnen nach, voller Vorfreude darauf, wie Lady Wyvern diese Neuigkeit aufnehmen würde. Der Marquis schien sehr von Lady Anne eingenommen. Er hatte alle anderen anwesenden Damen ignoriert, als hätte er nur Augen für sie. Lady Wyvern hatte sie gewarnt, es sei unwahrscheinlich, daß er ihre Nichte zum Tanz auffordern würde, daß sie aber hoffe, sie könne ihn zumindest in ein Gespräch verwickeln. Und nun hatte er das Mädchen gerade erst kennengelernt und wandte kein Auge von ihr!

Ja, tatsächlich, Lady Wyvern würde mit dem Ergebnis ihrer Planung mehr als zufrieden sein. Wie edel er in diesem langen weißen, mit einem roten Kreuz geschmückten Wappenrock aussah! Auf dem Kopf trug er einen mit einer goldenen Krone verzierten Helm, aber sein Gesicht war vollkommen hinter einer ganzen Maske verborgen.

Lady Anne, eine Herzogin! Wie großartig das wäre und sicherlich passend für jemanden, der den Namen Rossmore trug, eine Familie, mit der sie selbst weitläufig verwandt war. Ja, dies war ein vorzüglicher Beginn des Abends!

Lady Anne war überglücklich, sich so bald in Gesellschaft ihres weißen Ritters zu befinden. »Ihr stellt einen ansehnlichen Kreuzritter dar, Mylord«, sagte sie strahlend. »Welch kluge Idee!«

»Ich bin froh, daß Ihr so darüber denkt«, antwortete er leise. »Graf Fabricati hat auf dem Kostüm bestanden. Es ist eine wirkungsvolle Verkleidung, nicht wahr? Ich bin von Kopf bis Fuß mit einem Kettenpanzer bekleidet. Meine eigene Mutter würde mich nicht erkennen, wenn sie mich nicht schon früher am Abend gesehen hätte. Woher wußtet Ihr, wer ich bin?«

»Graf Fabricati hat Euch uns gezeigt, als wir hereinkamen«, lachte sie. »Aber ich hätte Euch auch so erkannt. Ihr seid größer als der Marquis, und trotz Eurer Bemühungen, Eure Stimme zu verändern, habe ich ihrem Klang doch häufig genug gelauscht, um keine Zweifel zu hegen.«

»Ich wäre mehr als geschmeichelt, wenn ich das glauben dürfte«, sagte er und wünschte, ihr Gesicht wäre nicht maskiert. »Glaubt Ihr, Mrs. Kirby hat bemerkt, daß etwas nicht stimmt? Ich gebe zu, ich war ein wenig besorgt wegen der unterschiedlichen Größe. Ich dachte, sie würde es sicherlich bemerken. Aber der Graf hat mir versichert, daß es einfach wäre, sie davon zu überzeugen, daß sie dem Marquis begegnete, wenn sie ebendies erwarte. Und was meine Stimme betrifft, so war ich leider niemals ein guter Schauspieler.«

»Das macht nichts. Ihr habt es ganz ausgezeichnet gemacht. Ich weiß, daß sie nicht im mindesten mißtrauisch war, sonst hätte sie mir niemals erlaubt, mit Euch zu tanzen. Wie geschickt der Graf sie irregeführt hat. Es ist so freundlich von ihm, das alles für uns zu arrangieren. Ich kann mein Glück noch immer nicht ganz glauben. Ich habe das Gefühl, daß dies die glücklichste Nacht meines Lebens wird!« erklärte sie freudig.

»Und meine ebenfalls«, versicherte Justin inbrünstig und spürte, wie sie den warmen Druck seiner Finger erwiderte, während er ihre Hand hielt.

Da sie seinen Gesichtsausdruck nicht erkennen konnte, mußte sie sich mit dem unmißverständlich leidenschaftlichen Unterton in seiner Stimme zufriedengeben.

»Ich bin so froh, daß Ihr nicht schauspielern könnt«, flüsterte sie weich und schaute zu ihm auf. »Ich möchte nicht, daß Ihr jemand anderer seid als Ihr selbst.«

»Dann gibt es niemanden sonst, der ich heute abend lieber wäre. Und sicherlich gibt es keine Dame auf der Welt, mit der ich lieber zusammen wäre als mit Euch.«

»Wirklich?« fragte sie mit zitternder Stimme, und ihre dunklen Augen glühten hinter der Maske.

»Ich schwöre bei diesem treuen Schwert«, antwortete er ernsthaft und legte seine Hand auf das Heft des Schwertes, das an seiner Hüfte hing. »Wollt Ihr dem Wort eines tapferen Ritters vertrauen, holde Jungfer?«

»Ich würde Euch mein Leben anvertrauen, edler Ritter«, schwor sie ernst und lächelte dann scheu.

»Wenn Ihr das nur tätet!« seufzte er und trat näher an sie heran. Sie konnte das Feuer in seinen blauen Augen hinter der silbernen Maske brennen sehen. »O Anne! Mein liebes Mädchen!« Er hielt inne, als er sich erinnerte, wo er war. Ein bevölkerter Ballsaal war wohl kaum der Ort für eine Liebeserklärung. Wenn er nur einen Weg ersinnen könnte, sie allein zu sehen!

»Wollen wir uns hinsetzen?« schlug er nach kurzem Schweigen vor, währenddessen er sich bemüht hatte, seine Gefühle unter Kontrolle zu bringen. »Ich kann mich beim Tanzen nicht richtig unterhalten, und ich muß mit Euch sprechen.«

 »Natürlich, wenn Ihr das möchtet. Aber Mrs. Kirby

wird uns nicht erlauben, uns vertraulich zu unterhalten. Sie ist sehr auf Anstand bedacht.«

»Ich weiß, aber ich habe mir etwas überlegt, wie wir dieses Problem vielleicht bewältigen können«, erklärte er und zog ihre Hand durch seinen Arm. »›Knechtschaft ist heiser und sollte nicht laut sprechen‹, aber das könnte unserer Sache vielleicht dienlich sein.«

Er führte sie zu dem Teil des Raumes zurück, in dem sich die älteren Damen niedergelassen hatten, um die Geschehnisse zu beobachten. Lord Trevingham ging direkt auf Mrs. Kirby zu und sprach sie mit der rauhen Stimme an, die er für diese Verkleidung eingeübt hatte.

»Ich frage mich, Madam, ob ich vielleicht die Erlaubnis erhalten könnte, mich eine Weile mit Lady Anne hinzusetzen? Ich bin ein schlechter Tänzer, und ich glaube, es muß eine Strafe für jede junge Dame sein, längere Zeit mit mir auf der Tanzfläche zu bleiben. Aber meine Zunge ist gelenkiger als meine Füße, und so hoffe ich, zu beweisen, daß ich mich zumindest geziemend unterhalten kann.«

»Unbedingt, Mylord«, stimmte sie bereitwillig zu. »Ich bin sicher, Lady Anne ist einverstanden, nicht wahr, meine Liebe?«

»Wenn Seine Lordschaft es wünschen«, fügte sie sich sanft.

»Ihr seid sehr gütig, meine Dame«, sagte er mit einer Verbeugung, nahm ihre Hand und führte sie zu einem Platz in einer Wandnische Aber vorher wandte er sich noch mit den Worten an Mrs. Kirby: »Verzeiht, wenn ich zu flüstern scheine, aber daran ist meine angegriffene Kehle schuld. Das werdet Ihr sicherlich verstehen.«

»Oh, selbstverständlich, Mylord. Es muß sehr qualvoll für Euch sein, aber ich hoffe doch, daß Ihr bis zum Ball nächste Woche vollkommen genesen werdet.«

»Ich danke Euch für Eure freundliche Besorgtheit. Bis dahin werde ich sicherlich wieder ich selbst sein.«

Er lächelte hinter der alles verbergenden Maske breit, spürte dann ein Ziehen an seinem Ärmel und wandte sich zu dem Grafen an seiner Seite um.

»Wie gut du deine Rolle spielst!« gratulierte ihm der Graf verstohlen.

»Danke, Meister«, flüsterte er zurück. »Ich glaube, ich beginne deine Strategie zu verstehen.«

Dann ließ er sich neben Lady Anne nieder und bereitete sich auf den Genuß eines ruhiges Tête-à-tête unter den wohlwollenden Augen einer wachsamen, aber auch triumphierenden Anstandsdame vor.

»Ich denke, Mrs. Chessle und ich werden Mrs. Kirby in eine Unterhaltung verwickeln«, informierte Lady Trevingham den Grafen, als er neben sie trat. »Wenn ich ihre Aufmerksamkeit eine Weile ablenken kann, dann ist es für den Ritter und seine Lady nur um so besser. Und Ihr solltet mit Georgiana tanzen. Das arme Mädchen ist durch ihre Petticoats ziemlich eingeengt und wird einen gesetzten Tanzpartner brauchen, der auf ihre Röcke achtet.«

»Und da ich ein reifer Mann mittleren Alters bin, weist Ihr ganz natürlicherweise mir diese Rolle zu. Ich fühle mich geschmeichelt«, sagte er und legte eine Hand auf sein Herz.

»Nein, Ihr seid nicht reif! Und Ihr wißt sehr wohl, daß Ihr in meinen Augen noch ein Junge seid«, erwiderte sie lebhaft. »Eher heranreifend als reif! Und ich frage Euch hinsichtlich Eurer Schuhe, nicht Eures Alters. Außerdem ist das Kind, glaube ich, genauso vernarrt in Euch wie Sophy.«

»Ah, aber sie respektiert zumindest mein Alter. Ich werde jetzt gehen und ein väterliches Exempel statuieren. Wir werden uns gemeinsam dermaßen wohlbedacht würdig verhalten, daß unsere Vornehmheit uns den Neid aller anderen einbringen wird. Darf ich Euch bis zu meiner Rückkehr mein Zepter anvertrauen?« Er gab ihr seinen Spazierstock und schlenderte mit einer übertriebenen Verbeugung davon, um ihrem Wunsch nachzukommen.

Georgiana, die Sophy am Arm eines ansehnlich gekleideten Offiziers in der Menge hatte verschwinden sehen, fühlte sich sehr schlecht. Sie war fast davon überzeugt, daß es ihr bestimmt war, den ganzen Abend allein zu bleiben. Wie sehr sie wünschte, sie würde nicht dieses alberne Kleid tragen! Sie hatte nicht erkannt, welche Schwierigkeiten sie dadurch in einem bevölkerten Ballsaal bekommen würde, in dem jedermann um sie herum gegeneinanderdrängte. Der Petticoat war so breit, daß sie sich nicht einmal bequem hinsetzen konnte. Tränen der Enttäuschung und des Selbstmitleids standen in ihren Augen, als plötzlich der Graf vor ihr erschien, sich anmutig verbeugte und sie zum Tanz aufforderte. Jetzt war sie froh, daß Sophy bereits mit einem Tanzpartner davongegangen war. Dies war eine glückliche Wendung der Ereignisse.

Der Graf nahm ihre Hand und sagte ernst und vornehm: »Als die einzigen Repräsentanten zweier großer Fürstenhäuser werden wir dieser ausgelassenen Meute einmal etwas Würde verleihen. Was haltet Ihr von einem Menuett, Eure Majestät?«

»Aber sie spielen kein Menuett«, kicherte sie nervös und ein wenig ehrfürchtig. Seine dunkle Erscheinung und große Gestalt erinnerten sie sehr an das Porträt, das sie von dem Monarchen gesehen hatte, den er verkörperte.

»Was macht das schon?« erwiderte er unerschütterlich. »Ich werde die Schritte für Euch auszählen, und Ihr braucht nur meiner Führung zu folgen. Kommt, ich werde es Euch zeigen.«

Er führte sie abseits von der Menge und geleitete sie, beginnend mit einer tiefen, schwungvollen Verbeugung, durch die anmutigen Bewegungen eines langsamen Menuetts. Er führte diesen Tanz so gekonnt aus, daß seine Partnerin seiner Führung leicht folgen konnte. Schließlich vergaß sie ihre Befangenheit und genoß die Aufmerksamkeit, die sie auf sich zogen. Mehrere Zuschauer versammelten sich um sie, höchst amüsiert über dieses seltsame Schauspiel eines Tanzes, der eher ihren Großeltern vertraut war. Der Graf ignorierte souverän das Gelächter auf allen Seiten, und schon bald versuchten mehrere Paare, sie nachzuahmen. Unter großer Fröhlichkeit begannen sich mehr und mehr Menschen an dem Spaß zu beteiligen. Es dauerte nicht lange, bis die Musiker, aufmerksam geworden, den Dreierrhythmus spielten, bis jedermann an diesem würdevollen Tanz teilnahm.

Georgiana führte die Schritte jetzt mit Leichtigkeit aus und befand sich in der glücklichen Position, keinen Mangel an Tanzpartnern zu leiden. Der Graf überließ ihre Hand einem eifrigen jungen Mann, der als erster die Gelegenheit ergreifen wollte, mit einer solch vornehmen jungen Dame zu tanzen.

Sehr zufrieden mit den Ergebnissen seiner Bemühungen, zog sich der Graf zurück, um die Vorgänge zu beobachten, während ein belustigtes Lächeln seine Lippen umspielte.

»Nun, nun, Graf Fabricati. Ich sehe, daß Ihr heute abend den fürstlichen Einfluß Eurer Position nutzt.«

Er schaute hinab und sah Constance neben sich stehen. Sie trug ein flitterbesetztes Kleid aus silbergrauer

Gaze und ein Diamantdiadem im Haar. Sie schien im flackernden Schein der Kerzen in den Leuchtern von Kopf bis Fuß zu schimmern und erinnerte ihn an taubedeckte Spinnweben in den Strahlen eines Septembersonnenaufgangs. Sein Lächeln wurde weicher, und sie sah einen bewundernden Blick seiner hinter der Maske glitzernden Augen aufflammen.

»Also ist Königin Titania aus ihrem Waldreich zurückgekehrt, wenn ich mich nicht irre? Was führt Euch in dieser Mittwinternacht hierher?«

»Ich bin gekommen, um zu sehen, was für Intrigen Ihr spinnt«, erwiderte sie offen. »Aber ich glaube, daß ich Euch dieses Mal vielleicht falsch eingeschätzt habe. Ihr habt mich heute abend sehr verwirrt.«

»Wie das?«

»Es scheint, als könntet Ihr trotz allem doch eine Art Altruist sein. Justin hat das Unmögliche geschafft und befindet sich bereits seit über einer Stunde, direkt vor der Nase der Anstandsdame, in der Gesellschaft Lady Anne Rossmores. Und Georgiana ist nun die Ballkönigin, obwohl sie noch vor kurzer Zeit anscheinend keinen Tanzpartner bekommen konnte. Aber warum tut Ihr das alles? Warum sorgt Ihr Euch so um Lady Annes Glück, daß Ihr solch einen außergewöhnlich aufwendigen Plan ersonnen habt, um Justin zu einem Treffen mit ihr zu verhelfen? Ihr kennt sie nicht einmal.«

»Ihr stellt zu viele Fragen, junge Dame. Erwartet nicht immer, Antworten auf die Mysterien des Lebens zu finden. Manchmal liegen sie jenseits unseres Verständnisses. ›*Le cœur a ses raisons que la raison ne connait point.*‹«

»Also habt Ihr ein Herz, Graf?« fragte sie, durch den ernsten Unterton in seiner Stimme dazu getrieben.

»Ich habe einen Glauben, was das gleiche ist«, entgegnete er leichthin. »Das genügt mir. Aber das soll Euch nicht beunruhigen. Bitte fühlt Euch weiterhin unbeeinträchtigt genug, mich zu schelten und zu schmähen, wie Ihr es getan habt, als Ihr noch glaubtet, ich hätte kein Herz.«

»Ich hatte sehr wenige Hinweise darauf bemerkt«, erwiderte sie verteidigend. »Ich hatte vermutet, daß ein Mann, der Euren Beruf ausübt, keines brauchen würde.«

»Ihr habt natürlich vollkommen recht«, sagte er ernst. »Ein Mann in meiner Position würde das sicherlich als überflüssig empfinden. Aber da wir gerade von Herzensangelegenheiten sprechen: Was haltet Ihr von unseren beiden Unzertrennlichen?« Er deutete zu der Nische, in der Justin mit Lady Anne saß.

»Ich glaube, sie sind voneinander hingerissen«, sagte sie mit liebevollem Lächeln und beobachtete, wie tief sie in ihr Gespräch versunken waren.

»Liebe ist ein mächtiger Trank, holde Titania«, fuhr er fort und betrachtete das Paar nachdenklich. »Hütet Euch vor diesem Zauber, sonst könntet Ihr aus Eurem Traum erwachen und feststellen, daß Ihr von einem Narren bezaubert werdet.«

»Was genau soll ich aus dieser rätselhaften Bemerkung schließen?«

»›Man wird leicht von dem betrogen, was man liebt‹.«

»Also habt Ihr Molière gelesen, aber was hat das mit allem anderen zu tun?« fauchte sie ein wenig ungeduldig.

»Das ist unwichtig, beachtet es nicht. ›Ratschläge sind selten willkommen, und diejenigen, die sie am nötigsten brauchen, mögen sie am wenigsten.‹ Jetzt habe ich meinen guten Lord Chesterfield zitiert, ein Mann von großer Weisheit.«

»Hat er nicht auch geschrieben: ›Trage dein Wissen wie eine Taschenuhr in einer verborgenen Tasche und ziehe es nicht hervor und benutze es nur, um zu zeigen, daß du Wissen besitzt‹?«

»Das stimmt«, gab er grinsend zu. »Aber er hat auch gesagt: ›Verschlinge all dein Wissen am Morgen, aber verdaue es am Abend in Gesellschaft.‹«

»Seid Ihr niemals um Worte verlegen?« erwiderte sie und konnte nicht umhin, ebenfalls zu lächeln.

»Kaum jemals. Ich besitze ein zu großes Repertoire an Worten, die ich fleißig von den blumigen Feldern der Literatur gesammelt habe. Jetzt ist mein Kopf eine Bienenwabe, in der ich meine Gedanken auf den Pollen der Tiefgründigkeit nähre. Das ist eine Annehmlichkeit, die man mit anderen gleichen Geschmacks teilen sollte, egal um welche Tageszeit. Seid Ihr nicht auch dieser Meinung, Miss Trevingham?«

»Ich kann mir nichts Zufriedenstellerendes denken als das Vergnügen vollkommenen gegenseitigen Verständnisses. ›Dies ist Erfüllung, die zu begehren frommt‹«, antwortete sie ruhig und fast sehnsüchtig.

Er legte einen Finger unter ihr Kinn und zwang sie, zu ihm hochzusehen. Ihre klaren blaugrauen Augen erwiderten seinen Blick hinter der Maske unbeeindruckt.

»Erinnert Ihr Euch, was Aristoteles zu dem gleichen Thema gesagt hat? ›Was ist ein Freund? Eine einzelne Seele, die in zwei Körpern wohnt.‹ Ihr dürft niemals mit weniger zufrieden sein, Miss Trevingham, wenn Ihr dauerhaftes Glück zu finden wünscht. Lest Ihr gerne Dichtkunst?«

»Das gehört zu meinen größten Freuden«, antwortete sie sofort.

»Dann seid Ihr ohne Zweifel auch mit John Donnes *Extasie* vertraut, worin er schrieb: ›Die Geheimnisse der Liebe entstehen in Seelen.‹ Ihr besitzt solch eine Seele, das erkenne ich an Euren Augen, und ich erkenne sie gerade in diesem Moment«, sagte er weich.

Constance sah ihm wie hypnotisiert ins Gesicht. Sie hatten recht, Lady Jersey und ihre Mama, es war etwas Faszinierendes und Zwingendes an diesem Mann. Besonders heute abend, wo er jeder Zoll wie ein König wirkte. Er machte ihr angst, aber es war nicht Angst vor ihm, die sie zittern ließ. Sie hatte Angst vor sich selbst. Seine Augen erkannten zuviel. In seinem Blick lag die furchterregende Vertrautheit plötzlicher Empfindung. Sie hatte es schon zuvor gespürt, als sie bei Almack's mit ihm gesprochen hatte, und heute abend wieder. Er schien direkt in ihren Geist, in ihr Herz hineinzusehen. Sie erschauderte, nicht vor Kälte, sondern seltsam belebt.

»Ihr scheint gleich davonfliegen zu wollen, süße Titania«, murmelte er und ließ ihr Kinn los, aber nicht ihren Blick. »Ich hoffe, Ihr werdet es noch eine Weile nicht tun, denn Eure Gegenwart und Euer Lächeln bergen Magie. Ich glaube, ich erliege ihrem Zauber. Brecht ihn nicht so bald.«

Er trat näher an sie heran und nahm ihre Hand. Ihre Füße bewegten sich aus eigenem Willen, während er sie zur Tanzfläche führte. Sie wußte, sie sollte Einspruch erheben, aber dieses Mal wollte sie es nicht, ihr Eigensinn hatte sie dieses eine Mal verlassen, und sein Blick hielt sie noch immer gefangen. Die Musik und die Stimmen um sie herum gerieten in Vergessenheit, und dieser Mann wurde immer mehr zum Mittelpunkt ihrer Aufmerksamkeit. Alles andere schien ausgesetzt, alles andere schien vergessen. Es war das seltsamste Gefühl, das sie jemals in ihrem Leben empfunden hatte. Es war gleichzeitig beängstigend und aufregend, so von aller Vernunft losgelöst und verwirrten Gefühlen so nahe zu sein. Was geschah mit ihr? War sie wahnsinnig geworden? Sie mochte ihn nicht einmal und vertraute ihm ganz sicher nicht! Es hatte keinen Sinn, sie konnte die Feindseligkeit nicht wieder heraufbeschwören. Sie war von dem Betäubungsmittel, das er ihr mit der Berührung seiner Hand verabreicht hatte, eingeschläfert und vom Klang seiner Stimme zum Schweigen gebracht worden.

»Ich mag es, wenn Ihr Euer Haar so offen tragt, meine Märchenkönigin«, sagte er leise, während sein Blick dem Fall ihrer langen, fließenden Locken folgte. »Wie gut Euch das steht. Es paßt zu Euch. Ich bin froh, daß Ihr nicht der vorherrschenden Mode folgt und es kurzgeschnitten tragt.«

»Ich danke Euch, Sir. Aber das ist auch schon mein einziger Anspruch an Schönheit, den ich nur ungern aufgeben würde«, gestand sie ehrlich ein.

»Ihr irrt Euch. Ihr beansprucht mehr als nur vergängliche Schönheit. Wie hat Pope geschrieben? ›Schönheiten mögen vergebens die Augen rollen, und ihr Charme erweckt wohl Aufmerksamkeit, aber der Seele gebührt der wahre Verdienst‹.«

»Welche Vorzüge habe ich, die solches Lob von Euch verdienten?« fragte sie verwundert. »Habe ich Euch nicht seit unserer ersten Begegnung mit meiner scharfen Zunge bedacht?«

»Das will ich nicht leugnen«, lachte er. »Und sie hat meinen Stolz schmerzhaft getroffen. Aber ich bin ein ehrlicher Mensch. Mein schlechter Ruf, der Vorbote meines Schicksals, ist mir vorausgeeilt. Und ich kann nichts zu meiner Verteidigung vorbringen. Eure Beurteilung ist gerecht, und darum akzeptiere ich sie. Und obwohl Ihr Eurer Meinung für mein Gefühl ein wenig zu offen Ausdruck verleiht, ist sie zumindest aufrichtig und wurzelt in wahrer Sorge um Eure Familie.«

»Es wäre mir lieber, Ihr würdet mir versichern, daß ich mich in Euch geirrt habe«, erwiderte sie mit besorgter Stimme.

»Das hätte ich vielleicht wirklich besser tun sollen. Aber leider entspricht alles, was Ihr über mich gehört habt, der Wahrheit. Ich bin, was ich bin.«

»Ich weiß noch nicht, was Ihr seid. Ich dachte, ich wüßte es, aber nun bin ich mir meiner Fakten nicht mehr so sicher.«

»Entwirrt diesen Knoten, und Ihr werdet entdecken, daß Ihr nur ein gewöhnliches Stück Bindfaden in der Hand haltet«, erwiderte er einfach.

»Das könnte stimmen. Obwohl das Wort gewöhnlich, in welchem Zusammenhang auch immer, niemals einem Mann wie Euch zugeordnet werden könnte. Und was den Knoten betrifft, so liegt es in meiner Natur, ihn entwirren zu müssen, und ich bin sowohl hartnäckig als auch ausdauernd.«

»Das habe ich mir gedacht«, seufzte der Graf resigniert. »Ihr seid, wie alle Frauen, unersättlich neugierig, aber Ihr solltet vorsichtig damit sein.«

»Normalerweise rufen die Männer diese Neugier hervor, denn sie ziehen uns niemals ins Vertrauen.«

»Vielleicht weil es dann sehr bald keines mehr wäre.«

»Eine Frau kann genauso verschwiegen sein wie jeder Mann!« widersprach sie empört.

»Tatsächlich? In meiner Heimat gibt es ein altes

Sprichwort, das grob übersetzt lautet: ›Genauso wie ein Hund mit dem Schwanz wedeln muß, muß eine Frau ihre Zunge bewegen.‹«

»Ihr versucht zu scherzen«, bemerkte sie ernsthaft. »Nun, es ist Euch gelungen, mich zu abzulenken. Wollt Ihr mir jetzt sagen warum, oder soll ich es vermuten?«

»Ich dachte, Ihr brauchtet vielleicht ein wenig Zerstreuung«, erwiderte er unschuldig.

»Um mich von meinem anderen Ziel abzubringen?«

»Eure Gedanken neigen dazu, nur in eine Richtung zu laufen, nicht wahr? Ich sagte Euch bereits, daß alles, was Euch Euer Bruder über mich erzählt hat, der Wahrheit entspricht. Was gibt es noch zu wissen? Außer daß Ihr von mir nichts zu befürchten habt, dessen kann und will ich Euch versichern.«

»Diese Versicherung ist willkommen«, gab sie vorsichtig zu. »Aber seit ich heute abend Eure Vorstellung gegenüber Mrs. Kirby gesehen habe, bin ich mir bewußt, daß Ihr sehr glaubhaft scheinen könnt, wenn es Euch paßt.«

»Also traut Ihr dem Wort eines Gentleman nicht? Oh, aber natürlich, ich vergaß. Ihr habt auch diesbezüglich Eure Zweifel.«

»Das war nicht nett von mir«, erwiderte sie besänftigend, »und es tut mir sehr leid. Ich habe ein furchtbar ungebärdiges Temperament, und ich habe noch nicht gelernt, besser damit umzugehen.«

»Nun, ich bin zumindest genug Gentleman, um Eure Entschuldigung anzunehmen«, erwiderte er und fügte reumütig hinzu: »Und ich erkenne, daß Ihr zu sehr Dame seid, um zu erwähnen, daß ich Euch diese Entschuldigung nicht hätte aufzwingen dürfen.«

»Ich bin froh, daß Ihr mir die Gelegenheit gebt, es zu tun. Ich hätte den Mut schon eher finden sollen. Ich wußte, daß ich die Grenzen der Höflichkeit verletzt hatte, als ich Euch solche Dinge vorwarf.«

»Dann werde ich Euch vergeben, wenn Ihr mir vergebt. Sind wir quitt?«

»Unbedingt«, stimmte sie bereitwillig zu, froh, sich versöhnt zu haben, denn sie hatte diesen unziemlichen Ausbruch schon längst bedauert.

Sie trennten sich mit beiderseitig freundlichen Gefühlen. Constance hätte es nicht für möglich gehalten, aber sie hatte heute abend begonnen, ihn in einem anderen Licht zu sehen. Sie fühlte sich erleichtert, bis sie ihren Bruder später am Abend mit Sophy tanzen sah.

Sie wartete darauf, daß sie ihren Tanz beenden würden, und fing sie dann ab. »Warum bist du nicht bei Lady Anne, Justin? Hat Mrs. Kirby dich fortgeschickt?«

»Nicht Mrs. Kirby, sondern Graf Fabricati«, lachte Sophy. »Ich habe vor einer Weile mit ihm getanzt, und er beschwor mich, den Marquis zum Tanz aufzufordern. Er sagte, mein dickköpfiger Bruder laufe Gefahr, Mrs. Kirbys Mißtrauen zu erwecken, weil er Lady Anne zuviel Aufmerksamkeit schenke.«

»Aber wo ist Lady Anne jetzt? Ich sehe sie nicht bei Mrs. Kirby.«

»Natürlich nicht. Sie tanzt mit dem Grafen«, erwiderte Sophy fröhlich. »Er hat sie unter den Augen dieser Frau entführt!«

»Sobald ich den Rücken gekehrt hatte!« klagte Justin. »Wenn er nicht solch ein ausgezeichneter Schütze wäre, würde ich ihn fordern.«

»Nun, er glaubt, es sei an der Zeit, daß Lady Anne das Tanzen genießen sollte. Und er ist ein weitaus besserer Tänzer als du, Jus, das mußt du zugeben. Hast du gesehen, wie er mit Georgiana das Menuett getanzt hat?« neckte sie ihn ausgelassen. »Schau, dort sind sie! Mrs. Kirby wird wütend auf ihn sein, weil er sich die Freiheit genommen hat, Lady Anne an seiner Seite zu belassen. Ich muß sagen, sie bilden ein recht hübsches Paar, nicht wahr?«

Constance betrachtete sie einige Augenblicke genauer und furchte nachdenklich die Stirn. Sie waren in der Tat ein äußerst attraktives Paar und schienen sich miteinander vollkommen wohl zu fühlen. Die beiden dunklen Köpfe steckten nahe zusammen, während er ihr gegenüber etwas bemerkte. Er mußte etwas Amüsantes erzählt haben, denn sie begann ihn anzulachen, wobei ihr Gesicht gerötet und sie sehr angeregt wirkte. Constance hatte sie noch niemals zuvor so glücklich und sorglos erlebt. Die Frage war, welcher ihrer Tanzpartner an diesem Abend diese Veränderung bewirkt hatte? Sicherlich mußte Justins Anwesenheit sie in solch überschäumende Stimmung versetzt haben. Natürlich, wie konnte sie nur daran zweifeln? Es war unsinnig zu vermuten, daß jemand anderer in ihrer Zuneigung höher rangierte. Sie hatten sich zueinander hingezogen gefühlt, seit sie sich das erste Mal begegnet waren, und sie war genauso verliebt in ihn wie er in sie. Eigentlich hätte Constance zufrieden sein müssen. Aber leider war sie überhaupt nicht überzeugt. Eine dünne Stimme irgendwo in ihrem Unterbewußtsein erinnerte sie daran, daß der Graf eine sehr große Wirkung auf Frauen hatte. Sogar sie, die entschlossen gewesen war, Abstand zu ihm zu bewahren, hatte gerade heute abend feststellen müssen, daß auch sie auf seinen umfassenden Charme reagierte. Es schien etwas fast Unwiderstehliches um ihn zu sein. Sein Lächeln bewirkte stets ein Antwortlächeln, sein unerschrockener Blick forderte und erlangte vollkommene Aufmerksamkeit. Er war unkonventionell, offen und unleugbar attraktiv. Und Lady Anne war reich, wunderschön und sehr jung. Sie hatte solch ein beschütztes und eingeschränktes Leben geführt, daß ein Mann wie der Graf für sie aufregende Unterhaltung bedeuten mußte. Lag ihm nicht auch bereits Sophy, die weitaus mehr Freiheit genoß, zu Füßen?

Sie schaute besorgt zu Justin und fragte sich, was er von dieser heiklen kleinen Szene hielt, aber sein Gesicht war hinter der Maske unergründlich.

Lady Trevingham trat nun, mit Mrs. Chessle und Mrs. Kirby im Schlepptau, zu ihnen. »Meine liebe Sophy, wir haben Euch beim Tanzen beobachtet. Ihr solltet wirklich häufiger tanzen, Mylord, Eure Ausführung der Schritte zu beobachten, war die reine Freude, nicht wahr, Mrs. Kirby?«

»Seine Lordschaft ist ein vollendeter Tänzer«, räumte die Dame ein, ohne jedoch ein Lob für seine Tanzpartnerin einzuschließen. Sie hegte keine Bewunderung für diese fortschrittliche junge Frau, die viel zu kokett war, um als angenehm angesehen zu werden. Sie hatte doch tatsächlich die Unverfrorenheit besessen, den Marquis zum Tanz aufzufordern! Solch eine Zurschaustellung der Ungehörigkeit durfte nicht geduldet werden. Die Erklärung war wahrscheinlich störende Eifersucht, denn Seine Lordschaft hatte Annes Gesellschaft offensichtlich vorgezogen. Das Mädchen bildete sich zweifellos ein, sein Interesse erwecken zu können. Vielleicht hoffte sie, eines baldigen Tages Herzogin zu werden. Nun, dazu würde Lady Wyvern auch noch etwas zu sagen haben!

Sophy, die den boshaften Blick in ihre Richtung bemerkt hatte, klammerte sich noch fester an den Arm ihres Bruders, schaute mit dem süßesten Lächeln zu ihm auf und sagte: »Danke für den Tanz, Mylord. Ich habe es wirklich genossen. Ich weiß nicht, warum Ihr so ungern tanzt, denn Ihr seid ein ausgezeichneter Partner und habt diesen Abend für mich höchst erfreulich gestaltet.«

Mrs. Kirby rümpfte verächtlich die Nase und hielt die dünnen Lippen in offenkundigem Mißfallen über solch abscheulich anmaßendes Benehmen fest zusammengepreßt. In diesem Moment kehrte der Graf mit Lady Anne am Arm zurück, und Mrs. Kirby betrachtete sie einigermaßen verärgert.

Sie war gar nicht erfreut darüber, daß dieser Fremde ihre strikten Anweisungen mißachtet hatte, nur einmal mit Lady Anne zu tanzen und sie dann zu ihrer Anstandsdame zurückzubringen, sondern sie statt dessen noch lange, nachdem der Tanz geendet hatte, in ein Gespräch verwickelt hatte.

»Oh, endlich kommst du zu uns zurück, Anne«, sagte sie tadelnd. »Vielleicht wird es Zeit, daß wir uns verabschieden. Ich habe deiner Tante versprochen, daß wir heute abend nicht allzu spät zurückkommen würden. Wäret Ihr wohl so freundlich, einen Diener nach unseren Mänteln zu schicken, Mylord?« schlug sie geschickt vor, in der Hoffnung, ihn von Sophys Seite zu lösen. »Anne, geh du mit Seiner Lordschaft hinaus und lasse unsere Kutsche vorfahren.«

»Oh, müßt Ihr wirklich schon gehen?« fragte er enttäuscht. »Ich hatte gehofft, Ihr könntet wenigstens bis zur Demaskierung bleiben.«

»Das geht leider nicht, Mylord«, unterbrach Mrs. Kirby ihn entschlossen. »Es ist schon spät, und der Nebel könnte zunehmen.«

»Darf ich Euch in diesem Falle meine Dienste anbieten und Euch zum Grosvenor Square zurückbegleiten?«

»Wir wären für Eure Begleitung sehr dankbar, Mylord«, antwortete sie sofort und mit triumphierendem Gesichtsausdruck. Nun, dies war ein glücklicher Ausgang des Abends. Sophia Trevingham würde feststellen müssen, daß sie keine weitere Gelegenheit bekam, ihn in ihr Netz locken!

Der Marquis ging mit Lady Anne davon und ließ Mrs. Kirby bis zu ihrer Rückkehr zurück. Sie lauschte müßig der Unterhaltung zwischen Lady Trevingham und dem Grafen. Ihre Ladyschaft sprach von ihrer bevorstehenden Abreise nach Chaile, Lord Trevinghams Landsitz in Kent.

»Vielleicht wollt Ihr Euch überlegen, uns zu begleiten, Graf? Wir werden nicht vor dem Frühjahr in die Stadt zurückkehren und wären froh, Euch bei uns zu haben, wenn Ihr es ertragen könnt, einige Wochen in Ruhe zu verbringen. London bietet in dieser Jahreszeit recht wenig Gesellschaft, und Ihr fändet es vielleicht eher langweilig hierzubleiben.«

»Nun, ich habe erst recht wenig von Eurer englischen Landschaft gesehen und würde das gerne nachholen, bevor ich nach Italien zurückkehre. Daher wäre ich Euch sehr dankbar, wenn Ihr mir diese Gelegenheit bötet. Vielen Dank für Eure freundliche Einladung.«

Als Lady Anne mit Seiner Lordschaft zurückkam, wandte sich der Graf ihm zu und sagte: »Ich bin gerade für die Weihnachtsfeierlichkeiten nach Chailey eingeladen worden. Werdet Ihr auch dorthinfahren, Mylord?«

»Natürlich. Ich fahre gerne dorthin«, erwiderte er, als sei er über die Frage erstaunt. »Es freut mich zu hören, daß Ihr uns begleiten werdet.«

Mrs. Kirby runzelte düster die Stirn. Daher wehte der Wind also! Die Trevinghams freundeten sich anscheinend sehr mit dem Marquis an. Nun, sie würde auch diese Information an Lady Wyvern weitergeben müssen. Sie versuchten, ihr den Rang abzulaufen, und sie konnte sich ihr Motiv leicht vorstellen. Amelia Trevingham war eine ränkevolle Frau, die schon bisher keine Gelegenheit versäumt hatte zu versuchen, eine Adelskrone für ihre schamlose junge Tochter zu sichern. Wenn sie den Marquis erst unter ihrem Dach hatten, würden sie keine Zeit verlieren, ihn zu einer Erklärung zu zwingen. Etwas würde getan werden müssen, wenn das verhindert werden sollte, aber das traute sie Lady Wyvern ohne weiteres zu!

»Ich denke, wir sollten auch gehen«, verkündete Lady Trevingham plötzlich. »Ich fahre nicht gerne in diesem Nebel, und außerdem können wir die Kutschen besser ausnutzen, wenn wir alle zusammen fahren.« Sie wandte sich an Mrs. Kirby. »Ihr habt doch sicher nichts dagegen, dieses Mal Sophy anstatt ihrer Schwester mitzunehmen? Und da Ihr bereits einen Gentleman als Begleiter habt, könnte der Graf uns vielleicht auf unserer Fahrt begleiten, wenn er nichts gegen diese Vorstellung einzuwenden hat. Wir werden zuerst zum Cavendish Square fahren müssen, um die Chessles nach Hause zu bringen. Ihr habt doch keine Einwände, zunächst auf dem Kutschbock zu sitzen, bis wir dort angelangt sind, Graf Fabricati? Ich fürchte, in der Kutsche wird bis dahin kein Platz für Euch sein.«

»Das wird mir vollkommen genügen«, stimmte er mit einer leichten Verbeugung zu.

»Dann werden wir die Kutschen sofort vorfahren lassen. Mylord, wäret Ihr wohl so freundlich, meine Tochter sicher zur Tür zu geleiten?«

»Aber selbstverständlich. Es wäre mir eine Ehre«, erwiderte er prompt.

»Wir werden sie zuerst absetzen«, schaltete sich Mrs. Kirby nachdrücklich ein. »Und dann können wir drei zum Grosvenor Square weiterfahren«, fügte sie mit dem Gesichtsausdruck eines Menschen hinzu, der gerade eine Trumpfkarte ausgespielt hat. Sie würde es nicht zulassen, daß die Trevinghams sie übertölpelten!

Neun

Nach der Hitze des Ballsaales streifte die Nachtluft ihre Gesichter mit eisigem Hauch, während sie darauf warteten, in ihre Kutschen steigen zu können. Die Straße war von Nebelschwaden verhangen, die wie Spinnweben um die Strahlen der Lampen wirbelten.

Die Pferde stampften ungeduldig, und ihre Hufeisen klangen hohl auf den Pflastersteinen wider. Sie schüttelten die Köpfe, ließen das Zaumzeug klirren und bliesen laut schnaubend große Wolken warmen Atems aus ihren Nüstern.

Schließlich waren alle Damen untergebracht, und der Graf schloß die Tür hinter ihnen. Dann kletterte er behende neben den Kutscher, und die ungeduldigen Pferde wurden endlich in Bewegung gesetzt. Die Kutsche bahnte sich langsam ihren Weg durch das Labyrinth der unbeleuchteten Straßen. Hin und wieder wurde sie von Flecken dichteren Nebels verschluckt und glitt geisterhaft still durch den wirbelnden Nebel.

»Ich wundere mich, daß Ihr Euch in diesem trüben Wetter so leicht zurechtfindet«, bemerkte der Graf, als der Kutscher die Pferde in eine weitere Straße lenkte.

»Oh, das ist nicht schwierig, Sir. Es ist für uns Londoner eine ganz normale Nacht. Wartet ab, bis Ihr in einen richtigen Nebel geratet! Dann könnt Ihr nicht einmal mehr die Hand vor Augen sehen! Aber es ist gut, daß wir jetzt nicht zu nahe am Fluß sind, denn dort ist es stets viel schlimmer.«

»Ist es noch weit? Ich habe vollkommen die Orientierung verloren. Wo sind wir genau?«

»Wir sind nicht weit von der Oxford Street entfernt, Sir. Ich denke, wir müßten in wenigen Minuten dort sein.« Er ließ die Pferde erneut abbiegen, und sie wurden in eine feuchte graue Nebeldecke eingehüllt, die das Geräusch der sich drehenden Räder dämpfte. Plötzlich erscholl aus der Nacht die angstvoll erhobene Stimme eines Mannes.

»Hilfe! Hilfe! Diebe! Diebe!«

»Was war das?« flüsterte der Graf und lauschte angespannt.

»Für mich klingt es nach Ärger«, murmelte der Kutscher unbehaglich. »Wir sollten lieber weiterfahren.«

»Aber jemand hat um Hilfe gerufen. Das können wir nicht einfach ignorieren«, erwiderte der Graf und warf die schwere Decke über seinen Knien zur Seite.

»Ihr versteht nicht, Sir. Es könnte eine Falle sein. In einer Nacht wie dieser können sehr wohl einige üble Schurken unterwegs sein. Hört auf meinen Rat, Sir, und achtet nicht darauf.«

»Den Gefallen kann ich Euch nicht tun. Ich kümmere mich niemals nur um meine eigenen Angelegenheiten, sondern muß stets ergründen, was vor sich geht. Bleibt mit den Damen hier oder fahrt weiter, wenn Ihr es für nötig erachtet. Ich kann auf mich selbst aufpassen. Und nun verhaltet bitte die Pferde. Ich steige ab.«

»Aber Sir! Ihr dürft kein solches Risiko auf Euch nehmen!«

»Tut, was ich sage, Mann!« befahl der Graf. Der Kutscher zuckte resigniert mit den Schultern und gehorchte widerwillig. Dieser Gentleman war ein Fremder, und jedermann wußte, daß alle Fremden reizbar und impulsiv waren. Außerdem hatten sie ein feuriges Temperament, und er wollte die Flammen nicht schüren.

 Das Fahrzeug war kaum zum Halten gekommen,

als der Graf schon hinabsprang und in der Nacht verschwand.

»Was ist los? Warum haben wir angehalten? Ist etwas geschehen?« fragte Lady Trevingham, die das Fenster herabgelassen und ihren Kopf hinausgestreckt hatte.

»Der Gentleman ist davongelaufen, Mylady. Ist hinabgesprungen, und fort war er. Soll ich weiterfahren?«

»Davongelaufen?« wiederholte sie verwirrt. »Warum sollte er etwas so Merkwürdiges tun?«

»Er sucht Ungelegenheiten, Mylady«, erklärte er. »Und ich glaube, er hat sie gefunden«, fügte er leise hinzu, als die Geräusche eines Streits die enge Gasse zu seiner Rechten hinabhallten.

»Um welche Art Ungelegenheiten handelt es sich denn?« fragte sie besorgt. »Was ist geschehen, Thomas?«

»Jemand rief um Hilfe, und der fremde Gentleman ist auf und davon gelaufen«, antwortete er. »Ich kann keinen Sinn darin sehen, Ungelegenheiten zu suchen, aber Fremde scheinen, nach dem, was ich erzählen gehört habe, erpicht darauf zu sein.«

»Was sagt er, Mama?« fragte Constance ungeduldig.

»Anscheinend ist der Graf jemandem zu Hilfe geeilt, der in Schwierigkeiten geraten ist. Ich bin nicht sicher, was geschehen ist, aber das scheint der Grund für unseren plötzlichen Halt zu sein.«

»Dann sollte ich besser aussteigen und nachsehen, ob ich helfen kann.«

»Oh, haltet Ihr das für klug?« rief Mrs. Chessle, die über diese Wendung der Ereignisse sehr beunruhigt war. »Es könnte gefährlich sein.«

»Vielleicht sollten wir lieber hier warten, Connie. Ich bin sicher, daß der Graf diese Angelegenheit allein regeln kann, was auch immer es ist.«

»Das ist sicher richtig, aber dennoch sollte jemand

nachsehen, was vor sich geht. Der Kutscher kann seine Pferde nicht allein lassen, und ich habe keine Angst zu gehen.«

Sie warf bereits die Tür auf und stieg, trotz des Flehens von Mrs. Chessle und der tränenreichem Bitten von Georgiana, eilig aus der Kutsche.

»Warte, Connie! Ich komme mit dir!« rief ihre Mama, die jedoch nicht die Behendigkeit ihrer eigensinnigen Tochter besaß und nicht aussteigen konnte, ohne daß die Stufen herabgelassen wurden.

»Nein, Mama. Bleibe du bei den Chessles. Ich bin gleich zurück.« Dann wandte sie sich an den Kutscher, der sich wegen des Ungestüms der jungen Dame skeptisch das Kinn rieb, und forderte eine seiner Laternen. Als er ihr eher widerwillig eine solche hinabgereicht hatte, lief sie schnell die dunkle Gasse entlang, wobei sie den Namen des Grafen rief.

Der unheimliche Schrei eines Mannes in Not klang in ihren Ohren, und sie hob die Laterne und versuchte zu erkennen, was vor ihr lag. Das Licht fiel auf einen unheimlich wirkenden, zerrissenen Nebelvorhang. Sie hielt zögernd inne und lauschte auf Geräusche, die sie leiten könnten.

Was das der Klang von Schritten? Das Geräusch eines dumpfen Aufschlags reflektierte ihren Herzschlag. Sie ging langsam voran, vom alles vereinnahmenden Nebel umhüllt, der alle Sinne betäubte und ihr ein Gefühl völliger Einsamkeit und Isolation vermittelte. Die Laterne war jetzt nutzlos geworden, und sie ließ sie sinken. Sie streckte langsam die rechte Hand aus, bis sie rauhes Mauerwerk berührte und sich ihren Weg die Gasse entlang ertasten konnte. Wie dunkel es war! Plötzlich platzte die Gestalt eines Mannes in ihr Sichtfeld und ließ sie atemlos gegen die Mauer taumeln. Sie schrie auf, ihre Glieder zitterten durch den Schock, aber er hielt nicht inne und wurde schnell von der Dunkelheit verschluckt. Mit bebenden Händen wandte sie sich den seltsamen Geräuschen vor ihr zu, während ihr Herz weiterhin heftig pochte. Der Nebel begann dünner zu werden, und Constance hielt die Laterne wieder hoch. Dieses Mal konnte sie einen kleinen Hof und vier Männer vor sich sehen, von denen drei heftig kämpften, während der vierte stöhnend am Boden lag.

Der Graf hielt zwei Mann mit seinem Spazierstock in Schach. Er hatte die Haltung eines Fechters eingenommen und führte seinen Stock, als sei er die edelste Toledaner Klinge. Sein Angriff war schnell und geschmeidig. Die anderen Männer führten schwere Keulen, die aber vollkommen nutzlos waren, denn er hatte sie bereits überlistet, indem er sie an die Mauer gedrängt hatte, wo sie nicht mehr so leicht ausholen konnten.

Constance blickte sich voller Schrecken um und wußte nicht recht, wie sie ihm helfen sollte. Ihr Blick fiel auf den am Boden liegenden Mann, der sich gerade aufzurichten versuchte. Dicht neben ihm lag die Waffe, die ihm aus der Hand gefallen war, und Constance ergriff sie, bevor er wieder vollkommen bei sich war. Dann stellte sie die Laterne ab, umklammerte die Keule mit beiden Händen und eilte dem Grafen zu Hilfe. Er hatte gerade einen Schlag auf die rechte Schulter erhalten und taumelte rückwärts. Constance, über diese brutalen Feiglinge in Wut geraten, sprang zu seiner Verteidigung bei und verabreichte dem nächststehenden Burschen einen schweren Schlag auf den Kopf. Er schrie schmerzerfüllt auf und brach in die Knie.

Von diesem Erfolg berauscht, wandte sie sich wieder dem Grafen zu, der mit seinem Gegner rang, um ihm die Keule zu entwinden. Sie wurden zeitweise von gespenstischen Nebelschwaden verhüllt, während sie sich im Kampf drehten und wanden. Sie beobachtete sie und biß sich besorgt auf die Lippen. Der Graf schien seinen rechten Arm nicht mehr gebrauchen zu können. Er hatte auch seinen Spazierstock verloren und wehrte die drohende Waffe seines Gegners mit nur einer Hand ab. Der andere Mann nutzte diesen Vorteil, warf sich mit seinem ganzen Gewicht gegen den Körper des Grafen und stieß ihn zu Boden. Constance sprang gerade auf sie zu, als sie erneut im Nebel verschwanden, aber sie spürte, daß ihr Schlag dennoch sein Ziel erreichte. Ein plötzliches Stöhnen erklang, gefolgt von einer wilden Schmähung auf französisch. Zumindest hielt sie es für Französisch, auch wenn sie die Worte nicht verstehen konnte. Wahrscheinlich waren das Begriffe, die nicht zum Vokabular einer adligen jungen Dame gehörten. Aber was sie erkannte, war, daß diese Worte von Graf Fabricati ausgestoßen wurden!

»Hallo da! Was geht dort vor?« rief jemand hinter ihr. Es war der Kutscher, der sie suchte. Als er herankam, duckten sich die Männer in den Schatten und verschwanden.

Constance riß die Laterne hoch, eilte zum Grafen und beugte sich besorgt über ihn. Er blickte halb betäubt zu ihr hoch.

»Ihr habt im Sternenlicht schlecht getroffen, stolze Titania!« keuchte er unter Schmerzen.

»Tatsächlich handelt es sich um Lampenlicht«, korrigierte sie ihn und stellte die Laterne ab.

»Ich weiß, was ich sehe!« lachte er bebend. »Vermutlich war es Euer Feenstab, den Ihr gerade über meinem Kopf geschwungen habt?«

 »Ich fürchte, das war leider nicht die Berührung einer

Fee«, entschuldigte sie sich zerknirscht und kniete sich hin, um ihn anzusehen.

»Aber ja! Und ich bin seinem Zauber erlegen!« Mit ihrer Hilfe stand er schwankend auf.

»Habt Ihr große Schmerzen?« fragte sie voller Sorge. »Oh, ich hoffe, ich habe Euch nicht verletzt!«

»Es wird mir gleich wieder ausgezeichnet gehen. Glücklicherweise habe ich heute nacht mehr Haare als Verstand, so daß kein Schaden entstanden ist.«

»Was ist hier geschehen, Sir?« fragte der Kutscher und kratzte sich verwirrt am Kopf.

»Straßenräuber. Sie hatten es anscheinend auf einen spätnächtlichen Zecher abgesehen«, erklärte er. »Ich glaube, er verließ den Empfang, als er für seinen Geschmack zu ausschweifend wurde.«

»Das muß der Mann gewesen sein, der in der Gasse an mir vorbeigelaufen ist! Wie feige, Euch jenen grausamen Schurken zu überlassen!« Constance wandte sich an den Kutscher: »Ihr solltet besser schnell zurückgehen und den anderen Damen sagen, daß alles wieder gut ist. Wir werden gleich bei Euch sein.«

»Ja, Miss. Ich muß auch zu meinen Pferden zurück. Mylady hält sie für mich fest.« Er eilte davon.

»Glaubt Ihr, Ihr könntet mir helfen, im Licht Eurer Laterne meine Schuhe zu finden, Titania? Ich habe sie hier irgendwo gelassen.«

»Natürlich«, antwortete sie sofort und durchsuchte den Hof, bis sie sie gefunden hatte. Als sie sich hinabbeugte, um sie aufzuheben, fiel das Licht ihrer Laterne schimmernd auf einen kleinen, runden Gegenstand. Sie streckte die Hand danach aus, hob ihn ins Licht und betrachtete ihn genau. Es war der Orden aus Gold und Emaille, den sie früher am Abend an der Schärpe des Grafen gesehen hatte und den er im Kampf verloren haben mußte. Sie wandte ihn nachdenklich um und bemerkte, wie schwer er war. Er war aus echtem Gold! Und wenn sie sich nicht sehr irrte, war er mit echten Diamanten und Rubinen besetzt, nicht mit Glassteinen, wie sie angenommen hatte. Am Rand des Ordens waren einige Worte in das Emaille eingeschrieben, *Je vais m'arranger*, und in der Mitte war, durch wertvolle Steine hervorgehoben, ein Greif zu sehen, der ein Kreuz hielt und eine Krone trug.

»Habt Ihr sie gefunden?« Er kam so leise heran, daß sie erschreckt zusammenzuckte.

»Ja, hier sind sie.«

Er beugte sich hinab und zog die Schuhe an, und als er sich wieder aufrichtete, hielt sie ihm den edelsteinbesetzten Orden hin. »Ich glaube, er gehört Euch. Ihr solltet ihn lieber in die Tasche stecken, denn er sieht wertvoll aus.«

Wortlos nahm er ihn entgegen, und nachdem er ihn eine Weile betrachtet hatte, wanderte sein Blick zu ihrem Gesicht. »Ein hübsches Ding, nicht wahr? Es hätte mir leid getan, ihn zu verlieren. Ich danke Euch und stehe heute nacht anscheinend doppelt in Eurer Schuld.«

»Er sieht sehr alt aus. Ist es ein Erbstück?« fragte sie neugierig.

Er zögerte, bevor er auf ihre Frage antwortete, und sagte dann mit dem für ihn typischen Achselzucken unbekümmert: »Ihr solltet einen Spieler niemals fragen, wie er zu seinen Schätzen gekommen ist.«

»Ich verstehe.« Sie hob leicht die Augenbrauen. »Vermutlich gewinnt Ihr viele solcher Dinge von Euren bemitleidenswerten Opfern.«

»Ich nehme mir, was mir fair erscheint. Irgendwie muß man seine Schulden immer begleichen.« Er ließ den Orden in seine Tasche gleiten, trat zu ihr, nahm ihre

Hände in seine, wandte sie mit den Handflächen nach oben und drückte einen sanften Kuß auf jede davon.

»Solch kleine Hände, meine liebliche Zauberin«, sagte er schmeichelnd und hielt sie weiterhin fest. »Und doch hätte mein Leben, so unwürdig es auch ist, nicht sicherer gehalten werden können. Ich habe zum ersten Mal solchen Mut bei einer Frau erlebt. Und ich habe nur einmal soviel geschuldet.«

»Vielleicht kommt das daher, daß Ihr ein sehr gerissener Spieler seid, Sir«, erwiderte sie leichthin und fühlte sich plötzlich lächerlich schüchtern. Niemand hatte ihre Hände jemals zuvor auf diese Art geküßt, und sie errötete vor Verlegenheit. Dem Himmel sei Dank, daß es so dunkel war!

»Wißt Ihr, daß ich zum ersten Mal in meinem Leben alles Interesse am Spiel verloren habe? Vielleicht gibt es etwas, was viel wertvoller zu erringen ist.« Er hatte diese Worte ruhig, fast nachdenklich ausgesprochen. »Warum seid Ihr zu meiner Rettung erschienen, *ma mignonne*? Ihr seid doch nicht gerade überglücklich über meine Gesellschaft, nicht wahr?«

»Ich hatte vielleicht ein- oder zweimal das Gefühl, daß ich Euch mit Freuden erwürgen könnte«, gab sie zu. »Aber ich bin nicht so hartherzig, dabeizustehen und zuzusehen, wie Euch drei Männer, die weit weniger Grund dazu haben als ich, grausam ermorden.«

»Ihr habt mir heute nacht das Leben gerettet. Ihr wißt, in einigen Kulturen bedeutet das, daß Ihr jetzt für den Rest unseres Lebens für mich verantwortlich seid. Ich halte diesen Brauch für recht angenehm. Mir gefällt der Gedanke, daß mein Schicksal von nun an in Eurer Obhut liegt. Ich hoffe, Ihr gedenkt Eure Verantwortung ernst zu nehmen?«

»Ich gedenke die Aufgabe erst gar nicht anzunehmen. Ein Mann Eurer Neigungen würde sie zu beschwerlich werden lassen.«

»Ach! Aber Ihr habt bereits in meine Belange eingegriffen. Vielleicht ist es schon zu spät, Eure Bestimmung zu leugnen«, bemerkte er siegessicher. »Spürt Ihr nicht auch, daß dieser Augenblick voller Vorbedeutung ist, *ma fée?* Überall um uns herum ist Magie.«

Sein Gesicht war ihrem jetzt sehr nahe, und sie konnte seinen warmen Atem auf ihrer Wange spüren. Ihre Hände zitterten in seinem festen Griff, und sie entzog sie ihm schnell und verbarg sie hinter ihrem Rücken.

»Nur Nebel liegt in der Luft«, erwiderte sie nüchtern und zog sich einen Schritt zurück.

»Und der ist reichlich kühl«, seufzte er bedauernd.

»Kommt, wir müssen zu den anderen zurückgehen«, beharrte sie. »Es ist sehr spät, und sie werden sich Sorgen machen.«

»Ja, Ihr habt recht. Gebt mir bitte die Laterne. Dankeschön. Jetzt haltet Euch an meinem Arm fest. Es ist in Ordnung, ich werde Euch nicht fressen!« lachte er, als sie zögerte.

Sie hängte sich bei ihm ein, wobei sie grundlos verärgert darüber war, daß er nicht nur ihr nervöses Zögern bemerkt hatte, ihm so nahe zu kommen, sondern darüber auch noch belustigt sein konnte.

Er führte sie direkt zu der wartenden Kutsche, half ihr, nachdem er sich vergewissert hatte, daß die Damen wirklich wohlauf waren, die Stufen hinauf und nahm seinen Platz auf dem Kutschbock wieder ein. Der Rest der Fahrt verlief ohne weitere Zwischenfälle.

Als sie die Chessles am Cavendish Square abgesetzt hatten, drängte Lady Trevingham den Grafen, bis zur Rückkehr zur Brook Street in die Kutsche zu steigen.

 »Zuerst werde ich dafür sorgen, daß Ihr sicher nach

Hause gelangt, Mylady. Ich kann ohne weiteres von hier zur Brook Street laufen.«

»Aber Ihr könnt doch zu dieser Nachtzeit nicht allein gehen wollen, und noch dazu nach diesem schrecklichen Angriff auf Euch!« rief Lady Trevingham. »Ich will nichts davon hören.«

»Und ich werde nicht zulassen, daß Ihr Eure Fahrt ohne angemessene Begleitung fortsetzt«, konterte er mit entschlossener Stimme. »Ich habe die volle Absicht, Euch bis zu Eurer Tür zu geleiten.«

Lady Trevingham seufzte verärgert. »Das ist wirklich nicht nötig.«

»Das glaube ich doch«, antwortete er nachdrücklich.

Constance schaltete sich ein. »Streite nicht mit ihm, Mama, du hast keine Chance. Er ist daran gewöhnt, seinen Kopf durchzusetzen. Das solltest du inzwischen wissen. Der einzige Rat, auf den er hört, ist sein eigener.«

»Das will ich nicht abstreiten. Obwohl ich nicht stur bin, versteht Ihr, sondern nur daran gewöhnt, meine eigenen Entscheidungen zu treffen. Das ist eine Angewohnheit, die man nur schwer ablegen kann.«

»Ich denke, der Begriff ›Dickkopf‹ trifft Euch am besten.« Boshaft fügte Constance hinzu: »Zumindest hat mein Schlag ihm nichts anhaben können.«

»Nun, an der Entschlossenheit hat es nicht gefehlt.« Er tastete nach der Verletzung an seiner Stirn. »Aber ich hoffe, daß Ihr mit meinem Herzen sorgsamer umgeht, Titania.«

Sie beobachtete ihn aufmerksam, abrupt aus ihrer Belustigung herausgerissen. Was wollte er mit dieser Bemerkung sagen? Er mußte es spaßhaft gemeint haben. Das Problem war nur, daß das bei ihm stets schwer zu erkennen war. Aber konnte er es ernst gemeint haben? Nein, unmöglich! Sie versuchte sein Gesicht zu sehen, aber dieser aufreizende Mann saß zu weit vom Licht entfernt! Bald hielt die Kutsche vor dem Haus in der Albemarle Street, und ein Diener erschien, um die Stufen herabzulassen.

»Kommt mit uns hinein, damit wir uns Eure Wunden ansehen können«, befahl Constance mit einer Stimme, die keine Diskussion zuließ.

»Das ist nicht nötig. Es geht mir wirklich recht gut«, erwiderte er widerspenstig.

»Seid kein Narr«, ermahnte sie ihn sanft, ergriff fest seinen Arm und zog ihn fast ins Haus, seine Einwände ignorierend.

Sophy hatte sich bereits in ihr Zimmer zurückgezogen, aber Justin erwartete sie.

»Was hat euch so lange aufgehalten?« fragte er, als sie den Salon betraten. »Ich dachte, du wärst zur Brook Street zurückgekehrt, James?«

»Ihre Hoheit befahl mir hereinzukommen, und ich konnte sie nicht umstimmen«, erklärte der Graf und führte Constance zu einem Sessel.

»Oh, Connie regiert uns alle mit eisernem Zepter«, grinste ihr Bruder mitfühlend.

»Nun, sie hat ein himmlisches Recht dazu, soviel ist sicher«, kommentierte sein Freund und rieb sich den Kopf.

Justin blickte einen Moment verwirrt, bis Constance von ihrem kleinen Abenteuer berichtete.

»Ist das nicht typisch, James, daß du für einen anderen in den Kampf einsteigst? Warum mußt du dich stets gegen solch große Übermacht stellen? Und dieses Mal hattest du nicht einmal ein Schwert dabei.«

»Er ist auch ohne Schwert sehr gut zurechtgekommen«, informierte ihn Constance und warf ihren Domino beiseite.

»Was ist mit deinem Kleid?« rief Justin. »Ist das ein Blutfleck?«

»Tatsächlich? Das macht nichts«, sagte sie sorglos. »Du brauchst dir keine Gedanken zu machen, es ist nicht mein Blut.«

»Wessen dann?«

»Wahrscheinlich meines«, schaltete sich der Graf anklagend ein und setzte sich neben das Feuer. »Oder vielleicht das jenes anderen Burschen, dessen Gehirn sie ebenfalls herauszuprügeln versucht hat.«

»Nun, er hätte es verdient gehabt«, verkündete Constance ungerührt. »Und Ihr wißt sehr gut, daß ich nicht Euch auf den Kopf schlagen wollte. Und nun laßt mich die Verletzung ansehen.«

Er wehrte ab. »Es ist nichts. Ihr braucht Euch keine Sorgen zu machen.«

»Haltet doch still! Ich bin fest entschlossen, es mir anzusehen, Ihr könnt nichts dagegen tun. Also spart Ihr Euch Euren Atem für neue Heldentaten.« Bevor er sie daran hindern konnte, entriß sie ihm die Perücke. »Jetzt müßt Ihr aber wirklich stillhalten, weil ich diese Wunde für Euch säubern muß und Euch noch mehr verletzen könnte, wenn Ihr weiterhin herumzappelt.«

»Du solltest ihr besser gehorchen, James. Connie hat beschlossen, dich zu verarzten, und du wirst ihr nicht entkommen können. Sie ist eine Frau mit einem starken Willen.«

»Ich habe allen Grund, das zu glauben«, erwiderte er mit schiefem Lächeln, und sein Blick nahm ihr den Atem.

Sie wandte sich ab, um ihre Verwirrung zu verbergen, als der Diener das Wasser hereinbrachte.

»Oh, vielen Dank. Setz es dort ab, ja?« wies sie ihn an.

Dann konzentrierte sie sich nur noch auf den Schnitt an der Stirn des Grafen und mied seinen Blick geflissentlich.

Sie wusch das Blut so vorsichtig wie möglich ab und stellte, als sie die kurzen, dunklen Locken mit vorsichtigen Fingern geteilt hatte, erleichtert fest, daß der Schnitt nicht tief war. Anscheinend hatten die Perücke und sein eigenes, dichtes Haar ihn vor größerem Schaden bewahrt.

»So, nun ist die Wunde sauber. Soll ich sie Euch verbinden?«

»Ihr werdet nichts dergleichen tun, Frechdachs«, warnte er sie und erhob sich halbwegs von seinem Stuhl, während sie ihn zurückzuhalten versuchte.

»Nun gut, ich werde nicht darauf bestehen«, lachte sie. »Und ich bedaure, Euch sagen zu müssen, daß Ihr wahrscheinlich keine weitere interessante Narbe zurückbehalten werdet.«

»Wenn Ihr auch mein rettender Engel gewesen wärt, als dies geschah«, er ließ seine Finger flüchtig über die Narbe auf seinem Gesicht gleiten, »dann wäre ich vielleicht noch immer der makellose Adonis, der ich einst war.«

»Nun, Ihr seht wirklich aus, als hättet Ihr eine Begegnung mit einem wilden Keiler gehabt. Bleibt Ihr deshalb nur einige Monate bei uns?«

»So ist es. Ich bin Venus nur für kurze Zeit wiedergegeben worden«, antwortete er eher bedauernd, wie ihr schien, und sie blickte ihn schnell abschätzend an. Sein Gesicht gab, wie stets, nichts preis, aber sie war sicher, daß hinter seinen Worten mehr steckte als reine Rhetorik.

Justin brachte ihm ein Glas Brandy. »Hier, trink das, es wird dir guttun.«

»Ich danke dir. Das kommt gerade richtig, um meine Nerven zu beruhigen.«

»Das könnte gelingen, wenn Ihr Nerven hättet, was ich sehr bezweifle, da ich sie Euch niemals habe zeigen sehen«, bemerkte Constance.

»Nun, wie die Geschichte berichtet, ist es jenem Karl II., anders als seinem Vater, gelungen, einen kühlen Kopf zu bewahren. Und was ist mit Euch, Herr Ritter? Ihr habt selbst sehr gelassen gehandelt.«

»Ja, nicht wahr?« antwortete Justin. »Aber es ist leicht tapfer zu sein, wenn man sich hinter dem Rücken eines anderen verbergen kann. Ich hoffe nur, Fearnley erfährt niemals, daß ich mich für ihn ausgegeben habe.«

»Wozu sind Verkleidungen sonst gedacht? Du warst einfach doppelt verkleidet, das ist alles, und ich finde, du hast es sehr gut bewältigt.« Er hob sein Glas und zuckte dann sichtbar zusammen.

»Stimmt etwas nicht, James?« fragte Justin besorgt.

»Es ist nur meine Schulter. Ich dachte zunächst, dieser Bursche hätte sie mir gebrochen, aber sie ist, Gott sei Dank, nur gequetscht und wird bald heilen. Nein, Miss Trevingham, ich brauche Euch nicht, um auch sie zu verbinden, vielen Dank«, fuhr er hastig fort, als sie aufstehen wollte. Er trank seinen Brandy aus und erhob sich, um sie zu verlassen.

»Ich wünschte, Ihr hättet mich den Kutscher bitten lassen, auf Euch zu warten«, sagte Lady Trevingham, als er sich von ihr verabschiedete.

»Es bestand wirklich kein Grund, ihn noch länger vom Schlafen abzuhalten, und ich werde den Spaziergang genießen. Macht Euch keine Sorgen, die Umstände sprechen sehr stark dagegen, daß ich noch ein zweites Mal in dieser Nacht angegriffen werde, glaubt mir. Und meine Berechnungen sind normalerweise recht zuverlässig.«

»Lady Wyverns Plan hast du mit Sicherheit sehr gut

eingeschätzt«, grinste Justin. »Sage mir, warum hast du sie nach Chailey gefragt?«

»Ich wollte nur einige Samen in fruchtbare Erde ausstreuen, um zu sehen, was daraus werden könnte. Und ich brauchte dich, um die Samen für mich zu begießen.«

»Aha! Ein weiterer deiner Pläne, der erst später Früchte tragen wird? Das dachte ich mir schon. Du bist genauso verschlagen wie mein Onkel George.«

Sie schauten auf, als Basset erschien.

»Der Graf wird jetzt gehen, Basset«, sagte Lady Trevingham. »Begleite ihn bitte hinaus.«

»Sehr gern, Mylady«, sagte er, verbeugte sich und hielt die Tür auf, während sich der Graf von Constance verabschiedete.

»Es ist an der Zeit, Euch zu Eurer Blumenbank zu geleiten, Titania«, sagte er und führte ihre Hand an seine Lippen. »›Möge weder Schaden noch ein böser Zauber unserer lieblichen Dame nahe kommen, also eine gute Nacht mit einem Wiegenlied.‹ Und süße Träume.« Er küßte ihr die Hand, während sein Blick den ihren festhielt.

»Gute Nacht, Sir«, antwortete sie, während ihr Herz schneller schlug und verräterische Röte ihr Gesicht erhitzte.

Er lächelte, und sein Lächeln war wie eine Liebkosung. Sie erschauerte, dann ließ er ihre Hand los und schaute über die Schulter zum Butler.

»Mein Haar und meinen Spazierstock, bitte, Basset«, bat er heiter.

Basset hob fragend die Augenbrauen.

»Hier sind sie«, schaltete sich Constance befreit lachend ein.

»Wir sind Euch sehr verbunden, Madam«, erwiderte er und setzte sich die Perücke schwungvoll auf den Kopf. »Vielen Dank für einen bezaubernden Abend.«

Dann nahm er seinen großen Spazierstock, verbeugte sich elegant und folgte Basset hinaus.

Er schlenderte durch die nebelverhangenen Straßen nach Hause, während er sich in Gedanken am Erfolg seines letzten Streichs erfreute. All dies versprach vergnüglichen Zeitvertreib, der ihn zumindest davon abhielt, sich zu langweilen, während er darauf wartete, daß sich die Ereignisse entwickelten. Lady Wyvern war eine unterhaltsame Gegnerin, ein wenig zu durchschaubar, um ein aufregender Feind zu sein, aber aus seiner Sicht schien die Situation immerhin reizvoll. Und Lady Anne war bezaubernd! Wenn alles gut verlief, hoffte er sie noch weitaus besser kennenzulernen. Wäre es, mit ausreichend viel Zeit, vielleicht möglich, eine engere Beziehung herzustellen? Der Gedanke war sehr angenehm. Als er am Abend mit ihr getanzt hatte, war es leicht gewesen, ihre Unsicherheit zu zerstreuen. Sie hatte mit fast kindlichem Vertrauen auf ihn reagiert. Die Erinnerung daran brachte ihn zum Lächeln. Er könnte sie sogar gernhaben! Welch seltsame Erfahrung das für ihn nach all diesen Jahren wäre. Wirklich, es war fast absurd! Nun, erwies sich das Leben nicht stets als das faszinierendste aller Spiele? Die Regeln änderten sich ständig, so daß die Umstände vollkommen unberechenbar wurden. Sollte er die Karten behalten, die das Schicksal ihm zugespielt hatte? Oder sollte er sie als unspielbar abwerfen? War er geschickt genug, in allen Punkten zu siegen? Heute nacht waren die Einsätze plötzlich noch stärker erhöht worden. Wagte er es, weiterzuspielen? Der Reiz, den Versuch zu riskieren, war sehr verlockend.

Sein Geist, der stets auf neue Herausforderungen reagierte, weilte in sehr hohen Gefilden, als er schließlich in der Brook Street eintraf, und Jean, der sein fröhliches Pfeifen vor dem Haus gehört hatte, öffnete die Tür bereits, bevor sein Herr anklopfen konnte.

»*Vous êtes très content cette nuit, M'sieur le Comte.*«

»*Oui, Jean, tout va bien!*« erwiderte der Graf, gab ihm seinen Spazierstock und warf die Perücke sorglos über einen Kleiderhaken an der Wand.

»Es freut mich, das zu hören«, erklang eine Stimme aus den Schatten, und der Graf runzelte mißtrauisch die Stirn, als ein Mann die Treppe heraufkam.

»Oh, Ihr seid es, Dupois«, bemerkte er teilnahmslos. »Ich habe mich schon gefragt, wann ich etwas von Euch hören würde. Habt Ihr Neuigkeiten mitgebracht?«

»Hätte ich sonst den ganzen Weg hierher auf mich genommen? Aber vielleicht können wir diese Angelegenheit bei einem guten Tropfen besprechen? Ihr habt doch zweifellos noch einen guten Cognac in Eurem Keller – selbst in diesem unwirtlichen Land?«

»Natürlich. Wollen wir hinaufgehen? In meinem Wohnzimmer brennt ein Feuer«, sagte der Graf und ging seinem Besucher voraus in den ersten Stock.

»Habt Ihr schon lange gewartet?« fragte er, zog einen Sessel ans Feuer und bedeutete dem Gentleman, sich hinzusetzen.

»Nur wenige Minuten. Ich beschloß, dieses unselige englische Wetter zu nutzen. Niemand sah mich hereinkommen. Dies ist die perfekte Nacht für Leute wie uns, nicht wahr?«

»Nebel fördert Heimlichkeit vermutlich«, antwortete der Graf, während er den Brandy eingoß. »Hier, probiert dies. Ich denke, er wird Euch schmecken.«

Dupois nahm einen Mundvoll des erwärmenden Getränks, ließ ihn über die Zunge rollen und schluckte genießerisch. »*Delicieux!*« verkündete er. »Ist es französischer Cognac?«

»Aber natürlich. Und nun sagt mir, warum seid Ihr gekommen?«

»Ich hielt es für an der Zeit, Euch einen Besuch abzustatten.«

»Hat Arnaud Euch geschickt?«

»In der Tat, ja. Ihr könntet Euch offenbar nicht vorstellen, daß ich nur gekommen bin, um mich nach Eurem Wohlbefinden zu erkundigen?« fragte er sarkastisch.

»Ihr seid kein Mensch, der irgendwelche Vorstellungen erweckt, Dupois«, entgegnete der Graf ruhig und ließ sich in einem Sessel nieder.

Die hageren Gesichtszüge des älteren Mannes verkrampften sich verärgert, und die Finger seiner linken Hand ballten sich zur Faust, aber er hielt seinen Zorn unter Kontrolle.

»Ich sehe, daß sich Eure Manieren durch Euer Zusammensein mit diesen ungehobelten Engländern noch nicht gebessert haben, Gérard. Wie dem auch sei, zumindest bin ich als Gentleman geboren und werde Eure unhöflichen Worte daher ignorieren.«

Falls er gehofft hatte, den Stolz des Grafen mit dieser provozierenden Bemerkung verletzen zu können, so wurde er enttäuscht. Anstatt beleidigt zu sein, grinste dieser nur höchst belustigt.

»Worüber lacht Ihr?« fauchte er.

»Lachen ist das Salz in der Suppe des Lebens, Dupois. Und Ihr seid so überaus erheiternd.«

»Was habe ich denn so Erheiterndes gesagt?«

»Nun, mir zu eröffnen, daß Ihr als Gentleman geboren wärt, beeindruckt mich ungefähr ebensosehr, als wenn ein gewohnheitsmäßiger Straftäter seinem Richter eröffnen würde, daß er unschuldig geboren sei.«

»Ihr geht zu weit, Gérard«, knurrte der Franzose wütend.

»Ihr seid doch sicherlich nicht hierhergekommen, um Artigkeiten auszutauschen«, fuhr der Graf mit gelangweilter Stimme fort. »Ich sehe keinen Sinn darin vorzugeben, daß wir einander mögen. Tatsache ist, mein edler Herr, daß Ihr aus demselben Grund in dieser Sache drinsteckt wie ich. Wir werden beide für unsere Dienste bezahlt. Adliger oder einfacher Bauer – inzwischen sind wir in Frankreich alle Gentlemen, denn heißen wir nicht *Citoyen*? Und nun sollten wir keine Zeit mehr verschwenden. Teilt mir einfach Arnauds Nachricht mit.«

Dupois' Augen waren dunkel vor unterdrücktem Zorn. Eines Tages würde er diesem anmaßenden Burschen das Lächeln aus dem Gesicht wischen! Wie sehr er sich nach solch einer Gelegenheit sehnte. Aber sie würde kommen, und bis dahin mußte er lernen, geduldig abzuwarten. Er tastete in seiner Tasche nach dem Brief, der ihm in Wien anvertraut worden war, und reichte ihn dem Grafen schweigend. Dieser brach das Siegel, entfaltete das dicke Papier und überflog die dicht geschriebenen Zeilen. Dupois beobachtete ihn genau, aber wenn er erwartet hatte, daß dieses verdammte Gesicht auch nur einmal zucken würde, so hatte er sich getäuscht. Der Gesichtsausdruck des Grafen gab nicht preis, ob es sich um gute oder schlechte Nachrichten handelte.

»Nun?« fragte er barsch, als er sah, daß der Graf seine schnelle Durchsicht des Dokuments beendet hatte.

»Eine gute Frage. Wenn dies Krieg bedeutet, könnte es sein, daß unser Stern wieder steigt. Wir werden sehen. Ihr und ich müssen unsere … Differenzen beseitigen«, sagte er lächelnd. »Diese Nachricht macht meine Angelegenheit hier in London noch ein wenig dringender.«

»Welche Fortschritte habt Ihr überhaupt bisher gemacht? Ich erkenne an Eurer seltsamen Kleidung, daß Ihr die Vergnügungen der Londoner Gesellschaft genießt. Ich hoffe, daß Ihr den Zweck Eures Besuches dadurch nicht vergessen habt?«

»Darf ich Euch im Gegenzug daran erinnern, daß ich niemandem außer Arnaud Rechenschaft schuldig bin?« erwiderte der Graf sofort. »Ihr könnt ihm berichten, daß ich, dank meines lieben Freundes Trevingham, fast überall eingeladen werde. Ich hatte sogar das Glück, die Gunst der Gräfin Lieven erringen zu können. Sie war mir überaus nützlich, eine höchst kluge Frau mit vielen politisch engagierten und einflußreichen Freunden. Ich habe auch mit den Devonshires und ihren Kreisen gespeist, wo ich mich an einigen höchst interessanten Unterhaltungen erfreuen durfte. Und Ihr wärt erstaunt, wie vertrauensselig ein Gentleman wird, wenn man ihn dazu überredet, einige Flaschen guten Weines zu trinken. *In vino veritas*. Ich werde die Informationen, die ich bisher zusammengetragen habe, natürlich nur Monsieur Arnaud auf dem üblichen Weg mitteilen. Man kann nicht vorsichtig genug sein, versteht Ihr.«

»Oh, ich verstehe vollkommen, Gérard. Ihr zieht es vor, mir nicht zu trauen. Das ist gut so, denn ich erwidere Eure Gefühle vollkommen.«

»Dann können wir diese Begegnung im Einvernehmen miteinander beenden. Gute Nacht, Dupois. Ihr braucht nicht zu bleiben. Jean wird Euch hinausbegleiten. Ich werde nach Euch schicken, wenn ich fertig bin. Sagt Jean einfach, wo Ihr zu finden seid.«

Der Franzose blickte auf diese unverschämte Entlassung hin finster drein. Daß dieser *Salopard* so mit einem Mann seines Ranges sprach, war fast unerträglich. Aber er würde sich nicht dazu herablassen, einen offenen Streit anzufangen, denn es ging um wichtigere Dinge. Im Moment mußte er Befehlen folgen, was bedeutete, daß er sich, ob es ihm gefiel oder nicht, Gérard zur Verfügung halten mußte.

Als Jean nach Erfüllung seiner Pflicht zurückkam, fand er den Grafen an seinem Schreibtisch über Arnauds Brief grübelnd vor.

»Ist er fort?« fragte der Graf ohne aufzuschauen.

»Ja, Sir. Aber, oh, es gefiel ihm überhaupt nicht, gehen zu müssen!« lachte Jean.

Der Graf nahm den Brief auf. »Monsieur Arnaud schreibt, daß in Wien große Uneinigkeit herrscht. Tatsächlich geht das Gerücht, daß sogar ein Krieg mit Preußen möglich sei. Nun, warum macht er sich die Mühe, mir das alles zu schreiben, Jean?« murmelte er nachdenklich und legte die Handfläche auf das Papier. »Er muß gewußt haben, daß ich bereits selbst davon gehört haben mußte.«

Er nahm das dicke Blatt auf und untersuchte die Ränder. Dann führte er die dünne Spitze seines Taschenmessers in das Papier ein, drückte es vorsichtig auseinander und ließ ein zweites, dünnes, mit Zahlen bedecktes Blatt sichtbar werden.

»Ah, ja! Das habe ich vermutet. An diesem Brief ist mehr, als man auf den ersten Blick sieht. Es wird vielleicht etwas dauern, dies zu entschlüsseln, Jean, also geh zu Bett. Ich werde dich heute nacht nicht mehr brauchen.«

»*Merci, m'sieur. Bonne nuit*«, sagte der Diener nickend und schloß leise die Tür hinter sich.

Es dämmerte schon fast, als der Graf seinen Stift schließlich mit zufriedenem Seufzen hinwarf. So! Das war also der Grund, warum Dupois so eilig nach London geschickt worden war. Die Würfel würden vielleicht bald fallen! Es war nicht sehr überraschend. Er hatte dies schon halbwegs erwartet, als er Rom verlassen hatte. Wie sehr es Napoleon ähnlich sah, diese Uneinigkeit in Wien zu seinem eigenen Vorteil auszunutzen. Dennoch würde es eine kleine Weile dauern, die Pläne durchzuführen, und er hatte genug Zeit, seine Angelegenheiten hier zu beenden. Vieles hing davon ab, ob diese beiden Fürsten eine Übereinkunft oder vielleicht einen Kompromiß erreichten. Inzwischen mußte er die Ereignisse sehr sorgfältig im Auge behalten. Arnaud drückte Zuversicht aus, die Unterstützung der Franzosen gewinnen zu können, aber die der Engländer? Das war eine ganz andere Sache. Nach dem zu urteilen, was er bereits herausgefunden hatte, waren die Meinungen zu diesem Thema geteilt. Aber Vermutungen waren eine Sache und ein *fait accompli* eine ganz andere. Sein Instinkt sagte ihm, daß ein gewagtes Unternehmen wie dieses außerordentlich tollkühn und in der Tat unzweifelhaft leichtsinnig war, aber gerade dieser Aspekt der Angelegenheit sprach seinen Sinn für Abenteuer an. Es war fast zu verlockend, um dem zu widerstehen. Nun, er mußte sich noch nicht jetzt entscheiden. Er würde warten, bis sich die anderen Spieler erklärten.

Er stand erschöpft auf, nahm die Papiere, trat zum Kamin und warf sie auf die Glut. Er sah regungslos zu, wie die Ränder der Dokumente allmählich geschwärzt wurden und dann schrumpften, bevor das Papier plötzlich zu einer hell orangefarbenen Flamme aufloderte, die immer höher stieg. Dann schwand die Helligkeit wieder bis auf wenige flimmernde Funken, die einer nach dem anderen erloschen.

Zehn

Am nächsten Tag wurde Jean zum Stiefelmacher seines Herrn in der Grafton Street geschickt. Er fragte, wie angewiesen, nach Mr. Redman, der als einziger mit der Aufgabe betraut werden konnte, die elegante Fußbekleidung des Grafen zu reparieren. Jean erklärte ihm, daß die Absätze besonderer Aufmerksamkeit bedurften, und Mr. Redman versicherte ihm, er würde sich persönlich um diese Angelegenheit kümmern.

»Graf Fabricati braucht sie nicht dringend«, bemerkte Jean und übergab ihm das Paar in dickes Papier gewickelte Reitstiefel.

»Sehr gut, dann werde ich sie zur Brook Street bringen lassen, wenn sie fertig sind«, erwiderte Mr. Redman. »Bitte teilt dem Grafen mit, daß es einige Tage dauern kann, da wir im Moment viel zu tun haben, aber ich werde versuchen, den Auftrag so schnell wie möglich zu erledigen.«

Jean nickte dankend und ging, während Mr. Redman das Päckchen mit in die Werkstatt nahm. Nachdem er die Tür hinter sich abgeschlossen hatte, packte er es schnell aus und untersuchte die Stiefel sorgfältig. Dann nahm er eine Ahle von seiner Werkbank und führte die Spitze vorsichtig in einen kleinen Spalt unter dem Absatz eines der Stiefel ein, bis er ihn herumdrehen konnte. Wie vermutet, befand sich in der Höhlung unter dem Absatz ein sorgfältig zusammengefaltetes Stück Papier, das er hastig aus seinem Versteck nahm. Er breitete das Blatt aus, glättete es und las die Seite schnell durch. Plötzlich klopfte es an der Tür, und er hörte die Stimme seines jungen Lehrlings nach ihm rufen. Er steckte das Papier in seine Jacke und drehte den Absatz wieder in die richtige Lage.

»Einen Moment«, antwortete er, stellte den Stiefel unter der Bank ab, ging zur Tür und schloß auf.

»Entschuldigung, Mr. Redman, Sir. Aber ich dachte, Ihr solltet wissen, daß eben ein Gentleman da war. Es war keiner unserer regelmäßigen Kunden, und er fragte, was Ihr mit dem Franzosen zu schaffen gehabt hättet. Er bot mir einen Schilling an, wenn ich ihm sagen würde, was in dem Päckchen war«, erzählte er grinsend, wobei eine eher unvollständige Zahnreihe sichtbar wurde.

»Oh, tatsächlich, ja? Und was hast du ihm gesagt?« fragte Mr. Redman und beobachtete ihn genau.

»Ich habe gesagt, wenn er es so dringend wissen wollte, sollte er den Gentleman selbst fragen«, erwiderte der junge Mann, wobei sein freches Grinsen sogar noch breiter wurde.

»Und was hat er dazu zu sagen gehabt, mein Junge?«

»Nun, nur daß er mich zur Hölle wünschte!« kicherte der Lehrling. »Und dann ging er hinaus und schlug die Tür hinter sich zu.«

»Gut gemacht, Jos! Wenn du diesen Mann wiedersiehst, erzähle es mir. Ich möchte nicht, daß meine werten Kunden bespitzelt werden. Dies ist ein ehrbares Geschäft, und das soll es auch bleiben, verstehst du?«

Der Bursche nickte und zwinkerte wissend. »Verlaßt Euch auf mich, Sir!«

»Ausgezeichnet! Oh, und Jos ... », fügte er hinzu, als der Junge zur Tür ging.

»Ja, Sir?«

Mr. Redman steckte zwei Finger in seine Jackentasche und zog eine Münze hervor. »Das ist für deine Mühe, Jos – und für deine Verschwiegenheit.«

Das Silberstück wurde bereitwillig angenommen und sofort unter einer entschieden zu schmierigen Schürze verborgen.

»Du kannst noch mehr davon bekommen, wenn du morgen zur Brook Street gehst und den Diener des Grafen von dem Interesse dieses Fremden an dessen Angelegenheiten in Kenntnis setzt.«

Der junge Lehrling führte seinen Auftrag pflichtbewußt früh am nächsten Tag aus, und Jean schickte ihn, nachdem er ihm einige vorsichtige Fragen gestellt hatte, wieder fort.

Der Graf war über die Nachricht nicht übertrieben besorgt. »Sieht das Dupois nicht ähnlich? Ein ungeschickter Stümper! Der Mann hat keine Finesse.«

»Aber, Sir, ich glaube, er will Euch schaden. Ihr müßt vorsichtig sein. *Il est un diable*.«

»Vielleicht ist er ein Teufel, aber er hat nicht das Glück eines Teufels! Sorge dich nicht, Jean. Ich beabsichtige, sehr vorsichtig zu sein. Wann war ich das nicht?«

»*Ah, m'sieur. En Espagne*«, erwiderte sein Diener mit verdrießlich verzogenem Gesicht.

»Oh, du triffst mich, Jean.« Der Graf gab vor, tief verletzt zu sein. »*C'était une mésaventure*. Außerdem – ist es mir nicht gelungen, diese unglückliche Episode zu meinem Vorteil zu kehren?«

»*C'est vrai*«, stimmte Jean zu. »Ihr habt immer Glück, nicht wahr?«

»Ich hoffe, daß mir Madame Fortuna immer noch beisteht. Ich werde ihre Begleitung bei dem Ball brauchen. Ich hätte dort noch etwas mehr zu tun, um die Dinge zu meiner vollkommenen Zufriedenheit zu regeln.«

Lady Anne Rossmore wünschte sich genausosehr,

die Dame Glück bei ihren Geburtstagsfeierlichkeiten dabeizuhaben. An jenem Tag sehnte sie den Abend herbei, fürchtete ihn aber auch, und viele Erwartungen zerrten an ihren Nerven. Ihre Dienerin blickte sie mehrmals stirnrunzelnd an, weil sie umherzappelte, während ihr Haar gerichtet wurde, aber schließlich war ihre Toilette beendet. Das Spiegelbild zeigte ihr eine junge Frau, die äußerlich ruhig und gefaßt wirkte, deren innerer Konflikt sich aber in der Röte ihrer Wangen und den zu leuchtenden Augen zeigte. Sie betrachtete das Bild einer Fremden. Ihr Gesicht war sorgfältig gepudert, und die Lippen bildeten einen perfekten rosigen Bogen, mit etwas Lippenrot betont. Ihre glänzenden Locken waren hoch auf dem Kopf aufgesteckt und bildeten eine kleine, mit Diamanten und Perlen verflochtene Krone. Sie trug edle, tropfenförmige Perlen in den Ohrläppchen und eine wunderschöne Perlenkette um den ebenfalls gepuderten Hals. Sanft gerundete Schultern ragten aus einem Meer von Spitzen hervor, das das Mieder ihres elfenbeinfarbenen Seidenkleides zierte, und die der neuesten Mode entsprechende hohe Taille und das Dekolleté ließen den Busen erahnen. Während sie ihre Erscheinung betrachtete, wurde ihr allmählich klar, daß ihr Aussehen bedeutete, daß sie das Alter von einundzwanzig erreicht hatte. Sie war jetzt eine erwachsene Frau. Sie konnte ihr eigenes Leben, wenn nicht ihr Geschick bestimmen. Sie konnte den Mann ihrer Wahl heiraten, und niemand konnte sie daran hindern. Ihr Onkel und ihre Tante konnten ihr nicht länger im Wege stehen. Sie hatten zwar noch das Geld unter Kontrolle, das ihre Mutter ihr hinterlassen hatte, aber sie konnten sie jetzt nicht mehr zwingen, einen Mann zu heiraten, den sie nicht liebte. Diese Frau im Spiegel konnte sich gegen sie erheben. Sie konnte ihnen zeigen, daß sie sie nicht mehr zum Gehorsam zwingen konnten. Sie konnte es! Sie konnte es! Ihr Herz schlug schnell, und sie fühlte sich vor Aufregung außer Atem. Der Graf hatte recht, sie mußte ihren Mut zusammennehmen und ihnen zeigen, daß sie ihr Schicksal selbst in die Hand nehmen konnte. Eine erwachsene Frau brauchte keine Anstandsdame. Mrs. Kirby mußte sofort von dieser Entscheidung unterrichtet werden. Aber an diesem Punkt ihrer Überlegungen verließ Lady Anne ihre neu gewonnene Zuversicht plötzlich. Wie sollte sie die Entschlossenheit finden, sich von ihrer Verwandten zu trennen? Sie zitterte bei dem Gedanken. Oh, wenn doch der Graf nur hier wäre! Er hatte irgendwie die Macht, ihre Entschlußkraft zu stärken. Wie wagemutig er war, und wie leicht er ihre Tante und Mrs. Kirby manipulierte. Ihn konnte Lady Wyvern nicht einschüchtern. Sogar Justin fürchtete sie ein wenig. Sie hatten kaum Zeit miteinander verbracht, bis der Graf sich entschlossen hatte, ihnen zu helfen. Sie hatte auf dem Maskenball zum ersten Mal die Freuden der Freiheit genossen. Es war so wundervoll gewesen! Und er hatte es möglich gemacht. Er mußte heute abend kommen. Sie brauchte ihn als Unterstützung bei diesem gewagten Abenteuer. Oh, wie wundervoll wäre es, diesem Haus und dieser Familie zu entfliehen, wenn auch nur für eine kleine Weile! Der Graf schien sich so sicher, daß er etwas tun könne, um sie von allen Beschränkungen zu befreien, wenn sie nur tat, was er ihr sagte. Und sie war sich sicher, daß er jedes Wunder vollbringen konnte. Er war so überaus klug. Es war etwas so Verläßliches an ihm, und er hatte versprochen, ihr Freund zu sein. Der Gedanke daran erwärmte ihr das Herz. Er war ein Mann, der seine Versprechen hielt. Er würde sie nicht im Stich lassen. Sie spürte, daß er sich als wahrer

Freund erweisen würde. Ja, so war es! Sie vertraute ihm, trotz der Tatsache, daß sie ihn erst seit so kurzer Zeit kannte. Er war bei dem Maskenball so freundlich zu ihr gewesen. Er schien sie vollkommen zu verstehen. Er war ein einfühlsamer Zuhörer und antwortete auf jedes Thema in der richtigen Art. Sie fühlte sich in seiner Gesellschaft wohl und hatte ihm an jenem Abend bereits alle ihre Hoffnungen und Ängste anvertraut. Anstatt über ihre Situation zu verzweifeln, hatte er ihr tatsächlich Zuversicht eingeflößt und sie sogar zum Lachen gebracht! Er mußte zu dem Ball kommen! Ihr zukünftiges Glück hing davon ab!

Sie atmete tief, erhob sich von ihrem Toilettentisch, wählte bewußt das Sträußchen des Grafen unter den Blumen aus, die ihr heraufgeschickt worden waren, und machte sich auf die Suche nach ihrer Tante.

Der Abend schien unendlich lang, während sie ihre Gäste empfingen, die in einem endlosen Strom die geschwungene Marmortreppe emporstiegen.

Die gesamte Londoner Gesellschaft schien Lady Wyverns Einladung angenommen zu haben, vielleicht weil sie für ihre großzügige Gastfreundschaft berühmt war oder weil dies der letzte große Ball war, bevor der *haut ton* zu Weihnachten aufs Land reiste. Jedenfalls erwartete man einen großen Abend und stöhnte schon jetzt über das entsetzliche Gedränge, ein Urteil, das die Gastgeberin nur erfreuen konnte.

Als der Marquis von Fearnley angekündigt wurde, fühlte sich Lady Wyvern vor Freude fast schwach. Dies war ihr krönender Triumph! Sie hatte das Unmögliche geschafft! Und als er den Wunsch äußerte, mit ihrer Nichte tanzen zu dürfen, verschlug es ihr endgültig die Sprache. Alle ihre größten Hoffnungen schienen in Erfüllung zu gehen. Mit welcher Begeisterung sie Graf

Fabricati empfing, als er unmittelbar nach Fearnley eintraf!

»Mein lieber Graf! Wir sind überaus glücklich, Euch heute abend hier zu sehen. Es ist so freundlich von Euch, daß Ihr gekommen seid, und wie ich sehe, ist es Euch auch gelungen, den Marquis zu überreden, sich uns zuzugesellen. Ich bin so froh, Euch als unsere Gäste begrüßen zu können, und hoffe, daß Ihr den Abend genießen werdet.«

»Ich freue mich sehr darauf, das zu tun, besonders wenn Ihr mir erlaubt, Eure wunderschöne Nichte um die Ehre eines Tanzes zu bitten, wenn sie ihrer Pflichten entledigt ist?«

»Natürlich! Natürlich! Sicherlich wird sie auf ihrer Tanzkarte noch einen Platz für Euch finden.«

Lady Anne war ebenfalls überglücklich, den Grafen empfangen zu können. Daß er es tatsächlich geschafft hatte, den Marquis mitzubringen, zeigte, daß es nichts gab, was ihm nicht gelingen könnte.

Sie begrüßte ihn begeistert. Sie zeigte solche Freude, daß ihr Cousin Giles, der neben ihr stand, sie erstaunt ansah. Warum benahm sie sich gegenüber einem Mann, den sie kaum kannte, auf solch törichte Art? Ihr Gesicht strahlte regelrecht, während sie zu ihm auflächelte, und ihr Blick war fast bewundernd. Bei seinem, Giles', Anblick hatten ihre Augen niemals so gefunkelt! Noch war ihm jemals die Wärme eines Lächelns gewährt geworden, wie sie es jetzt diesem Eindringling zuteil werden ließ! Eifersucht quoll in ihm hoch. Welche Hinterlist hatte dieser fremde Emporkömmling ersonnen, daß er sich so bald die Zuneigung seiner Cousine erschleichen konnte? Wie konnte Lady Wyvern ihm erlauben, auch nur die Hand ihrer Nichte zu berühren? Wer war er überhaupt? Jemand, der den üblen Ruf eines

Spielers hatte. Was dachte sich Lady Wyvern dabei, eine solche Person in den Kreis ihrer Freunde aufzunehmen? Sie, die stets so streng auf die Regeln achtete, nahm einen Mann auf, der wahrscheinlich nicht mehr als ein durchtriebener Abenteurer war.

Er würde heute abend sehr genau auf seine Cousine aufpassen. Wenn man sich nicht darauf verlassen konnte, daß ihre Tante und ihr Onkel sie von einem solchen Blender fernhielten, dann würde er selbst dafür sorgen.

Der Graf bemerkte, daß sich die Trevinghams bereits im Ballsaal befanden. Dieser war mit Girlanden aus Treibhausblumen und bunten Seidenbändern geschmückt, die zwischen den kannelierten, vergoldeten Säulen am Rande der Tanzfläche befestigt waren. Wuchtige Kronleuchter und reichverzierte Wandleuchter trugen Hunderte flackernder Wachskerzen. Ein komplettes Orchester spielte auf einer mit einer Balustrade versehenen Galerie, während sich im Ballsaal die Damen und Herren in ihren edelsten Gewändern drängten. Seide und Satin und herrliche Juwelen aller Art zeugten von der Qualität der erlauchten Gäste Lady Wyverns.

»Graf Fabricati! Wie gut Ihr ausseht«, erklärte Lady Trevingham und hängte sich bei ihm ein. »Ich sehe, daß Ihr Mr. Brummells Modeempfehlung gefolgt seid.« Sie betrachtete die schwarzen, knöchellangen Pantalons, die in einem Steg unter den Schuhen endeten. »Ich muß zugeben, daß diese Kleidung für Euch sehr vorteilhaft ist, obwohl ich nicht sicher bin, daß mir die Abschaffung der Kniehose zugunsten der Pantalons als Abendkleidung gefällt.«

»Sie stammen aus meinem Land, wißt Ihr«, sagte er lächelnd, »so daß ich es nur für richtig hielt, die

Bewunderer des Beau zu ermutigen, seinem Beispiel zu folgen.«

»Seine Bewunderer brauchen keinen Anreiz, seine Art nachzuahmen. Er ist als Vertreter guten Geschmacks anerkannt. Nicht ohne Grund, denke ich.« Sie betrachtete anerkennend die hohe Gestalt des Grafen. Seine makellos weiße Halsbinde war, wie üblich, tadellos gebunden, und er trug heute abend eine einfache weiße Weste unter einem strengen schwarzen Rock. Seine Größe und athletische Gestalt vervollständigten die schlichte Vornehmheit seiner Kleidung und hoben ihn noch mehr von den verschwenderisch gekleideten Gentlemen mit ihren Satinkniehosen und extravagant gestalteten Jacken ab.

»Ich könnte mir vorstellen, daß ein Mann Eurer Statur eine Gnade für seinen Schneider ist«, bemerkte sie neckend.

»Und ich würde Euch zustimmen, Mylady«, erwiderte er gleichermaßen gut gelaunt. »Er sollte eigentlich imstande sein, einen neuen Laden zu eröffnen, seit ich meine Rechnungen bezahlt habe. Sie belaufen sich wirklich auf beträchtliche Summen. Aber ich mache ihm immerhin Ehre.«

Lady Trevingham war sich nicht ganz sicher, wie er das meinte. Aber sie hatte keine Gelegenheit, dem nachzugehen, weil Justin die Aufmerksamkeit des Grafen beanspruchte. »James! Du alter Fuchs! Wie hast du das geschafft? Fearnley ist hier! Er ist wahrhaftig hier! Ich habe ihn gerade gesehen!«

»Es genügt zu sagen, daß ich mir etwas habe einfallen lassen, Justin«, sagte der Graf grinsend. »Du kennst mich lange genug, um zu wissen, daß ich das auf die eine oder andere Art stets tue.«

 Er wechselte einen sonderbaren Blick mit Justins

Mama, bevor er sich wieder an ihn wandte: »Ich hoffe, du hast die Gelegenheit bereits ergriffen und Lady Anne um deine zwei Tänze gebeten? Etwas sagt mir, daß sie heute abend sehr begehrt sein wird.«

»Das habe ich bereits in dem Moment getan, als wir hier eintrafen. Ich befürchtete, ich könnte sonst zu spät kommen. Sieht sie nicht hinreißend aus?«

»Sehr hübsch«, murmelte der Graf, als die junge Dame mit ihrem älteren Cousin zum Tanz schritt. »Sie ist unleugbar ein Diamant von erlesener Schönheit.«

»So wie sie heute abend gekleidet ist, würde ich sie als unbezahlbare Perle beschreiben«, begeisterte sich Trevingham.

Der Graf warf ihm einen schnellen, abschätzenden Blick zu. »Du liebst sie wirklich, nicht wahr, Justin?«.

»Ja, das tue ich wirklich«, antwortete er und wandte seinen Blick nicht von ihr ab, so daß ihm das kurze Stirnrunzeln des Grafen entging.

»Entschuldige mich, Justin. Lady Trevingham, ich muß gehen. Ich habe Lady Cowper diesen nächsten Tanz versprochen.« Er verbeugte sich und verließ sie jäh.

Erst sehr viel später an diesem Abend sahen sie ihn wieder, als er Sophy nach einem Tanz zu ihrer Mama zurückbrachte.

Constance, die mit Oberst Dyson zusammensaß, schaute bei ihrem Herannahen auf und begrüßte sie lächelnd. Sie hatte den Grafen seit dem Maskenball nicht mehr allzuoft gesehen und war froh, daß er heute abend gekommen war. Tatsächlich hatte sie sogar so etwas wie Enttäuschung empfunden, als er bei keinem der gesellschaftlichen Anlässe erschienen war, die sie in letzter Zeit wahrgenommen hatte. Ihre herzliche Begrüßung schien ihn zu überraschen, und sie bedauerte sofort, ihre offensichtliche Freude über ihr Wiedersehen gezeigt zu haben. Sie wandte sich schnell ab, um ihr Erröten zu verbergen, aber er kam herüber und stellte sich neben sie.

»Guten Abend, Miss Trevingham, Oberst Dyson«, sagte er und verbeugte sich. »Ich frage mich, ob ich mir die Freiheit nehmen dürfte, diese junge Dame von Eurer Seite zu rauben, Oberst Dyson? Würdet Ihr mit mir tanzen, Miss Trevingham?« bat er und streckte die Hand aus.

»Es wäre mir ein Vergnügen. Bitte verzeiht, Oberst, ja?«

»Natürlich«, erwiderte dieser und erhob sich höflich. »Dann werde ich Miss Sophia fragen, ob sie mein fortgeschrittenes Alter übersehen und mir gestatten mag, ihr Tanzpartner zu sein.«

Der Graf führte Constance auf dic Tanzfläche und nahm sie zur Walzermusik in die Arme.

»Ich hoffe, Ihr habt Euch gut von der von mir zugefügten Verletzung erholt, Graf Fabricati?« begann sie gesprächig.

»Das kommt darauf an«, zögerte er. »Welche Verletzung meint Ihr?« fuhr er fort und lächelte über ihren verwirrten Gesichtsausdruck.

»Die Verletzung an Eurem Kopf natürlich!«

»In diesem Falle braucht Ihr Euch nicht weiter zu beunruhigen. Es war nur ein Kratzer, der bereits vergessen ist«, versicherte er leichthin.

»Das freut mich zu hören.«

»Ja, meinem Kopf geht es wieder recht gut«, fuhr er fort, »aber mein Herz – nun, das ist eine andere Sache.« Er seufzte tief, und sie sah anklagend zu ihm hoch.

»Graf Fabricati! Ich beginne zu argwöhnen, daß Ihr ein unverbesserlicher Schürzenjäger seid.«

»Oh! Jetzt habt Ihr mich aber wirklich verletzt! Ich hege tatsächlich ernsthaftes Interesse an Euch, Miss Trevingham. Wie könnt Ihr nur daran zweifeln?« protestierte er düster.

»Warum habt Ihr uns dann seit dem Maskenball nicht einmal einen Morgenbesuch abgestattet?«

»Meine Zeit wurde von einer wichtigen Geschäftsangelegenheit in Anspruch genommen. Ein Umstand, den Ihr nicht mehr beklagen könnt als ich, da ich mich seitdem Eurer Gesellschaft beraubt sah. Aber ich möchte diese Unterbrechung unserer blühenden – oder sollte ich vielleicht aufkeimend sagen? – Freundschaft wiedergutmachen«, sagte er und registrierte ihren überrascht fragenden Blick. »Nun, ich kann zumindest hoffen, unsere Bekanntschaft zu vertiefen, wenn wir alle zusammen in Chailey weilen, nicht wahr?«

Sie lächelte über den Unterton sanften Drängens in seiner Stimme. »Vielleicht könnten wir lernen, ein wenig liebenswürdiger miteinander umzugehen«, räumte sie ein. »Aber welche wichtigen Geschäfte habt Ihr in London zu tätigen? Ich dachte, Ihr wärt nur hier, um seine Vergnügungen zu genießen.«

»Ihr vergeßt, daß ich aus dem Vergnügen einen Beruf gemacht habe«, erinnerte er sie, »und dieser bedeutet sehr viel Arbeit.«

Constance runzelte mißbilligend die Stirn. Sie mochte an diese Seite seines Charakters nicht einmal denken. Übertriebenes Spielen war eine bedauerliche Angewohnheit. Ohne diesen Makel könnte sie ihn sicherlich sehr schätzen.

»Konntet Ihr keine lohnendere Beschäftigung finden?« fragte sie ernsthaft.

»Oh, aber sie ist sehr lohnend für mich, das versichere ich Euch.«

»Dann könntet Ihr Euch vermutlich nicht vorstellen, sie aufzugeben?« fragte sie zögernd.

»Das könnte ich mir durchaus vorstellen, wenn ein angemessener Anlaß dafür gegeben wäre«, erwiderte er mit seltsamem Lächeln. »Aber ich halte es für sehr unwahrscheinlich. Das Spielen ist für mich eine Art Berufung.«

»Oh. Könnte Euch niemand davon abbringen?«

»Ich weiß es nicht. Vielleicht. Niemand hat es jemals versucht, und ich bin auch nicht sicher, ob es überhaupt klug wäre«, antwortete er ruhig und sehr ernst.

Das klang eher nach einer Zurückweisung, dachte sie und beschloß, das Thema nicht mehr anzuschneiden. Immerhin ging es sie wirklich nichts an, was er tat, oder? Als der Tanz endete, wandte sie sich um und sah, daß Lady Anne mit ihrem Cousin Giles ganz in der Nähe getanzt hatte. Die Cousins befanden sich nur wenige Schritte vor ihnen, als sie die Tanzfläche verließen. Lady Anne sprach den Grafen an, sobald sie ihn hinter sich bemerkt hatte.

»Vergeßt nicht, daß Ihr mir den nächsten Tanz versprochen habt, Graf Fabricati«, sagte sie mit freundlichem Lächeln.

»Ich freue mich schon zu sehr darauf, um Gefahr zu laufen, eine solche Ehre zu versäumen, Mylady«, versicherte er ihr mit gleichermaßen freundlichem Lächeln.

Giles Morton wandte sich dem Grafen mit Verachtung im Blick zu. »Aha, unser italienischer Besucher, Graf Fabricati. Ich hatte nicht erwartet, Euch heute abend hier zu sehen. Dies muß eine recht neuartige Erfahrung für Euch sein – sich in solch zivilisierter Gesellschaft zu befinden, meine ich. Empfindet Ihr das nicht so?«

»Sir, Ihr fragt mich um meine Meinung zu dieser Angelegenheit, und ich teile sie Euch herzlich gerne mit«, erwiderte der Graf ungerührt. »Man kann eine Zivilisation am besten nach der Höflichkeit ihrer Bürger beurteilen.« Er verbeugte sich anmutig, bot Constance seinen Arm und ging mit ihr davon, ohne einen Blick zurückzuwerfen.

Mißbilligendes Murmeln war von der Gruppe um Morton zu hören.

»Ich glaube, du bist aus dieser Begegnung wieder als Verlierer hervorgegangen«, flüsterte Sir Francis Brascombe ihm ins Ohr. »Vielleicht solltest du nicht mehr versuchen, die Klingen mit Fabricati zu kreuzen. Seine Gegenstöße erfolgen für dich zu schnell.«

Morton errötete vor Wut, und seine Eifersucht loderte zu unkontrolliertem Haß auf.

Und dann streifte Lady Anne ihn mit einem Blick äußerster Geringschätzung und wandte ihm bewußt den Rücken zu.

Also glaubte sie, sie dürfe ihn wie ein Nichts behandeln, ja? Er, der sie vom ersten Moment ihres Kennenlernens an verehrt hatte! Und doch gelang es diesem unbedeutenden Fremden, der nicht mehr als ein gewöhnlicher Kartenspieler war, ihre Zuneigung zu erringen, er bekam ihr sonnigstes Lächeln zugedacht und das Strahlen ihrer Augen. Sogar ihre üblicherweise scharfsichtige Tante hatte diesem servil schmeichelnden Stutzer nachgegeben. Nun, im Moment sonnte er sich vielleicht in ihrer Gunst, aber nicht mehr lange – nicht wenn Giles Morton in dieser Sache etwas zu sagen hatte. Und als der zukünftige Graf von Rossmore würde er eine ganze Menge dazu zu sagen haben!

Der Graf begleitete Miss Trevingham zu ihrem

Platz zurück, wobei sie ihre Hände weiterhin ineinander verschränkt hielten.

»Das habt Ihr sehr gut gemacht, Graf Fabricati«, bemerkte sie anerkennend. »Ich muß Euer Verhalten loben. Dieser abscheuliche Morton wollte Euch beleidigen. Ich denke, Ihr habt große Besonnenheit bewiesen.«

»Ja, Miss Trevingham, das denke ich auch«, stimmte er ihr zu, und ein Lächeln tanzte in seinen Augen. »Er ist ein überheblicher Grünschnabel, nicht wahr? Aber ich konnte es nicht über mich bringen, ihn so zu strafen, wie er es verdient hätte, denn er hat solch traurige Augen, findet Ihr nicht? Besonders wenn er in Lady Annes Richtung schaut.«

»Was meint Ihr damit?«

»Eifersucht, meine liebe Miss Trevingham«, sagte er und betonte das Kosewort, das er zu benutzen gewagt hatte, liebevoll. »›Ein böser Stachel, der einen Menschen in den Wahnsinn treibt.‹«

»Eifersucht? Ihr meint, er glaubt, sie sei in Euch verliebt? Das kann nicht sein!« rief sie ungläubig.

»Ich sehe, Ihr seid höchst erstaunt. Haltet Ihr mich für absolut nicht liebenswert, Miss Trevingham?« fragte er gefühlvoll.

»Ihr wißt ganz genau, daß ich das nicht gemeint habe«, protestierte Constance. »Ich dachte, daß Lady Anne doch in meinen Bruder verliebt ist? Ich bin sicher, daß sie sich für niemand anderen interessiert. Wie könnte sie dann Euch lieben? Das ist unmöglich.«

»Wenn Ihr es sagt«, seufzte er demütig. »Es ist zweifellos eine traurige Ansicht über meinen Charakter, aber so ist es nun einmal. Sicherlich habt Ihr recht damit.«

 »Ich würde nicht so weit gehen zu sagen, daß Ihr

nicht liebenswert seid«, berichtigte sich Constance vorsichtig.

»Darf ich fragen, wie weit Ihr in dieser Richtung denn gehen würdet?«

»Nur so weit zu sagen, daß Ihr unmöglich seid!« Sie versuchte ein Lachen zu unterdrücken. »Und nun geht bitte, bevor Ihr mich zu Worten treibt, die ich bedauern könnte.«

»Ihr bringt mich fast in Versuchung, Eure Bitte zu ignorieren, aber ich will Lady Anne nicht warten lassen. *A bientôt*, Miss Trevingham.« Er küßte leicht ihre Finger und überließ sie dann ihren Betrachtungen über den seltsamen Gefühlswirrwarr, den er in ihr auslöste.

Oberst Dyson hatte diesen Austausch mit Interesse verfolgt, kam jetzt heran und setzte sich neben sie. »Anscheinend habt Ihre Eure Abneigung gegen Graf Fabricati überwunden«, bemerkte er beiläufig. »Ist das so, weil Ihr entdeckt habt, daß er doch keine so große Bedrohung für Euren Seelenfrieden darstellt?«

»Oh, das ist nicht ganz richtig, Oberst«, erwiderte sie nachdenklich, »aber ich bin jetzt nicht mehr so sicher, daß er wirklich das herzlose Scheusal ist, für das ich ihn einst gehalten habe.«

»Was hat Eure Meinung über ihn geändert?«

»Ich weiß es nicht«, erwiderte sie zögernd. »Ich beginne nur zu glauben, daß er mehr als nur ein Bruder Leichtfuß ist. Und ich werde zweifellos bald erfahren, ob ich recht habe oder nicht.«

»So? Wie wollt Ihr das herausfinden?« fragte er einigermaßen überrascht.

»Ich werde ausreichend Gelegenheit haben, ihn zu beobachten, während er in Chailey bei uns weilt. Mama hat ihn eingeladen.«

»Tatsächlich? Dann werde ich ebenfalls das Vergnügen haben, ihn näher kennenzulernen, weil Lady Trevingham mich auch gebeten hat. Ich werde bald im neuen Jahr zu den anderen Gästen stoßen.«

»Ja, ich weiß, und ich freue mich sehr darauf. Es wird mir großes Vergnügen bereiten, Euch den Park zu zeigen. Wir haben eine herrliche Zeit vor uns, die Ihr sicherlich genießen werdet, besonders, wenn uns das Wetter wohlgesonnen ist.«

»Nun, wenn Ihr meine Fremdenführerin seid, bin ich doppelt zufrieden.« Seine kühlen grauen Augen blickten lächelnd in ihre. »Ich werde also auch das Glück haben, Eure übrige Familie zu treffen. Ich hoffe, daß vielleicht sogar Euer Onkel dazukommt und uns gute Nachrichten aus Wien bringt. Er trägt vermutlich eine große Verantwortung. Er war einer der Hauptratgeber Castlereaghs bei den italienischen Abmachungen, nicht wahr?«

»Woher wißt Ihr das?« fragte sie aufmerksam. »Es ist nicht allgemein bekannt.«

»Man hört im Heeresministerium vieles. Tatsächlich haben die letzten Nachrichten aus Wien eine Flut von Gerüchten ausgelöst, wie Ihr Euch vielleicht vorstellen könnt.«

»Das glaube ich. Die Nachrichten sind ziemlich beunruhigend. Darum sind wir auch absolut nicht sicher, ob Onkel George den Kongreß gerade jetzt verlassen kann. Weihnachten wird wohl ohne ihn stattfinden müssen.«

»Sprecht ihr von George?« unterbrach Lady Trevingham, setzte sich zu Constances Rechten und rückte ihren Schal zurecht.

»Ja, Mama. Ich sagte gerade, daß wir nicht wissen, ob er an Weihnachten nach Chailey kommen kann.«

 »Nun, zufällig habe ich gerade eben mit Lord Wellesley gesprochen, und er sagt, daß der Kongreß abrupt enden könnte, wenn nicht bald eine Übereinkunft erreicht wird.«

»Nach dem, was Justin von meinem Onkel gehört hat, verliert Castlereagh allmählich die Geduld, da die Diskussionen keinerlei Fortschritte machen. Aber wenn jemand ein unheilvolles Ende abwenden kann, dann Castlereagh.«

»Ich bewundere Eure Zuversicht, Miss Trevingham. Hoffentlich ist sie nicht unbegründet. Aber wenn das Außenministerium diese Probleme lösen soll, werdet Ihr Lord Kemsley an Weihnachten nicht sehen können.«

»Dann muß ich den Ball wohl verschieben. Sophy wird enttäuscht sein, aber ich hatte ihn als Feier zu Georges Rückkehr gedacht. Wir werden bis Januar warten, in der Hoffnung, daß bis dahin alles gut ausgegangen ist«, beschloß Lady Trevingham.

»Wir werden den Ausgang mit eifrigem Interesse erwarten. Ich bin froh, daß ich in Chailey sein werde, weil zumindest Ihr über die wahren Fakten informiert sein werdet. Die Gerüchte, die in meinem Büro die Runde machen, sind meist haltlos. Aber sicherlich würdet Ihr lieber gerne das Tanzen genießen, Miss Trevingham. Wie äußerst nachlässig von mir, Euch nicht früher gefragt zu haben. Würdet Ihr mir die Ehre erweisen, mit mir zu tanzen?«

»Natürlich«, erwiderte Constance bereitwillig. »Ich glaubte schon, Ihr würdet niemals fragen!« Sie schritt an seinem Arm davon, und Lady Trevingham betrachtete die beiden, während ein kleines Lächeln ihre Lippen kräuselte.

»Sie sind ein reizendes Paar, nicht wahr, Mylady?« Der Graf war plötzlich neben ihr aufgetaucht.

»Habt Ihr mich deshalb dazu überredet, ihn nach Chailey einzuladen?«

Er lachte und sagte: »Ihr betrachtet mich wohl als Ehestifter? Welch romantische Familie!«

»Nun, ich hatte gehofft, daß auch Connie vielleicht noch ihr Glück finden würde«, gestand sie.

»Das wird sie auch – wenn sie ihr wahres Ich entdeckt«, antwortete der Graf geheimnisvoll.

»Ihr seid äußerst unergründlich!« Lady Trevingham bedeutete ihm, sich neben sie zu setzen.

»Oh! Das bin ich! Sehr! Seht Ihr, ich habe während eines Lebens voller Erfahrungen entdeckt ...«, er hielt inne und lächelte über ihren amüsierten Gesichtsausdruck, » ... daß ich nicht mehr nur im Begriff stehe, reifer zu werden, Mylady. Tatsächlich bin ich bereits von gereiftem Alter«, fügte er in vertraulichem Ton hinzu. »Nun, die Erfahrung hat mich gelehrt, daß man Glück nicht außerhalb seines Selbst suchen sollte. Es ist ein Fehler zu vermuten, daß es einzig in einer Sache, einem Ort oder einem Menschen liege. Äußere Einflüsse können natürlich zum Glück beitragen, aber es besteht hauptsächlich aus einem inneren Wissen.«

»Ihr sagt das mit großer Überzeugung, Graf. Ich frage mich, ob Ihr recht habt? Aber erzählt mir von Lady Anne – wird sie heute abend glücklich?«

»Genau das will ich erreichen«, erwiderte er entschlossen. »Meine Figuren werden siegen. Mein König steht bereits an seinem Platz, mein Pferd ist im Spiel und Ihr, meine Königin, müßt auf den nächsten Zug vorbereitet sein. Kommt, laßt uns diese schwarzen Gegner aus dem Spiel entfernen.«

»Ich folge gern Eurem Befehl, Sir«, erklärte sie fröhlich und nahm seinen angebotenen Arm.

 Lady Wyvern befand sich in einem Zustand der

Euphorie. Der Marquis hatte sie gebeten, ein drittes Mal mit ihrer bezaubernden Nichte tanzen zu dürfen. Er hatte so beredt und dringend darum gebeten, daß sie ihm seine Bitte nicht abschlagen konnte und wollte. Ihr üppiger Busen schwoll vor Freude, während sie ihn Lady Anne auf die Tanzfläche führen sah. Nichts konnte ihrem Triumph gleichkommen, als sie die Wirkung des Ganzen auf die erstaunten Damen der Gesellschaft sah. Nicht nur hatte der Marquis an Lady Wyverns Ball teilgenommen, sondern auch bereits dreimal mit ihrer Nichte getanzt! Dies konnte nur eines bedeuten: Er mußte in das Mädchen verliebt sein. Ohne Zweifel eine ausgezeichnete Verbindung, denn sie war eine Erbin und noch dazu sehr hübsch. Sie würde eine großartige Herzogin abgeben. Man konnte Lady Wyvern gratulieren, wenn es ihr gelang, ihn zum Altar zu bringen.

Lady Wyvern dachte ebenso, und Graf Fabricati faßte dies als erster in Worte.

»Nun, Lady Wyvern«, teilte er ihr vertraulich mit, als stieße er gerade auf eine bemerkenswerte Neuigkeit, »ich glaube, Eure Nichte hat das Herz meines Freundes gefangengenommen. Ich habe ihn niemals zuvor so *aux anges* erlebt.«

»Glaubt Ihr wirklich, Graf?« flüsterte sie eifrig. »Ich habe selbst schon begonnen zu glauben, daß dem so sein könnte. Aber Ihr kennt ihn natürlich um einiges besser als ich.«

»Ich habe noch niemals einen so hingerissenen Mann gesehen«, sagte er bestimmt. »Ich wage zu behaupten, daß wir viel zu tun haben werden, ihn über die nächsten Wochen hinwegzutrösten. Er wird sich bestimmt verloren fühlen, wenn dies nur noch eine köstliche Erinnerung sein wird.«

»Oh, sicherlich können wir geeignete Ablenkung für ihn finden«, fiel Lady Trevingham heiter ein. »In Chailey geht es stets sehr fröhlich zu. Meine Schwester und ihre ganze Familie werden dort sein und natürlich auch meine Mädchen.«

»Lady Trevingham. Ich habe Euch gar nicht bemerkt«, stellte Lady Wyvern entschieden unfreundlich fest.

»Ich suche meine Kinder«, erklärte Ihre Ladyschaft unbeirrt. »Sophy ist solch ein beliebtes Mädchen. Ich sehe sie nie ohne Tanzpartner. Ah! Dort ist sie jetzt mit Lord Dillcott. Und hier kommt auch Justin.« Sie winkte ihn schnell an ihre Seite. »Justin! Wo warst du? Ich habe dich heute abend noch gar nicht gesehen.«

»Ich habe gerade mit Lady Anne getanzt, aber leider mußte ich sie an den Marquis weiterreichen. Er schien bestrebt, meinen Platz einnehmen zu wollen«, sagte er mit betrübter Stimme. »Es blieb nicht einmal mehr genug Zeit, unsere Unterhaltung zu beenden. Es käme ihm sehr zupaß, wenn ich sie gar nicht fragen würde.«

»Wenn du sie was gar nicht fragen würdest?« fragte seine Mutter verwirrt.

»Der Marquis hat festgestellt, daß Lady Anne eine bezaubernde Bereicherung unserer Gesellschaft in Chailey wäre, so daß ich dachte, ich könnte sie einladen, das heißt, natürlich nur, wenn Lady Wyvern dieser Plan nicht mißfällt«, fügte er mit einer ehrerbietigen Verbeugung zu Lady Wyvern fort.

»Nein, Justin!« rief seine Mutter hastig. »Ich meine ... das ist ... sicherlich hat Lady Anne bereits Vorkehrungen für die Weihnachtszeit getroffen, und wir sollten ihre Pläne nicht stören«, erklärte sie und sah ihn mit gerunzelter Stirn warnend an.

 Lady Wyvern schaute von Trevinghams erstauntem

Gesicht zu dem ausdrucksvollen Stirnrunzeln seiner Mutter.

»Ich glaube, ein gewisser, ganz in der Nähe befindlicher junger Herr wäre überglücklich, wenn sie ihre Pläne ändern würde«, bemerkte der Graf, unschuldig seine Gedanken aussprechend.

»Vermutlich ist es dazu jetzt bereits zu spät, selbst wenn sie es wollte, was sicherlich nicht der Fall ist«, mischte sich Lady Trevingham abschließend ein.

»Lady Anne ist doch bereits verpflichtet, nicht wahr?« fragte Justin zögernd, während er Lady Wyverns abschätzendem Blick ruhig begegnete.

Sie erwog den Vorschlag blitzschnell. Sie hatte von Mrs. Kirby erfahren, daß Trevingham den Marquis dazu überredet hatte, ihn nach Chailey zu begleiten. Zweifellos hatte Amelia Trevingham ihre Freundschaft mit dem Grafen dazu benutzt, den Marquis zu umgarnen. Es war völlig offensichtlich, warum sie das getan hatte. Da es ihr nicht gelungen war, einen Ehemann für ihre ältere Tochter zu finden, war sie verzweifelt bemüht, wenigstens eine großartige Hochzeit für ihre jüngste Tochter zu arrangieren. Wie schade, daß sie für Weihnachten bereits der Familie ihrer Schwester in Hampshire zugesagt hatten. Aber wäre es wirklich von Belang, wenn Anne das Versprechen nicht einhielte? Wagte sie es, sie allein nach Chailey fahren zu lassen? Das würde bedeuten, daß sie auch in Trevinghams Reichweite wäre. Konnte sie das riskieren? Sie blickte zu ihrer Nichte hinüber und sah den Marquis neben ihr. Genau in diesem Moment legte Sophia Trevingham eine Hand auf seinen Arm und lächelte geziert und sehr kokett zu ihm auf. Der Marquis blickte sie an, während sie ihn in eine Unterhaltung verwickelte.

Das machte ihr die Entscheidung leicht! Anne

mußte nach Chailey fahren, wenn sie das Interesse des Marquis an ihr allein bewahren wollte. Mrs. Kirby würde mitfahren, um auf sie aufzupassen und dafür zu sorgen, daß Trevingham von ihr ferngehalten wurde.

»Ich erkenne an Eurem Schweigen, daß es außer Frage steht, Lady Wyvern«, seufzte Trevingham niedergeschlagen. »Lady Anne hat eine vorrangige Verpflichtung.«

»Ja, so ist es. Aber das ist nicht so wichtig. Meine Schwester wird es verstehen, wenn Anne uns dieses Jahr nicht begleitet. Meine Nichte würde Eure Einladung sicherlich nur zu gerne annehmen, Lord Trevingham. Vorausgesetzt Eure Mama hat nichts dagegen einzuwenden«, sagte sie und sah Lady Trevingham herausfordernd an.

Dieser gelang ein schwaches Lächeln. »Vielleicht sollte Lady Anne zuerst selbst gefragt werden. Sie könnte es immerhin vorziehen, Weihnachten mit ihrer eigenen Familie zu verbringen.«

»Ich glaube, ich darf für meine Nichte antworten. Ich weiß, was ihr am besten gefällt«, erwiderte Lady Wyvern mit boshaftem Glitzern in den Augen. Sie hatte nicht die Absicht, den Marquis von ihrem Haken zu lassen. Amelia Trevingham war kein Gegner für sie!

Als Lady Anne über den neuen Plan informiert wurde, erinnerte sie sich der Anweisungen des Grafen und versuchte sehr, ihre Freude zu unterdrücken. Es war nicht leicht, denn ihr Herz barst fast vor Glück. Und doch gelang es ihr, einen ruhigen, gehorsamen Gesichtsausdruck zu zeigen, und sie fügte sich dem Willen ihrer Tante in dieser Angelegenheit demütig. Sie brachte es sogar fertig, Lady Trevingham mit kühler, steter Stimme, ohne ihre Gefühle zu verraten, zu danken.

Als ihr der Graf »bravo« ins Ohr flüsterte, errötete sie vor Freude. Wie froh sie war, daß sie ihm vertraut hatte. Jetzt mußte sie nur noch den Mut finden, den letzten Teil ihres Parts durchzustehen und Mrs. Kirbys Anwesenheit in Chailey zu verhindern. Sie lugte zu dem Grafen hoch, und ihre Augen schimmerten wie Sterne. »Vielen Dank, Graf Fabricati«, murmelte sie leise und lächelte ihn so dankbar an, daß er fand, es sei die tausend Guineen, die ihn die Sache gekostet hatte, durchaus wert gewesen.

Als die Trevinghams wieder in der Albemarle Street eintrafen, bestand Justin darauf, einen Toast auf ihren Sieg auszubringen.

Lady Trevingham forderte den Grafen auf, sich neben sie auf das Sofa zu setzen. »Ihr seid unvergleichlich, Graf Fabricati. Ich verstehe jetzt, warum Ihr solche Mühen auf Euch genommen habt, Fearnley davon zu überzeugen, nicht weniger als dreimal mit Lady Anne zu tanzen! Ihr hattet von Anfang an geplant, Lady Wyvern glauben zu machen, er habe sich verliebt. Aber es war eine teure Strategie«, fügte sie leise hinzu.

»Ich bin ein Mann, der gern spekuliert, Lady Trevingham«, flüsterte er zurück und zwinkerte ihr verstohlen zu.

»Worüber habt ihr gerade gesprochen?« fragte Constance, die die verschwörerische Haltung ihrer Mutter bemerkt hatte.

»Wir haben ein Schachspiel bestritten«, erklärte Justin, nahm die Karaffe auf und entfernte den Stöpsel.

»Handelt es sich dabei um das Spiel, das der Graf bereits vor einiger Zeit geführt hat?« fragte sie mißtrauisch. »Das Spiel, das bei dem Maskenball begonnen hat? Wobei ihr alle als seine Bauern agiert habt?«

»Genau das!« grinste ihr Bruder, während er den Wein in die Gläser goß. »Nur daß wir keine Bauern, sondern seine wichtigsten Figuren waren. Ich war sein Pferd, Sophy der Turm und Lady Anne der Läufer. Mama war natürlich die Königin, und Fearnley war, als Träger einer Adelskrone, natürlich der König. Es war ein wirklich aufregendes Spiel. James hat jeden von Lady Wyverns Zügen vorausgesehen. Er wußte genau, was sie tun würde, noch bevor sie es selbst wußte!«

Er verteilte die Gläser, und als sie alle eines in der Hand hielten, hob er seines zu einem Toast.

»Auf den größten Spieler von allen – Graf Fabricati!« verkündete er stolz.

Alle hoben ihre Gläser. »Auf Graf Fabricati!« riefen sie einstimmig – außer Constance natürlich. Sie trank schweigend, in Betrachtung der eigenartigen Kräfte dieses seltsamen, widersprüchlichen Mannes, der wie ein alchimischer Brand zu ihnen gestoßen war.

Elf

Am 21. Dezember machte sich der Graf bereit, nach Kent zu reisen. Er und Trevingham hatten vereinbart, am folgenden Vormittag zusammen in der Kutsche des Grafen zu fahren.

Als fast alles gepackt war, fragte er Jean, wo er Dupois finden könnte. Jean gab ihm die Adresse, und der Graf brach auf, um im Longs Hotel in der Bond Street nach Mr. Johnson zu fragen.

Er wurde von einem diskreten Diener zu Mr. Johnsons Zimmer geführt. Dann klopfte der Diener leise an die Tür von Nummer elf und meldete den Besucher an.

»Nun, nun, mein lieber Graf«, sagte Dupois gedehnt und heuchelte Erstaunen. »Dies ist in der Tat eine Ehre. Ich hatte erwartet, Euch aufsuchen zu müssen.«

»Ich bin wählerisch, was die Art meiner Besucher betrifft«, erwiderte der Graf, streifte seine Handschuhe ab und steckte sie in den hohen Biberhut. Er legte Hut und Spazierstock auf einem nahe stehenden Tisch ab und setzte sich in den einzigen bequemen Sessel des Raumes.

»Macht es Euch doch bequem«, murmelte Dupois sarkastisch und zog für sich selbst einen einfachen Holzstuhl heran.

»Ich danke Euch«, lächelte der Graf huldvoll. »Gott sei Dank besitze ich die glückliche Gabe, mich in jeder Gesellschaft wohl zu fühlen – sogar in Eurer. Aber nun genug davon. Wir sollten zum Geschäft kommen. Ich habe hier eine Nachricht für Arnaud – natürlich verschlüsselt. Sie ist dringend, so daß ich befürchte, daß Ihr Weihnachten doch nicht in London verbringen werdet. Aber vermutlich braucht Ihr keine wichtigen gesellschaftlichen Verpflichtungen zu vernachlässigen.«

Dupois runzelte die Stirn und nahm das versiegelte Schriftstück entgegen, riß es dem Grafen fast aus der Hand.

»Ich bin nicht in ein Herrenhaus auf dem Lande eingeladen, wenn Ihr das meint. Oh, aber ich möchte ihre Gesichter sehen, wenn sie entdecken, welche Art Mensch sie in ihrer Mitte willkommen geheißen haben!«

»Nun, wie könntet Ihr dieses Vergnügen jemals zu erleben hoffen, Dupois? Ihr würdet mich doch sicherlich nicht verraten, nicht wahr?« fragte er sanft, aber mit bohrendem Blick.

Dupois starrte zurück und rieb mit den Handflächen über seine Knie, während er sich, mit etwas Verspätung, des Rufs des Grafen erinnerte.

»Natürlich nicht!« platzte er verärgert heraus. »Ich bin der aufrichtige und treue Diener des Kaisers. Und obwohl ich mich Euch nicht verpflichtet fühle, Gérard, würde ich den Kaiser verraten, wenn ich Euch verriete, und das würde ich niemals fertigbringen.«

»Wie äußerst ergreifend! Vermutlich sollte ich jetzt vollkommen beruhigt sein, was Euer Einfühlungsvermögen betrifft. Ich sage bewußt, ich sollte beruhigt sein, weil ich es irgendwie nicht recht glauben kann, Dupois.«

Er steckte eine Hand in seinen Mantel, während er sprach, und zog einen schweren Lederbeutel hervor, den er aufs Bett warf.

»Das wird für Eure Tätigkeit hier genügen und auch Eure Reisekosten decken. Und wenn Ihr in Wien ankommt, wird Arnaud Eure Aufrichtigkeit zweifellos zusätzlich belohnen.«

Er stand auf, griff nach seinem Hut und setzte ihn sich in kecker Schräglage auf den Kopf. Während er seine Handschuhe anzog, sagte er: »*Au revoir, mon cher ami*. Verzögert Eure Abfahrt nicht, ja? Ich werde mich wohler fühlen, wenn ich weiß, daß Ihr mir nicht länger folgt. Stellt sicher, daß Ihr dieses Schriftstück gut bewacht, denn es ist wertvoll – für Euch genauso wie für mich. Sagt Arnaud, daß ich beim nächsten Mal einen eindeutigen Beweis brauche, wenn ich unseren Mann überzeugen soll.«

Er nahm seinen Spazierstock auf und öffnete die Tür. Dann lüpfte er, während er hinausging, seinen Hut und sagte spöttisch: »*Bon voyage et bon Noël!*«

Dupois stand da und starrte die sich schließende Tür an, wobei sich sein brodelnder Zorn in einem Strom gemurmelter Flüche Bahn brach. Er riß die Ledergeldbörse hoch und leerte sie auf dem Bett aus. Fünfhundert Guineen! Und er sollte noch mehr bekommen, wenn die Nachricht überbracht war.

Aber für Gérard bedeutete das nichts. Soviel setzte er allein auf das Umwenden einer Karte! Dieses uneheliche Kind eines Gauners genoß das Leben eines Lords, während ein Gentleman wie er selbst wie ein Lakai behandelt wurde! Nun, eines Tages würde das Glück Gérard verlassen, und er würde sicherstellen, daß er dabei wäre, wenn dieser Moment kam. Er ballte die Faust über dem Geld und nahm es hastig hoch. Zumindest war er wieder gut bei Kasse! London hatte sich als teurer Ort für einen Mann seiner Vorlieben erwiesen. Er betrachtete die leere Brandyflasche auf dem Tisch neben dem Bett, steckte einige Münzen in seine Tasche und eilte die Treppe hinab.

Als er sich nach dem Portier umsah, erspähte er draußen auf dem Bürgersteig den Grafen. Er war von einem jungen Gentleman in einem langen graubraunen Reisemantel angesprochen worden. Die elegante Kleidung interessierte Dupois nur am Rande, aber der Ausdruck auf dem Gesicht des Gentleman fesselte seine Aufmerksamkeit. Es war ein Ausdruck puren Hasses. Das konnte eine Angelegenheit sein, der nachzuspüren war.

Dupois schlüpfte unbeobachtet zum Ausgang und gab vor, sich für eine an der Wand befestigte Notiz über das bevorstehende Erscheinen Mr. Edmund Keans in der Drury Lane zu interessieren.

Der Gentleman sprach mit gedämpfter Stimme voller unterdrücktem Zorn, aber Dupois stand nahe genug, um seine Worte aufzuschnappen.

»Ich warne Euch, Fabricati. Haltet Euch von ihr fern, oder wir werden die Angelegenheit regeln müssen, und dieses Mal werdet Ihr eine Lektion lernen. Ich werde nicht zulassen, daß Ihr ihren guten Namen gefährdet. Ich weiß, welche Art Mensch Ihr seid. Euer Name ist bereits in jeder Spielhölle im Umkreis bekannt. Meine Familie hatte schon zuvor mit Mitgiftjägern zu tun, also glaubt nicht, daß Ihr uns übertölpeln könnt. Habe ich mich klar ausgedrückt?«

»Klar ist nur, Morton, daß Ihr Euch lächerlich macht. Ihr bringt ihren guten Ruf in Gefahr, indem ihr dies auf der Straße diskutiert. Und was die Regelung der Angelegenheit betrifft – meint Ihr nicht, Ihr solltet Euch tunlichst daran erinnern, daß Euer Familienname genauso verrufen ist wie mein eigener? Der Blutfleck

 läßt sich nicht ohne weiteres abwaschen, worin die

Wyverns sicherlich mit mir übereinstimmen würden. Wenn Ihr versuchen solltet, mein Blut zu vergießen, würden sie Euch gegenüber sicherlich nicht mehr so großzügig handeln, denke ich. Und jetzt geht mir aus dem Weg!«

Der junge Mann erblaßte sichtbar, voll hilfloser Wut. Zuerst war Dupois sicher, daß er den Grafen schlagen würde, aber leider überlegte er es sich anders, wandte sich auf dem Absatz um und ging schnell davon.

Dupois beobachtete, wie Fabricati müßig in entgegengesetzter Richtung davonschlenderte. Er trat auf den Bürgersteig hinaus und schaute die Straße hinauf und hinab. Der junge Gentleman war in eine Karriole gestiegen und riß wild an den Mäulern der Pferde, während er vor einem Brauereikarren herauszugelangen versuchte.

Der Franzose rief den Portier herbei. »Wer ist dieser junge Stutzer, der es so eilig hat?« fragte er beiläufig und deutete auf die nun vorüberfahrende Karriole.

»Oh, das ist Mr. Giles Morton«, sagte der Portier und rümpfte angewidert die Nase. »Der Erbe dieses alten Taugenichts, des Grafen von Rossmore, und so von sich eingenommen wie ein Hahn auf dem Misthaufen und auch genauso prahlerisch. Aber weil es Menschen gibt, die zuhören, wenn Geld spricht, wird er wohl kaum ohne Freunde auf der Welt sein.«

»Er ist reich, hm?«

»Und er wird noch reicher sein, wenn der alte Graf stirbt«, prophezeite der Mann und ging in den Vorraum zurück, um auf den Ruf einer mißtönenden Klingel zu antworten.

Dupois biß sich nachdenklich auf die Lippen, bevor er dem Portier folgte und seinen Cognac bestellte. Er wüßte zu gerne, was Gérard jetzt vorhatte. Was hatte er getan, um den jungen Mann so zu erzürnen? Wer war die Dame, wegen der sie gestritten hatten? Eines war sicher: Wenn Geld im Spiel war, würde Gérard wissen, wie er es bekommen konnte. Er war so verschlagen wie ein Nest voller Schlangen und ebenso wenig einschätzbar. Der Gentleman hatte doch Mitgiftjäger erwähnt, nicht wahr? Ging es in Gérards Spiel darum?

Er kehrte in sein Zimmer zurück, trank den Brandy und sann über die Ereignisse dieses Morgens nach. Während er dort saß, betrachtete er das Schriftstück, das Gérard ihm zum Überbringen gegeben hatte.

»Ich frage mich, worum es bei alledem geht?« Er wendete es in der Hand hin und her. »Was könnte so dringend sein, daß ich plötzlich nach Wien zurückkehren muß?«

Es kam ihm in den Sinn, das Siegel zu brechen und den Brief zu lesen, aber er wußte, daß es Zeitverschwendung wäre. Gérard hatte irgendeinen Geheimcode ersonnen, den nur Arnaud entschlüsseln konnte. Es würden einfach eine Menge Zahlen auf dem Papier stehen, die ihm nichts sagten. Nun, es gab andere Möglichkeiten, es herauszufinden, wenn man seine Ohren und Augen offenhielt. Er würde sich genauer damit beschäftigen, wenn er nach London zurückkehrte – angefangen bei dieser Rossmorefamilie. Wenn es ihm gelänge, Gérards Karten zu markieren, könnte er sein Spiel vielleicht ein für allemal durchkreuzen. Ein ausgezeichneter Gedanke!

Graf Fabricati ging unterdessen zur Albemarle Street, um Lady Trevingham aufzusuchen.

»Guten Tag, Lady Trevingham. Ich bin so froh, daß ich Euch antreffe. Ich muß Euch noch um einen weiteren Gefallen bitten.«

»So? Ein weiteres Eurer Spiele, nicht wahr?« fragte sie, und ihre blauen Augen strahlten.

»Nun, sagen wir, daß ich erfreut bin, Euch in heiterer Stimmung anzutreffen«, erwiderte er und nahm den angebotenen Platz an.

»Um was geht es dieses Mal? Welche Rolle werde ich nun zu spielen gebeten? Ich hoffe, es ist eine Hauptrolle?«

»Diesen Vorteil werden wir haben, wenn die Karten ausgespielt werden. Seht Ihr, ich traf gestern zufällig Lady Anne bei einem Ausritt im Park, und ihr Stallknecht war dabei, möchte ich hinzufügen!«

»Erzählt mir niemals, daß Euch etwas zufällig widerfahren ist, Graf Fabricati! Ich dachte, jedes Ereignis in Eurem Leben sei genau geplant.«

Er grinste erfreut. »Ihr habt, wie gewöhnlich, recht. Nun gut, ich erhielt ein Sendschreiben von der jungen Dame. Das Dienstmädchen brachte es mir unter dem Vorwand, der Leihbücherei ein Buch zurückgeben zu müssen. Lady Anne bat mich, sie zu treffen, um eine Angelegenheit äußerster Dringlichkeit zu besprechen. Wie konnte ich solch eine dringende Bitte verweigern?«

»In der Tat, wie konntet Ihr?« murmelte Lady Trevingham belustigt.

»Leider hat ihr Cousin uns gesehen, als wir uns trennten, und er scheint meine mildtätige Natur nicht sehr gut zu verstehen! Aber das ist nicht so schlimm, denn das Problem liegt nicht bei ihm, sondern bei Mrs. Kirby. Scheinbar konnte Lady Anne sich nicht von der Gesellschaft jener Dame befreien.«

»Ihr meint, sie wird Lady Anne tatsächlich nach Chailey begleiten?« Lady Trevingham stöhnte.

»Nicht wenn wir sie davon abschrecken können«, stellte der Graf ruhig fest.

Ihre Ladyschaft betrachtete ihn aufmerksam. »An welche Art Abschreckung hattet Ihr gedacht?« fragte sie und fürchtete seine Antwort fast.

»Mumps«, sagte der Graf einfach und setzte sich zurück, um die Wirkung dieser Verkündigung auf ihrem Gesicht abzulesen.

Sie starrte ihn wie betäubt an, und ein Ausdruck völligen Unglaubens trat in ihre Augen.

»Habe ich das richtig verstanden?« krächzte sie schwach. »Mumps? Ihr sagtet Mumps, nicht wahr?«

»Es ist die perfekte Lösung – oder sollte ich sagen: die perfekte Infektionskrankheit? Laßt es mich erklären. Ihr erinnert Euch sicherlich – wer könnte es vergessen? –, daß Mrs. Kirby panische Angst vor Infektionskrankheiten hat. Sie erwähnte besonders Mumps, soweit ich mich erinnere. Nun, Ihr werdet sie heute aufsuchen und ihr mitteilen, daß Ihr durch einen Brief mit der heutigen Morgenpost von Eurer Schwester, Lady Mary, die bereits in Chailey weilt, beunruhigt seid. Dann werdet Ihr fortfahren und sagen, daß Lady Marys Enkelin alle Anzeichen einer Mumpserkrankung zeigt, die sie sich von ihrem älteren Bruder zugezogen haben muß, und daß Ihr Euch daher verpflichtet fühlt anzuraten, Lady Anne solle sich nicht der Gefahr aussetzen, sich bei dem Mädchen anzustecken. An diesem Punkt Eures Berichts solltet Ihr unbedingt hinzufügen, daß Eure anderen Gäste diese Krankheit bereits hatten, so daß die Dinge nicht so schlecht stünden, wie es sonst der Fall gewesen wäre.«

»Ich verstehe«, murmelte Lady Trevingham mit zunehmender Freude. »Sie muß die Einladung natürlich absagen. Aber was ist mit Lady Anne? Sie wird dann doch sicherlich auch nicht mitfahren dürfen?«

 »Dieses Risiko müssen wir eingehen. Aber ich

würde bereitwillig wetten, daß Lady Wyvern sich in Erinnerung rufen wird, daß ihre Nichte diese Krankheit vor einigen Jahren bereits hatte und daß dies höchstwahrscheinlich einer Eurer Pläne ist, den Marquis an einem Wiedersehen mit Lady Anne zu hindern. Wir werden in jedem Fall etwas gewinnen, selbst wenn der einzige Trost darin bestehen sollte, daß unsere kleine Täuschung unentdeckt bleibt.«

»Ja, Eure Worte ergeben durchaus einen Sinn. Nun«, seufzte sie, »wir werden zumindest unser Bestes versucht haben, Romeo und Julia zusammenzubringen.«

»Dann werdet Ihr es tun?«

»Ja, ich werde die Kutsche sofort vorfahren lassen.« Sie erhob sich und trat zum Klingelzug. »Ich hoffe nur, daß wir den beiden immer noch ein frohes Weihnachtsfest bescheren können.«

Sie hätte sich keine Sorgen zu machen brauchen. Alles verlief so, wie der Graf es vorausgesagt hatte. Lady Wyvern war nicht sehr erfreut über die Nachricht, aber sie glaubte sie ohnehin nur halbwegs. Mrs. Kirby war jedoch vollkommen überzeugt und weigerte sich standhaft, Lady Anne zu begleiten. Der bloße Gedanke schien sie zu entsetzen.

Lady Trevingham half noch nach, indem sie sagte, wie leid es ihr tue, daß der Besuch jetzt nicht stattfinden könnte, aber daß sie glaubte, daß es so vielleicht am besten wäre.

In diesem Augenblick traf Lady Wyvern ihre Entscheidung. Lady Anne sollte mitreisen, vorausgesetzt, daß auch ihre Kammerzofe und ihr Stallknecht mitfuhren. Es sollte ihrer Nichte jedoch unter keinen Umständen erlaubt sein, ohne die Begleitung einer dieser beiden Personen auszugehen.

Lady Trevingham zauberte, nach leichtem Zögern, ein gezwungenes Lächeln auf ihr Gesicht. »Nun, wenn Ihr wirklich ganz sicher seid, Lady Wyvern. Aber ich wäre zutiefst betrübt, wenn Lady Anne unter meiner Obhut krank würde.«

»Es ist äußerst unwahrscheinlich, daß Anne der Infektion erliegt. Sie ist ein starkes, gesundes Mädchen. Außerdem ist es ebenfalls höchst unwahrscheinlich, daß eine junge Frau Schaden durch eine Krankheit erleiden sollte, die ihr schon kaum etwas anhaben konnte, als sie noch ein Kind war.«

Lady Trevingham stimmte dieser weisen Bemerkung mit der Haltung einer Besiegten widerwillig zu und drückte dann ihre Freude darüber aus, Lady Anne, trotz dieses unseligen Ereignisses, nach Chailey begleiten zu können. Sie würden sie morgen, wie schon zuvor vereinbart, am Grosvenor Square abholen. Dann konnten beide Damen einander nur noch zu ihrer klugen Strategie gratulieren, die den Tag gerettet hatte.

Lady Anne war begeistert, als sie erfuhr, daß alles vollbracht war und ihr nicht die beängstigende Aufgabe bevorstand, sich Mrs. Kirby entgegenstellen zu müssen. Die Erleichterung trug noch zu ihrer Begeisterung bei. Sie war noch niemals in ihrem Leben so glücklich gewesen! Und jetzt folgte auch noch die aufregende Reise, frei von der düsteren Präsenz ihrer Anstandsdame. Sie und Sophy schwatzten den ganzen Weg nach Sevenoaks wie die Elstern, planten und erhofften hundert verschiedene Vergnügungen. Ihr Herz war voller Freude und floß aus Dankbarkeit für den Grafen über, der all dies bewerkstelligt hatte. Sie pries ihn bei jeder Wendung der Unterhaltung erneut, bis Constance sich zu fragen begann, wo solche Lobhudelei hinführen könnte. Sie erinnerte sich an

Mr. Mortons seltsames Verhalten auf dem Ball. War es möglich, daß er Grund hatte, auf Lady Annes Zuneigung zu dem Grafen eifersüchtig zu sein? Es wäre vielleicht klug zu versuchen, den Grafen während der nächsten Tage von dieser jungen Dame fernzuhalten, zumindest bis die lächerliche Heldenverehrung vergangen war.

Sie wurden im Haus ihrer Tante, Lady Mary Dawlish, und deren Tochter Jane, die die Hände eines kleinen Jungen von ungefähr zehn Jahren und eines lebhaften kleinen Mädchens von erst sechs Jahren festhielt, willkommen geheißen. Beide Kinder waren offensichtlich äußerst gesund, nach ihren roten Backen und dem stürmischen Willkommen zu urteilen, das sie den Neuankömmlingen bereiteten.

Lady Mary teilte ihnen mit, daß die Gentlemen alle bereits vor längerer Zeit eingetroffen waren und gleich ihre Gewehre geholt hatten, um im heimischen Wald einige Vögel zu schießen.

Als die Damen vor dem Essen in den großen Salon kamen, erwarteten sie Lord Dawlish mit seinem Sohn Robert und seinem Schwiegersohn, Sir Matthew Wainsford, zusammen mit Justin, Lord Dillcott und dem Grafen.

Justin eilte herbei und führte Lady Anne zur Begrüßung zu seinem Onkel und seinen Cousins. Der Graf betrachtete ihr Gesicht, während sie vor jedem der Gentlemen knickste, und war zufrieden, ihr Gesicht vor Glück errötet zu sehen. Er beobachtete sie den ganzen Abend und amüsierte sich über ihre fast kindliche Freude, mit der sie genoß, nicht von ihrem strengen Onkel und ihrer Tante gegängelt zu werden.

Constance konnte nicht umhin, seine häufigen Blicke in Richtung der jungen Lady zu bemerken, und sie dachte über die möglichen Gründe dafür nach. Konnte es sein, daß er sich in sie verliebt hatte? Sie erinnerte sich an ihre früheren Zweifel an seinen Motiven. Was hatte ihn dazu bewogen, für sie so viele Mühen auf sich zu nehmen? War er nur der gute Freund, der er zu sein behauptete, oder fühlte er sich selbst von ihr angezogen? Oder, was noch schlimmer wäre, von ihrem Vermögen? Nein, es war unrecht von ihr, so zu denken. Er war nur freundlich, wie er es auch Miss Chessle gegenüber gewesen war, als er sie zum Tanz aufgefordert hatte. Und was war mit der Hilfe, die er in der gleichen Nacht einem Fremden geleistet hatte? Er hatte sein Leben riskiert, um jenem Mann beizustehen. Dieser Zwischenfall hatte ihre Meinung über ihn geändert, und sie war jetzt nicht mehr so eifrig bemüht, seine Handlungen zu verdammen. Die Wahrheit war, daß sie ihn trotz aller seiner unleugbaren Fehler zu mögen begonnen hatte und nur ungern seine Anklägerin bleiben wollte. Sie stellte fest, daß sie Gutes in ihm sehen wollte.

Aber bereits am nächsten Tag wurde ihr Vertrauen wieder ein wenig erschüttert. Sie war zu den Ställen gegangen, um ihre Stute zu besuchen. Es war niemand dort, die Stallburschen waren zweifellos mit ihrer täglichen Arbeit beschäftigt, und so schlüpfte sie in Starbrights Box, um ihr den Apfel zu geben, den sie als Leckerei mitgebracht hatte.

Als sie dort stand und die weichen, samtartigen Nüstern streichelte, die sanft gegen ihre Hand drückten, hörte sie draußen Stimmen und schaute über die Stallwand hinweg. Direkt am Hoftor erblickte sie den Grafen auf einem großartigen schwarzen Hengst. Constance hatte ihn noch niemals zuvor in Reitkleidung gesehen und ließ einen kritischen Blick über

Pferd und Reiter schweifen. Sie bemerkte anerkennend, daß er mit seinem ausgezeichneten Sitz im Sattel ungeheuer gewann, und zwar derartig, daß sie hoffte, Sophy würde ihn nicht so sehen. Der arme Dilly war nicht gerade für sein überragendes Können bei der Jagd bekannt und würde vom Grafen gehörig in den Schatten gestellt werden.

Der kleine französische Diener namens Jean stand neben seinem Herrn, und sie hörte, wie der Graf ihn fragte, ob er Lady Anne gesehen habe.

»Sie und die anderen Damen fahren heute morgen ins Dorf, Sir. Ich sah sie gerade in der Halle. Sie sieht sehr glücklich aus, *la petite, non*?«

»Ja, das denke ich auch. Es war die tausend Guineen überaus wert, die ich Fearnley geben mußte, um sie von ihrer Familie fortzubekommen. Jetzt habe ich allen Grund zu der Hoffnung, daß meine Pläne erfolgreich enden werden. Sie wird eine wunderschöne Braut sein, nicht wahr?«

»Ja, Sir. Ihr seid zu beglückwünschen. Ich habe noch niemals erlebt, daß Ihr nicht Euren eigenen Weg gefunden hättet, wenn Ihr erst etwas im Sinn hattet«, grinste Jean und trat zurück, als der Graf losreiten wollte.

Constance atmete hastig ein. Was meinte er damit? Welche Pläne hatte er für Lady Anne? Alle die unbeantworteten Fragen, die sie zuvor so bewegt hatten, brachen erneut auf und raubten ihr die Ruhe.

Spielte er doch irgendein teuflisches Spiel mit ihnen? Wenn sie nur mehr über ihn wüßte, könnte sie vielleicht beruhigt sein. Aber so, wie die Dinge lagen, trug das wenige, was sie wußte, nur noch zu ihren Befürchtungen bei. Warum hatte er Fearnley eine solch hohe Summe Geld gezahlt? »Um sie von ihrer Familie fortzubekommen«, hatte er wörtlich gesagt. Sie sah Lady

Annes Situation plötzlich in einem anderen Licht. Bisher hatte sie sich so für Justin gefreut, daß ihm das Vergnügen der Gesellschaft des Mädchens, frei von starren Beschränkungen, vergönnt war, daß sie alle anderen Gedanken beiseite geschoben hatte. Aber jetzt begannen diese scheinbar glücklichen Umstände eine unheilvolle Bedeutung anzunehmen. Lady Anne befand sich in einer verletzlichen Position. Sie hatte ihr ganzes Leben lang unter strenger Aufsicht gestanden. Wie würde sie sich verhalten, wenn sie der Wachsamkeit ihrer Familie letztendlich entkommen war? Würde sie nicht vielleicht von der Gunst eines Menschen abhängig sein, der ihr schaden wollte? Von jemandem, der ihr Vertrauen errungen hatte? Von jemandem, den sie inzwischen abgöttisch verehrte?

Constance erschauderte angesichts der furchtbaren, sich aus diesen Fragen ergebenden Folgen. Sollte sie ihre Befürchtungen Justin mitteilen – oder Mama? Nein, das wäre sinnlos. Sie hielten den Grafen beide für unfehlbar. Aber wenn sie ihnen von der Unterhaltung erzählte, die sie gerade gehört hatte – würden sie ihr dann wohl zuhören?

Sie eilte zum Haus zurück. Die jüngeren Damen waren bereits mit der Kutsche davongefahren, und Justin und Lord Dillcott begleiteten sie zu Pferde. Lady Trevingham befand sich noch im Frühstücksraum, und Constance ging sofort zu ihr.

»Oh, da bist du ja, Connie! Alle haben dich gesucht. Wolltest du nicht mit ins Dorf fahren?«

»Nein, Mama. Wie du siehst, wollte ich gerade ausreiten. Aber bevor ich gehe, muß ich dringend mit dir über eine sehr schwierige Sache sprechen.«

»Was kannst du nur meinen?« rief Lady Trevingham ziemlich überrascht aus.

»Es geht um Graf Fabricati, Mama«, begann Constance zögernd. Sie zog einen Stuhl neben ihre Mutter und setzte sich hin, wobei sie nervös mit ihren Handschuhen spielte und überlegte, wie sie am besten anfangen sollte.

»Ich habe ihn gerade – ganz zufällig, weißt du – mit seinem Diener sprechen hören, dieser seltsame kleine Franzose, der ihm zur Verfügung steht. Nun, sie sprachen vor wenigen Momenten über Lady Anne und bemerkten mich nicht. Ich war im Stall bei Starbright«, erklärte sie eilig. »Und ich habe genau gehört, wie der Graf gesagt hat, daß er eintausend Guineen bezahlt hat, um Lady Anne von ihrer Familie fortzubekommen. Und er hat gesagt, daß sie es wert sei, weil seine Pläne jetzt erfolgreich enden würden und sie eine wunderschöne Braut wäre. Findest du nicht, daß das sehr beunruhigend klingt, Mama? Was glaubst du, was er geplant hat?«

Lady Trevingham sah ihre Tochter erstaunt an. »Aber Connie! Was stellst du dir in deinen überkritischen Gedanken nur vor? Sicherlich argwöhnst du doch nicht immer noch, der Graf habe Interesse an Lady Anne?«

»Nun, und warum nicht? Sie ist eine Erbin, Mama, und er ist ein notorischer Spieler.«

»Was vermutlich für die Hälfte aller Gentlemen in London gilt. Aber das heißt nicht unbedingt, daß sie alle Schurken sind. Und was das Geld betrifft, so ist der Graf für seinen ... unbekümmerten Enthusiasmus bekannt. Das ist ein bedauerlicher Fehler an ihm, was dich aber nicht zu beunruhigen braucht, Constance. Und nun geh und genieße deinen Ausritt und vergiß diese törichten Vorstellungen. Lady Anne ist bei dem Grafen nicht in Gefahr, das versichere ich dir. Gütiger

Himmel! Ist es wirklich schon so spät?« rief sie nach einem Blick auf die Uhr auf dem Kaminsims aus. »Mary wird schon seit über einer halben Stunde auf mich warten. Ich muß gehen, mein Liebes. Deine Tante und ich werden im Pfarrhaus erwartet. Der Pfarrer und seine Frau wollen mit uns über das geplante Weihnachtsessen sprechen.«

Sie stand schnell auf und ging zur Tür. Dann blieb sie mit der Hand auf dem Türknauf abrupt stehen und schaute zu ihrer Tochter zurück. »Constance, du wirst doch Justin nichts davon sagen? Ich möchte nicht, daß du sein Glück trübst. Versprichst du mir, das nicht zu tun?«

»Ja, Mama, wenn du darauf bestehst, aber ich habe kein gutes Gefühl dabei.«

Sie hätte es besser wissen sollen, als zu erwarten, daß ihre Mutter sie ernst nehmen würde. Sie war einem charmanten Mann gegenüber genauso empfänglich wie Sophy. Sie waren beide so leichtgläubig. Es wollte ihnen nicht in den Kopf, daß jemand – und am wenigsten jemand, der die Begabung des Grafen für Täuschung besaß – vielleicht anders sein konnte, als er zu sein schien. Wie schade, daß Onkel George an Weihnachten nicht nach Hause kam. Er wäre genau der Mensch gewesen, dem sie sich hätte anvertrauen können. Er hätte genau gewußt, was zu tun wäre. Nun, wenn es sein mußte, würde sie die Dinge selbst in die Hand nehmen. Von jetzt an würde sie Lady Anne genau beobachten, um sicherzustellen, daß ihr nichts geschah, solange sie sich unter ihrer Obhut befand. Lady Wyvern sollte sie niemals beschuldigen können, daß ihrer Nichte Schaden widerfahren sei.

Während sie zu den Ställen zurückging und Starbright satteln ließ, dachte sie noch immer über die

Bedeutung der Unterhaltung nach, die sie zufällig belauscht hatte. Schon lange verzichtete sie bei ihren Ausritten auf die Begleitung eines Stallburschen und war jetzt allein in Richtung des Reitweges unterwegs, der jenseits des Sees, nahe dem heimischen Wald, verlief.

Dort angekommen, ließ sie die Zügel locker, und die kräftige kleine Stute schlug freudig aus, sauste wie der Wind über das Gras und genoß ihre Freiheit.

Als der Galopp endete, fühlte Constance ihre Stimmung wieder steigen. Sie ritt den Hügel, der die Landschaft des Weald überblickte, hinauf, und Constance verhielt die Stute, um die großartige Aussicht zu genießen. Dies war einer ihrer Lieblingsplätze, und sie beschloß, Oberst Dyson hierherzuführen, wenn er zu Besuch kam. Sie wußte, daß er ihre Begeisterung für diesen Ort teilen würde. Sie hatten häufig über die Dinge gesprochen, die ihnen Freude machten, und hatten in vielen Punkten Gemeinsamkeiten festgestellt. Dadurch hatte er sich ihre Zuneigung erworben. Sie fragte sich, ob er ihre Anwesenheit in London wohl vermißte. Würde er genauso an sie denken, wie sie an ihn dachte und sich auf ein Wiedersehen freuen?

Ihr Blick schweifte über das sich im Wind wiegende, von Schafherden gesprenkelte Feld und folgte dann den gerade verlaufenden Hecken bis zu den entfernten Ebenen. Ein frischer Wind blies von Norden, peitschte Farbe in ihre Wangen und zerrte am langen Schleier ihres Hutes. Die schweren Röcke ihres saphirblauen Reitkleides flatterten und bauschten sich um ihre stiefelbekleideten Knöchel, und Starbright tänzelte nervös.

»Ruhig, Mädchen. Ganz ruhig, du brauchst keine Angst zu haben. Es ist nur der Wind.« Sie beugte sich vor, um den glänzenden Hals zu streicheln. Während sie dies tat, ergriff eine Bö ihren Schleier, der mit scharfem Knallen um den Kopf des Pferdes flatterte. Er nahm der nervösen Stute die Sicht, das Geräusch erschreckte sie, und sie stürzte wild los. Constance, im Versuch, den Schleier zu bändigen, gefährlich weit aus dem Sattel gebeugt, wurde von dem Satz ihrer Stute vollkommen überrascht und stürzte ins Gras. Sie lag einen Moment wie betäubt auf dem Boden und schloß die Augen vor dem aufbrechenden Schmerz ihres Kopfes.

Das nächste, was sie wahrnahm, war, daß sich jemand über sie beugte und sanfte Hände sie hochhoben. Sie öffnete langsam die Lider und schaute in die dunklen Augen des Grafen, der sie festhielt.

»Constance! Seid Ihr in Ordnung?« fragte er schnell, und sie war mehr über den Unterton tiefster Besorgnis in seiner Stimme betroffen als über den unerwarteten Gebrauch ihres Namens.

»Ja, ich glaube schon«, antwortete sie mit schwachem Lächeln, mehr um ihn zu beruhigen, als um Belustigung über ihre mißliche Lage auszudrücken. »Ich habe mir nur ein wenig den Kopf gestoßen, glaube ich. Aber was wirklich leidet, ist meine Würde!«

»›Auch der Stolz verläßt den Menschen nach einem Fall‹«, sagte er mit Grabesstimme. »Zumindest habt Ihr keinen ernstlichen Schaden erlitten. Und der Stolz wird häufiger verletzt als gebrochen.«

»Ihr habt wahrscheinlich recht.« Sie bewegte vorsichtig Arme und Beine. »Ich habe tatsächlich Glück, daß mir nichts passiert ist. Ich glaube, ich kann jetzt aufstehen.«

»Meint Ihr nicht, Ihr solltet noch ein wenig länger liegenbleiben?« schlug er sanft vor. »Ich warte gerne, bis Ihr Euch von dem Schock erholt habt. Ich könnte gut den ganzen Morgen so verbringen«, fügte er zufrieden hinzu und legte sie in seinen Armen noch bequemer zurecht.

Constance sah äußerst verwirrt zu ihm hoch. Sie konnte die von diesem Mann hervorgerufenen Empfindungen überhaupt nicht verstehen. In einem Moment schien er ein bedrohlicher Fremder, der ihr tiefstes Mißtrauen erweckte, und im nächsten Moment ... Nun, nicht Mißtrauen beschäftigte ihre Gedanken, als er sie auf diese besondere Art ansah. Es war ein entschieden angenehmes Gefühl, so von seinen Armen festgehalten zu werden, und sie verspürte sogar einen seltsamen Widerwillen, diesen Moment zu beenden. Aber die Stimmung süßer Ruhe, die sich über sie gestohlen hatte, wurde von dem unmißverständlichen Geräusch herannahender Pferde abrupt unterbrochen. Die Schande, in dieser kompromittierenden Haltung vorgefunden zu werden, ließ sie tief erröten, und sie setzte sich hastig auf, bevor jemand sie sehen konnte.

Der Graf lachte leise, während er ihr hochhalf, ihren Hut richtete und ihr anbot, ihr beim Hochstecken ihres Haars zu helfen.

»Nein, danke. Das schaffe ich allein«, wehrte sie barsch ab und errötete noch tiefer, als er die umherfliegenden Strähnen gekonnt unter ihren Hut steckte.

Er ignorierte ihre Proteste weiterhin gelassen, und sie schaute ängstlich über seine Schulter, da sie wirklich befürchtete, in diesem Zustand wilder Unordnung entdeckt zu werden.

»*Che c'é, cara mia?*« sagte er zärtlich.

»Bitte nicht. Es kommt jemand«, erwiderte sie, von seinem Tonfall aus der Fassung gebracht.

Er streckte eine Hand aus und strich mit einem Finger leicht über ihre gerötete Wange.

»›*Bello è il rossore*‹«, murmelte er leise. Sie ergriff sein Handgelenk und zwinkerte ihm trotz ihrer Besorgnis unweigerlich zu.

»›*Ma è incomodo qualche volta*‹«, erwiderte sie und versuchte verärgert zu klingen. »Werdet Ihr Euch jetzt bitte benehmen und mit diesem dummen Unsinn aufhören? Wo ist mein Pferd? Oh, da ist sie ja!«

Constance eilte zu der Stelle hinüber, wo Starbright, ruhig Gras fressend, stehengeblieben war. »Bitte helft mir hinauf, Graf«, bat sie, »und das schnell.«

»Wollt Ihr verschwinden, Titania? Dann solltet Ihr besser Euren Zauberstab benutzen.« Er beugte sich herab und nahm ihre Peitsche aus dem langen Gras auf. »*Arrivederci, dolce mia.*«

Er half ihr in den Sattel und trat dann zur Seite, um sie vorbeizulassen. Sie ritt ohne einen Blick zurück den Hügel hinab, während sich ihr Onkel und ihr Cousin im gleichen Moment dem Gipfel des Hügels näherten.

»Guten Morgen, Constance«, rief Lord Dawlish heiter. »Reitest du schon wieder nach Hause?«

Constance nickte ruhig.

»Dann werden wir dich begleiten. Ein herrlicher Morgen für einen Ausritt, nicht wahr?«

»Wunderbar. Aber hier oben ist es für meinen Geschmack ein wenig zu stürmisch.«

»Ich wäre nicht überrascht, wenn dieser Wind zu einem Schneesturm würde«, bemerkte ihr Cousin Robert, während sie ihre Pferde umwandten. »Es ist sehr kalt.«

»Oh, findest du?« fragte sie nonchalant. »Ich fand es eigentlich eher ein wenig zu warm«, fügte sie hinzu und preßte eine Hand an ihr erhitztes Gesicht.

»Das kommt bestimmt daher, daß du wieder auf

deine übliche übermütige Art galoppiert bist«, sagte ihr Cousin. »Ich kenne deinen halsbrecherischen Reitstil. Du warst schon immer eine furchtlose Reiterin, sogar als du noch sehr klein warst.«

»Ich kann selbst auf mich aufpassen, Robert. Du brauchst dir keine Gedanken zu machen, daß ich mir den Hals brechen könnte. Komm, laß uns den Reitweg hinab ein Rennen bestreiten!«

Als sie einige Zeit später ihr Zimmer aufgesucht hatte, um sich umzuziehen, trat sie ans Fenster und betrachtete nachdenklich die grünen Hänge. Vom Grafen war nichts zu sehen, und sie fragte sich, was er jetzt wohl tat. Sie legte ihren Hut ab, und ihr Haar, das sich durch den Sturz gelöst hatte, fiel ihr wirr um die Schultern. Er hatte gut daran getan, es vor den neugierigen Augen ihres Cousins zu verbergen – Gott sei Dank. Sie lächelte, während sie den Hut nachlässig auf einen Stuhl warf. Er war wirklich ein schrecklicher Mensch! Wie hatte er es wagen können, auf so vertrauliche Art solche Dinge zu ihr zu sagen! Sein Benehmen war recht schockierend gewesen. Sie hätte ihren Zorn über seine Unverfrorenheit zeigen sollen. Aber es hatte soviel Sanftheit und zärtliche Wärme in seiner Stimme und seinen Augen gelegen – auch wenn er überaus kühn war.

Sie erinnerte sich an den Moment, als er ihren Namen ausgerufen hatte. Er war auf eine mehr als nur ritterliche Art besorgt gewesen. Sie hatte den Unterton seiner Stimme doch nicht mißverstanden? Ein Schauder rann ihr Rückgrat hinab, als sie sich der Leidenschaftlichkeit seiner Worte erinnerte. Unbewußt legte sie die Handfläche an die Stelle, wo seine Finger ihre Haut berührt hatten. Sie verharrte einen langen Moment in dieser Haltung, um die Erinnerung zu bewahren. Dann brach plötzlich jener frühere Zwischenfall in ihren Traum, der sie betäubend eingehüllt hatte. Wie konnte sich eine verständige, vernünftige Frau von siebenundzwanzig Jahren so lächerlich benehmen? Sie schalt sich im Geiste für diese Wendung ihrer Gedanken. Es war vollkommen töricht, auch nur einen Moment zu glauben, daß man diesem geheimnisvollen Schwindler bei irgend etwas, was er sagte oder tat, trauen konnte. Welchen Narren würde sie aus sich machen, wenn sie seinen Zeichen der Zuneigung Glauben schenkte! Sie schämte sich dafür, auf seinen Charme reagiert zu haben. Wie konnte sie alle seine Fehler nur so schnell vergessen? Welche fast dämonische Macht besaß er, die ihre Entschlossenheit nur mit einem Blick oder einem Lächeln schwächen konnte? Der Gedanke daran, wie leicht er ihre Entschlossenheit, ihm um jeden Preis zu widerstehen, besiegt hatte, erschreckte sie. Wie war das möglich? Sie mochte ihn nicht und traute ihm auch nicht.

Nein, das war inzwischen nicht mehr ganz richtig. Sie hatte begonnen, ihn zu mögen. Er hatte die Fähigkeit, angenehm zu wirken. Aber Oberst Dyson war noch weitaus angenehmer. Hatte sie sich in seiner Gesellschaft nicht stets wohl gefühlt? Man konnte sich darauf verlassen, daß er sich korrekt verhielt. Er hatte noch niemals die Frechheit besessen, sie bei ihrem Taufnamen zu nennen, oder sich erlaubt, Koseworte zu benutzen, die nur von einem offiziellen Verehrer annehmbar waren. Er hatte sich stets angemessen verhalten, war verläßlich, ein solider, aufrechter Bürger, in jedem Falle ehrbar, während der Graf alles verkörperte, was sie verachtete: ein Spieler, ein Verschwender, ein Intrigant und, wie sie inzwischen vermutete, ein Schürzenjäger der schlimmsten Art. Und doch –

als er sie in seinen Armen gehalten hatte, hatte sie Oberst Dyson vollkommen vergessen. Mit diesem Wissen kehrte das seltsame Gefühl der mit Erregung vermischten Angst zurück, das sie bereits einmal ergriffen hatte, als er beim Maskenball mit ihr getanzt hatte. Anscheinend hatte er irgendeine ursprüngliche, primitive Empfindung in ihr wachgerufen, von der sie selbst nichts geahnt hatte. Sie durfte ihr nicht nachgeben. Wenn sie es tat, würde alle Vernunft hinweggerissen, und das machte ihr angst. Sie mußte ihre Gefühle unter Kontrolle behalten, ihr Seelenfrieden hing davon ab.

Später an diesem Abend, nachdem sie eingewilligt hatte, mit dem Grafen Karten zu spielen, entdeckte sie bald, daß er ein wirklicher Könner war. Nachdem sie drei Robber in Folge verloren hatte, warf Constance die Karten verärgert hin.

»Ihr hattet Pik! Ich hätte es mir denken können. Ihr hättet Euch wenigstens etwas anmerken lassen können, dann hätte ich es sicherlich geschafft.«

»Ich weiß«, sagte er grinsend und ordnete das Durcheinander von Karten vor sich. »Ein Blick auf Euer Gesicht ist fast genauso hilfreich wie der Anblick Eurer Hand. Ihr werdet niemals eine geschickte Spielerin, wenn Ihr soviel preisgebt.«

»Ihr bezieht Euch vermutlich auf meine abgelegten Karten«, seufzte sie und schüttelte den Kopf. »Sie waren schlecht gewählt, nicht wahr?«

»Sagen wir, es war eine eher gewagte Auswahl«, berichtigte er sie freundlich. »Und bedenkt, daß ich den Vorteil habe, diese Kunst ein Leben lang studiert zu haben, während Ihr im Vergleich dazu noch ein Neuling seid.«

»Warum habt Ihr Euch entschieden, etwas zu studieren, was für die meisten von uns ja doch nur ein angenehmer Zeitvertreib ist?«

»Das ist eine lange Geschichte, Miss Trevingham, und würde, wie die meisten langen Erklärungen, beim Erzählen bald langweilig werden.«

»Seid ihr fertig mit eurem Spiel?« fragte Sophy, die ihrer Schwester über die Schulter blickte.

»Das Spiel ist mit mir fertig«, lächelte Constance und schob ihren Stuhl zurück.

»Nun, komm und geselle dich zu uns. Wir werden uns damit unterhalten, einige Rätsel auszudenken.«

»Nein, danke, Sophy. Ich muß noch einige Briefe schreiben, du wirst mich entschuldigen«, erwiderte sie. »Aber der Graf wird deiner Aufforderung sicher gerne folgen. Er findet Vergnügen an Spielen aller Art.«

»Ich habe Talent dafür, und das ist schon mein halbes Vergnügen«, stimmte er ihr zu und ignorierte die offensichtliche Anspielung in ihrer Bemerkung.

»Nur das halbe Vergnügen?« fragte Constance prompt mit vielsagend erhobenen Augenbrauen.

»Natürlich. Die andere Hälfte des Vergnügens ist das Gewinnen.«

»Meint Ihr nicht eher die Gewinne, Graf?«

»Das ist für mich fast das gleiche, Miss Trevingham. Ich spiele niemals, wenn es nicht etwas zu gewinnen gibt.«

»Und genau das verwirrt mich an Euch, Graf Fabricati«, antwortete sie und wandte sich von den in der Glut seines Blickes tanzenden Dämonen ab.

Zwölf

Schon bald im neuen Jahr fiel heftig Schnee. Dichte Schwärme großer Flocken erfüllten die Luft, wirbelten in Schauern umher und löschten die Landschaft aus. Der Rasen verschwand unter einer weißen Decke, die die wellenförmig verlaufenden Konturen der Parklandschaft verwischte. Wald und Forst wurden über Nacht auf bizarre Art verwandelt, in tiefe, gedämpfte Stille gehüllt, regungslos und magisch geheimnisvoll. Es war so, als hätte die ganze Landschaft ein riesiges Marmormausoleum erhalten, tödlich still, eiskalt und wunderschön.

Die Kinder baten darum, draußen spielen zu dürfen, und sobald sie in warme Mäntel, Mützen und Schals gehüllt waren, sausten sie davon wie von der Leine gelassene Hunde. Ihre Eltern folgten ihnen in gemächlicherem Tempo, als sie alle auf den zugefrorenen See zustrebten, und die fröhlichen Schreie der Kinder tönten über den Park hinweg.

Die Gentlemen inspizierten das Eis, bevor sie es zum Eislaufen freigaben. Sophy ergriff aufgeregt den Arm des Grafen. »Helft Ihr mir, die Schlittschuhe anzuziehen? Dann laufe ich mit Euch bis zur Brücke hinüber um die Wette.«

»Ich werde Euch helfen, Miss Sophia«, bot sich Dilly eifrig an. »Wenn Ihr erlaubt«, fügte er schüchtern hinzu.

Der Graf betrachtete ihn nachdenklich. »Ja, laßt Lord Dillcott mit Euch gehen. Ich fürchte, ich bin ein sehr schlechter Schlittschuhläufer und würde Euch nur behindern.«

»Oh, natürlich. Ihr habt in Rom vermutlich keine Gelegenheit, das Schlittschuhlaufen zu üben, so wie wir hier in England. Nun gut. Dann soll Dilly mitkommen. Er ist ein ausgezeichneter Schlittschuhläufer.«

Lord Dillcott wirkte plötzlich, als sei er mit einem Lorbeer bekränzt worden.

»Ihr spielt niemals, wenn die Umstände gegen Euch sprechen, nicht wahr?« murmelte Constance äußerst belustigt.

»Wie gut Ihr mich allmählich schon kennt, Miss Trevingham. Vielleicht seht Ihr mir meine Ungeübtheit nach, obwohl Ihr in dieser Sportart sicherlich eine Meisterin seid.«

»Mein Vater hat uns allen das Eislaufen auf genau diesem See beigebracht, als wir noch ziemlich klein waren«, erwiderte sie mit liebevollem Ausdruck in den Augen.

»Ihr standet Eurem Vater sehr nahe, nicht wahr? Ihr vermißt ihn vermutlich noch immer.«

»Er war sowohl mein bester Freund als auch ein liebender Vater«, sagte sie leise.

»Dann hattet ihr großes Glück, Miss Trevingham.«

Constance sah ihn etwas überrascht an, denn sie hatte ihn noch niemals zuvor so eigenartig reden hören. Seine Stimme klang kalt und distanziert und seine Worte verbittert. Er bemerkte ihren erstaunten Blick und wandte sich ab, um die Kinder mit ihren Eltern und ihrem Großvater draußen auf dem Eis zu beobachten.

»Liebe und Glück scheinen in diesem Haus Hand in Hand zu gehen. Ich bin dankbar, daß ich daran teilhaben darf. Kommt, laßt uns zum Wald spazieren«, fuhr er abrupt fort, »dann könnt Ihr mir die Wunder Eures Elfenreiches zeigen.«

»Gerne, wenn Ihr das vorzieht. Aber wir sollten die Schlittschuhe mitnehmen.«

Sie liefen am Rande des Sees entlang und über die schneebedeckte Brücke. Sophy und Dilly riefen von der darunterliegenden Eisfläche zu ihnen herauf.

»Wohin geht ihr?«

»Ins Elfenland«, rief Constance lachend zurück und beugte sich über das niedrige Geländer, um ihnen zuzuwinken.

Draußen in der Mitte des Sees konnte sie Justin sehen, der einen Arm um Lady Annes Taille gelegt hatte und sie festhielt. Sie hatte ihren Bruder noch niemals zuvor so glücklich gesehen und beobachtete sie einen Moment genau, wie sie einander in die Augen sahen und nichts um sich herum wahrnahmen.

»Und was bedeutet dieses Lächeln, frage ich mich?« Der Graf lehnte neben ihr und betrachtete ihren gelösten Gesichtsausdruck.

»Ich habe nur nachgedacht.«

Er folgte ihrem Blick und sah die beiden Liebenden, die immer noch regungslos standen. »Es ist nicht schwierig, Eure Gedanken zu erraten. Wahre Liebe scheint ihren Weg leicht zu finden. Ich hoffe nur, daß sie sich nicht auf dünnem Eis bewegen.«

»Erspart mir Eure Platitüden«, sagte Constance, verzog das Gesicht und ging weiter.

»Ich bitte um Verzeihung, aber ich konnte nicht widerstehen.«

»Tatsächlich? Ich habe Euch für standhafter gehalten. Aber warum solltet Ihr glauben, daß ihr Glück in Gefahr sein könnte?«

»Der Pfad des Glücks ist voller Gefahren, was uns aber nicht davon abhalten sollte, ihm zu folgen.«

»Sie werden ausreichend sicher sein, wenn sie von

jenen in Ruhe gelassen werden, die ihr Glück zerstören würden.«

»Ich hoffe, Ihr wollt nicht mich unter jene einreihen?«

»Warum sollte ich das tun? Ihr wollt Ihnen doch nicht schaden, oder?« fragte sie mit ihrer üblichen Direktheit.

»Natürlich nicht. Habe ich nicht mein Möglichstes getan, um sie in diesen Zustand zu versetzen?«

»Das scheint Ihr getan zu haben«, pflichtete sie ihm vorsichtig bei.

Er seufzte tief. »Wurde ein Mann schon jemals so mißverstanden?«

»Oh, das glaube ich nicht, Graf. Sagtet Ihr nicht noch vor einem Moment, ich würde Euch schon gut kennen?«

»Soweit ich mich erinnere, Miss Trevingham, sagte ich, daß Ihr mich allmählich schon gut kennt, was etwas ganz anderes ist. Es gibt noch immer vieles zu erfahren.«

»Aber wie kann ich es erfahren, wenn Ihr so selten über Euch selbst sprecht? Abgesehen von Eurem Interesse am Spiel natürlich, aber es muß doch noch mehr in Eurem Leben geben als das? Was macht den Grafen Fabricati sonst noch aus?«

»Ich glaube nicht, daß Euch das sehr interessieren würde«, erwiderte er leichthin.

»Oh, aber das tut es, das versichere ich Euch«, widersprach sie schnell.

»Nicht wirklich. Wie ich schon zuvor sagte, Ihr seid nur neugierig. Das ist ein Teil des Naturells der Frauen, seit Eva den Apfel entdeckt hat, und wenn diese Neugier einmal befriedigt ist, kann das durchaus den Untergang eines Mannes bedeuten.«

»Warum solltet Ihr das denken?« fragte Constance nachdenklich. »Was kann es schaden, wenn Ihr mir ein wenig über Euch erzählt? Es ist nur natürlich, wenn man mehr über jemanden wissen will, der in den eigenen Gesellschaftskreis gelangt, findet Ihr nicht?«

Er schien darüber nachzudenken, während sie auf den Wald zugingen, denn er antwortete nicht sofort.

Constance wiederholte ihre Frage nicht, denn sie brauchte all ihren Atem, um mit ihm Schritt halten zu können. Der Schnee war hier tief und so weich, daß man ständig einsank, und sie hatte Probleme damit, ihre Füße anzuheben. Die Säume ihres pelzbesetzten Mantels und ihres Kleides waren vom Schnee schwer und verlangsamten ihr Vorankommen. Schließlich blieb sie stehen.

»Es hat keinen Zweck«, keuchte sie. »Ich kann erst weitergehen, wenn ich zu Atem gekommen bin.«

Er blickte auf sie herab, als sei er überrascht. »Es tut mir leid. Ich hätte erkennen müssen, daß dies kaum das ideale Wetter für einen Spaziergang ist. Ich fürchte, ich habe geträumt und gar nicht gemerkt, wie weit wir gegangen sind. Hier, laßt mich Euch helfen. Dort drüben liegt ein umgestürzter Baum. Wir sollten uns dort eine Weile hinsetzen, damit Ihr wieder zu Kräften kommt.«

Er faßte sie ohne weitere Umstände unter, führte sie leicht über den Schnee bis zu dem Stamm einer Ulme.

»So, das ist besser. Jetzt können wir uns hinsetzen und Euer Reich in Ruhe bewundern.«

»Es erinnert an eine Szene aus einem Märchen, nicht wahr?« Constance schaute sich staunend um.

»Wie ein mit einem Zauber belegtes Kristallschloß«, griff er ihre Vorstellung auf.

»Oder eine mit Edelsteinen geschmückte Aladinhöhle«, lachte sie und wandte den Kopf, um die glitzernden Zweige über ihnen zu bewundern.

Sie saßen eine Weile in umgänglichem Schweigen da und betrachteten die schweren Tannen und die starre Eleganz der bühnengerecht schwarz und silbern gesäumten Buchen und Eichen. Daneben ragte die statuenhaft anmutige Lärche auf und ein Stück weiter die Stechpalmen- und Haselnußbüsche, die so von kristallenen Hüllen umgeben waren, daß sie wie Skulpturen aussahen.

»Es sieht herrlich aus«, flüsterte Constance.

»Die reine Perfektion«, erwiderte er, und sie wandte sich, erfreut darüber, daß er all diese Herrlichkeit zu schätzen wußte, um und sah ihn an.

Aber er bewunderte jetzt nicht die Szenerie, sondern sah ihr ins Gesicht, und sie senkte den Blick, als sie das Leuchten in seinen Augen entdeckte.

»Ich habe noch niemals Rosen gesehen, die so früh im Jahr erblühen«, fuhr er mit weiterhin leiser Stimme fort. »Es siind die schönsten, die ich jemals gesehen habe. Habt Ihr jemals eine Rose in der Hand gehalten, Miss Trevingham, jene perfekt gestalteten, seidenweichen Blütenblätter betrachtet, das Bedürfnis verspürt, Eure Lippen darauf zu pressen und in ihrem Duft zu ertrinken? Wie ich wünschte, ich könnte ...« Er brach ab und ließ den Gedanken unausgesprochen. »Aber welchen Sinn hat es zu wünschen?« fügte er hinzu und wandte sich ab.

»Habt Ihr vergessen, daß wir uns im Feenland befinden?« erwiderte sie und hob den Blick gen Himmel, der blendend blau über ihnen hing. »Hier werden jeden Tag Wünsche erfüllt.«

»Leider nur jenen, die es verdient haben«, seufzte er schwermütig.

»Warum sagt Ihr das? Beunruhigt Euch etwas?«

Er schwieg einige Momente lang, erneut mit seinen Gedanken beschäftigt.

»Worüber denkt Ihr ununterbrochen nach? Ihr scheint betrübt zu sein.«

»Ich habe gerade an eine alte Geschichte gedacht. Dieser Ort ist für das Erzählen von Geschichten wie gemacht, nicht wahr?«

»Um welche Art Geschichte handelt es sich? Etwas Trauriges?«

»Es handelt sich um ein Gleichnis, und zwar eines, das Eure Neugier vielleicht befriedigen wird. Soll ich es Euch erzählen? Ich frage mich.«

»Bitte tut es. Ich würde gerne zuhören.«

Er betrachtete ihr Gesicht ganz genau, die klar schimmernden blaugrauen Augen, die geröteten Wangen und die weiche Biegung ihres Mundes. Wie vertrauensvoll sie war!

»Nun gut«, stimmte er zu, als habe er sich schnell und plötzlich dazu entschlossen. »Aber ich bezweifle, daß Ihr es verstehen werdet. Ihr, meine wunderschöne Rose, seid in einem beschützten Garten aufgewachsen, vor den frostigen Winden der Not sicher. Und dies ist eine Geschichte von wilden und mutwilligen jugendlichen Torheiten. Sie handelt von einem jungen Mann mit dem Namen ... nun, ich werde ihn Gérard nennen. Er nährte sich, der Muttermilch entwöhnt, von den Feldern Elyseums und wuchs durch diese förderliche Ernährung stark und gesund heran. Aber sein Appetit schien niemals gestillt zu sein. Er wollte immer noch mehr. Dann, auf der Schwelle zum Mannestum, sah er das Leben vor sich ausgebreitet wie ein verschwenderisches Fest. An seinem Tisch war ein Platz für ihn bereitet, wo er sich zwischen zwei väterlich aussehenden Gefährten wiederfand. Als die Gänge aufgetragen wurden, forderte ihn der Gentleman zu seiner Rechten auf, von jedem Gang nur sparsam zu essen, bis er etwas fände, was seinem Geschmack besonders entspräche. Der Gentleman zu seiner Linken drängte ihn jedoch, von allem zu seinem Vergnügen Angebotenen reichlich zu nehmen. Auf den Tellern türmten sich Fleischgerichte aller Art, die mit Soßen verfeinert, reich gewürzt und verführerisch mit der ganzen Kunst der Phantasie eines Menschen angerichtet waren. Der junge Gérard, der diesen Überfluß sah, speiste wie ein König und nahm sich großzügig von allem, was ihm dargebracht wurde. Nichts wurde zurückgeschickt, was er nicht probiert hätte, nicht einmal die süßesten Naschereien, obwohl sie ihn bald zu übersättigen begannen. Der Gentleman, dessen klugen Rat er ignoriert hatte, zog sich still zurück. Aber der andere ermutigte ihn zu noch stärkerem Schmaus, bis er schließlich, in höchstem Maße übersättigt, nur noch Übelkeit empfand.

Nur ein Teller blieb unberührt. Eine wunderschöne Schale mit saftigen Früchten, frisch von der Rebe gepflückt, auf denen noch der Tau glitzerte. Zart, reif und süß, waren sie genauso quälend verführerisch wie Evas berühmter Apfel. Keine menschliche Kunstfertigkeit hätte ihre Vollkommenheit verbessern können. Leider wußte er aber, daß sein übersättigter Gaumen ihnen niemals mehr gerecht werden könnte, und er ließ sie auf der Schale liegen. Aber er träumte danach ständig davon und stellte sich häufig vor, wie ausgezeichnet sie geschmeckt haben könnten.«

»Aber hätte er sie nicht mitnehmen können?« schlug Constance hilfreich vor.

 »Ich fürchte, sie hätten ihre Frische bald verloren

und wären verdorben. Es war besser, sie für einen klügeren, ihrer eher werten Menschen dortzulassen. Nun, die Geschichte ist beendet, und jetzt müssen wir zurückkehren, bevor Ihr Euch erkältet.«

Er erhob sich und führte sie den Pfad zurück, den sie beim Betreten der Lichtung gebahnt hatten. Constance sann über alles, was er gesagt hatte, nach und fragte ihn nach einer Weile, ob er ihr genau erklären könnte, warum er ihr diese Geschichte erzählt hatte.

»Ich sagte Euch bereits, daß Ihr sie nicht verstehen würdet«, sagte er lächelnd. »Wie könntet Ihr auch? Ihr seid ein Mensch, der stets zufrieden war. Ihr nehmt das Leben so, wie es Euch zugeteilt wird.«

»Nun, natürlich bin ich zufrieden. Ich habe das große Glück gehabt, in eine liebende Familie hineingeboren zu werden, in der alles für meine Bequemlichkeit und mein Vergnügen getan wird. Wie könnte ich nicht zufrieden sein? Ich führe ein sehr glückliches Leben.«

»Das ist richtig. Ihr habt wirklich Glück, aber nicht nur, weil Ihr diese Dinge habt. Eure Freude liegt darin, daß Ihr die Fähigkeit habt, ihren Wert zu erkennen. Es gibt auch jene, die solche Liebe verhöhnen und als sentimentale Schwäche ansehen und Eure Abhängigkeit davon verachten würden. Ihr sorgt Euch wirklich um Eure Familie. Das erkenne ich daran, wie Ihr sie vor … schädlichen Einflüssen zu schützen versucht«, lächelte er. »Und Ihr besitzt Mitgefühl. Auch das ist ein Teil Eures Seelenfriedens, auch wenn Mitgefühl häufig als rührselige Gefühlsregung verdammt wird. Ihr habt den wahren Wert der Gaben des Lebens für Euch entdeckt, und Eure Seele wurde durch diese Schätze bereichert. Aber jene, die danach streben, ihre Seele an anderen der reichlichen und vielfältigen Vergnügungen des Lebens zu nähren, können niemals ganz zufrieden sein, weil sie den Kurs lebenslanger Jagd nach dem Glück eingeschlagen haben.«

»Ist das auch Euer Kurs, Graf?«

»Es war mein Kurs«, erwiderte er scharf, den Blick starr nach vorn gerichtet.

»Aber wenn Ihr nicht glaubt, daß man auf diese Art dauerhafte Freude erreichen kann, warum müßt Ihr dann daran festhalten?«

»Weil es zu spät ist, neu zu beginnen, wenn man den Weg zu Anfang irrtümlich eingeschlagen hat. Man kann das Vergangene nicht ändern.«

»Das sehe ich ein, aber man kann doch sicherlich heute beginnen, die Veränderungen für morgen einzuleiten, und so darauf hoffen, die Dinge beizeiten geradezurücken?«

»Leider, meine liebe Miss Trevingham, kann man einige Dinge nicht geraderücken«, antwortete er, als habe er das Unvermeidliche akzeptiert.

»Ihr habt eine große Anzahl Bücher gelesen, Graf, und ich habe Euch oft daraus zitieren hören, wenn es Euch gefiel. Also laßt es mich Euch mit dieser uralten Weisheit gleichtun: ›Vertraue die Vergangenheit Gottes Gnade, die Gegenwart Seiner Liebe und die Zukunft Seiner Vorsehung an.‹«

Er blickte auf sie hinab, und seine Stirn glättete sich. »Welche Perle habe ich gefunden! Könnte ich sie doch behalten. Nun kommt, suchen wir den Rest unserer Gesellschaft. Sie werden sich schon fragen, was aus uns geworden ist.«

Die anderen hatten den See jedoch schon verlassen, und es war niemand mehr zu sehen.

»Wollen wir auf Schlittschuhen hinüberlaufen, anstatt die Brücke zu überqueren?« schlug sie vor. »Ich werde Euch helfen, wenn Ihr wollt.«

»Warum nicht? Ich bin bereit, es zu versuchen, wenn Ihr auch bereit seid. Hier, stützt Euch auf mich, während ich Eure Schlittschuhe befestige.«

Kurz darauf standen sie auf dem Eis, und Constance bot ihm ihre Hand, um ihn zu stützen.«

»Es wäre vielleicht leichter, wenn Ihr mir erlaubtet, meinen Arm um Eure Schultern zu legen. Ich würde mich weitaus sicherer fühlen.«

»Wie Ihr es für am besten haltet«, stimmte sie ihm bereitwillig zu.

Er drückte sie an sich, während sie loslief, und sie vermutete, daß er sehr unsicher sein mußte, wenn er sie so festhielt.

Eine Gruppe kleiner Jungen kam von den nahe gelegenen Landhäuschen zum Spielen auf dem See heran. Sie bewarfen einander mit Schneebällen und lachten und schrien beim Umherlaufen. Das Geräusch ihrer Stimmen klang über das Eis hinweg.

In ihrer Freude und Begeisterung stießen sie versehentlich gegen Constance, und sie und der Graf fielen ungelenk übereinander. Constance, die sie alle gut kannte, revanchierte sich, indem sie die kichernden Jungen mit einer Handvoll Schnee bewarf, woraufhin die das Feuer fröhlich erwiderten.

»Oh! Das wird also ein Kampf, hm?« rief der Graf erheitert, mühte sich wieder hoch und half seiner Begleiterin auf die Beine. »Ihr bereitet die Kanonenkugeln vor, und ich werde die Schußlinie ausrichten«, wies er sie an, während er einen Schneewall errichtete. »Stellt Euch hinter mich. Wir werden ihnen eine Breitseite verpassen.«

Der Kampf wurde mit schweren Angriffen von beiden Seiten fortgeführt, aber durch das ungezielte Werfen war es eher ein Scharmützel als ein Kampf bis aufs

Messer. Die jungen Schützen hatten nicht ganz die Reichweite ihres größeren Gegners, aber sie glichen die fehlende Wucht der Geschosse durch deren Anzahl absolut aus.

Schließlich riefen sie, erschöpft von den Bemühungen, den Waffenstillstand aus und stoben wie ein Schwarm Stare am Abend geräuschvoll davon.

»Ich glaube, wir waren einander ebenbürtig«, erklärte der Graf zufrieden, während er den Rückzug der Jungen beobachtete. Dann wandte er sich dem Klang von Constances Lachen zu.

»Wenn Ihr Euch nur sehen könntet!« gluckste sie. »Ihr seht aus wie ein Schneemann. Kommt, ich helfe Euch, Euren Mantel zu säubern.«

Er blickte an sich herab und grinste breit. »Oh, ich habe viel Pulver abbekommen, aber ich werde wohl überleben.«

Sie lief auf ihren Schlittschuhen zu ihm hin und begann ihn kräftig abzuklopfen.

»Beugt ein wenig den Kopf. Er ist auch schneebedeckt«, kicherte sie und zauste ihm den Schnee aus dem dunklen Haar. »So, so ist es besser. Weitaus gesitteter. Obwohl ich bezweifle, daß Euer Diener meine Bemühungen anerkennen würde.«

»Es wären mehr als alle Eure Bemühungen notwendig, um mich gesittet werden zu lassen, aber ich wünschte dennoch, Ihr würdet es versuchen«, antwortete er leise.

Sie hielt inne, aber das Lachen verweilte in ihren Augen. Seine Worte waren unmißverständlich ernst gemeint, und während sie ihn verwirrt und überrascht ansah, überfiel sie das plötzliche, fast überwältigende Verlangen, die Arme um ihn zu legen und ihn festzuhalten. Die Gefühle, die ihre Gemütsruhe bei dem Maskenball so erschüttert hatten, kamen wieder, um die Vernunft zu verhöhnen, in die sie so großes Vertrauen gesetzt hatte. Sie durfte nicht zulassen, daß sie sich in ihn verliebte! Das wäre verheerend! Er war absolut nicht die Art Mann, den zu heiraten sie sich erträumt hatte. Der bloße Gedanke daran, daß sie etwas so Törichtes auch nur einen Moment erwägen könnte, war zutiefst lächerlich. Die Vernunft, die ihr stets dienlich gewesen war, wetteiferte mit ihrem widerspenstigen Herzen. Sie wandte sich von ihm ab, vorgeblich um seinen herabgefallenen Hut aufzuheben, aber das verschaffte ihr genug Zeit, sich wieder unter Kontrolle zu bringen. Er schien ihren bewußten Rückzug gespürt zu haben und nahm seine übliche unbekümmerte Haltung wieder ein.

»Kommt, mein kleiner Pulverträger, wir sollten uns besser zum Ufer zurückschleppen, um die notwendigen Reparaturen durchzuführen.«

Seine fröhlichen Worte trugen viel zur Wiederherstellung ihres Gleichgewichts bei, und sie konnte ihm auf dieselbe heitere Art antworten.

»Nun, dann schleppt an, Bootsmann«, lachte sie.

»Aye, aye, Käpt'n«, antwortete er grinsend und stützte sich erneut auf ihre Schultern.

Sie waren erst wenige Meter gelaufen, als sie plötzlich von einem Angstschrei aufgehalten wurden. Constance wandte sich schnell um und sah, daß einer der Jungen auf der anderen Seite des Sees durch das Eis gebrochen war.

»O schnell, wir müssen ihm helfen! Folgt mir, so gut es geht, während ich hinüberlaufe! Es wird leichter und schneller gehen, als wenn wir über den Schnee laufen!« rief Constance, die bereits auf das Schilf zueilte, wo der Unfall geschehen war. Sie hielt nicht an, um nachzusehen, ob der Graf allein zurechtkam, und war daher vollkommen erstaunt, als er mit der ganzen fließenden Anmut und dem perfekten Gleichgewicht eines vollendeten Eisläufers an ihr vorüberglitt. Er schlängelte sich schnell durch das am Rande des Sees wuchernde Schilf und zog den Jungen schon bald aus dem Wasser heraus. Er warf seinen Mantel ab und wickelte ihn um den zitternden Jungen.

Als Constance herankam, bat er die anderen Kinder gerade, ihm zu sagen, wo der Junge wohnte.

»Das ist Jack, der Sohn des Gärtners. Geht es ihm gut?« fragte sic besorgt, während sie das klägliche Bündel in seinen Armen betrachtete.

»Vollkommen, aber wir müssen ihn ins Warme bringen. Wo wohnt er?« fragte er energisch.

»Dort drüben – ich zeige es Euch.«

Glücklicherweise war das kleine Cottage nicht weit entfernt, und der erschreckte Junge befand sich bald sicher in der Küche, wo ihn der Graf seiner Mutter übergab.

»Ich danke Euch, Sir und Miss Trevingham«, sagte sie, während sie ihn vor dem Feuer absetzte. »Gott sei Dank, daß Ihr beide zur Stelle war! Hier ist Euer Mantel, Sir. Möchtet Ihr warten, während ich ihn für Euch trockne?«

»Nein, vielen Dank, Madam, macht Euch bitte keine Umstände. Es wird auch so gehen. Wir werden jetzt aufbrechen, damit Ihr Euch um Euren Sohn kümmern könnt.«

»Nun, wenn Ihr ganz sicher seid«, antwortete sie zweifelnd.

»Natürlich. Ihr braucht Euch nicht zu bemühen. Wir finden allein hinaus. Kommt, Miss Trevingham. Der Junge ist in Sicherheit und wird im Handumdrehen wieder wohlauf sein.«

»Das ist richtig, Miss. Er friert nur und hat einen Schreck bekommen, aber unser Jack ist ein robuster Bursche und wird, dank des Gentleman, keinen Schaden davontragen. Auf Wiedersehen, Sir, und Gottes Segen für Eure Freundlichkeit.«

Sie verabschiedeten sich von ihr und verließen sie, damit sie dem zähneklappernden Jack die nassen Kleider ausziehen konnte.

Während sie den Pfad zum Haupthaus entlanggingen, spähte Constance zu ihrem Begleiter hinüber.

»Nun, Graf Fabricati, Ihr steckt heute ja voller Überraschungen. Was habt Ihr Euch dabei gedacht, uns alle zu belügen, indem Ihr uns in dem Glauben ließt, Ihr könntet nicht Schlittschuh laufen?«

Er schaute augenzwinkernd zu ihr herab. »Ja, das war unverzeihlich von mir, nicht wahr? Aber ich konnte diese Gelegenheit nicht ungenutzt lassen. Ihr hättet mich sonst meinem Schicksal überlassen.«

»Ihr habt vollkommen recht. Genau das hätte ich getan. Aber ich glaube nicht, daß das Euer einziger Grund war. Ich glaube, Ihr habt uns absichtlich irregeführt, damit Dilly Euch bei Sophy ausstechen konnte. Habe ich recht?«

»Absolut nicht. Meine Motive waren vollkommen selbstsüchtiger Natur.«

»Warum müßt Ihr darauf beharren, mir einen solch schlechten Eindruck von Euch zu vermitteln? Wollt Ihr nicht gerne als ... mitfühlend gelten?«

»Im Gegenteil. Ich würde stets wollen, daß Ihr eine gute Meinung von mir habt«, erwiderte er. »Aber es ist besser, wenn Ihr schlecht über mich denkt, als wenn Ihr überhaupt nicht an mich denkt.«

»Ich denke bereits zuviel an Euch«, murmelte sie leise, während sie vor ihm durch das kleine Tor trat.

Diese letzte, bitter klingende Bemerkung zwang ihn, als er in seinem Zimmer saß, dazu, sein Gewissen zu erforschen. Er hatte der Herausforderung, sie zu erobern, nicht widerstehen können, seit sie ihn zum ersten Mal herausgefordert und sich gegen ihn gestellt hatte. Jetzt, wo er sein Ziel fast erreicht hatte, begann er zu erkennen, daß er einen schlecht überlegten Zug gemacht hatte. Sie war überhaupt nicht der hartherzige Blaustrumpf, für den er sie bei ihrer ersten Begegnung gehalten hatte. Statt dessen hatte er eine kluge, anziehende, empfindsame und mutige Frau entdeckt, die genauso anfällig für Herzweh war wie jedes andere unschuldige Mädchen. Eine Frau mit ihren Qualitäten konnte niemals nur ein müßiger Zeitvertreib sein, wie er sehr bald selbst erfahren hatte. Sie hatte einen tiefgründigen Charakter, anders als die leichtsinnigen Damen, mit denen er zu kokettieren gewohnt war, und jetzt mußte dieses Spiel, das er so launenhaft begonnen hatte, bittere Konsequenzen zeitigen.

Er konnte nur eines tun: Er mußte dieses Blatt aufgeben, auch wenn er Siegerkarten hielt und den Preis wollte. Er mußte noch andere Blätter spielen, die vollkommene Konzentration erfordern würden, und er brauchte einen klaren Kopf, wenn er sich aus dieser Verwicklung befreien wollte.

Er würde nach London zurückkehren, sobald das Wetter es zuließ. Redman sollte inzwischen eine Nachricht für ihn haben, wenn der Schnee sie nicht verzögert hatte.

Für Lady Anne erwies sich der anhaltende Frost als glücklicher Zufall. Sie erhielt einen Brief von ihrer Tante mit der Nachricht, daß sie ihre Reise nach Hampshire verschieben müßte. Sie waren alle Opfer

 einer grassierenden Grippe geworden, die die Familie

sehr zermürbt hatte, ganz besonders Mrs. Kirby, die ans Bett gefesselt war. Lady Wyvern riet Anne, bei den Trevinghams zu bleiben, bis alle weitere Ansteckungsgefahr vorüber wäre. Sie fügte an, daß sie ihre Nichte noch etliche weitere Tage nicht zu sehen erwartete, da es bei den heftigen Schneefällen extrem gefährlich geworden sei, mit der Kutsche zu reisen.

Die junge Dame hatte ihrer unmittelbar bevorstehenden Abreise mit wachsender Verzagtheit entgegengesehen, und dieser Brief bereitete ihr ungeheure Freude. Sie konnte ihr Glück kaum fassen. Vielleicht durfte sie sogar, am Ball der Trevinghams teilnehmen, dessen Datum inzwischen zum Monatsende festgesetzt worden war.

Schnell machte sie sich auf die Suche nach Justin und zeigte ihm den Brief. Voller Begeisterung hob er sie hoch und wirbelte mit ihr durch den Raum, bis sie rief: »Justin! Du nimmst mir den Atem!«

»Es tut mir leid, mein Herz, aber wenn ein Mann so glücklich ist, wie ich mich im Moment fühle, kann man nicht von ihm erwarten, daß er sich schicklich benimmt.«

»Es ist eine wundervolle Neuigkeit, nicht wahr. Natürlich wünsche ich ihnen diese Krankheit nicht«, fügte sie schuldbewußt hinzu. »Aber, o Justin! Ich kann jetzt vielleicht auf dem Ball mit dir tanzen! Und ich kann vielleicht bis Februar bleiben!«

Lord Trevingham, der sie noch immer in den Armen hielt und auf ihr strahlendes Gesicht hinabsah, konnte seine Gefühle nicht länger zurückhalten. Sie sah, wie sich das Blau seiner Augen verdunkelte, und ihre Arme legten sich um seinen Hals. Sie erwiderte seinen Blick eine kurze Sekunde lang, und dann beugte er plötzlich den Kopf, und sie spürte die Wärme seiner Lippen auf ihren, als er sie küßte, zunächst sanft und zögernd und dann mit zunehmender Leidenschaft.

Jemand betrat den Raum, und sie trennten sich hastig und schuldbewußt.

»Oh, du bist es, James!« keuchte Trevingham erleichtert. »Gott sei Dank!«

»Oh? Brauchst du Hilfe? Ich habe einen Moment geglaubt, daß mein Erscheinen vielleicht ungelegen sei«, erwiderte der Graf und schaute fragend von einem zum anderen.

Lady Anne, die errötet war, brachte eine unverständliche Entschuldigung hervor und entfloh mit gesenktem Kopf dem Raum.

Fabricati wandte sich ruhig um und schloß die Tür hinter ihr. »Sehe ich es richtig, daß ich dir Glück wünschen sollte?«

»Nein, noch nicht ... das heißt ... ich habe nicht von Heirat gesprochen«, stotterte Trevingham, der sich ein wenig unbeholfen fühlte, weil er sich erlaubt hatte, seine Gefühle zu zeigen.

»Nun, glaubst du nicht, daß du es hättest tun sollen?« fragte sein Freund vorsichtig.

»Ja, natürlich ... ich wollte nicht ... ich konnte nicht anders ... oh, verdammt, James, du mußt doch wissen, wie es ist, wenn man mit einem wunderschönen Mädchen zusammen ist und sie einen so besonders ansieht ...« Er hielt inne, als er die erhobenen Augenbrauen des Grafen bemerkte. »Ich weiß, ich weiß, ich hätte etwas mehr Selbstbeherrschung zeigen sollen, aber ...«

»Sie ist Gast in eurem Hause. Du mußt noch erheblich mehr Selbstbeherrschung aufbringen, wenn du einen Skandal vermeiden willst. Der Ruf einer Dame ist wie edles Chinaporzellan – sehr wenig wert, wenn es erst zerbrochen ist.«

»Meinst du, daß ich das nicht auch erkannt habe?« stöhnte er und fuhr sich mit den Fingern verzweifelt durch das Haar. »Ich muß mit ihrem Onkel sprechen. Ich hätte schon früher den Mut dazu finden sollen, und sobald es ihnen wieder bessergeht, werde ich ihn aufsuchen und ihn um die Erlaubnis bitten, ihr den Hof machen zu dürfen.

»Sind sie indisponiert?« fragte der Graf interessiert.

»Offensichtlich hat die Grippe sie alle heimgesucht. Lady Anne erhielt heute morgen einen Brief von ihrer Tante. Sie soll bei uns bleiben, bis die Ansteckungsgefahr vorüber ist. Es muß eine besonders bösartige Art Grippe sein. Mrs. Kirby liegt sehr schwer darnieder. Ich glaube, dieses Wort wurde in dem Brief zur Beschreibung ihres Zustands gebraucht.«

»So schlecht geht es ihr?« bemerkte der Graf mit eher boshaftem Lächeln. »Aber sicherlich ist es ein großer Trost für sie zu wissen, daß sie die Grippe besonders betroffen hat. Alles andere wäre eine große Enttäuschung für sie gewesen. Aber nun zu dem Grund meiner Störung. Dein Onkel hat mich auf die Suche nach dir geschickt, um dich daran zu erinnern, daß die Gentlemen dich im Hof erwarten. Du hast ihnen eine Tagesjagd versprochen, oder hattest du das vergessen?«

»Verflixt! Es war mir einen Moment entfallen. Sei so gut und sage ihnen bitte, daß ich in wenigen Minuten bei ihnen sein werde, ja, James?«

Während die Gentlemen sich sportlich betätigten, verbrachten die jungen Damen von Chailey einen vergnüglichen Vormittag beim Pferdeschlittenfahren im Park. Constance genoß die Gelegenheit besonders, ihre Gedanken fern von einer Person, die zu regelmäßig in ihren Tagträumen erschien, zu ordnen. Seit jenem Tag am See hatte er sie zu keinem persönlichen

Gespräch mehr allein getroffen, sondern mied ihre Gesellschaft, wenn überhaupt, bewußt. Sie hätte über diesen glücklichen Umstand erleichtert sein müssen. Je seltener sie ihn sah, desto besser war es für ihren Seelenfrieden. Die Vernunft konnte jetzt wieder beruhigenden Einfluß auf ihr Urteilsvermögen nehmen. Aber leider begann das Gefühl mit dem Verstand zu streiten, kaum daß die Logik sie an die Fehler des Grafen erinnert hatte. Dieses verräterische innere Auge ließ sie sein Gesicht stets vor sich sehen, genau seine Züge skizzieren, jeden vielsagenden Blick und dieses neckende, unwiderstehliche Lächeln erkennen. Constance hielt ihren Blick sorgfältig vom entgegengesetzten Ende des Eßtischs abgewandt, wo er beim Abendessen saß, und war entschlossen, ihm zu zeigen, daß er ihr gleichgültig war. Aber als er dann nicht mit den anderen Gentlemen in den Salon kam, war sie beunruhigt und enttäuscht.

Sie sprachen über das Jagdglück des Tages, und sie hörte ihren Onkel Justin gegenüber bemerken, daß er niemals einen besseren Schützen als seinen Freund, den Grafen, gesehen hätte.

»Er hat keinen einzigen Schuß vertan, weißt du. Ganz außergewöhnlich! Ist er Soldat?«

»Nein, Onkel, nur ein begeisterter Sportler. Ich wünschte, du könntest ihn mit dem Degen sehen. Er hat Nerven aus Stahl. Du mußt doch selbst bemerkt haben, daß der Lauf niemals schwankt, wenn er ein Ziel anvisiert. Er steht wie ein Fels. Oh, entschuldige ...«, sagte er und brach plötzlich ab, als Lady Anne sich näherte.

»Hat dir die Jagd gefallen?« fragte sie ein wenig schüchtern, während sie in Gedanken noch immer bei ihrer letzten Begegnung war.

»Sehr. Wir haben gerade festgestellt, welch ausgezeichneter Schütze der Graf ist.«

»Sophy hat mir erzählt, daß du auch nicht gerade ein Neuling auf dem Gebiet bist.« Lady Anne sah ihn bewundernd an.

»Nun, bei Manton's bin ich schon als eine Art Experte bekannt«, lachte er. »Aber leider bin ich nicht annähernd so gut wie James oder auch dein Cousin Giles, was das betrifft.«

Sie schnaufte verächtlich. »Ja, er rühmt sich oft mit seinem überragenden Können. Wenn man ihn reden hört, könnte man glauben, er sei unerreichbar.«

»Das ist er auch, oder er war es zumindest, bis James nach London kam und ihm die Lorbeeren fortschnappte.«

»Ich habe von seiner Niederlage bei Angelo gehört. Wie gerne hätte ich sie miterlebt! Freddy hat ihn unbarmherzig damit aufgezogen. Und Giles war so wütend! Er haßt es, bei irgend etwas besiegt zu werden!«

»Und wo befindet sich dieser unschätzbare Graf?« fragte Constance, die sich ihnen zugesellt hatte. »Sollte er nicht hier sein, um diese Ehrung entgegenzunehmen?«

»Er ist in die Bibliothek gegangen, sonst hätte ich es nicht gewagt, sein Lob so sehr laut zu singen.«

»Warum? Glaubst du, sein Ego sei bereits ausreichend angeschwollen?«

»Überhaupt nicht. Er kümmert sich nicht um solche Dinge. Ich glaube nicht, daß er auch nur einen Pfifferling auf das gibt, was die Leute Gutes oder Schlechtes über ihn sagen. Ich wollte damit nur sagen, daß er mir einen seiner spöttischen Blicke zuwerfen würde, wenn er mich hören könnte.«

»Wo ist der Graf?« schaltete sich Sophy ein und

setzte ihre Teetasse ab. »Leistet er uns heute abend nicht Gesellschaft?«

Justin lachte. »Du nicht auch noch! Kann ein Mann nicht einmal Ruhe haben? Er ist nur in die Bibliothek gegangen, um sich Vaters Sammlung alter Bücher anzusehen. Wir haben beim Essen über dieses Thema gesprochen, und James zeigte Interesse, sie sich anzusehen. Und jetzt werde ich Mama dabei helfen, den Kartentisch einzurichten«, sagte er und ging davon.

»Ich wußte nicht, daß sich der Graf für muffige alte Bücher interessiert«, schmollte Sophy mißmutig. »Wie kann er es ertragen, einen solch langweiligen Abend zu verbringen?«

»Ach, Sophy«, seufzte ihre Schwester und schüttelte den Kopf, »hast du noch nicht erkannt, daß zwischen jenen staubigen Seiten Schätze liegen, die wertvoller sind als die, die du in den seidenen Vertiefungen deines Schmuckkästchens finden kannst?«

»Was meinst du? Welche Schätze?«

»Gedanken, Sophy. Sie formen sich im menschlichen Geist, wie Perlen in einer Auster wachsen. Die meisten sind wertlos, ohne Glanz, vergänglich und fehlerhaft. Aber einige entwickeln sich in unermeßlichen Tiefen, und wenn sich die Schale öffnet, nehmen diejenigen, deren Blick den Unterschied erkennt, einen strahlenden, makellosen Edelstein von zeitloser Schönheit wahr, der phantastisch anzusehen ist.«

»Nun, ich hatte gerade einen Gedanken, obwohl ich bezweifle, daß du ihn als Edelstein bezeichnen würdest, Connie«, sagte Sophy grinsend. »Laß uns Tante Mary bitten, für uns zu spielen, damit wir unseren Walzer üben können. Komm mit, Anne. Justin wird dein Tanzpartner sein und Dilly der meine. Und Connie wird zweifellos auf Schatzsuche gehen wollen.«

»Ja, das werde ich wohl tun. Anscheinend habe ich meine Perlen vor die Säue geworfen«, lächelte sie und ging zur Tür.

Sie fand den Grafen allein vor dem lodernden Kamin vor. Er war anscheinend in sein Buch vertieft gewesen, erhob sich aber, als sie die Bibliothek betrat.

»Ich hoffe, ich störe Euch nicht?« entschuldigte sie sich. »Ich dachte, ich könnte mich eine Weile mit einem Buch beschäftigen. Die anderen wollen tanzen, so daß es kein sehr friedlicher Abend werden wird.«

Er schwieg einen Moment, betrachtete sie nur nachdenklich, und sie fragte sich, ob er die sofortige Flucht erwog. Warum wich er ihr in letzter Zeit immer aus? Hatte sie ihn vielleicht unabsichtlich beleidigt?

»Habt Ihr etwas dagegen, wenn ich mich zu Euch geselle? Ich möchte mich Euch nicht aufdrängen, wenn Ihr lieber allein bleiben wollt«, fuhr sie ein wenig unbeholfen fort und begann sich recht töricht zu fühlen. Und wenn er jetzt dachte, sie versuchte sich bei ihm einzuschmeicheln?

Er mußte ihr Unbehagen bemerkt haben, denn sein Gesicht entspannte sich, er lächelte und forderte sie auf, sich neben ihn aufs Sofa zu setzen.

»Nun, wenn Ihr Euch ganz sicher seid«, murmelte sie zögernd.

»Absolut sicher, Miss Trevingham. Bitte setzt Euch.«

»Nun gut, dann werde ich Eurer Aufforderung nachkommen, wenn ich darf. Ich hole nur noch mein Buch.«

Sie trat zum Bücherregal und nahm den Band hervor, in dem sie bereits gestern gelesen hatte. Er wartete darauf, daß sie sich hinsetzen würde, und nahm dann seine Lektüre wieder auf.

So saßen sie ungefähr eine halbe Stunde lang nebeneinander, ohne sich zu unterhalten. Aber sosehr sie es auch versuchte, sie konnte sich nicht in ihr Buch vertiefen. Ihre Aufmerksamkeit wurde ständig abgelenkt, und das Schweigen verwirrte sie. Das im Kamin knackende Feuer, die auf dem Kaminsims phlegmatisch tickende Uhr, der die Fensterläden bewegende Wind und sogar das Knistern der Kerzen trugen alles dazu bei, ihre Gedanken abzulenken. Aber hauptsächlich war sie sich des Mannes bewußt, der so nahe bei ihr saß, daß sie die Hand ausstrecken und ihn hätte berühren können, wenn sie es gewagt hätte.

Sie betrachtete verstohlen sein Gesicht, seinen auf die Hand gestützten Kopf, wobei der Ellenbogen auf der Armlehne des Sofas ruhte, und den dunklen Bogen seiner dichten Wimpern, während er starr auf das Buch in seiner rechten Hand hinabblickte.

Wie sehr sie sich wünschte, er würde sie mit nur halb soviel Interesse ansehen! Dann, bevor sie ihm ausweichen konnte, hob er den Blick plötzlich von der Buchseite und sah sie von der Seite unter gesenkten Augenlidern hervor lange an. Sie errötete, während sie ihren Blick eiligst abwandte. Wie demütigend, daß er sie ertappt hatte.

»Ich ... ich habe mich gerade gefragt, was Ihr mit solcher Aufmerksamkeit lest«, stotterte sie hastig und gab vor, die Seite zu betrachten, die er gelesen hatte. »Oh, es sind die Sonette von Michelangelo, nicht wahr? Die Sprache ist so wunderschön, daß sie sich für Poesie anbietet, findet Ihr nicht? Ich liebe es, sie laut vorgetragen zu hören. Es ist eine solch musikalische Sprache.« Sie hielt plötzlich inne, als ihr bewußt wurde, wie lächerlich sie daherplapperte. Aber sein Lächeln zeigte nicht den Spott, den sie befürchtet hatte.

Dann sah er ihr in die Augen und rezitierte die Zeilen des Gedichts, ohne auf die aufgeschlagene Seite zu blicken. Der warme, fließende Tonfall seiner Stimme nahm sie vollkommen ein, und der Klang der italienischen Worte erinnerte sie an einen Bach, der über Kieselsteine hinwegfloß. Ein köstliches Gefühl der Schwäche breitete sich in ihr aus, so als hofiere er sie.

Als er das Gedicht beendet hatte, saß sie schweigend da und wollte nicht aus dieser Träumerei erwachen, während ihr Blick den seinen weder loslassen konnte noch wollte.

»Würdet Ihr es für mich übersetzen?« fragte sie leise. »Ihr seid darin weitaus geübter als ich, und ich würde gerne Eure Interpretation des Gedichts hören.«

»Sehr gern. Es lautet etwa folgendermaßen:

›*Ich brauche nicht auf Äußeres zu achten,*
nicht auf vergeh'nde Schönheit, denn deine Inspiration
läßt mich den inn'ren Frieden suchen,
der mich
mit einer Liebe wärmt, so rein, daß du Versuchung tilgst.
Auch wenn diese von Gott erschaffene Frau
dem Auge unvollkommen scheinen sollte, es wär' mir gleich,
denn auch wenn manche ihre Schönheit leugnen mögen,
sie überstrahlt für mich doch alle anderen ihrer Art.
Er, den weltliche Begierde treibt,
wird niemals aufhör'n sich zu sehnen, sein Drängen brennt
wie für die Ewigkeit und muß zu Staub doch werden.
Und dieser Drang der Sinne ist nicht

einmal geboren aus der Liebe. Er ist Vernichter uns'rer Seele,
doch Zärtlichkeit ist auf hier auf Erden, mehr noch im Himmel, Segen.‹«

Es lag so viel Gefühl in seiner Stimme, daß ihr schien, er wolle sie überzeugen, daß sie unmittelbar aus seinem Herzen kämen.

Sie wartete mit angehaltenem Atem und hoffte, er würde noch mehr sagen, dieses Mal in seinen eigenen Worten, um ihr zu verdeutlichen, was er wirklich empfand.

Er schloß das Buch, legte es zur Seite und sagte: »Künstlerische Sprache ist das perfekte Medium, um unsere tiefsten Gedanken zu offenbaren. Sie ist das aus der Schreibfeder fließende Konzentrat menschlichen Geistes. Ein edles Unterfangen, nicht wahr?«

»Gewiß. Wir alle suchen nach Ausdruck, und die Dichtung ist eine Möglichkeit, einer anderen Seele an einem Ort jenseits und über unseren physischen Sinnen zu begegnen. Sie ist ein guter Weg, unsere Gedanken und Gefühle mit jemandem zu teilen und zu erkennen, daß wir nicht allein, sondern durch diesen selben goldenen Lebensfaden, der uns verbindet, ein wesentlicher Bestandteil der Ewigkeit sind.«

»›Niemand ist eine Insel, die sich selbst genügt.‹ Meint Ihr das?«

»Ja, genau. Ihr wißt, daß es stimmt, nicht wahr?«

Er sah sie durchdringend an, bevor er antwortete. »Einst hätte ich, wie Pilatus, verächtlich geantwortet: ›Was ist Wahrheit?‹ Aber inzwischen habe ich für mich selbst die sehr simple Tatsache erkannt, daß Wahrheit das ist, was ist. Unbestreitbar, unwandelbar und ewig – ein wahrer Fels. Ein alter Freund von mir versuchte es mir vor Jahren zu erklären. Vater Benedikt ist sein Name, der weiseste Mann, den ich kenne. Nur habe ich lange gebraucht, die Lektionen zu lernen, die er mir so geduldig beizubringen versucht hat.«

Und dann erhob er sich mit einem kurzen Auflachen, trat zum Kamin und stieß ein schwelendes Holzscheit zurück ins Feuer.

»Warum lacht Ihr?« fragte Constance verwundert. Die Stimmung war gebrochen.

»Wenn Ihr mich gekannt hättet, bevor ich nach London kam, müßtet Ihr nicht fragen«, erwiderte er, kreuzte die Arme und lehnte sich mit den Schultern nachlässig gegen die marmorne Kamineinfassung.

»Aber da habe ich Euch noch nicht gekannt«, murmelte sie leise.

»Leider nein, bedauerlicherweise. Nun, laßt mich Euch sagen, daß ich Bekannte habe, die erstaunt wären zu erfahren, daß ich fast eine Stunde mit einer wunderschönen Frau allein verbracht habe und nicht weitergekommen bin, als abstrakte Themen anzuschneiden und über Poesie zu diskutieren. Was ist an Euch, Miss Trevingham, das mich ständig meine Motive in Frage stellen läßt?«

»Ich war mir nicht bewußt, daß ich diese besondere Wirkung auf Euch habe, Graf Fabricati«, sagte sie, unangenehm berührt.

»Nein? In diesem Falle werdet Ihr Euch auch der Tatsache nicht bewußt sein, daß Ihr allein für die Wiedererweckung meines Gewissens aus seiner friedlichen Ruhestätte verantwortlich seid. Ich muß allerdings noch darüber nachdenken, ob dies eine erfreuliche Angelegenheit oder ein höchst bedauerliches Mißgeschick ist.«

»Das Gewissen ist das Mittel, durch das ein Mensch

in der Einschätzung seiner Freunde hoch erhoben werden kann, aber noch wichtiger ist, daß es seine eigene Selbstachtung steigert. Grund genug zur Freude, findet Ihr nicht?«

»Wenn Ihr es in diesem Licht betrachtet, muß ich zustimmen«, antwortete er lächelnd. »Und doch kann es auch eine Last sein, die einen genauso schwer niederdrückt wie Verantwortung.«

»Ja, in der Tat. Aber es stärkt den Charakter zu lernen, diese Last täglich mit Würde und Beharrlichkeit zu tragen«, schloß Constance entschieden. »Und das Gewissen muß, wenn es beachtet wird, stets ein getreuer Führer in der Wildnis dieser Welt bleiben.«

»Muß es auch auf Kosten des Glücks befolgt werden, Miss Trevingham?«

»Solcher Gehorsam könnte, glaube ich, niemals dem Glück im Weg stehen. Das zu tun, was wir im Herzen für gerecht und richtig halten, bringt seine eigene Zufriedenheit mit sich.«

»Und wenn wir uns in Erinnerung rufen, das Wohl des anderen über unser eigenes Wohl zu stellen. Leider habe ich mich mit diesem besonderen Aspekt der Weisheit bisher kaum herumgeschlagen, aber ich könnte ja anfangen, diesen Fehler zu korrigieren. Nun, wenn Ihr mich jetzt entschuldigen wollt, werde ich die Vorbereitungen für meine morgige Abreise treffen.«

»Eure Abreise? Ich verstehe nicht. Wohin reist Ihr?« rief Constance überrascht.

»Ich kehre nach London zurück. Hat Euer Bruder das nicht erwähnt?«

»Nein ... nein ... das hat er nicht«, stammelte sie benommen. »Ich hatte keine Ahnung, daß Ihr schon so bald wieder zurückkehren wollt. Müßt Ihr denn gehen?«

»Ja, Miss Trevingham, ich glaube schon, daß ich das tun muß«, erwiderte er in ruhigem, aber bestimmtem Ton.

»Aber Ihr kommt doch zurück, nicht wahr?«

»Ich bin mir meiner Pläne noch nicht ganz sicher, obwohl ich versuchen möchte, am Ball Eurer Mama teilzunehmen, wenn ich kann.«

»Ich verstehe«, murmelte Constance und schluckte ihre Enttäuschung hinunter. Ihr Stolz kam ihr zu Hilfe, und sie zwang sich zu einem Lächeln. »Nun, ich wünsche Euch eine sichere Reise, Graf Fabricati«, sagte sie heiter. »Und da ich morgen vielleicht keine Gelegenheit mehr dazu habe, sage ich auch bereits jetzt adieu.«

Sie streckte die Hand aus, und er preßte sie an seine Lippen. Dann sagte er mit einer flüchtigen Verbeugung fast flüsternd: *»Au revoir, ma chère mademoiselle«*, und ließ sie ohne ein weiteres Wort allein.

Constance wartete, bis die Tür hinter ihm zugefallen und das Geräusch seiner Schritte verklungen war. Dann nahm sie das Buch, das er auf die Sofalehne gelegt hatte, und schlug es auf der Seite auf, die er gelesen hatte. Sie betrachtete das Sonett erneut schweigend, schloß das Buch danach langsam und murmelte leise: »Getäuscht.« Ihr Kopf sank nach vorn, und sie ließ den Tränen des Zorns und einem seltsamen, unerklärlichen Kummer freien Lauf.

Dreizehn

Mr. Giles Morton fuhr an seinem Wohnsitz in der Jermyn Street vor, ohne sich bewußt zu sein, daß seine Ankunft von einem wenige Meter von seiner Haustür entfernt an einer Mauer lehnenden Gentleman mit aufmerksamem Interesse beobachtet wurde. »Mr. Johnson« beobachtete ihn schon, seit er selbst vor einigen Tagen in die Hauptstadt zurückgekehrt war.

Dupois hatte von dem Moment an, als er entdeckte, daß Mr. Morton »Erwartungen« hegte, beschlossen, sich mit den Angelegenheiten jenes Herrn vertraut zu machen.

Diskrete Erkundigungen unmittelbar nach seiner Ankunft in London hatten ergeben, daß die Rossmores über umfangreichen Besitz verfügten und daß der junge Erbe und die junge Erbin eines Tages ein namhaftes Vermögen bekommen würden.

Dupois gratulierte sich. Er hatte nicht lange gebraucht, um den Grund für jenen Streit zwischen Morton und Gérard zu erahnen. Gérard hatte eine feine Nase für fette Tauben, und dieser Vogel hatte anscheinend besonders hübsche Federn! Er hatte sie zweifellos bereits im Auge! Vielleicht wäre dieser Morton äußerst dankbar, Wissenswertes über Graf Fabricati zu erfahren! Aber war der junge Mann großzügig veranlagt? Das mußte natürlich zuerst festgestellt werden.

Dupois wußte, daß es ihm große Befriedigung verschaffen würde, Gérards Pläne zu durchkreuzen, aber er würde noch mehr triumphieren, wenn er die Situation zu seinem eigenen Vorteil wenden könnte. Er beschloß, Giles Morton sehr genau zu beobachten, bis er sich seines Mannes ein wenig sicherer war. Der Brief, den Arnaud ihm anvertraut hatte, konnte noch einen oder zwei Tage warten. Er hatte noch nicht entschieden, was er mit dieser hochgefährlichen Information tun würde. Dieses Mal hatte er das Schriftstück geöffnet. Er wußte, daß er es wieder versiegeln konnte, denn das hatte er schon früher erfolgreich versucht. Von dem Moment an, in dem Arnaud es ihm mit der strikten Anweisung gegeben hatte, es nur Gérard persönlich zu übergeben, hatte er gewußt, daß es sich um eine ganz besondere Information handeln mußte. Arnaud hatte darauf beharrt, daß er den Brief jeden Augenblick sicher verbarg. Er hatte ihn gewarnt, daß er besonders wachsam sein müsse, solange er sich in seinem Besitz befand. Und er erinnerte sich auch an Gérards nachdrückliche Worte: »Beim nächsten Mal brauche ich einen schlüssigen Beweis.«

Nun, dieser Umschlag enthielt in der Tat einen solchen Beweis! In seiner charakteristischen Schrift hatte Arnaud Gérard dringend angeraten, sofort zu handeln. Der Kaiser kehrte nach Frankreich zurück! Wenn alles gemäß ihrer sorgfältig erstellten Pläne verlief, befände er sich bereits Ende Februar wieder auf französischem Boden. In Arnauds Brief fand sich noch ein zweites Schreiben, das vom Kaiser persönlich unterzeichnet war! Dupois erkannte die Unterschrift sofort. Er las die Worte des Kaisers, während seine Hände vor Erwartung und Aufregung zitterten:

Mein lieber Freund und Bruder, König von Neapel. Wenn du diesen Brief erhältst, werde ich mich bereits auf dem Heimweg in mein geliebtes Frank-

reich befinden. Meine Soldaten haben ihren Kaiser nicht vergessen, und meine Freunde bringen mir die Nachricht, daß mein Volk ungeduldig auf meine Rückkehr wartet. Dieser Bourbone kann ihre Liebe und Loyalität niemals zu erringen hoffen, Sie gehören noch immer mir allein. Es wäre mir eine Ehre, wenn du dich uns anschließen würdest, damit du an meiner Seite bist, wenn ich die Tuilerien betrete! Marschiere mit uns! Erinnere dich an Marengo, Ulm, Austerlitz, Jena, Friedland und Wagram! Komm, Joachim, mein tapferer Ritter, laß uns erneut zusammen einen Sieg genießen! Mit dir und deiner Kavallerie als Hilfe soll ganz Europa vor uns niederknien. Österreich soll sich vor dir verbeugen, und du sollst deinen Fuß auf seinen stolzen Nacken setzen! Komm, laß uns erneut Waffenbrüder sein. Die ganze Welt wird über unseren Wagemut und unsere Tapferkeit erstaunt sein, wenn wir siegreich Schulter an Schulter marschieren! Nichts soll uns im Wege stehen. Unsere Heere sollen über alle unsere Feinde triumphieren! Ich weiß, daß dein furchtloses Herz nicht zögern wird. Ich werde deine glänzenden Standarten sich wie die Pracht eines Frühlingssonnenaufgangs erheben sehen. Italien und Frankreich werden mächtige Sieger sein! Laß deine Trompeten erklingen. Ich werde ihrem Sammelruf lauschen!

Der Brief endete mit einem Wort: *Napoleon.*

Dieser Brief war vielleicht das wertvollste Stück Papier, das er jemals in Händen gehalten hatte! Was sollte er damit tun? Er mußte sehr sorgfältig über seine Möglichkeiten nachdenken. Dies war vielleicht genau das, worauf er gewartet hatte – eine Chance, Gérard zu vernichten, seinen eingebildeten Stolz erniedrigt zu sehen und Rache zu nehmen für alle seine Beleidigungen. Aber er mußte einen Weg ersinnen, wie er dies bewerkstelligen konnte, ohne sich selbst zu schaden. Aber das wichtigste war, daß er diesen Moment nutzen mußte, um reich zu werden.

Und so kam es, daß Dupois sich daranmachte, etwas über Mr. Mortons Charakter zu erfahren, bevor er seinen nächsten Zug tätigte.

Giles war bei Freunden in Derbyshire gewesen und hatte auf dem Rückweg in die Hauptstadt bei den Wyverns vorgesprochen und gehofft, Lady Anne zu sehen. Er war äußerst überrascht zu erfahren, daß sie nicht nur das Weihnachtsfest mit Lord Trevingham und Graf Fabricati verbracht hatte, sondern sich bereits seit mehreren Wochen ohne den Schutz ihrer Anstandsdame in deren Gesellschaft befand! Die zusätzliche Neuigkeit, daß auch Fearnley zu dieser Gesellschaft gehörte, erstaunte ihn über alle Maßen. Es war allgemein bekannt, daß der Marquis an Weihnachten stets zu seinem Jagdsitz fuhr, und es war unvorstellbar, daß er statt dessen in Chailey weilte. Was Lady Wyverns Erklärung betraf, daß seine Liebe zu Anne diesen Wandel in ihm bewirkt hätte, so war dies ein schwer zu schluckender Brocken für Morton! Fearnley hatte sich stets große Mühe gegeben, den Ehestand zu meiden, und außer daß er bei ihrem Geburtstagsball ein- oder zweimal mit Lady Anne getanzt hatte, hatte er niemals auch nur das leiseste Interesse an ihr gezeigt. Er vermutete eine Verschwörung. Hatte er seine Cousine nicht an dem Tag, bevor er selbst nach Derbyshire aufgebrochen war, im Park mit diesem sittenlosen Fabricati sprechen sehen?

Er preßte die Lippen fest zusammen, und ein Muskel in seinem Mundwinkel verkrampfte sich, während er diese Ereignisse überdachte. Sein Diener begrüßte ihn schüchtern, hielt ihm das Tablett mit einem versiegelten Brief entgegen und wich dann instinktiv an die Wand zurück. Der Gesichtsausdruck seines Herrn ließ für niemanden Gutes ahnen, der heute seinen Weg kreuzte. Aber als er das eng beschriebene Blatt Papier gelesen hatte, hellte sich das Gesicht des jungen Gentleman zu einem breiten Lächeln auf, und er klopfte dem Diener sogar auf die Schulter.

»Sind es gute Nachrichten, Sir?«.

»Die bestmöglichen, Mann! Mein Tag dämmert herauf! Dieser alte Schurke Rossmore liegt auf dem Sterbebett! Schnell! Laß meine Karriole vorfahren. Ich begebe mich zu meinen Rechtsanwälten!«

Als Dupois Mortons Kutsche sich der Tür nähern sah, rief er eine in der Nähe stehende Droschke herbei und befahl dem Kutscher, dichtauf zu folgen.

Der Franzose sah, wie aufgeregt Morton schien, während er seine Pferde mit der Peitsche zur Eile antrieb. Etwas Interessantes mußte geschehen sein, daß er plötzlich lächelte und das Haus so schnell wieder verließ.

Die Karriole wurde in schnellem Trab auf den Strand zugelenkt und hielt schließlich vor einem Gebäude, das ein Messingnamensschild neben der Eingangstür aufwies. Als Morton das vornehme Portal passiert hatte, nutzte Dupois die Gelegenheit, die auf der Plakette eingravierte Inschrift zu lesen. Anscheinend suchte Mr. Morton eine Rechtsanwaltskanzlei auf.

Einige Minuten später kam er wieder heraus und wirkte jetzt erneut bedrückt. Auch sein Stirnrunzeln war zurückgekehrt.

 Sein nächstes Ziel war Cribbs Klub, wo Dupois ihn

schließlich mit einem seiner Busenfreunde etwas trinken sah.

Während dieser geselligen Begegnung wurde Dupois, der hinter ihnen saß, Zeuge einer höchst interessanten Unterhaltung, die ihn davon überzeugte, daß sein Glück sich unleugbar zum Besseren wendete.

Das erste, was die Ohren spitzen ließ, war die Erwähnung des Besuchs, den Morton gerade im Strand gemacht hatte. Dupois hörte unkontrollierte Begeisterung in Mortons Stimme, als er mit den vielen Veränderungen prahlte, die er jetzt, wo der alte Graf bald seinen letzten Atemzug täte, durchführen würde.

Also fiel ihm diese reife Frucht bald in den Schoß, dachte der Franzose mit berechnendem Glanz in den Augen.

»Dieser faule Bursche Jessup war nicht in seinem Büro, als ich hinkam, und sein Partner auch nicht«, beklagte sich Morton verbittert. »Ich wurde von seinem blaßgesichtigen Sekretär abgespeist. Er sagte, sein Herr habe dringende Geschäfte in irgendeinem Provinznest zu erledigen. Welchen Sinn hat es, einen Londoner Rechtsanwalt zu haben, wenn der verdammte Tor die ganze Zeit damit verbringt, aufs Land zu fahren? Gerade wenn ich seine Dienste brauche, verschwindet er. Nun, laß mich dir sagen, Jerry, wenn ich erst der Graf von Rossmore bin, werden sie nicht mehr für mich tätig sein dürfen. Ich werde andere, zuverlässigere Leute bevorzugen. Wenn ich daran denke, wieviel Geld er an meiner Familie verdient! Und was tut er dafür? Er bringt es nicht einmal fertig, mir ein Gespräch zu ermöglichen. Erkennt er nicht, welch wichtiger Klient ich sein werde?«

Seine Tirade wurde von einer Gruppe leicht angeheiterter junger Stutzer abrupt unterbrochen, die stehenblieben, um die beiden Gentlemen einzuladen, sie zu Brook's zu begleiten.

»Denn es ist weniger riskant, wenn Fearnley nicht die Bank hält«, nuschelte ein schmächtiges junges Bürschchen im engen grünen Mantel, den ein gewaltiger Blumenstrauß im obersten Knopfloch schmückte. »Er is' immer noch in Leishter ... (hick) ... Leishtershire.«

»Aber ich dachte, Fearnley befände sich mit Trevingham in Kent?« rief Morton aus, der plötzlich höchst aufmerksam war.

»Nein, er is' definitiv nich' in Kent, nich' wahr, Dris?« brachte der spindeldürre Mann mühsam hervor, während er sich zur Bestätigung seiner Feststellung an seinen Begleiter wandte und ständig wie in einer steifen Brise zu einer Seite schwankte.

»Du hast ganz recht, Tommy. Fearnley ist, wie immer, zu seiner Jagdhütte gefahren. Ich habe ihn selbst verabschiedet. Und Brascombe ebenfalls. Sie sind vor Weihnachten aufgebrochen und werden erst nächsten Monat zurückkehren. Ich verstehe nicht, warum Ihr glaubt, er sei mit Trevingham gefahren, Morton. Ihr wißt doch sicherlich, daß er solche Treffen haßt.«

»Ja, natürlich. Ich muß falsch informiert worden sein«, murmelte Mr. Morton. »Ihr müßt entschuldigen, wenn wir Euch nicht begleiten, Driscoll, aber wir haben heute abend noch eine andere Verpflichtung.«

»Nun gut. Dann auf Wiedersehen«, erwiderte er heiter, und sie schwankten alle auf die Straße hinaus.

»Hast du das gehört, Jerry?« zischte Morton mit einer Stimme, in der der verhaltene Zorn deutlich zu erkennen war. »Ich bin von diesem intriganten Lump Trevingham und seinem kriecherischen Grafen Fabricati getäuscht worden!« Er spie den Namen fast aus, als er erkannte, wie geschickt sie Lady Wyvern irregeführt und Lady Anne in ihr Netz gelockt hatten. Oder hatte sie auch Anteil an dem Betrug?

»Sage mir, Giles, alter Bursche, was, um alles in der Welt, ist los? Du wirkst völlig durcheinander.«

»Eine ganze Menge ist los«, knurrte Morton grimmig. »Ich muß sofort nach Kent fahren. Kommst du mit, Jerry? Vielleicht kann ich deine Dienste brauchen. Die Ehre meiner Familie steht auf dem Spiel. Wirst du mir helfen?«

»Nun, ja, natürlich werde ich dir helfen«, antwortete Mr. Symes, der über diesen seltsamen Wandel im Verhalten seines Freundes äußerst verblüfft war.

»Gut. Dann treffen wir uns morgen genau um neun Uhr. Packe nur einen Handkoffer. Ich habe nicht vor, für diese Angelegenheit viel Zeit zu verschwenden«, erklärte er mit zusammengebissenen Zähne.

»Neun Uhr? Morgen früh?« echote Mr. Symes schwach und erbleichte sichtbar.

»Ja, ich werde pünktlich vor deiner Wohnung sein. Laß mich nicht warten, denn ich werde es sehr eilig haben. Aber jetzt muß ich gehen. Ich muß noch einige wichtige Dinge erledigen. Gute Nacht, Jerry, und laß mich nicht im Stich!«

Mr. Symes trank einen stärkenden Schluck Schnaps und trottete dann hinter ihm her. Als er das letzte Mal vor neun Uhr morgens wach war, war er auf dem Weg ins Bett gewesen!

Dennoch war Mr. Symes, als gefälliger Mensch, zur verabredeten Zeit bereit, auch wenn er sich eher schwach fühlte. Sein Kopf fühlte sich so schwer an, daß sein Nacken ungeeignet schien, ihn beständig zu stützen, und sein Magen, den er erst mit ein, zwei Scheiben Beefsteak und einem halben Liter sehr starken Ales besänftigt hatte, war offensichtlich noch unentschlossen, ob er das alles bei sich behalten wollte oder nicht.

Die Geschwindigkeit, mit der Mr. Morton aus der Cork Street in die Bond Street einbog, hätte die Angelegenheit beinahe an Ort und Stelle entschieden. Mr. Symes, dessen interessante Hautfärbung jetzt eine noch eigenartigere Grünschattierung annahm, schwebte am Rande des Erbrechens. Seine Würde blieb jedoch intakt, da der zunehmende Verkehr zur Piccadilly seinen Begleiter zwang, langsamer zu fahren.

Mr. Morton, der es eilig hatte, schien diese erzwungene Verzögerung als persönliche Provokation zu sehen. Er äußerte sich lauthals zum Thema Niedertracht, wie sie von der fahrenden Öffentlichkeit gezeigt wurde, und erlangte sogar die von Herzen kommende Zustimmung zweier Lehrlinge, die zufällig in der Menge auf dem Bürgersteig herumstanden. Sie ermutigten Morton begeistert, als dieser einen unglückseligen Farmer, der ein mit Kohl beladenes Gefährt führte und sich in Mr. Mortons elegante Equipage verkeilt hatte, unflätig beschimpfte. Der arme Mr. Symes, der noch nie in seinem Leben Zeuge so schlechten Benehmens geworden war, begann sich in sein Bett zurückzuwünschen, wo er es bequem gehabt hätte und mit der Welt im Frieden gewesen wäre.

Das kam davon, wenn man zu unchristlicher Zeit aufstand. Es war nicht verwunderlich, wenn Gentlemen bis zum Mittag im Bett blieben. Er würde sich niemals wieder zu solcher Torheit überreden lassen.

»Giles, sei bitte still! Die Straße ist jetzt frei, also laß uns weiterfahren«, bat er drängend. »Wir werden für alle Händler Londons zu einem Schauspiel!«

»Ja, ja! Ich habe es geschafft, das Rad freizubekommen«, murmelte er verärgert. »Aber wenn dieser verdammte Idiot mir die Farbe zerkratzt hat ...! He da! Aus dem Weg, du Hornochse!« rief er einem jungen Burschen mit langer Segeltuchschürze zu, der dem Farmer zu Hilfe geeilt war.

Die Kutsche war kaum außer Sicht, als eine Postkutsche neben dem Bürgersteig anhielt. Ein Mann streckte den Kopf aus dem Fenster und rief die Lehrlinge heran. »In welche Richtung ist der gelbe Phaeton gefahren?«

Auf ihre Antwort hin zog der Gentleman den Kopf wieder ein, und die Kutsche fuhr weiter. Der junge Mann in der Schürze starrte ihr verwundert nach. Als er dieses Gesicht das letzte Mal gesehen hatte, hatte es ihm zwei Schillinge eingebracht. Vielleicht lohnte es sich, wenn er sein erneutes Auftauchen wieder erwähnte. Tatsächlich würde er heute morgen ohnehin die Brook Street aufsuchen.

Seine Information wurde von Jean mit großem Interesse entgegengenommen, und er wurde gebeten, sie in Gegenwart des Herrn des Franzosen zu wiederholen.

Der Graf fragte sehr genau nach. War er sich absolut sicher, daß es derselbe Mann gewesen war, der in Mr. Redmans Geschäft vorgesprochen hatte?

»Ja, Sir, diese häßliche Fratze kann man nicht verwechseln. Er war es ganz sicher. Ich habe ihn mir genau angesehen.«

»Und der Gentleman, dem er gefolgt ist? Wie sah er aus?«

»Oh, das war ein richtiger Raufbold mit einem Temperament wie heiße Kohlen in der Asche! Dunkles Gesicht, kleine, dunkle Augen, die sehr nahe zusammenstanden – und eine Nase, über die man fallen könnte! Er hatte einen Burschen bei sich, der ihn Giles nannte, jawohl. Das ist alles. Giles hieß der Mann.«

»Gut gemacht, Jos. Du hast anscheinend gute Augen. Ich bin dir sehr dankbar.« Der Graf streckte die Hand aus, Jos legte seine eher schmierige Pranke hinein, und sie schüttelten sie herzlich.

»Ich danke Euch, Sir«, sagte er glücklich und nahm die in seine Handfläche gedrückte Münze an, wobei seine Augen beim Anblick des Goldes aufleuchteten. »Ich hoffe, ich sehe ihn wieder – oft!« sagte er grinsend.

Wieder allein, plante der Graf bereits seinen nächsten Zug.

»Jean, wir müssen so schnell wie möglich ein paar Sachen packen. Diese Angelegenheit steht vielleicht in Zusammenhang mit der Nachricht, die wir von Mr. Redman erhalten haben. Es braut sich etwas zusammen, das kann ich in meinen Knochen spüren!«

»*Oh, m'sieur, moi aussi!*« erwiderte Jean düster. »Aber wohin fahren wir?«

»Nach Chailey zurück, denke ich. *Allons-y! Dépêchez-vouz!*«

Noch zur gleichen Stunde waren sie unterwegs. Glücklicherweise war der Schnee fast verschwunden, aber die Straßen blieben glatt und rutschig. Februar war bereits weit fortgeschritten, und der Graf hatte nicht zu Lady Trevinghams Ball zurückkehren können. Er hatte in London nutzlos auf Dupois und die wichtigen Nachrichten gewartet, die er überbringen sollte. Die heutige Entdeckung, daß er in der Stadt gewesen war, ohne Jean oder ihn selbst über seine Ankunft zu informieren, entzündete ein Leuchten in den dunklen Augen des Grafen, das Dupois erschreckt hätte, wenn er es gesehen hätte. Was für ein Spiel spielte er? Anscheinend eines mit seinen eigenen Karten. Also hatte nicht das Wetter die Angelegenheit verzögert. Wie lange war er schon in London gewesen, und was hatte er seit seiner Rückkehr gemacht? Nun, er würde die Antworten auf diese Fragen erhalten, sobald er ihn einholte, und wenn er sie mit bloßen Händen aus ihm herausschütteln mußte!

Aber er hatte Glück, denn dank Mortons eigener Sorglosigkeit gelang es dem Grafen, ihn schon auf der Landstraße zu überholen. Er eilte an dem Phaeton vorbei, ohne von seinem gereizten Besitzer erkannt zu werden, der vollauf damit beschäftigt war, die Hinterräder des Fahrzeugs aus einem tiefen Graben herauszuziehen.

Von der Kutsche, in der Dupois reisen sollte, war bisher nichts zu sehen gewesen, aber er hatte den Phaeton zweifellos ebenfalls überholt und wartete irgendwo voraus darauf, die Verfolgung wiederaufzunehmen.

Als der Graf nur wenige Minuten später in den Hof des *Lamb Inn* einfuhr, wußte er ziemlich sicher, warum Morton solch große Eile an den Tag legte. Er hatte richtig vermutet, daß Chailey sein Ziel sei, denn das Haus befand sich nur noch ungefähr eine Meile von hier. Der Graf betrat das Gasthaus in der Hoffnung, innerhalb sehr kurzer Zeit mit Dupois ins reine zu kommen!

Er rief nach dem Wirt, um von ihm zu erfahren, ob Dupois zuvor hier angehalten hatte. Es gab zwei Gasthäuser in diesem Dorf, und der Graf war sicher, daß Dupois eines davon aufgesucht haben mußte.

Beim Klang seiner Stimme wurde eine der inneren Türen geöffnet, und eine gutaussende junge Frau in eleganter Reitkleidung erschien.

»Graf Fabricati! Ich meinte doch, Eure Stimme gehört zu haben! Wie wunderbar, daß Ihr zu uns zurückgekehrt seid!«

»Lady Anne! Ich hatte nun wirklich nicht erwartet, Euch hier zu sehen!« rief er überaus überrascht aus.

Dann erinnerte er sich an Mortons unmittelbar bevorstehende Ankunft und fügte hastig hinzu: »Kann ich Euch einen Moment sprechen, Mylady? Unter vier Augen? Ich habe Euch etwas zu sagen.«

»Natürlich«, erwiderte sie sofort, da sie die Dringlichkeit seiner Worte erkannte. »Gleich hier ist ein privates Empfangszimmer. Ich darf es im Moment allein benutzen, während ich auf Constance warte. Sie ist zur Schmiede gegangen, weil Starbright ein Hufeisen verloren hat, als wir den Weg entlangritten.«

Sie betrat vor ihm den Raum und schaute währenddessen glücklich lächelnd über die Schulter. »Ich bin so froh über diese Gelegenheit, Euch allein zu sprechen, denn es gibt etwas, was ich Euch gerne erzählen möchte. Aber ich hatte bereits befürchtet, daß Ihr gar nicht mehr zurückkommen würdet.«

»Hätte Euch das unglücklich gemacht?« fragte er, während er leise die Tür schloß und näher zu ihr trat.

Sie schaute erstaunt in seine dunklen Augen. »Ja«, antwortete sie einfach, »ich glaube, es hätte mich unglücklich gemacht.«

Als Constance ihr Pferd in den Innenhof führte, um ihn der Obhut von Lady Annes Pferdeknecht zu überlassen, wurde sie vom Erscheinen Giles Mortons überrascht, der genau in diesem Moment in Begleitung eines jungen, vornehmen Mannes aus der Richtung der Ställe kam.

Sie sammelte sich schnell und eilte in das Gasthaus, um Lady Anne vor seiner Ankunft zu warnen, aber leider hatte er ihre plötzliche Flucht bemerkt und folgte ihr.

 Sie hob den über den Boden schleifenden Saum

ihrer Reitkleidung an, lief den Gang hinab und stieß die Tür zum Empfangszimmer auf.

»Anne! Wir müssen uns beeilen! Dein Cousin Giles ...« Ihre Stimme erstarb, sie stand wie erstarrt im Eingang, als habe sie einen Geist gesehen.

Mr. Morton lief fast in sie hinein, so plötzlich war sie stehengeblieben. Die Insassen des besten Empfangszimmers des Gastwirts sprangen auseinander, aber erst nachdem die Neuankömmlinge ihre zärtliche Umarmung bemerkt hatten.

Der Graf, der Miss Trevinghams betroffenen Gesichtsausdruck bemerkte, fluchte leise. Alles wurde immer noch schlimmer!

»Das habe ich vermutet!« rief Morton hitzig, und sein aufgestauter Ärger floß über, während er sich an Constance vorbeidrängte, die noch immer wie zu Stein erstarrt dastand. »Verdammter Lump! Dafür fordere ich Euer Blut!« tobte er, vor eifersüchtigem Zorn fast außer sich.

Er durchschritt hölzern den Raum, das Gesicht puterrot, und machte Anstalten, den Grafen in sein unbeteiligt wirkendes Gesicht zu schlagen. Der Schlag traf ins Leere, da Fabricati einen Schritt zurücktrat, und dann spürte Morton, wie sein Handgelenk mit eisernem Griff gepackt wurde.

»Wo sind Eure Manieren, Morton? Oder muß ich sie Euch erst beibringen? Es sind Damen anwesend, habt Ihr das vergessen? Bitte versucht zumindest, Euch wie ein Gentleman zu benehmen.«

Morton keuchte, während er seinen Zorn zu bändigen versuchte. Schließlich brachte er erstickt hervor: »Ich fordere Genugtuung für diesen Frevel an meiner Cousine! Benennt Eure Freunde, Sir! Symes! Du wirst mein Sekundant sein, nicht wahr?«

»Eh ... ja ... ja, natürlich«, willigte der überraschte Gentleman unbeholfen ein. »Ich bin froh, wenn ich dir auf irgendeine Art dienlich sein kann, Giles, alter Junge.«

Lady Anne, die die Ereignisse bis jetzt nur wie betäubt beobachtet hatte, packte ihren Cousin jetzt plötzlich am Ärmel seines Mantels.

»Giles! Bitte! Benimm dich nicht so lächerlich! Bist du verrückt geworden? Der Graf hat nichts Unschickliches getan, das versichere ich dir. Denk nur, welchen Skandal es geben würde, wenn ihr euch schlagt! Du mißverstehst die Situation, der Graf und ich haben uns nur zufällig getroffen. Sage ihm, daß es so ist, Constance.«

Aber Miss Trevingham war genauso plötzlich verschwunden, wie sie zuvor erschienen war.

»Nun, Sir?« fragte Morton grimmig und befreite sich aus Lady Annes Griff.

Der Graf seufzte resigniert, weil wertvolle Zeit vergeudet wurde. »Wenn Ihr es so wollt, aber erinnert Euch – Ihr habt mir den Streit aufgezwungen und müßt die Konsequenzen tragen. Und nun muß ich mich um wichtigere Angelegenheiten kümmern«, fuhr er fort, seine mißliche Lage gänzlich ignorierend. »Sicherlich wird Lord Dillcott mich vertreten. Er wird sich mit Eurem Sekundanten in Verbindung setzen, wenn wir in die Stadt zurückgekehrt sind.«

»Nein! Das genügt mir nicht! Ich verlange Genugtuung, und ich verlange sie jetzt! Symes und ich werden heute hier übernachten, und unsere Begegnung kann morgen früh beim ersten Tageslicht stattfinden.«

»Pistolen in der Dämmerung, ja?« lachte der Graf und nahm seinen Hut vom Tisch auf. »Nun, ich habe nichts gegen solche Dramatik. Ich werde Dillcott bitten, Euch heute abend hier zu treffen, um die Bedingungen festzulegen. Kommt, Mylady. Habt Ihr Euren Pferdeknecht mitgebracht? Dann werde ich Euch jetzt zu ihm bringen. *A bientôt*, Morton«, rief er fröhlich und setzte seinen Biberhut auf. »Ich werde es Eurem Freund, Mr. Symes, überlassen, den Knochenbrecher für Eure Versorgung zu bestellen. Obwohl es zweifellos herzlich wenig für ihn zu tun geben wird.«

Mit dieser spitzen Bemerkung ging der Graf davon und überließ Mr. Morton seinem Zorn.

Draußen auf dem Hof tat der Graf sein Bestes, um Lady Annes Tränen zu stillen, indem er ihr mit einem Taschentuch die Augen trocknete und ihr versicherte, daß sie nichts befürchten müsse.

»Ich möchte, daß Ihr mir versprecht, niemandem etwas hiervon zu erzählen«, sagte er ernst. »Ich werde die Angelegenheit auf meine Weise regeln. Vertraut mir einfach, um mehr bitte ich Euch nicht. Habe ich Euch bisher jemals enttäuscht?«

Sie schüttelte ihren Kopf und sah mit großen, tragischen Augen zu ihm auf. »Ihr werdet vorsichtig sein, nicht wahr? Ich könnte es mir niemals verzeihen, wenn Euch aufgrund meiner Torheit etwas geschähe.«

»Mir wird nichts geschehen. Hört auf, Euch zu sorgen. Es besteht wirklich kein Grund dazu.«

»Aber was ist mit Constance? Ihr habt ihr Gesicht gesehen! Oh! Alles ist so schrecklich!«

»Überlaßt Miss Trevingham mir. Ich werde kurz zum Haus kommen und diese Sache in Ordnung bringen, keine Angst. Und jetzt müßt Ihr gehen, es wird schon spät.«

Als sie fort war, machte sich der Graf auf die Suche nach seinem Diener. Er fand ihn in den Ställen, wo er mit dem Stallknecht sprach.

»Komm her, Jean, ich muß sofort mit dir sprechen.«
Der Diener eilte zu ihm.

»Nun, Jean?« fragte er leise

»*Très bien, m'sieur le Comte*«, grinste Jean und wirkte sehr zufrieden mit sich. »Es war so, wie Ihr vermutet habt. Er tauchte nur einen Moment nach diesem wütenden Gentleman auf.«

»Ich glaube, Ihr meint Mr. Morton«, lächelte der Graf grimmig. »Er war zornig. Sehr zornig. Er war tatsächlich so zornig, daß er mich zu einem Duell herausgefordert hat.«

»Ein Duell? *Mon Dieu!*« rief Jean ensetzt aus.

»Macht dir keine Sorgen darüber. Ich habe nicht die Absicht, ihn zu treffen. Gerade jetzt kann ich es mir zeitlich nicht erlauben. Er wird mit der nicht zufriedengestellten Ehre lcben müssen. Siehst du, Jean, es hat gewisse Vorteile, nicht ganz ein Gentleman zu sein«, lächelte Monsieur Gérard. »Aber ich muß ihn davon abhalten, nach Chailey zu gehen, also brauche ich Lord Dillcotts Hilfe. Und jetzt erzähle weiter!«

»Ah, *oui!*« erwiderte Jean bereitwillig. »*Eh bien*, Monsieur Morton kam mit seinem Freund an, und sie folgten Mam'selle Trevingham in das Gasthaus. Sie gingen alle ins Empfangszimmer und dann – *quelle horreur!*«

»Ja, ich danke dir, Jean. Aber bitte beschränke dich bei deinen Beobachtungen auf das, was außerhalb jenes Raumes geschah.«

»*Pardon, m'sieur. Je continue*. Ich sah, wie Dupois sich dort drüben verbarg. Er sah M'sieur Morton hinter Mam'selle hineingehen und folgte ihnen. Oh, er ist schlau! Er hörte die wütende Stimme dieses Morton und schlich zur Tür. Ich glaube, er hörte alles. Als Ihr und Mylady erschient, ging er *sur le pointe des pieds*, schnell, *comme un souris*.«

»Gut gemacht, Jean! Jetzt mußt du besonders vorsichtig sein. Ich möchte, daß du ihn überall überwachst. Du wirst dich verkleiden müssen. *Un paysan*, wie in Spanien, erinnerst du dich? Und ich fahre nach Chailey, um mit Lord Dillcott über eine delikate Angelegenheit zu sprechen!«

Vierzehn

Lord Dillcott, der sich widerwillig hatte überreden lassen, Mr. Symes noch vor der Essenszeit aufzusuchen, kehrte nach Chailey zurück, um den Grafen darüber zu informieren, daß das Treffen im nahe gelegenen Wäldchen stattfinden sollte. Der Graf dankte ihm für seine Hilfe und Diskretion und war es zufrieden, daß Giles sie jetzt zumindest im Moment in Ruhe lassen würde. Dieser Teil war einfach zu bewerkstelligen gewesen. Sein Versuch, mit Miss Trevingham zu sprechen, war nicht so glücklich verlaufen. Sie hatte seine Bitte, sie persönlich zu treffen, verweigert und deutlich gezeigt, daß sie ihm absolut nichts zu sagen hätte. Sie erklärte ihm unmißverständlich, daß sie ihn zum Teufel wünschte!

Justin jedoch war erfreut, seinen Freund zu sehen, und stellte ihn gleich seinem Onkel vor.

»Onkel George, dies ist Graf Fabricati, von dem ich dir bereits erzählt habe. James, dies ist mein Onkel, Lord Kemsley.«

»Es ist mir eine Ehre, Euch kennenzulernen, Lord Kemsley«, sagte der Graf und verbeugte sich. »Justin hat mir viel von Euch erzählt, und ich habe mich darauf gefreut, Eure Bekanntschaft zu machen.«

»Graf Fabricati, nicht wahr? Nun, wie geht es Euch, Sir? Ich bin auch froh, Euch endlich kennenzulernen. Justin hat mir von Euren Heldentaten in Italien erzählt. Ich bin an diesem Teil der Welt besonders interessiert und würde gerne die Meinung eines seiner Bewohner hören. Interessiert Ihr Euch für Staatsführung, Graf?«

»Ich gestehe, daß ich sie recht faszinierend finde«, gab der Graf mit einem leichten Lächeln auf den Lippen zu. »Wie Ihr natürlich wißt, ist unser politisches Klima im Moment eher ungefestigt.«

»Ihr meint vermutlich Neapel?« warf Oberst Dyson ein, der erst kürzlich zur Gesellschaft in Chailey gestoßen war. »Aber unser alter Gegner Murat hat das doch sicherlich fest in der Hand? Ich habe gehört, daß er eine ausgezeichnete Streitmacht zur Verfügung hat und das Königreich bestimmt behalten wird.«

»So sieht es in der Tat aus«, stimmte Lord Kemsley ihm vorsichtig zu. »Aber wir sollten diese Diskussion besser später fortführen. Die Damen erwarten uns. Ah, Sophy, meine Liebe!« rief er erfreut, als sie den Salon betrat. »Wie hübsch du heute abend wieder aussiehst. So süß und frisch wie eine Rose, nicht wahr, Lord Dillcott? Aber wo ist deine Schwester?«

»Constance kommt heute abend nicht herunter, Onkel. Sie läßt sich ein Tablett aufs Zimmer bringen. Vielleicht hat sie sich bei ihrem heutigen Ausritt eine Erkältung zugezogen. Sie war recht erhitzt, als sie nach Hause kam, und ihre Augen wirkten fiebrig. Hoffentlich wird sie nicht krank.«

»Das tut mir leid zu hören«, erwiderte er besorgt. »Es sieht Connie gar nicht ähnlich, sich so unwohl zu fühlen. Sie ist normalerweise sehr robust.«

»Mir schien es«, bemerkte Oberst Dyson, »als wäre Miss Trevingham in letzter Zeit bedrückt. Ihr fehlt ihre natürliche Lebhaftigkeit, zumindest hatte ich diesen Eindruck.«

»Ich glaube, sie ist durch all die Festlichkeiten der letzten Zeit nur ein wenig überanstrengt«, schloß Sophy. »Ich werde nach dem Essen nach ihr sehen.«

Der Oberst hatte tatsächlich eine Veränderung an

der Dame bemerkt, um die er zu werben gedachte. Sie war in ihrem Verhalten eher zurückhaltend geworden, als wären ihre Gedanken vollauf mit gewichtigen Angelegenheiten beschäftigt. Sie lächelte jetzt nur noch selten, und er hatte bei seiner Werbung keinerlei Fortschritte erzielen können. Es war wirklich äußerst verwirrend. Er war ihrer in London so sicher gewesen. Was war geschehen, das alle seine Hoffnungen durcheinanderbrachte? War seine Reise hierher umsonst gewesen, oder konnte er den Zweck seines Besuches noch erreichen?

Unterdessen wurde auch Mr. Morton von Zweifeln heimgesucht. Er hatte an diesem Abend früh gespeist und bedachte jetzt bei einer Flasche Portwein dic möglichen Konsequenzen seiner ungestümen Tat. Angenommen, nur angenommen, Fabricati würde ihn morgen töten? Dann stünde es dem Grafen frei, Lady Anne zu heiraten und ein erhebliches Vermögen zu gewinnen. Und was war mit dem Skandal? Ein Mann wie Fabricati würde sich darum nicht kümmern, aber wenn der Graf stürbe? Müßte er, Morton, dann nicht Nachteile in Kauf nehmen? Fabricati hatte es verstanden, sich bei einigen einflußreichen Leuten sehr beliebt zu machen, und ein Duell wurde in dieser Zeit ungern gesehen. Das bedeutete, daß er das gleiche Schicksal erleiden könnte wie der fünfte Graf und lebenslang verbannt werden könnte, seinen Besitz zurücklassen müßte und keinerlei Chance auf eine profitable Heirat mehr hätte. Wie auch immer er es betrachtete, diese scheußliche Angelegenheit konnte alle seine Träume zerstören. Wenn er nur nicht die Beherrschung verloren hätte! Diese Sache hätte auch auf andere Weise geregelt werden können. Man hätte dem Grafen mit seinem Hang zum Spielen leicht eine Summe Geldes anbieten können, um ihn von der Dame abzubringen. Sein Interesse galt allein ihrem Vermögen, soviel war sicher, nur war sie zu vernarrt in diesen Schurken, um das zu erkennen! Vielleicht war es noch nicht zu spät, das Problem durch Bestechung zu lösen? Aber das könnte wiederum so aussehen, als hätte er Angst, dem Grafen im Duell gegenüberzutreten. Und es wäre nicht zu ertragen, wenn Fabricati ein solches Gerücht in der Stadt verbreitete! Was sollte er tun?

Mr. Symes, der seinen Freund beobachtete, während dieser düster über seinem halb geleerten Glas brütete, vermutete richtig, daß Giles sein überstürztes Handeln bedauerte. Sein aufbrausendes Temperament hatte ihn letztendlich in eine sehr peinliche Lage gebracht. Mr. Symes hatte immer schon gewußt, daß es so kommen würde. Man konnte seine Mitmenschen nicht ständig kränken, wie Giles es tat, ohne schließlich einmal Zorn auf sich zu ziehen. Jetzt mußte er dafür bezahlen. »Sage einmal, Giles, könntest du dich nicht zu einer Entschuldigung durchringen? Lord Dillcott und ich könnten sicherlich eine Versöhnung herbeiführen, wenn du nur vernünftig würdest.«

»Sei kein solcher Narr, Jerry! Ein Schlag ist geführt worden. Es kann keine Versöhnung zwischen uns geben«, fauchte Morton übelgelaunt.

»Aber sicher würde Graf Fabricati darüber hinwegsehen. Immerhin hat der Schlag nicht getroffen und ...«

»Dieser verdammte Fabricati!« schrie Morton, gereizt durch die ungelegene Erinnerung an seinen Versuch, diesen Abschaum dafür zu bestrafen, daß er es gewagt hatte, Hand an die von ihm geliebte Frau zu legen. »Verdammt sei er, sage ich! Ich werde ihn zuerst in der Hölle schmoren sehen!« Und er schlug so fest mit der Faust auf den Tisch, daß sein Glas umstürzte und sich der Wein über das dunkle Holz ergoß. Es schien ihm sein eigenes Blut zu sein, das sich über die kalte Erde ausbreitete, während er verwundet und sterbend dalag.

»Erlaubt mir, Euer Glas neu zu füllen, Sir«, erklang eine leise Stimme neben ihm. Er schreckte auf und betrachtete die Gestalt, die so lautlos neben ihm erschienen war. Es war ein Mitreisender, ein Gentleman, der früh an diesem Nachmittag in dem Gasthaus eingetroffen war.

»Ich danke Euch, Sir. Wie überaus zuvorkommend von Euch«, erwiderte Mr. Symes, dem das mürrische Schweigen seines Begleiters peinlich war. »Möchtet Ihr Euch nicht zu uns gesellen? Man sollte niemals allein trinken, und wir wären über Eure Gesellschaft sehr erfreut. Mein Freund ist heute abend ein wenig melancholisch. Ich hoffe, Ihr seht darüber hinweg.«

»Ich kann mich selbst entschuldigen«, grollte Morton grob und sah seinen Freund stirnrunzelnd an.

»Das ist nicht nötig, Sir, es ist nicht nötig«, murmelte der Fremde ruhig und stellte die Flasche hin. »Ich werde mich Euch nicht aufdrängen. Bedient Euch mit dem Wein, ich habe bereits noch mehr bestellt.«

Er wollte wieder gehen, aber Morton rief ihn zurück. »Ihr könnt Euch genausogut auch hinsetzen, wenn Ihr schon Eure Flasche hierlaßt.«

»Ja, bitte setzt Euch«, beharrte Mr. Symes, der diesen Tag zivilisierter beenden zu können hoffte, als er begonnen hatte.

»Vielen Dank«, sagte der Gentleman, verbeugte sich, zog einen Stuhl heran und setzte sich an ihren Tisch.

 »Vergebt mir, wenn ich neugierig erscheine, aber

habe ich Euch nicht gerade den Namen Fabricati erwähnen hören?« fragte er höflich. »Es tut mir leid, aber Ihr habt so laut gesprochen. Ich habe nicht heimlich gelauscht, wie ich Euch dringend versichern möchte.«

»Und was geht Euch das an?« fragte Morton kurz angebunden.

»Nun, ich suche zufällig gerade nach einem Mann dieses Namens. Übrigens, mein Name ist Johnson, Mr. William Johnson. Dürfte ich freundlicherweise auch Eure Namen erfahren, Gentlemen?«

Mr. Symes erwies ihm den Gefallen.

»Welches Interesse habt Ihr an Fabricati?« fragte Morton scharf und sah Mr. Johnson mit ziemlich streitlustigem Blick an.

»Ich bin nicht zufällig hier«, begann Mr. Johnson vertraulich. »Ich bin diesem sogenannten *Graf Fabricati* durch ganz Frankreich und Italien gefolgt. Dann hatte ich ihn hier wieder aufgespürt, aber heute morgen habe ich seine Spur verloren.«

»Was wollt Ihr damit sagen?« fragte Morton, der plötzlich Interesse an seinem neuen Bekannten zeigte.

»Ich wurde ihm letztes Jahr während meiner Reise über das Festland vorgestellt, nur daß er damals den Namen Monsieur Gérard benutzte«, schloß er geheimnisvoll.

»Gérard? Sein wahrer Name ist Gérard?« wiederholte Morton. »Wollt Ihr damit sagen, daß er gar kein italienischer Graf ist?«

»Das ist er ganz entschieden nicht. Er ist ein Franzose ohne Bedeutung und ein notorischer Spieler!«

Mr. Symes keuchte entsetzt. »Ein Hochstapler! Aber Morton hier hat sich verpflichtet, ihn in einem Duell zu treffen! Das ist gegen alle Regeln!«

»Hüte deine Zunge, Jerry, verdammt! Willst du, daß jedermann von meinen Angelegenheiten erfährt?« zischte Morton ärgerlich.

»Ein Duell, sagt Ihr?« Johnson beobachtete Morton wachsam. »Nun, es geht mich natürlich nichts an, aber ich möchte nicht an Eurer Stelle sein. Er ist als tödlicher Meisterschütze bekannt. Er hat auch in Frankreich mehrere Duelle bestritten, und nicht viele Männer würden ihm gerne in fünfundzwanzig Yards Entfernung gegenüberstehen.«

Mr. Morton hatte dies bereits vermutet und fühlte sich ein wenig schwach.

»Habt Ihr die Bedingungen bereits festgelegt?« fragte Mr. Johnson.

»Ja, heute abend«, gab Mr. Symes bedrückt zu.

»Dann wärt Ihr am besten beraten, ihm eine Entschuldigung anzubieten, sofern er dazu zu überreden wäre, sie anzunehmen«, fügte er zweifelnd hinzu.

»Niemals! Ich werde mich bei diesem lügnerischen, hinterlistigen Schwindler niemals entschuldigen! Welchen Ruf er auch immer hat!« schwor Morton leidenschaftlich.

»Ich verstehe«, murmelte der Neuankömmling und rieb sich nachdenklich das Kinn. »Ihr scheint den Mann genausowenig zu mögen wie ich.«

»Oh? Was hat er Euch angetan?« fragte Morton, der feststellte, daß er sich für diesen verständnisvollen Gentleman zu erwärmen begann. »Wollt Ihr uns sagen, warum Ihr ihn sucht?«

»Sehr gern. Ihr habt mir vertraut, und daher werde ich diese Ehre erwidern. Der Mann hat mich um eine sehr große Summe Geldes betrogen, und ich bin entschlossen, es mir nach Möglichkeit zurückzuholen.«

 »Und wie wollt Ihr das erreichen? Er scheint nicht

der Mensch zu sein, der sich überzeugen läßt«, bemerkte Mr. Symes verzagt.

»Das stimmt. Aber ich habe, während ich ihm folgte, gewisse Informationen erhalten, Informationen, die ihn, wenn sie bekannt würden, an den Galgen brächten.«

Bei diesen ernsten und ehrfurchtgebietenden Worten wurden seine Zuhörer plötzlich still.

»Das einzige Problem besteht darin, daß ich zwar meine Rache bekomme, wenn ich ihn den entsprechenden Stellen melde, mein Geld aber dann niemals wiedersehe«, fuhr er vorsichtig fort. »Es hat mir erhebliche Kosten verursacht, ihm so weit zu folgen, und ich muß entweder meine Verluste ausgleichen oder einem Leben in Armut entgegensehen. Ich wollte ihm mit der Aufdeckung seines Verbrechens drohen, wenn er mir nicht jeden Penny meines Geldes zurückzahlt, aber er ist so schlecht, daß ich um mein Leben fürchte, wenn er erfahren sollte, daß ich von seinem Verrat weiß. Versteht Ihr mein Dilemma, Gentlemen?«

»Ja, ja, Ihr befindet Euch in einer schrecklich mißlichen Lage«, stimmte Morton ihm zu und goß Wein ein, während er diese außerordentliche Geschichte fieberhaft überdachte.

Er schob seinen Begleitern die bis zum Rand gefüllten Gläser zu. »Wir sollten einen Toast ausbringen, Gentlemen.«

»Worauf sollen wir trinken?« fragte Mr. Symes, dem der selbstzufriedene Ausdruck seines Freundes nicht entgangen war.

»Auf Graf Fabricatis Ableben! Ich möchte Euch einen Vorschlag unterbreiten, Mr. Johnson. Ich bin dabei, ein sehr reicher Mann zu werden. Wenn Ihr Eure Informationen mit mir teilt, werde ich meinen neugewonnenen Reichtum mit Euch teilen. Wenn Ihr mir helfen könnt, diesen Betrüger ein für allemal loszuwerden, werde ich nicht kleinlich sein. Wir könnten heute abend eine beiderseitig zufriedenstellende Übereinkunft treffen. Was sagt Ihr dazu, Sir?«

»Ich sage, laßt uns darauf trinken, Sirs!« rief Mr. Johnson bereitwillig. »Auf Graf Fabricatis Ableben, möge der Teufel ihn wahrhaftig zu sich nehmen!«

Das Klingen ihrer Gläser hallte in der Stille des Speiseraumes wider, der bis auf die feiernden Gentlemen und einen uralten, hinter einer hochlehnigen Sitzbank offensichtlich eingeschlafenen Bauerntölpel leer war.

»Nun, hier ist mein Vorschlag, wie wir die Angelegenheit angehen könnten ...«, begann Mr. Johnson und beugte sich über den Tisch näher zu Morton.

Jean wartete, bis alle drei Gentlemen den Raum verlassen hatten, bevor er sich von seinem verborgenen Platz neben der Kaminecke erhob. Er grinste in Erwartung der Freude seines Herrn, wenn er ihm alles erzählte, was er gesehen und gehört hatte.

Während die Gentlemen ihr frühes Abendessen eingenommen hatten, hatte Jean seine Chance abgewartet und war leise die Treppe zum Zimmer Mr. Johnsons hinaufgeschlichen. Er hatte nicht lange gebraucht, um das Versteck von Arnauds Brief zu finden. Kannte Monsieur Gérard Dupois nicht vollkommen? Und jetzt wußte Jean auch, was Dupois plante. Er würde Gérard bald über alles informieren können, was er entdeckt hatte. Dann würde Monsieur bestimmt furchtbare Rache nehmen!

Er erreichte Chailey noch in der gleichen Stunde und führte ein Gespräch mit Graf Fabricati, während die anderen Gentlemen bei ihrem Portwein saßen.

 »Also hat der Kaiser seinen Zug bereits getätigt!«

murmelte der Graf nachdenklich. Er machte einige kurze, schnelle Schritte durch den Raum, während er eine Hand an die Stirn gelegt hielt.

»Wir können diesen Verrat dennoch zu unserem Vorteil wenden«, sagte er und hielt in seiner Wanderung inne. »Du hast ausgezeichnete Arbeit geleistet, Jean.«

Es klopfte an der Tür, und Jean öffnete sie einem Bediensteten, der eine Nachricht für den Grafen brachte.

»Nun, laßt sehen, was dieser Judas zu sagen hat«, bemerkte der Graf. Er las das Sendschreiben schnell und lachte freudlos.

»Er erklärt, er sei durch das trügerische Wetter aufgehalten worden! Ha! Hält er uns für dumm? Sicherlich ist hier Verrat im Spiel, aber es hat mehr mit der verdorbenen Natur des Menschen zu tun.«

»Was werdet Ihr tun, *m'sieur?*« fragte Jean besorgt.

»Ich werde ihn seine unbedeutende Falle erkennen lassen und dann blitzschnell eine eigene errichten! Und jetzt werde ich zu Dillcott gehen und ihn darüber informieren, daß Morton mir eine Entschuldigung angeboten hat, die ich anzunehmen beschlossen habe. Nun zu dem, was du tun mußt, Jean. Wir müssen unsere Züge schnell durchführen.«

Kurz nach Mitternacht schlüpfte der Graf schließlich aus dem Haus. Jedermann außer ihm selbst und Lord Kemsley, der dafür bekannt war, lange aufzubleiben, war zu Bett gegangen.

Aber Constance, die sich zu elend fühlte, um schlafen zu können, saß am Fenster ihres Zimmers und schaute über den mondbeschienenen Garten hinweg, das Kinn mißmutig in die Hand gestützt. Auf der Terrasse unter sich konnte sie Kerzenschein sehen. Ihr Onkel mußte noch in der Bibliothek sein.

Sie hob den Blick erneut zum Vollmond, dessen riesige silberne Scheibe mit seltsamen Schatten gesprenkelt war. Wie schön er war und wie einsam er heute nacht wirkte, hoch über ihr in dieser riesigen, glitzernden Leere schwebend. Tränen traten ihr fast ungebeten in die Augen, als sie erneut an diese zärtliche kleine Szene in dem Gasthaus dachte. Er hatte Lady Anne geküßt! Wie konnte sie ihm erlauben, so etwas zu tun? Hatte sie Justin so leicht vergessen? Konnte es sein, daß sich ihre Verehrung des Grafen in Liebe verwandelt hatte? Hatte Giles Morton doch recht, so mißtrauisch zu sein? War seine Eifersucht berechtigt gewesen? War Lady Anne dem Charme des »Korsaren« tatsächlich erlegen? Aber warum sollte das so schwer zu glauben sein? Hatte sich die weltkluge Miss Trevingham, die sich für so weise und scharfsichtig hielt, nicht auch der Macht eines Lächelns, der Kraft eines beweglichen Intellekts und der Macht von Augen ergeben, die sich direkt in ihre Seele gebrannt und sie erregt und atemlos zurückgelassen hatten?

Wie sie diese Tränen haßte! Weinerliche Frauen waren nur bemitleidenswert! Sie verabscheute diese Schwäche. Und ein Mann wie er war ihrer zärtlichen Gefühle gar nicht wert. Wenn sie daran dachte, wie sehr sie sich nach seiner Rückkehr und seiner Gegenwart gesehnt hatte. Und daß sie sich dann so wiedersehen mußten! Es war fast ein Schluchzen, was zwischen ihren bebenden Lippen hervorbrach, und sie schluckte schwer. Nein! Sie würde nicht weinen! Sie hob den Kopf stolz und aufrecht an und betrachtete trotzig ihr Spiegelbild in der Fensterscheibe.

Und dann fiel ihr Blick auf eine dunkle Gestalt, die zwischen den Lorbeerrabatten am Rande des Rasens entlangkam. Sie spähte in die Dunkelheit, um zu erkennen, wessen Gestalt dort in den Schatten der Bäume umherhuschte. Diese große, breitschultrige Silhouette konnte man doch sicherlich nicht verwechseln? Es mußte Graf Fabricati sein! Was tat er so spät draußen im Garten? Constance atmete scharf ein. Vielleich würde er Giles Morton treffen? Das Duell! Aber dafür war es doch bestimmt zu dunkel? Es sei denn, sie hätten die Degen gewählt? Der Mond schien hell genug für einen Schwertkampf, und sie wußte, daß der Graf ein großartiger Fechter war. Jemand sollte sie daran hindern. Welch ein Skandal, wenn bekannt würde, wie die Trevinghams an diesem lächerlichen Spiel beteiligt waren! Warum hatten sie sich nur in die Pläne des Grafen hineinziehen lassen? Angenommen, einer dieser Narren würde getötet? Was dann? Und selbst ohne tödlichen Ausgang konnten die Duellanten beobachtet werden. Dann drohte ihnen Gefängnis, und die ganze alberne Eskapade würde enthüllt werden. Justins politische Karriere wäre für immer zunichte gemacht. Sie beschloß hier und jetzt zu versuchen, sie zur Vernunft zu bringen, ohne das ganze Haus zu wecken oder ihren Onkel in dieses Durcheinander mit hineinzuziehen. Vielleicht würden sie ihre Differenzen auf zivilisiertere Art beilegen, wenn sie einfach auf dem Schauplatz erschiene. Sie riß ihren Mantel an sich, eilte die Hintertreppe hinab und verließ das Haus durch die Seitentür. Ohne weiter nachzudenken, lief sie die niedrigen Steinstufen hinunter auf die Wiese. Der Boden war kalt und hart unter ihren dünnen Schuhen, und das Gras war sehr naß und durchweichte bald ihre Sohlen. Sie ignorierte ihr Unbehagen und lief weiterhin auf die Bäume zu, wo sie den Grafen zuletzt gesehen hatte.

Sie ging die gepflasterten, von Eibenhecken gesäumten Wege entlang. Die Hecke wurde regelmäßig unterbrochen, wenn andere, schmalere, quer verlaufende Wege den Hauptweg kreuzten. Es war dunkel und ganz still. Nur einige letzte Herbstblätter raschelten auf dem Steinweg.

Wo sollte sie suchen? Er konnte so viele Wege genommen haben. Da es aber nicht ihrem Naturell entsprach, leicht aufzugeben, ging sie in südlicher Richtung weiter und blieb an jeder Biegung stehen, um nach rechts und links zu spähen und intensiv auf jedes Geräusch zu lauschen, das sie zu ihrem Ziel führen könnte. Schließlich gelangte sie zum Ende des Weges, hinter welchem die Einfriedung und die offenen Wiesen des Parks lagen.

Noch immer war nichts zu erkennen. Alles lag friedlich und ruhig, die Landschaft von jeglicher menschlichen Gegenwart ungestört. Sie wandte sich langsam um und ging zurück, wobei sie erneut jeden kreuzenden Weg einsah.

Auf halbem Wege dachte sie an das abgelegene Sommerhaus und beschloß, dort nachzusehen. Sie beschleunigte ihren Schritt, denn es war sehr kalt, eilte westwärts und kam schließlich in Sichtweite des kleinen Steingebäudes, das verborgen in einer Ecke des Rosengartens kauerte.

Der Mond erhellte die Szene zuvorkommend, und dieses Mal sah sie unmißverständlich zwei in lange, dunkle Umhänge gekleidete Männer, die am Eingang des Sommerhauses tief in eine Unterhaltung versunken waren.

Glücklicherweise waren sie so vertieft, daß sie ihr Erscheinen nicht bemerkten. Und so konnte sie, von den dichten Schatten der Bäume und Sträucher verborgen, voranschleichen. Sie mied die relative Bequemlichkeit der Wegpflasterung und huschte statt dessen durch die Blumenbeete, die bis zu den Eingangsstufen des Gebäudes führten. Sorgfältig darauf bedacht, in den Büschen der Gartenmauer verborgen zu bleiben, kauerte sie sich hin und lauschte dem Klang ihrer Stimmen. Jetzt gab es keinen Zweifel mehr. Sie wußte, daß einer der beiden Männer tatsächlich Graf Fabricati war!

Aber nicht Morton, sondern ein Fremder stand bei ihm. Der Mann schrak nervös zusammen, als ein Zweig unheimlich an den Mauersteinen entlangkratzte.

»*Qui est là?*« flüsterte er heiser und sah sich ängstlich um.

Der Graf setzte sich auf eine kleine Bank unmittelbar innen hinter dem Eingang.

»*Il n'y a personne. Asseyez-vous, Dupois. Il y a du vent ce soir, c'est tout. Ecoutez-moi! Où est la lettre? Je dois la voir immédiatement!*«

»*C'est dans ma poche. La voici.*«

Dupois gab ihm den Brief, und der Graf nahm ihn entgegen und betrachtete ihn mißtrauisch. »*Qu'avez-vous, Dupois? Il me semble que vous êtes très agité.*«

»*Rien de tout. Je vous assure. Mais je dois partir bientôt.*«

Der Graf packte ihn am Ärmel und zog ihn neben sich auf die Bank. »*Pas si vite! Restez-ici!*« befahl er.

»*Mais pourquoi? Vous avez la lettre.*«

»*Tais-toi! Vous parlez trop!*« fauchte Fabricati, stand auf und trat auf die Stufen zu. Licht schimmerte, und dann hörte Constance das Knistern von Papier, als er den Brief entfaltete und ihn aufmerksam betrachtete. Er stand so nahe an ihrem Versteck, daß sie glaubte, er müsse das Geräusch ihrer klappernden Zähne hören.

Als er die Lektüre beendet hatte, hörte sie, wie er scharf einatmete. »*Zut! L'aigle s'envole!*« Er fuhr herum und sah Dupois an. »*Vous êtes un imbécile!*« rief er wütend aus.

»*Parlez moins fort, Gérard. Quelqu'un vous entendra*«, zischte Dupois, der eher erschreckt klang.

»Ihr kommt mit mir zurück zum Haus, Dupois. Und wir werden von jetzt an nur noch englisch sprechen.«

»Aber ich sage Euch, ich muß gehen! Es ist sehr gefährlich für mich hierzubleiben. Jemand könnte uns zusammen sehen. Ihr wißt sehr gut, daß Arnaud nicht gerne solche Risiken eingeht.«

»Niemand wird uns sehen, wenn wir vorsichtig sind. Ihr kommt jetzt mit mir. Ihr werdet sofort wieder nach Frankreich zurückkehren müssen, weil Ihr so lange gebraucht habt, diese Nachricht zu überbringen. Ich habe Informationen, die Arnaud unverzüglich erhalten muß. Es ist unumgänglich, daß Ihr sie innerhalb der nächsten Tage überbringt. Wenn Ihr wüßtet, was dieser Brief beinhaltet, würdet Ihr die Dringlichkeit erkennen.«

»Dann werde ich es so einrichten, daß ich Euch gleich morgen früh treffe. Ich kann nicht mehr heute nacht abreisen, denn es ist sehr spät, und ich bin von meiner schrecklichen Reise erschöpft.«

»Ihr rührt mein Herz, Dupois«, erwiderte der Graf sarkastisch. »Aber Ihr werdet viel Zeit zum Ausruhen haben, wenn Ihr an Bord des Schiffes seid. Wenn Ihr heute nacht nach Folkestone fahrt, wird Kapitän Prentice Euch mit der nächsten Flut hinüberbringen. Und nun beeilt Euch! Wir verschwenden wertvolle Zeit mit sinnlosem Gerede.«

Dupois zögerte noch immer, wollte nicht mit ihm gehen. Dies verlief gar nicht so, wie er es geplant hatte!

Er hatte Gérard nur den Brief geben wollen, um

sicherzustellen, daß er ihn bei sich trug, wenn Morton eintraf. Wenn Morton erfuhr, daß er Gérard den Brief gegeben hatte, würde er mißtrauisch werden. Niemand sollte jemals erfahren, daß er zuerst in seinem Besitz gewesen war. Wenn Gérard den entsprechenden Stellen übergeben würde, durfte kein Zusammenhang »Mr. Johnsons« mit dieser Intrige erkennbar werden. Er hatte Morton bereits erklärt, daß er nur zufällig über die Wahrheit über Gérard gestolpert war, als er ihm in den letzten Wochen gefolgt war. Morton erwartete ihn in diesem Moment beim Haupttor und wollte mit ihm zum Haus hinaufreiten. Er hatte ihm erzählt, daß »Johnson« Gérard eine Nachricht gesandt hätte, die ihn dazu bringen sollte, das belastende Beweismaterial bei sich zu tragen. Dupois nagte besorgt an seiner Unterlippe. Wenn er nicht sofort zu Morton ginge, würde alles schiefgehen. Leider fiel ihm keine vernünftige Ausrede ein, keine, die für einen so scharfsinnigen Mann wie Gérard plausibel geklungen hätte.

Verärgert über Dupois' offensichtlichen Widerwillen, ergriff Gérard ihn plötzlich am Arm und drängte ihn zum Haus.

»Kommt schon, Mann! Jetzt ist keine Zeit zum Streiten!« murmelte er ungeduldig.

Dupois blieb nichts anderes übrig als ihn zu begleiten. Er hatte Angst vor Gérard, denn er spürte, daß er in einer gefährlichen Stimmung war und keinen Widerspruch dulden würde. Vielleicht würde sich eine Möglichkeit bieten, ihm zu entfliehen, wenn sie das Haus erreicht hatten.

Als sie sich der Terrasse näherten, flüsterte Gérard ihm zischend ins Ohr: »Schsch! Keinen Laut jetzt! Sie sind noch nicht alle zu Bett gegangen.«

Er hielt Dupois' Arm noch immer ganz fest, während er ihn fast zum Haus zog. Eine verstohlene Gestalt löste sich aus den Schatten unter der Terrasse und schlich langsam auf sie zu.

»Es ist gut, Jean«, murmelte der Graf leise. »Ich habe den Brief. Warte mit Dupois hier, während ich nachsehe, ob jemand da ist.«

Er schüpfte lautlos durch die Verandatüren und verschwand in den Raum mit den schweren Vorhängen.

Fünfzehn

Jetzt kommt meine Chance! dachte Dupois. Er hatte keine Angst vor Jean, der klein und unbedeutend war.

»Ich werde mich im Garten umsehen, Jean. Einfach um absolut sicherzugehen, daß kein Risiko besteht, entdeckt zu werden.«

Dupois war auf dem Sprung, aber bevor er zwei Schritte getan hatte, war Jean schon bei ihm. Er hielt eine kleine Pistole in der Hand, deren Mündung direkt auf Dupois' Herz zeigte.

»M'sieur le Comte mag es nicht, wenn seine Befehle mißachtet werden«, warnte Jean sanft, aber drohend. »M'sieur sagt, wir sollen warten, *donc*, warten wir.«

Constance war ihnen den ganzen Weg zum Haus zurück gefolgt und hatte den Grafen durch eine unverschlossene Terrassentür hineinschlüpfen sehen, während die anderen beiden Männer auf der Terrasse geblieben waren. Wenn sie wieder durch die Seitentür ins Haus ging, konnte sie ihren Onkel informieren, ohne daß diese Verschwörer erfuhren, daß sie belauscht worden waren. Sie hatte keine Ahnung, worum es bei alledem ging, aber was auch immer es war, es war etwas, was untersucht werden mußte. Was enthielt dieser Brief, daß er mitten in der Nacht überbracht wurde? Warum hatte der Graf es eingerichtet, den Franzosen außer Sicht des Hauses zu treffen? Gott sei Dank war Onkel George noch nicht zu Bett gegangen. Er war genau der Richtige, mit dieser außergewöhnlichen Situation umzugehen.

Sie hielt den Kopf gesenkt und lief zur Ecke des

Hauses, wo sie nur kurz innehielt, um sich zu versichern, daß sie unentdeckt geblieben war. Sie nahm ihre Röcke auf und eilte die Stufen hinauf.

Unter der Tür zur Bibliothek schimmerte noch immer Licht hervor, und Constance platzte hinein ohne anzuklopfen. Zu ihrem Erstaunen war Lord Kemsley nicht allein. Der Graf stand mit dem Rücken zu ihr, während ihr Onkel ihm gegenüber an dem großen Walnußschreibtisch saß, nur wenige Meter von den Terrassentüren entfernt. »Onkel George! Vorsicht! Draußen im Garten verbergen sich zwei Männer! Ich sah, wie sich der Graf mit ihnen getroffen hat …«

»Connie! Gütiger Gott! Was tust du hier?« unterbrach Kemsley sie verblüfft.

»Eure Nichte hat eine *penchant* für *les grandes entrées*«, murmelte der Graf mit verzerrtem Lächeln. »Wie dem auch sei, ich wünschte, sie hätte ihr Stichwort dieses Mal verpaßt.«

Während er noch sprach, erschienen Jean und Dupois an der Terrassentür direkt hinter Lord Kemsley, und der Graf bedeutete ihnen mit einem Nicken einzutreten.

Beim Geräusch ihrer Annäherung fuhr Lord Kemsley herum, und als sie die die Schwelle überschritten hatten, trat der Graf vor und schloß die Tür ruhig hinter ihnen. Jeans Pistole war auf geheimnisvolle Weise verschwunden.

»Erlaubt mir, Euch einen Freund von mir vorzustellen«, begann der Graf freundlich. »Dies ist Mr. Johnson, Mylord. Ich muß mich für die unbillige Zeit entschuldigen, zu der er vorspricht, aber er ist ein solch impulsiver Bursche, daß man ihn nicht bändigen kann.«

Constance betrachtete verwundert die ausdruckslosen Gesichtszüge des Grafen. Er mußte doch vermuten, daß sie seine geheime Verabredung im Sommerhaus entdeckt hatte? Warum beunruhigte ihn das nicht?

Plötzlich erklang vom Flur her das Geräusch eines Streits, dann waren vor der Tür Stimmen zu hören. Schließlich platzten zwei Männer unangemeldet herein und blieben mitten im Raum stehen. Ein kurzes Schweigen entstand, während sie einander betrachteten.

»Welch hübsches Bild wir alle darstellen«, bemerkte der Graf trocken. »Guten Abend, Mr. Morton. Welch unerwartete Freude.«

»Ich bedaure unser ungehöriges Eindringen, Lord Kemsley«, schaltete sich Oberst Dyson hastig ein, »aber ich habe auf Graf Fabricati gewartet, da ich ihm etwas zu sagen hatte, als dieser Gentleman an die Tür klopfte. Da niemand in der Nähe zu sein schien, der sich seiner hätte annehmen können, nahm ich mir die Freiheit, mich selbst darum zu kümmern. Ich bat ihn zu warten, während ich Euch über seine Ankunft informieren wollte, aber wie Ihr seht, ist er höchst ungeduldig.«

Mr. Morton schob ihn zur Seite und schritt vorwärts, um sich dem Grafen entgegenzustellen. »Wie ich sehe, habt Ihr Mr. Johnson gegen seinen Willen festgehalten! Zweifellos dachtet Ihr, Ihr könntet ihm drohen, Stillschweigen über Euren üblen Verrat zu bewahren! Nun, ich habe keine Angst vor Euch! Und ich gedenke Euch als der Schurke zu entlarven, der Ihr seid. Wir haben genügend Zeugen. Mr. Johnson und Oberst Dyson werden dafür sorgen, daß Gerechtigkeit walten wird!«

»Ich verstehe Euch nicht, Mr. Morton«, sagte der Oberst, der durch den unkonventionellen Besuch und das seltsame Benehmen Mr. Mortons verwirrt schien.

»Ich fürchte, wir tappen alle ziemlich im dunkeln«,

stimmte Lord Kemsley ihm zu. »Sir«, er wandte sich an Mr. Morton, »ich hoffe, Ihr könnt mir eine Erklärung geben, warum Ihr Euch gewaltsam Zugang zum Haus meines Neffen verschafft habt?«

»Aber gewiß, Mylord!« erklärte Morton und starrte den Grafen mit unheilvollem Glitzern in den Augen an. »Dieser Mann ist ein Betrüger! Sein richtiger Name lautet Gérard, und er ist ein Agent Bonapartes!«

Constance keuchte entsetzt und lehnte sich haltsuchend an den Schreibtisch, da ihre Knie heftig zitterten.

»Gütiger Gott, Mann!« rief der Oberst entgeistert. »Ich hoffe, Ihr wißt, was Ihr da sagt! Ihr werdet Eure Worte beweisen müssen, ist Euch das klar?«

»Natürlich.« Morton genoß die Stunde seines Ruhms. »Ich weiß nicht genau, was er plant, aber ich weiß, daß er einige geheime Dokumente in seinem Besitz hat, die ihn eindeutig als feigen Spion entlarven! Wenn er sie nicht bei sich trägt, werden sie zweifellos irgendwo unter seinen Habseligkeiten zu entdecken sein. Ich fordere, sofort danach zu suchen!«

»Also wirklich, Morton! Das ist vollkommen lächerlich!« höhnte der Graf ungerührt. »Ihr redet höchsten Unsinn! Ihr glaubt solche Albernheiten doch sicher nicht, Mylord? Unser Freund hier hat beim Abendessen ein Glas zuviel getrunken.«

»Glaubt nicht, Ihr könntet mich täuschen, Fabricati!« fauchte Morton. »Hier könnt Ihr Euch nicht herauslügen!« Dann wandte er sich an Lord Kemsley und sagte: »Ihr wißt nicht, was hier geschehen ist, als Ihr auf dem Festland wart. Eure Schwester und ihre Familie haben diesen falschen *Grafen Fabricati* in die Gesellschaft eingeführt und ihm geholfen, meine Cousine Anne von ihrem Onkel und ihrer Tante fortzulocken. Fragt Eure Nichte, ob das nicht stimmt!«

»Was weißt du von alledem, Constance?« fragte Lord Kemsley stirnrunzelnd.

Constance wußte nicht, was sie sagen sollte. Ihr Kopf schmerzte scheußlich, und ihre Beine fühlten sich so schwach an, daß sie sich wunderte, immer noch aufrecht zu stehen. Mortons Anklage hatte sie bis ins Mark erschüttert. Nach allem, was sie gerade im Garten gehört hatte, schienen seine Anschuldigungen wahr zu sein. Der Graf war tatsächlich ein französischer Spion! Trotz ihrer wachsenden Überzeugung, daß er ihre Familie dazu benutzt hatte, seine schändlichen Taten zu decken, klammerte sie sich dennoch an die schwindende Hoffnung, daß dies alles ein schreckliches Mißverständnis sei. Wie konnte sie sich in einen Mann verliebt haben, der so völlig skrupellos war? Das war unmöglich! Sie hätte es gewußt, hätte es gespürt, wenn er solch ein übler Schwindler wäre. Dies konnte nicht stimmen. Es mußte eine Erklärung für seine Doppelzüngigkeit geben.

»Constance, ich habe dich etwas gefragt«, wiederholte ihr Onkel barsch.

Sie zuckte erschreckt zusammen, und ihr Blick huschte ungewollt zum Gesicht des Grafen. Er betrachtete sie ruhig. Sogar jetzt, in Gegenwart eines Mannes, der ihn eines furchtbaren Verbrechens beschuldigte, schien er von der Gefahr, in der er schwebte, unberührt. Konnte er schuldig sein und sie dennoch mit solch liebevoller Zuneigung im Blick ansehen?

»Ich ... ich ... weiß nicht, wovon Mr. Morton spricht«, flüsterte sie gequält, während ihr Gesicht kreideweiß wurde.

»Sie lügt!« höhnte Morton und schaute von einem zum anderen. »Sie versucht ihn zu schützen! Er hat sie zweifellos dazu gebracht zu glauben, sie sei in ihn verliebt, genau wie er es mit meiner Cousine gemacht hat!«

Oberst Dyson betrachtete Miss Trevingham verächtlich. So war das also! Er hatte sie nicht erobern können, weil sie sich in Fabricati verliebt hatte. Dieses dumme kleine Ding! Sie hatte zuviel seiner Zeit vergeudet – und noch dazu umsonst!

Lord Kemsley sah seine Nichte nachdenklich an. »Nun gut. Es bleibt nur eines zu tun. Graf Fabricati, so sehr es mich auch schmerzt, da Ihr Gast in meinem Hause seid, muß ich Euch dennoch bitten, mich Eure Taschen durchsuchen zu lassen. Wenn Ihr unschuldig seid, habt Ihr nichts zu befürchten, und ich werde dafür sorgen, daß sich dieser Gentleman sofort bei Euch entschuldigt. Aber ich kann solch ernste Anschuldigung nicht unerörtert mißachten. Bitte laßt mich nachsehen.«

»Ihr braucht Euch der Mühe nicht zu unterziehen«, antwortete der Graf ruhig. »Dieses Mal haltet Ihr das höchste Blatt in Händen. Hier, ich glaube, Mr. Morton sucht danach.« Er steckte eine Hand in seinen Mantel und nahm die Papiere heraus, die Dupois ihm im Garten gegeben hatte. Kemsley nahm sie entgegen, während Morton triumphierend zusah.

Der Raum war totenstill, während jedermann mit angehaltenem Atem darauf wartete, daß Kemsley die Überprüfung der Dokumente beenden würde. Als er schließlich aufblickte, trat Oberst Dyson, von dem bestürzten Ausdruck auf Kemsleys Gesicht alarmiert, näher.

»Darf ich es sehen?« fragte er ruhig und nahm Kemsley die Papiere aus den schlaffen Händen.

»Was habt Ihr jetzt zu sagen, Graf Fabricati?« fragte Lord Kemsley. »Diese Briefe beweisen Eure Schuld ohne jeden Zweifel. Ihr seid ein Feind des Friedens und wolltet uns alle betrügen, ja, sogar Eure Freunde!« fügte er verbittert hinzu und legte Constance tröstend einen Arm um die Schultern. »Mr. Morton, Ihr habt anscheinend recht. Dieser Mann muß sofort verhaftet werden. Oberst Dyson, Ihr und Mr. Morton könnt ihn bewachen, während ich die entsprechenden Stellen informiere.«

»Es tut mir leid, Gentlemen«, entschuldigte sich der Graf, »aber ich fürchte, ich kann Euch nicht weiter dienlich sein, indem ich hierbleibe. Auch wenn Eure Gesellschaft unterhaltsam war, bedaure ich, daß sich unsere Wege trennen müssen.«

»Was zum Teufel meint Ihr damit?« rief Kemsley verärgert.

Der Graf betrachtete ihn einigermaßen belustigt. »Ihr habt doch sicher nicht erwartet, daß ich brav hierbleibe und Euch erlaube, mich letztendlich zu überlisten? Ich möchte meinem Kaiser besser dienen! Kann es sein, daß Mr. Johnson vergessen hat, Euch vorzuwarnen, wie gefährlich es ist, sich mir in den Weg zu stellen, Morton? Sonst wärt Ihr wohl besser vorbereitet gewesen.«

Mr. Morton fand sich plötzlich mit schmerzhaftem Griff gepackt, den Arm auf den Rücken gedreht. Er konnte sich nicht mehr rühren, und sein Entsetzen nahm noch zu, als er den Druck kalten Metalls an seinem Hals spürte.

»Wenn jemand auch nur einen Schritt tut, stirbt dieser Mann«, stellte der Graf gefährlich ruhig fest.

Constance klammerte sich an ihren Onkel, während Wellen der Übelkeit über sie hinwegschwappten. Dies mußte ein Alptraum sein! Sie mußte sicherlich bald daraus erwachen!

»Jean! In der rechten Schublade des Schreibtischs liegt noch ein Revolver. Ich habe ihn früher am Abend vorsichtshalber dort deponiert. Holst du ihn bitte?«

Jean gehorchte schnell.

»Ausgezeichnet, *mon ami!* Oberst Dyson! Bindet Morton die Hände zusammen!«

Der Oberst ergriff die Schnur, die Graf Fabricati von den Gardinen gerissen und ihm eilig zugeworfen hatte. Dann stieß der Graf Dupois neben Constance und ihren Onkel, während Jean sie mit der bedrohlichen Pistole in Schach hielt.

»Dafür werdet Ihr bezahlen!« brachte Morton hervor, während Dyson ihm die Arme und Beine zusammenband. »Ich werde dafür sorgen, daß Ihr gejagt werdet, wo auch immer Ihr Euch zu verstecken versuchen mögt! Ich werde Euch hängen sehen, verlaßt Euch darauf!«

»Leere Drohungen sind unwichtig, Morton«, erwiderte der Graf fröhlich grinsend. »Und ich muß Euch noch sagen, daß ich es höchst unehrenhaft von Euch finde, soviel Zeit auf die Vermeidung unseres Zusammentreffens zu verschwenden. Ich hätte nicht gedacht, daß Ihr so feige seid!«

Mortons unnützer Zorn brach sich in einem Sturzbach abscheulicher Flüche Bahn, und der Graf schüttelte tadelnd den Kopf. »Muß ich Euch schon wieder an Eure Manieren erinnern, Mr. Morton? Ich entschuldige mich für seinen bedauerlichen Mangel daran, Miss Trevingham, aber ich werde dafür sorgen, daß er Euch nicht länger beleidigen kann.«

Morton fand sich mit einem großen Taschentuch grob geknebelt wieder, bevor er seiner Empörung Ausdruck verleihen konnte. Als nächstes wurde er unsanft hinter das schwere Sofa gezwängt.

Constance beobachtete diese Ereignisse wie im Traum. Warum konnte Oberst Dyson nichts tun? Oder hatte er Angst um ihre Sicherheit, wenn er den Grafen zu überwältigen versuchte? An diesem Punkt ihrer Überlegungen erhielt ihr Selbstbewußtsein einen weiteren Stoß. Der Oberst trat zu Jean und nahm ihm die Pistole ab, ohne daß ein Kampf stattgefunden oder er auch nur ein Wort gesprochen hätte! Dann hielt Dyson die Mündung an Lord Kemsleys Kopf.

»Ihr und Eure Nichte werdet genau tun, was ich Euch sage«, wies er sie kalt an. »Ich glaube, Ihr wißt, was geschehen wird, wenn Ihr es nicht tut. Schnell jetzt, unsere Pferde warten. Ich habe sie auf der hinteren Wiese versteckt. Ihr beide müßt uns zu unserer Sicherheit begleiten.«

»Das sollte nicht nötig sein«, widersprach der Graf. »Zu dieser Nachtzeit wird draußen niemand sein. Und je weniger Leute wir sind, desto größer ist unsere Chance, unentdeckt zu entkommen.«

»Ich sage Euch, wir können sie vielleicht brauchen. Auf diese Weise werden wir sicher fortgelangen. Miss Trevingham, Ihr nehmt den Arm Eures Onkels und geht mir voraus. Jean, Ihr nehmt Euch Dupois' an und bewacht ihn gut.«

Sie trieben ihre Gefangenen auf die Terrasse und liefen leise durch den Garten auf den Fluß zu, der den See speiste.

Constance klammerte sich an ihren Onkel, und das Herz klopfte ihr bis zum Hals. Dies alles war zu schrecklich, um es zu verstehen. Nichts von alledem ergab für sie einen Sinn. Der Graf, Oberst Dyson, der Brief, den dieser Mr. Johnson gebracht hatte. Oder war sein Name Dupois? Was bedeutete das alles? Und was hatte es mit Bonaparte zu tun? Er war auf Elba gefangen, nicht wahr? Er stellte doch gewiß keine Bedrohung mehr für Englands Sicherheit dar? Was ging hier heute nacht vor? Und welche unheilvolle Rolle spielte Oberst Dyson bei alledem? Sie hatte seine Stimme noch niemals zuvor so hart und böse klingen hören. Die freundlichen grauen Augen hatten ihre Wärme verloren, und als sie sein grimmiges, ernstes Gesicht sah, kroch plötzlich Angst in ihr hoch.

Ihr Onkel schritt steif neben ihr einher, die Lippen fest zusammengepreßt und sein Gesichtsausdruck unlesbar, aber sie konnte seinen mühsam kontrollierten Zorn spüren, als er ihren Arm ergriff.

Als sie die Wiese schließlich erreichten, deutete der Oberst auf ein paar Weiden und befahl ihnen allen, schnell den Schutz der Bäume aufzusuchen. Vier gesattelte und aufgezäumte Pferde waren an einem Ast festgebunden.

»Jean und ich hatten nicht erwartet, daß wir so viele sein würden«, gab Dyson zu, während sie ihre Pferde losbanden. »Wie dem auch sei, Miss Trevingham wird vor mir reiten, und Kemsley kann bei Jean mitreiten, da er der Leichteste ist.«

»Wir brauchen sie nicht länger mitzunehmen, Dyson. Wir sind jetzt ausreichend sicher, und sie werden uns nur aufhalten«, wandte der Graf vernünftig ein.

»Wir sind noch zu nahe am Haus, als daß ich mich wohl fühlen könnte. Ich will ihnen keine Gelegenheit geben, Alarm zu schlagen. Wir müssen sie als Geiseln behalten, bis wir sicher fortgelangt sind«, beharrte der Oberst unerbittlich.

Kurz darauf ritten sie über die große Wiese in Richtung der Wälder, die sich als große, dunkle Masse am Rande des Anwesens entlang erstreckten.

Constance war von Oberst Dyson grob ergriffen und vor ihn auf das Pferd gezogen worden, wobei er den Arm fest um sie gelegt hielt. Sie hatte heftig gegen seine anmaßende Behandlung angekämpft, aber als er ihr ins Ohr gezischt hatte: »Denkt an Euren Onkel!«, nahm sie in verzweifelter Angst davor, was er tun könnte, seine verhaßte Umarmung hin.

Der Wind peitschte ihr das Haar ins Gesicht, während sie durch das lange Gras auf den Wald zuritten. Sie konnte nicht umhin, an das letzte Mal zu denken, als sie diesen Wald betreten hatte und er ein Wunderland der Schönheit gewesen war. Damals war der Graf so ganz anders gewesen als der Mann, den sie heute nacht sah. Der Schmerz über diese schamlose Täuschung war schlimmer als jeder andere, den sie jemals erlitten hatte – und noch schlimmer als das Wissen, daß er sie nicht liebte. Sie fühlte sich noch immer benommen von dem Schock der Erkenntnis, daß er tatsächlich verlogen war, und ihre Gedanken wirbelten haltlos durcheinander.

Oberst Dysons Mitschuld bei alledem schien gering im Vergleich zu der hinterhältigen Arglist des Grafen. Aber er war ja gar kein italienischer Adliger, nicht wahr? Er war ein französischer Spion! Woher hatte Giles Morton das gewußt? Was hatte ihn so spät nach Chailey geführt? Woher hatte er gewußt, daß der Graf den Brief bei sich hatte? Er war vor Mortons unerwartetem Eintreffen nur kurze Zeit in seinem Besitz gewesen. Vielleicht war dieser Johnson der Schlüssel zu allem? Morton schien ihn bereits zu kennen. Was enthielt dieser Brief, daß er sie alle mitten in der Nacht zu dieser verrückten Flucht trieb? Sie sehnte sich danach, daß dieser Schrecken ein Ende nähme. Sie haßte es, Dyson so widerlich nahe zu sein. Seine Berührung ekelte sie an. Wie hatte sie ihn jemals für freundlich und aufmerksam halten können! Er war verachtungswürdig, und sie wünschte, sie hätte die Kraft, ihn zu töten!

Wie seltsam, ihm gegenüber Mordlust zu empfinden, während dieser Gérard, der ihre tiefste Abscheu noch mehr verdiente als Dyson, eine Quelle der Gefühle blieb, die weit von Haß entfernt waren. Warum war das so? Sicherlich mußte Liebe angesichts so vieler Vertrauensbrüche doch sterben? Was war geblieben, was sie weiterhin nährte?

Sie waren inzwischen in den dichten Wald eingedrungen und befanden sich in Sicht der Einfriedung des Anwesens. Der Vollmond, der den Zenit bereits weit überschritten hatte, schimmerte auf einem alten, in die Mauer eingelassenen Tor, das auf die dahinterliegende Straße führte.

Dyson sagte Jean, er solle es öffnen, und befahl Kemsley dann abzusteigen.

»Hier müssen wir uns trennen, Mylord«, verkündete er bedeutungsvoll, ließ Constance zu Boden gleiten und stieg dann selbst schnell ab, um sie wieder festzuhalten.

»Was wollt Ihr tun?« rief Constance, und ein eisiger Schauder rieselte ihr Rückgrat hinab.

»Euer Onkel weiß leider um Informationen, die ich ihn nicht mit anderen teilen lassen kann«, erwiderte Dyson kalt und nüchtern. »Schade, daß Ihr den Brief gelesen habt, Mylord, sonst wäre dies vielleicht nicht nötig gewesen.«

Er hob die Pistole und zielte auf Kemsleys Brust. Constance schrie auf und versuchte ihm die Pistole aus der Hand zu schlagen, aber er stieß sie heftig zur Seite.

»Einen Moment noch, Dyson!« schaltete sich Gérard ein und trat zwischen ihn und Kemsley.

»Ihr seid doch nicht zimperlich, nicht wahr, Gérard? Ich hätte gedacht, daß einer der angesehensten Agenten des Kaisers solche Erfordernisse eigentlich gewohnt sein müßte.«

»Aber natürlich. Darum möchte ich vorschlagen, dies mir zu überlassen. Es ist die Angelegenheit des Kaisers, und ich bin bereit, mich selbst darum zu kümmern. Der Kaiser würde ohnehin mir die Verantwortung dafür übertragen, daß diese Aufgabe richtig erfüllt wird.«

Mit diesen Worten zog er seine eigene Pistole aus dem Mantel.

»Nein, James! Ich bitte Euch! Bitte tut ihm nichts!« schluchzte Constance und kämpfte sich hoch. »Wenn Euch etwas an mir liegt, dann verschont sein Leben!«

Dyson betrachtete aufmerksam Gérards Gesicht und dann Constances ängstliche Züge, die im Mondlicht sehr blaß wirkten. Plötzlich streckte er die Hand aus, zog Constance wieder zu sich heran und legte ihr eine Hand über den Mund, womit er sie fast erstickte.

Seine Augen verengten sich boshaft, als er auf sie hinabsah, die in seinen Armen wie ein wildes Tier kämpfte. Sie hatte seine Avancen also zugunsten derer dieses hübschen Schurken abgewiesen? Welche bessere Strafe gäbe es dann, als wenn sie ihren Geliebten den von ihr verehrten Onkel kaltblütig erschießen sähe? Oh, das war zu herrlich, als daß man es versäumen sollte!

»Nun gut, Gérard. Ich habe von Euren bemerkenswerten Fähigkeiten erzählen hören. Ich weiß, Ihr werdet ihn zum Schweigen bringen. Tut es schnell, Mann, und laßt uns gehen!«

»Dann haltet sie ruhig!« warnte der Graf, ohne den Kopf zu wenden, um nachzusehen, ob seine Aufforderung befolgt wurde. »Tretet ein wenig weiter ins Mondlicht, Mylord. Ich möchte nicht zweimal schießen müssen. Ein Schuß muß genügen, sonst wird sich die gesamte Nachbarschaft auf uns stürzen.« Er hielt den Arm, Hand und Blick vollkommen ruhig, während er sorgfältig zielte. »Leider müssen alle großen Männer fallen, ohne jemals wieder aufzustehen, Mylord. *Au revoir.*«

Es gab einen lauten Knall, gefolgt von dem beißenden Geruch brennenden Pulvers, Kemsley fiel wie ein Stein zu Boden und lag dann still und leblos in den sich bewegenden Schatten der kahlen Bäume.

»Sie wird ohnmächtig, Sir!« rief Jean, als er Constance in Dysons Armen schlaff zusammensinken sah.

»Wir werden sie hierlassen«, sagte Dyson unbewegt und ließ sie langsam zu Boden gleiten. Er trat zu Kemsleys Leiche hinüber und schaute auf ihn hinab. Dann hob er mit einer Stiefelspitze den Kopf des Mannes an und sah das Blut ins Gras sickern. Er ließ ihn zufrieden wieder fallen, woraufhin er schwerfällig zur Seite rollte.

»Ihr seid ganz genauso gut wie Euer Ruf, Gérard«, gratulierte er. »Ihr seid kein Mann, den man zum Feind haben sollte, nicht wahr, Dupois?«

»*M'sieur! M'sieur!*« schrie Jean aufgeregt. »Dupois! Er ist fort!«

»*Malédictions!*« fluchte der Graf, fuhr herum, sah das geöffnete Tor und bemerkte, daß eines der Pferde fehlte. »Aber egal, er wird nicht weit kommen.«

Er trat ebenfalls zu der Leiche hinüber, um sein Werk zu betrachten, kniete sich neben Kemsleys formlose Gestalt und untersuchte die Wunde.

»Ah, ja, das war saubere Arbeit«, bemerkte er gemächlich. »Das gefällt mir.«

»Beeilt Euch, Gérard. Bestimmt hat jemand den Schuß gehört. Wir müssen aufbrechen. Und wenn Euer Freund Dupois Euch bereits einmal betrogen hat, dann wird er es vielleicht wieder tun. Ihr solltet Euch Eure Gefährten ein wenig klüger erwählen.«

»Er war leider nicht meine Wahl, Oberst«, murmelte er trocken. »Ich arbeite lieber allein, bis auf Jean hier, der seine Treue Hunderte von Malen bewiesen hat.«

Er richtete sich auf und trat neben Jean. Der kleine Mann beugte sich besorgt über Miss Trevingham.

»Komm, Jean, geh zu deinem Pferd«, befahl er freundlich. Jean gehorchte stumm.

Gérard legte seinen Umhang ab und breitete ihn über Constances leblose Gestalt. Dann kauerte er sich neben sie, strich ihr das wirre Haar aus der bleichen Stirn zurück, die sich an seinen warmen Fingern so kalt anfühlte, streichelte zärtlich die weiche Wange und flüsterte: »›Möge weder Schaden noch ein böser Zauber meiner Dame nahe kommen.‹ Lebe wohl, süße Titania.«

Jean brachte ihm sein Pferd, und er schwang sich in den Sattel. Einen letzten Blick warf er auf ihr Gesicht und wandte sich dann resolut ab. Schließlich stieß er dem Pferd die Fersen in die Seiten, duckte sich unter dem Torbogen hindurch und galoppierte den Weg entlang davon.

Sechzehn

Als Gérard den Oberst eingeholt hatte, zügelte er sein Pferd neben ihm.

»Ich habe veranlaßt, daß uns an der Kreuzung eine Kutsche erwartet«, erklärte er. »Wir werden unsere Pferde an der Kutschstation lassen und können dann schnellstens zur Küste. Kapitän Prentice in Folkestone wird uns über den Kanal bringen, ohne Erklärungen zu verlangen.«

»Dupois kennt diesen Fluchtweg ebenfalls«, murmelte Jean verdrossen. »Angenommen, er hat die Absicht, sie auf unsere Spur zu bringen?«

»Dupois wird uns nicht wieder verraten«, erwiderte Gérard überzeugt.

»Ich muß Euch gratulieren, Gérard«, bemerkte der Oberst anerkennend. »Ich bewundere die Art, wie Ihr diese Angelegenheit heute nacht gehandhabt habt. Ihr besitzt die lobenswerte Fähigkeit, in einer Krise einen klaren Kopf zu behalten. Kein Wunder, daß der Kaiser soviel Vertrauen in Euch setzt. Ich muß zugeben, daß ich alle Eure Pläne für mißlungen hielt, als Morton ins Haus platzte und Euch beschuldigte. Die Dinge standen sehr ungünstig für uns, nicht wahr? Es war nicht so verlaufen, wie ich es erwartet hatte. Ich wünschte, ich hätte schon vor dem heutigen Tage gewußt, daß Ihr einer von Bonapartes Männern seid. Obwohl ich immer schon dachte, daß Ihr mehr als nur ein simpler Spieler wärt. Aber Ihr spielt Eure Rolle genauso gut wie ich die meine.«

 »Bis heute abend konnte ich mich Euch nicht anvertrauen, Oberst, weil ich den Brief des Kaisers noch nicht besaß. Ich hatte Befehl, nicht eher mit unserem Vorschlag an Euch heranzutreten, als bis seine Fluchtpläne vollständig wären. Leider hatte Dupois beschlossen, die Information für sich zu behalten, und nur darum mußte ich heute so übereilt handeln. Ich habe offensichtlich zuviel Zeit verloren. Dupois hatte den Brief natürlich geöffnet. Er hat dies auch schon zuvor getan und geglaubt, ich wüßte nichts davon. Der Narr! Als könnte ich nicht erkennen, wenn an einem Siegel herumgewerkelt wurde! Aber das hat mich zumindest gelehrt, mir seiner Loyalität nicht allzu sicher zu sein. Es ist bedauerlich, daß der Kaiser nicht unseren Code benutzen konnte! Denn jetzt weiß Dupois alles. Er muß geplant haben, mich den britischen Behörden zu verraten, der verdammte Kerl! Morton hat seine eigenen Gründe dafür, mich aus dem Weg haben zu wollen. Ich kann nur vermuten, daß Dupois auch davon gewußt und diesen Plan ausgeheckt hat, um mich zu vernichten und selbst als Gewinner aus diesem Handel hervorzugehen! Aber so ist es nun einmal, man kann nicht in diesem Geschäft arbeiten und ohne Feinde bleiben.«

»Das ist nur zu wahr«, stimmte Dyson ihm zu. »Es ist gut, daß Ihr Euch solcher Gefahren bewußt seid. Habt Ihr darum die Vorsichtsmaßnahme ergriffen, eine Pistole in Kemsleys Schreibtisch zu deponieren?«

»Man muß auf alle Eventualitäten vorbereitet sein, Oberst. Als ich Euch angewiesen hatte, mich dort zu solch unchristlicher Stunde zu treffen, wollte ich das Risiko vermeiden, gestört zu werden, wenn ich Euch den Brief des Kaisers übergäbe, denn es wäre schwierig gewesen, unser dortiges Zusammentreffen zu früher Morgenstunde zu erklären. Aber eine Pistole beugt der

Forderung nach Erklärungen stets vor, findet Ihr nicht?«

Der Oberst lachte leise. »Ihr und ich, wir sind uns sehr ähnlich, Gérard. Wir sind beide Experten, und nur durch unsere Verschlagenheit und unseren Unternehmungsgeist können jene großen Männer, denen wir dienen, ihr Schicksal gestalten. Auf jeden Fall muß es eine gehörige Portion Mut erfordert haben, angesichts der Überraschung, Kemsley in der Bibliothek vorzufinden, solche Geistesgegenwart zu bewahren. Und dann mußtet Ihr Euch natürlich auch noch um die ungebetene Einmischung Miss Trevinghams kümmern, nicht wahr? Ja, Monsieur Gérard, Ihr werdet Eurem Ruf wahrhaft gerecht. Ich hoffe, daß Euch der Kaiser angemessene Dankbarkeit erweist.«

»Ich bin davon abhängig«, grinste Gérard. »Seht! Dort vorne ist die Kutsche. Kommt schnell, wir können den Lauf des Schicksals weiter erörtern, wenn wir uns sicher darinnen befinden.«

Nur Minuten später rumpelten sie bereits eilig die Straße nach Dover entlang. Der Oberst nahm den Brief des Kaisers aus seiner Manteltasche und las ihn erneut durch. Dann schaute er zu Gérard, der ihm gegenübersaß, und beobachtete ihn schweigend.

»Glaubt Ihr, daß der Kaiser bereits von Elba entkommen ist?« fragte er betont.

»Das halte ich für gewiß. Er hat seine Flucht während dieser vielen Monate sorgfältig geplant. Er wird König Louis die Krone Frankreichs abnehmen, daran ist nicht zu zweifeln. Und wenn er die Unterstützung des Mannes hat, dem Ihr dient, König Joachim Murat von Neapel, wird er sie dauerhaft halten können. Murat hat eine ansehnliche Armee unter

 Befehl, und der Kaiser wird die Hilfe dieser Männer

brauchen, wenn er seine sichere Stellung in Frankreich halten will.«

»Aber warum sollte Murat seinen Thron riskieren, nur um Bonaparte einen Thron zu sichern?«

»Vielleicht erinnert sich König Joachim daran, daß der Kaiser ihm den Thron einst verschafft hat«, antwortete Gérard steif. »Aber darüber sollten wir nicht streiten. Wir sollten die Dinge so betrachten, wie sie heute sind, wo der Kaiser nicht mehr im Exil auf Elba bleiben will. Er wurde im vorigen Frühjahr zur Abdankung gezwungen, und die Bedingungen wurden vereinbart. Aber sie sind seitdem gebrochen worden, und daher fühlt sich der Kaiser auch nicht mehr daran gebunden. Die Soldaten Frankreichs sind unter König Louis' Regierung unzufrieden und werden ihren Herrscher mit offenen Armen wieder willkommen heißen. Euer König, Joachim, hat zwar noch immer die Krone von Neapel inne, aber nur, weil die Österreicher ihn gewähren lassen. Wir wissen, daß er den Kaiser vor der Abdankung im Stich gelassen und sich auf der Seite der Österreicher gegen uns gestellt hat. Der österreichische Außenminister, Fürst Metternich, hatte ihn dazu überredet, im Januar letzten Jahres jene Allianz zu unterzeichnen. Er versprach, im Gegenzug für Murats Hilfe bei der Vertreibung von Kaiserin Josephines Sohn, Eugène de Beauharnais, aus der Lombardei, Murats Anspruch auf den Thron von Neapel zu unterstützen. Das verschaffte den Österreichern eine starke Stellung im Norden. Aber Ihr wißt, daß man Metternich nicht vertrauen kann, sich an diese Allianz zu halten. Und darum hat Murat Euch gebeten, möglichst genau herauszufinden, was sie bei diesem Wiener Kongreß planen.«

»Ihr seid sehr gut informiert, mein Freund«, stellte

der Oberst beeindruckt fest. »Ihr habt natürlich recht. Murat vertraut meinem Urteil unbedingt. Ich habe ihm im Laufe der Jahre gut gedient. Ein Oberst der britischen Armee ist über allen Verdacht erhaben, versteht Ihr, und zudem in alle Arten nützlicher Informationen eingeweiht. Ich entdeckte, daß Kemsley zum Hauptberater Castlereaghs für die italienische Abmachung, um die es in Wien geht, ernannt worden war. Murats eigener Abgesandter wurde vom Kongreß ausgeschlossen, so daß ich mein Bestes tun mußte, alles Mögliche über Kemsleys Meinung zum Thema Neapel herauszubekommen. Wir wissen, daß Talleyrand auf die Wiedereinsetzung des bourbonischen Königs Ferdinand auf den Thron von Neapel drängt. Murat befürchtet natürlich, daß Österreich seinen Anspruch auf jenen Thron weiterhin unterstützt, und ist besorgt, daß Metternich Talleyrands überaus beredter Zunge erliegen könnte. Er weiß, daß Metternich sein einziger Verbündeter beim Kongreß ist und er vollkommen von dessen getreuen Einhaltung ihrer Allianz abhängt.

Ich hatte das Glück, letzten Sommer eine Freundschaft mit Kemsleys Nichte, Miss Trevingham, beginnen zu können. Ich stellte fest, daß sie über die politische Situation in Italien gut informiert war, und hoffte durch sie etwas über die Meinungen ihres Onkels erfahren zu können. Als ich nach Chailey eingeladen wurde, wohl wissend, daß sie auch Kemsley direkt aus Wien erwarteten, betrachtete ich dies als unschätzbare Gelegenheit, durch meine enge Bekanntschaft mit seiner Nichte sein Vertrauen zu gewinnen. Neapel hielt mich unter großem Druck, da sie alles Wissenswerte über den Kongreß erfahren wollten. Murat fürchtet schon, seitdem der Dreibund im vorigen Monat unterzeichnet wurde, daß Metternich ihn vielleicht im Stich lassen könnte. Jetzt wo Frankreich, Österreich und Britannien durch jene Allianz zusammengeschweißt sind, scheint es wahrscheinlicher, daß Österreich versucht sein könnte, Murat aufzugeben.«

»Hat sich Miss Trevingham als so hilfreich erwiesen, wie Ihr gehofft hattet?« fragte Gérard sehr interessiert.

»Nein, durchaus nicht! Sie war für eine Frau extrem verschwiegen. Ich habe nur sehr wenig von ihr erfahren, was mir helfen konnte, besonders seit Ihr nach London gekommen wart«, fügte er verzerrt hinzu.

»Mein einziges Ziel war es, ihr Mißtrauen gegen mich abzubauen«, erklärte Gérard. »Sie ist eine sehr scharfsinnige junge Frau, und ich konnte es mir nicht leisten, sie gegen mich zu haben.«

»Habt Ihr ihre Zuneigung überhaupt erwidert, Gérard?« murmelte der Oberst mäßig neugierig.

»Ihr müßt genausogut wie ich wissen, daß in unserem Beruf kein Platz für Gefühle ist. Ich mußte eine Freundschaft mit ihrem Bruder eingehen, um meine Anweisungen auszuführen. Der Kaiser war bestrebt zu erfahren, warum Kemsley Trevingham nach Rom geschickt hatte. Er fürchtete, daß die Briten eine Intervention in Neapel planen könnten. Es lag im höchsten Interesse des Kaisers, daß Murat dort an der Macht blieb. Ich konnte Trevinghams Vertrauen gewinnen und wurde angewiesen, ihm nach London zu folgen. Dort sollte ich zunächst die Stimmung beider politischer Lager zu den Ereignissen in Wien ergründen. Der Kaiser wollte den richtigen Moment für seine Flucht abpassen, denn es gibt durchaus Leute in einflußreichen Positionen dieses Landes, die Bonaparte bereitwillig akzeptieren würden. Zum zweiten – und was noch wichtiger ist – sollte ich mit Euch Kontakt aufnehmen, sobald die Flucht von Elba vorbereitet wäre.

Der Kaiser wußte, daß Murat sich vollkommen auf Eure Informationen über Wien verließ. Wenn Ihr ihn jetzt davon überzeugen könnt, daß es in seinem eigenen Interesse liegt, seine Streitkräfte mit unseren zusammenzuschließen, wird der Kaiser ihm die Krone zusichern und dafür sorgen, daß die Bourbonen exiliert werden.«

»Aber angenommen, Bonaparte stürzt? Er wurde schon einmal vertrieben. Wenn Murats Armee sich ihm verschließt und er erneut scheitert, wird die Kronc von Neapel für ihn verloren sein. Zumindest Metternich scheint sich an die Allianz zu halten. Murat wird kein Risiko eingehen wollen, die Allianz für ein gewagtes Unternehmen in Gefahr zu bringen.«

»Er hat keine andere Wahl«, erwiderte Gérard knapp.

»Was meint Ihr damit?« fragte Dyson scharf und verengte mißtrauisch die Augen.

»Ich meine, daß Metternich ihn mit Castlereagh heimlich stürzen will.«

»Wie könnt Ihr das wissen?« keuchte der Oberst ungläubig.

Gérard hob den rechten Fuß über sein linkes Knie, ergriff den Absatz seines Stiefels, drehte ihn zu einer Seite und zog ein in der Höhlung verborgenes Stück Papier hervor.

»Seht Euch das an«, sagte er und gab es Dyson.

»Gütiger Gott! Wie seid Ihr darangekommen?« rief der Oberst ungläubig aus.

»Wir haben auch Kontakte zu höheren Stellen, Oberst Dyson«, stellte Gérard liebenswürdig lächelnd fest. »Erkennt Ihr jene Unterschriften?«

»Natürlich! Also habt Ihr recht! Britannien und Österreich wollen Murat stürzen. Das ändert alles!«

»Das dachte ich mir«, bemerkte Gérard belustigt. »Ich habe diese Information erst kürzlich erhalten. Sie hat uns viel gekostet, das kann ich Euch versichern, aber sie ist es wert, wenn der König von Neapel dadurch davon überzeugt werden kann, der Aufforderung des Kaisers zu folgen.«

»Daran kann kein Zweifel mehr bestehen«, erwiderte Dyson grimmig. »Er wird mit Sicherheit darangehen, diese verachtenswerten Österreicher zu zerschlagen!«

Während die Kutsche ihre Reise nach Süden fortführte, eilte Dupois zu dem Gasthaus zurück und schlüpfte schnell und leise in sein Zimmer, wo er zu packen begann.

Kemsleys Tod hatte ihn erschreckt. Er wußte, daß Gérard in dem Moment sofort vermutet haben mußte, daß er hintergangen worden war, als Morton ihn unbeabsichtigt verraten hatte. Dupois hegte keinen Zweifel, daß dasselbe Schicksal, das Kemsley ereilt hatte, jetzt auch ihn erwartete. Zum ersten Mal in seinem Leben hatte er alles Interesse am Geldverdienen verloren. Er dachte im Moment nur noch daran, wie er seine eigene Haut retten könnte. Das Pferd würde genügen müssen, bis er eine Kutschstation erreichte, wo er eine Kutsche mieten könnte. Er warf einige wenige Dinge in seinen kleinen Handkoffer, ließ sein restliches Gepäck zurück und schlich die Treppe wieder hinab. Alles blieb ruhig und ungestört, während er in den Hof trat und sein Gepäck über den vorderen Sattelknauf schwang. Er schaute sich nervös um, während er den Fuß in den Steigbügel setzte. Der Hof lag schwarz wie Pech und verlassen da. Die einzigen dringenden Geräusche waren das Quietschen des alten Schildes, das an seinen rostigen Ketten hin- und herschwang, und das plötzliche Klingen des Zaumzeugs, als das Pferd seine Mähne schüttelte. Er zog sich mit einem zitternden Seufzer der Erleichterung in den Sattel hinauf und wandte sein Pferd der Straße zu. Als er sie erreicht hatte, grub er dem Pferd die Fersen in die Flanken und galoppierte davon, als sei der Teufel hinter ihm her.

Zur gleichen Zeit, als Dupois seine Chance ergriffen hatte, aus dem Wald zu fliehen, schritt Lord Trevingham in seinem Ankleidezimmer auf und ab. Er hatte erwartet, daß sein Onkel nach ihm schicken würde, und fragte sich, was wohl der Grund für die Verzögerung war. Lord Kemsley hatte ihm strikte Anweisungen erteilt, nicht eher herunterzukommen, als bis er Nachricht erhielt, daß die Lage sicher sei.

Als die Minuten vergingen und noch immer keine Nachricht kam, begann er sich allmählich unbehaglich zu fühlen. Diese Angelegenheit sollte doch mittlerweile abgeschlossen sein? Er war geneigt, die Anweisungen seines Onkels zu mißachten und trotzdem hinunterzugehen, als er das entfernte Echo eines Gewehrschusses hörte. Er stand stocksteif da und lauschte angespannt. Das Geräusch war in eine Stille eingedrungen, die durch die plötzliche, schmetternde Explosion noch vertieft wurde. Hatte er es sich nur eingebildet, oder war das tatsächlich der Knall einer Schußwaffe gewesen? Vielleicht ein Wildhüter, der auf Wilderer schoß? Er trat ans Fenster und spähte in den Garten hinaus. Der Vollmond tauchte gerade in die schwach sichtbare Linie des Horizonts ein, und in seinem blassen Licht konnte er sehen, daß draußen alles friedlich war.

Dennoch nagten Zweifel an ihm. Angenommen, es wäre etwas mißlungen? Jetzt wünschte er, er wäre in der Nähe der Bibliothek geblieben. Wenn etwas nicht stimmte, hätte er es sofort gewußt.

Es hatte keinen Zweck, er konnte nicht länger warten, er mußte hinabgehen, und sei es nur, um sich zu beruhigen.

Er spähte vorsichtig in die Bibliothek hinein. Der Raum war vollständig leer, und das ganze Haus war unheilvoll still. Was war geschehen? Wo war Onkel George? Er durchquerte mit zunehmender Besorgnis den Raum und schaute aus dem Fenster. Während er dies tat, glaubte er ein gedämpftes Geräusch zu hören, das hinter dem Sofa hervorzukommen schien. Er runzelte kurz die Stirn und schritt dann hinüber, um nachzusehen. Er zog das Sofa von der Wand fort und zuckte erschreckt zusammen, als er Giles Morton wie ein Hühnchen eingeschnürt, geknebelt und bewegungsunfähig entdeckte.

»Gütiger Himmel! Morton! Was ist hier geschehen?« rief er aus und beugte sich hastig hinab, um das Taschentuch vom Mund des Mannes zu lösen.

»Ihr … Ihr werdet dafür bezahlen!« krächzte Morton schmerzerfüllt. »Bindet mich los, ich bin fast gelähmt!«

Trevingham trat zum Tisch und ergriff ein Papiermesser. Er durchschnitt schnell Mortons Fesseln und ließ währenddessen ein Schnellfeuer von Fragen auf ihn niederprasseln.

Morton rieb sich die tauben Handgelenke, sobald seine Hände befreit waren.

»Laßt mir ein wenig Zeit zum Atmen, Mann! Ich bin halb erstickt!«

»Das ist mir gleichgültig! Erzählt mir einfach, was geschehen ist! Wo ist mein Onkel Kemsley?« fragte Trevingham verzweifelt. Er hatte Todesangst um ihn, und Mortons träge Antworten erweckten seinen Zorn.

»In Ordnung! In Ordnung! Ich sage es Euch! Aber

bringt mich zuerst zu einem Sessel – und dann besorgt mir ein Getränk!« fauchte Morton verstockt.

Trevingham hievte ihn nicht allzu sanft auf die Füße und schob ihn aufs Sofa. Dann spritzte er etwas Brandy in ein Glas und hielt es ihm hin.

»Hier, trinkt das! Und dann erklärt mir, um Himmels willen, was heute nacht hier geschehen ist!«

Morton begann seine leidvolle Geschichte. Sie nahm einige Zeit in Anspruch, weil er seine Sätze mit allen Arten schrecklicher Drohungen gegen Trevingham und seinen gesamten Haushalt garnierte. Als er den Moment beschrieb, als der Oberst darauf bestand, die anderen mitzunehmen, stöhnte Justin laut auf.

»Wohin hat er sie gebracht? Wißt Ihr das?«

»Ich hörte, wie er sagte, daß er die Pferde auf der hinteren Wiese versteckt hätte. Dies ist alles Euer Werk, Trevingham! Ihr habt diesen verflixten Spion bei uns eingeführt! Ich hoffe, Ihr seid bereit, die Konsequenzen zu tragen!«

Trevingham war bereits halbwegs zur Tür gelangt und hielt nicht inne, um ihm zu antworten.

Rasch lief er zum Zimmer seines Cousins hinauf und weckte ihn.

»Was, um alles in der Welt, ist los?« murmelte Robert Dawlish schläfrig und verwirrt.

»Ich kann dir jetzt nicht alles erklären, Bob! Aber Constance und Onkel Kemsley sind in ernsthafter Gefahr. Zieh dich schnell an und komm zu den Ställen! Ich treffe dich in zehn Minuten. Aber wecke, um Himmels willen, niemanden auf!«

Schon bald ritten sie aus dem Hof hinaus und eilten dem Kutschenweg zu. Nachdem sie die Brücke am See

 überquert hatten, wandte sich Trevingham scharf nach

rechts, ließ sein Pferd das steile Ufer hinablaufen und eilte auf den Fluß und die hintere Wiese zu.

Wenn Dyson hier Pferde versteckt hatte, gab es dafür nur eine geeignete Stelle – die Weiden am Ende der Wiese.

Als sie den Platz erreichten, verhielt er sein Pferd und sprang hinab.

»Warte einen Moment, Bob!« rief er über die Schulter, als sein Cousin hinter ihm herangaloppierte.

Trevingham kauerte sich hin und betrachtete den Boden. Das Gras war stark niedergedrückt, also waren sie zweifellos hier entlanggekommen. Er runzelte nachdenklich die Stirn. Es war unwahrscheinlich, daß sie das Anwesen durch das Haupttor verlassen hatten, wo sie der Torwächter bemerken würde. Aber es gab noch einen anderen Weg durch die Grenzmauer, der viel näher lag als das Pförtnerhaus.

»Komm, Bob!« rief Trevingham und schwang sich wieder in den Sattel. »Wir reiten zu dem alten Wachtor im Wald!«

Lord Trevingham kannte jeden Pfad in diesen Wäldern und führte seinen Cousin, schnell und gekonnt, durch die scheinbar undurchdringlichen Schatten. Als er in Sichtweite des Tores war, sah er plötzlich die unverkennbare Gestalt seiner Schwester auf sich zulaufen.

»Justin! Justin! Oh, Gott sei Dank, daß du kommst! Sie haben Onkel George getötet!« schluchzte sie hilflos und warf sich in die Arme ihres Bruders, als er eilig abgestiegen war.

»Ganz ruhig, Connie«, murmelte er tröstend und hielt sie sanft fest. »Sei tapfer, meine Liebe. Zeige mir, wo er ist.«

»Er liegt dort«, sagte sie und versuchte, ruhig zu sprechen, während sie auf eine zusammengekauerte, in einen Umhang gehüllte und schrecklich reglose Gestalt deutete.

»Laß mich einen Blick auf ihn werfen. Bleibe hier bei Robert, wenn du willst.«

Er ließ sie los und trat hastig an die Seite seines Onkels. Er beugte sich über den Körper, um seine Verletzung zu untersuchen. Dann löste er Kemsleys Halstuch und tastete nach dem Puls, bevor er den Kopf beugte, um nach seinem Herzschlag zu horchen.

Constance und Robert standen besorgt da und blickten auf ihn hinab.

»Ist er tot, Jus?« flüsterte Constance.

»Nein, er ist noch nicht tot. Aber wir müssen ihn sofort zum Haus zurückbringen. Bob, hilf mir, ihn auf mein Pferd zu heben.«

»Bist du sicher, daß er noch lebt? Sie sagten beide, er sei tot! Und diese schreckliche Wunde an seinem Kopf! Ich dachte, sie müßte tödlich sein«, sagte sie schaudernd.

»Es sieht wirklich viel schlimmer aus, als es ist. Die Kugel hat ihn anscheinend nur gestreift. Ein Stückchen weiter, und er wäre mit Sicherheit sofort tot gewesen. So hat er zwar Blut verloren, aber ich hoffe, daß er sich wieder erholen wird. Er ist ein zäher alter Knochen, Connie, keine Angst! Ich vermute, das ist Dysons Werk?«

»Nein. Er wollte es tun, aber der Graf bestand darauf, selbst abzudrücken! O Jus! Er ist wirklich völlig skrupellos! Ich habe mich noch niemals in meinem Leben so in jemandem geirrt!« murmelte sie benommen.

»James hat das getan?« keuchte Trevingham ungläubig. »Du hast es gesehen?«

 »Mit meinen eigenen Augen, ich schwöre es. Es war

entsetzlich! Er ist ein kaltblütiger Mörder! Oder zumindest hatte er das vor. Als ich ihn so kalt und ruhig *au revoir* sagen und dann den Schuß abgeben hörte ...! Nun, ich muß ohnmächtig geworden sein, und als ich wieder zu mir kam, war ich, bis auf unseren Onkel, der so schrecklich ruhig dort liegt, ganz allein! Und ich dachte ... ich dachte ...«

»Du hast dich geirrt, Connie, Gott sei Dank. Es ist alles gut, wirklich. Du wirst bald erkennen, daß du nichts befürchten mußt – versuche einfach, dich zu beruhigen. Und jetzt hilf mir, Bob. Vorsichtig. Ich werde zuerst aufsteigen, und dann kannst du ihn festhalten, während wir ihn hinaufheben.«

Als dies vollbracht war, kletterte Constance auf das Pferd ihres Cousins, und er schwang sich hinter ihr hinauf. Sie ritten so schnell wie möglich zum Haus zurück. Zu Constances Erleichterung hatte sich ihr Onkel, als sie die Tür erreichten, schon so weit erholt, daß er ohne Hilfe hineingehen konnte.

Er bestand darauf, sofort Morton zu sprechen, aber da dieser junge Gentleman inzwischen ungehinderten Zugriff auf die Brandyflasche gehabt hatte, war er in keinem geeigneten Zustand, eine Unterhaltung zu führen. Justin und Robert trugen Morton so leise wie möglich nach oben und legten ihn auf das Bett des Grafen.

Als sie in die Bibliothek zurückkehrten, fanden sie Constance damit beschäftigt vor, die Wunde ihres Onkels zu verbinden. Anscheinend hatte die Kugel seine Schläfe wirklich nur gestreift, und es war der Sturz, der ihn so stark betäubt hatte. Er mußte sich den Kopf beim Fallen an einem Stein gestoßen haben.

»Justin, ich fahre heute nacht noch nach London«, verkündete er energisch. »Ich muß Harrowby unbedingt sofort sprechen. Wecke meinen Diener und lasse ihn eine Tasche packen. Robert! Gehe bitte zu den Ställen und sage den Pferdeknechten, sie sollen meine Kutsche bereitmachen!«

»Aber Onkel!« protestierte Constance entsetzt. »Du brauchst Ruhe! Dein armer Kopf!«

»Pah! Das ist nichts. Und außerdem muß ich mich um dringende Angelegenheiten kümmern, die keinen Auschub dulden. Justin, bleibe du hier! Du wirst mir gleich morgen früh folgen – oder besser später am Vormittag. Ich würde dich schon jetzt mitnehmen, aber du mußt mit Morton sprechen, sobald er aufwacht. Man muß ihm einschärfen, daß das, was heute nacht hier geschehen ist, nicht herumerzählt werden darf. Ich werde dich im Büro treffen, sobald du dasein kannst. Einverstanden?«

»Ja, Sir, natürlich. Ich werde dafür sorgen«, versprach sein Neffe und eilte aus dem Raum.

Lord Kemsley wandte sich an Constance. »Jetzt ist keine Zeit für Erklärungen, Connie. Es tut mir leid, denn ich weiß, daß dir viele Fragen durch deinen hübschen Kopf schwirren müssen, aber du wirst auf einen passenderen Moment warten müssen. Dieser Brief, den Dyson mir abgenommen hat, enthielt Informationen, die meinen Leuten in London sofort dargelegt werden müssen. Eines baldigen Tages sollst du alles erfahren, aber jetzt muß ich dich verlassen. Es gibt viel zu tun. Geh zu Bett und versuche zu schlafen. Gott weiß, daß du nach den Geschehnissen dieser Nacht Schlaf brauchen mußt!«

Aber es war ihr unmöglich, zur Ruhe zu kommen. Zu viele Gedanken wirbelten in ihrem Geist umher. Der Graf war ein Agent Bonapartes! Ein elender, mörderischer Spion! Nein! Das konnte nicht sein! Es war zu entsetzlich, daran zu denken! Und doch hatte sie gesehen, wie er ihren Onkel kaltblütig niedergeschossen hatte! Wie konnte das alles möglich sein? Konnte sie wirklich durch bloßen Charme so vollkommen geblendet gewesen sein? War Liebe tatsächlich so blind?

Als schließlich der Morgen herannahte und sie sich müde aus ihrem zerwühlten Bett erhoben hatte, zog sie sich an und ging in den Frühstücksraum hinunter. Sie fand Justin vor, der gerade zu seiner Reise aufbrechen wollte. Lady Anne war bei ihm und wirkte sehr blaß und ängstlich. Justin hatte ihr die Aufgabe übertragen, dafür zu sorgen, daß ihr Cousin schweigen würde, da er nicht länger auf Mortons Auftauchen warten konnte. Lady Anne hatte keine Ahnung, um was es bei alledem ging. Justin konnte ihr nicht genau erklären, was während der Nacht geschehen war. Sie verstand nicht, wie es kam, daß Giles oben im Zimmer des Grafen schlief. Sie wußte nur, daß er etwas über Graf Fabricati herausgefunden hatte, was niemand sonst erfahren durfte. Ihr Cousin mußte dazu gebracht werden, Stillschweigen über alles zu bewahren, was in der letzten Nacht hier geschehen war. Wenn er reden sollte, würde die ganze Trevinghamfamilie in einen schrecklichen Skandal verwickelt werden!

»Ich wünschte, ich wüßte, was ich Giles sagen soll«, bemerkte sie zu Constance, als Lord Trevingham abgereist war. »Weißt du, was letzte Nacht geschehen ist, Connie? Ich habe Justin noch niemals so besorgt gesehen.«

»Warum sollte es dich kümmern, was Justin empfindet«, erwiderte Constance schneidend.

»Weil ich ihn liebe«, antwortete das Mädchen ruhig und würdevoll. »Und weil wir bald Mann und Frau werden.«

Jetzt wirkte Constance verwirrt. »Aber ich habe dich erst gestern mit Graf Fabricati gesehen! Er hat dich geküßt!«

»Das war der Kuß eines lieben Freundes, nicht der eines Geliebten«, erwiderte sie und sah Constance offen an. »Ich hatte ihm gerade von der Verlobung mit deinem Bruder erzählt. Er hat mir nur gratuliert. Mehr bedeutete es nicht. Graf Fabricati hat mir die Chance zum Glück gewährt, und ich wollte sicherstellen, daß er weiß, wie dankbar wir beide, Justin und ich, ihm sind.«

»Ich verstehe. Dann schulde ich dir eine ehrliche Entschuldigung dafür, daß ich euch gestern so abrupt verlassen habe. Darf ich dir dann jetzt zu deinem Glück gratulieren und dich um Verzeihung bitten?«

Lady Anne lächelte. »Natürlich, und ich danke dir dafür. Wir haben es niemandem sonst gesagt, weil Justin es für angemessen hält, zunächst mit meinem Onkel zu sprechen. Also behalte es bitte noch eine Weile für dich.«

»Gut. Aber sei versichert, daß sich jedermann in diesem Hause über Justins Wahl seiner Ehefrau freuen wird.«

»Nicht jedermann«, erwiderte Lady Anne und verzog das Gesicht, als sie den Klang von Giles gereizter Stimme draußen im Flur vernahm.

Die Tür wurde aufgestoßen, und er betrat blaß und derangiert den Raum, da er die ganze Nacht in seinen Kleidern geschlafen hatte.

»Wo ist Trevingham?« fragte er verdrießlich. »Ich habe ihm einiges zu sagen. Wie ich sehe, seid Ihr unbeschadet zu uns zurückgekehrt, Miss Trevingham. Aber wenn Euch etwas geschehen wäre, hättet Ihr es ganz Eurem eigenen, verwerflichen Verhalten zuzuschreiben, da Ihr uns diesen abscheulichen Galgenvogel untergeschoben habt!«

Seine Beschwerde wurde durch ein plötzliches lautes Klingen der Türglocke unterbrochen, das bald vom Klang von Mr. Symes' aufgeregten Fragen gefolgt wurde.

Giles streckte den Kopf aus der Tür und rief ihn herein.

»Giles! Gott sei Dank! Wie froh ich bin, dich lebendig und wohlauf zu sehen!« rief Mr. Symes und eilte auf Morton zu. »Als ich entdeckte, daß du nicht ins Gasthaus zurückgekehrt warst, war ich ernstlich beunruhigt. Und als die Nachricht von Mr. Johnsons Ermordung vor kurzem bei uns eintraf, bin ich nachhaltig erschrocken!«

»Johnson wurde ermordet?« keuchte Giles und vergaß seine Kümmernisse kurzzeitig.

»Ja! Ist das nicht schrecklich? Sie fanden seine Leiche auf der Straße nach Dover. Nur ein kleines Stück von der Kutschstation entfernt. Man hatte ihm direkt ins Herz geschossen! Es müssen vermutlich Diebe gewesen sein, denn er hatte nichts Wertvolles mehr bei sich – nur sein Paß steckte noch in einer Tasche. Als der Kutscher zeitig heute morgen die Nachricht überbrachte, fühlte sich der Gastwirt verpflichtet, sich den Leichnam anzusehen. Er hatte bereits entdeckt, daß unser Freund, Mr. Johnson, während der Nacht verschwunden war, sein Gepäck aber im Gasthaus zurückgelassen hatte.«

Mr. Morton wirkte wie vom Donner gerührt. »Nun, nun! Dies ist ein hübsches Durcheinander!« rief er aus und betrachtete Miss Trevingham unheilvoll. »Eure Familie wird viele Fragen beantworten müssen!« fügte er anklagend hinzu.

»Mr. Morton, bitte beruhigt Euch. Mein Onkel Kemsley ist bereits damit befaßt, alles wieder in Ordnung zu bringen. Ich bin sicher, daß er alles zu Eurer vollsten Zufriedenheit regeln wird. Wenn Ihr über dieses Thema nur Stillschweigen bewahren würdet – nur eine kleine Weile – kann ich Euch versprechen, daß alles zurechtgerückt wird und ... und die Erklärungen gegeben werden«, beendete sie ihren Appell lahm.

»O ja!« schnaubte er verächtlich. »Ich bin ganz sicher, daß Ihr mich alle am Sprechen zu hindern versuchen werdet! Eine hübsche Skandalbrühe habt Ihr Trevinghams Euch da angerichtet! Nun, ihr braucht nicht zu glauben, daß ich auch nur einen Finger heben werde, um Euch vor den Konsequenzen Eures Verhaltens zu bewahren!«

»Giles! Bitte folge Miss Trevinghams Aufforderung!« bat Lady Anne und wandte sich ihm mit großen, flehenden Augen zu. Sie rang flehentlich die Hände, während sie sich an Justins Gesicht und seine ernste Bitte erinnerte, sie möge ihren Cousin zum Schweigen verpflichten. »Ich werde alles tun, was du willst, aber versprich mir, nichts von dem zu sagen, was letzte Nacht hier geschehen ist. Ich verstehe auch nichts davon, aber es kann sicherlich nicht so furchtbar sein, daß du dich weigern müßtest, Miss Trevingham diese eine Bitte zu erfüllen?«

Giles wollte höhnisch noch mehr erwidern, als er plötzlich innehielt und ihr ängstliches Gesicht schnell einer Prüfung unterzog. »Ich möchte mit meiner Cousine allein sprechen«, forderte er kurz. »Wo können wir uns ungestört unterhalten?«

»Das Arbeitszimmer meines Bruders ist im Moment unbesetzt. Dort könnt Ihr hineingehen«, antwortete Constance steif und fragte sich, was er wohl vorhatte.

Sobald Morton Lady Anne für sich allein hatte, sah er sie an, und seine Augen glitzerten seltsam. »Du würdest also alles tun, um die Trevinghams vor diesem unseligen Skandal zu bewahren, nicht wahr? Sehr gut, ich gebe dir mein Versprechen, wenn du mir deines gibst.«

»Ich verstehe nicht, Giles. Was meinst du? Welches Versprechen verlangst du von mir?«

»Ich verlange dein ernsthaftes Versprechen, meine Frau zu werden«, verkündete er triumphierend. »Das ist der Preis für mein Schweigen. Und ein recht fairer Preis, wenn man bedenkt, daß du mich bittest, durch mein Schweigen einen Mörder zu decken.«

Lady Annes Augen öffneten sich weit, und eine Mischung aus Schrecken und Entsetzen spiegelte sich darin. »Einen Mörder? Du meinst, daß die Trevinghams irgendwie mit dem Tod dieses armen Mannes letzte Nacht zu tun haben? Nein! Das kann ich nicht glauben!«

»Es ist absolut wahr, das versichere ich dir. Warum glaubst du, versucht Miss Trevingham so verzweifelt, mich davon zu überzeugen, ihnen durch Schweigen zu helfen? Siehst du, ich bin der einzige Zeuge gegen sie. Ich habe alles gesehen, was letzte Nacht hier geschehen ist, und ich weiß, wer Mr. Johnson ermordet hat. Wenn ich rede, werden sich die Trevinghams inmitten eines Skandals wiederfinden, der sie vollständig ruinieren wird! Also, habe ich jetzt dein Versprechen?«

»Nein! Nein! Ich kann es dir nicht geben! Du weißt nicht, was du da von mir verlangst!« flüsterte sie erstickt, die Augen voller Angst und Grauen.

»Dann gibt es nichts weiter zu besprechen«, erwiderte er knapp und ging zur Tür.

»Nein, warte! Laß mich nachdenken! Gib mir Zeit

zu überlegen!« rief sie höchst aufgeregt und hob die Arme, als wollte sie ihn zurückhalten.

»Ich brauche deine Antwort jetzt!« beharrte Giles, der sich an ihrer mißlichen Lage weidete. Jetzt bekam er seine Rache an ihnen allen! Am Grafen, den Trevinghams und den Wyverns, die dachten, sie könnten ihn zu einer Ehe mit ihrer blaßgesichtigen Tochter zwingen! Er würde bald der neue Graf von Rossmore werden und dafür sorgen, daß er nicht nur eine wunderschöne Gräfin, sondern auch das gesamte Rossmorevermögen bekäme!

Lady Anne wußte, daß es sinnlos war, erneut an ihn zu appellieren. Sie erkannte an seinem Blick, daß ihre Bitten unbeachtet bleiben würden. Er würde nicht zögern, Justin zu ruinieren, und das konnte sie niemals zulassen. Wie, in Gottes Namen, waren die Trevinghams in den Mord verwickelt worden, von dem Mr. Symes vorhin gesprochen hatte? Aber es mußte stimmen, da Giles davon gesprochen hatte, Zeuge davon gewesen zu sein!

»Ich sehe, daß ich dir mein Wort geben muß. Du läßt mir keine andere Wahl«, erwiderte sie verbittert, und ihre Hand sank herab, während sie sich von seinem triumphierenden Gesicht abwandte.

»Ausgezeichnet! Dann sind wir uns also schließlich einig geworden. Ich glaube, wir sollten dies noch eine Weile für uns behalten. Ich brauche Wyverns finanzielle Unterstützung leider noch. Aber ich bin zuversichtlich, daß wir die Hochzeit nicht mehr allzulange aufschieben müssen! Wir warten nur noch auf den Segen deines Vaters. Auf Wiedersehen für den Moment, liebe Base. Du wirst doch zweifellos in den Schoß der Familie zurückkehren, jetzt wo dich dein falscher Geliebter im Stich gelassen hat?«

Er lachte spöttisch, als sie den stolz erhobenen Kopf senkte und dann schwerfällig in einen Sessel sank. Sie hörte ihn rufen, daß sie gehen würden, und dann hallte das Geräusch ihrer Schritte im Flur wider. Erst jetzt erlaubte sie sich den Trost verzweifelter Tränen.

Siebzehn

In den nächsten Wochen überstürzten sich besorgniserregende Ereignisse. Die Nachricht von der Flucht des Kaisers und seiner erfolgreichen Rückkehr nach Frankreich verursachte Entsetzen, Angst und viele Spekulationen über mögliche Folgen dieser Katastrophe.

Lord Kemsley war jetzt ständig in Brüssel, und Justin war nach Wien enteilt, ohne von Lady Annes mißlicher Lage erfahren zu haben.

Constance allein kannte die Wahrheit. Lady Anne hatte sich ihr sofort nach Mortons Abreise von Chailey anvertraut. Nur Justins Rückkehr könnte diese unglückliche Situation retten. Während Wellington seine polyglotte Armee in Belgien versammelte, fragte sie sich, ob das alles irgendwie mit Graf Fabricati und diesem mysteriösen Treffen im Sommerhaus in Zusammenhang stehen konnte. Sie hatte niemandem von den merkwürdigen Ereignissen in jener verhängnisvollen Nacht erzählt. Ihr Onkel hatte es offensichtlich so gewollt, aber wie sehr wünschte sie zu wissen, worum es bei alledem ging!

Lady Trevingham und Sophy waren über die plötzliche Abreise fast aller Gentlemen erstaunt gewesen und sprachen häufig über einen möglichen Grund dafür, ohne jedoch jemals eine plausible Erklärung zu finden. Constance zögerte, sie aufzuklären, da das nur zu ihrer Besorgnis beigetragen hätte. Zu wissen, daß sie einen Agenten Bonapartes in ihrer Mitte beherbergt hatten, mußte sie sicherlich entsetzen. Sie hatten den

Grafen als so sehr charmant empfunden. Nun, und das war er ja auch! Constance hoffte, daß sie niemals erfahren würden, wie sehr. Sie alle hatten unter seinem schrecklichen Zauber gestanden!

Und doch ... sein dunkles Gesicht schwebte jetzt vor ihr wie eine Vision des engelgleichen Luzifer. Und sein Lächeln war genauso unbeschreiblich zärtlich, wie sie es in der Nacht in der Bibliothek gesehen hatte, als er ihrem betroffenen Blick mit solcher Aufmerksamkeit begegnet war. Außerdem war da die Sache mit seinem Umhang. Sie war aus ihrer Ohnmacht erwacht, hatte sich fest darin eingewickelt gefunden und instinktiv gewußt, daß es sein Werk gewesen war.

Ihre Erinnerung brachte ihr auch lebhaft den Moment zurück, als sie unerklärlicherweise beschlossen hatte, eben jenen Umhang mit in ihr Zimmer zu nehmen, und ihn an ihre Brust gedrückt und ihre Wange in die dichten Falten geschmiegt hatte.

Da hatte sie den Brief entdeckt. Ein kleines Päckchen war in einer tiefen Tasche des Umhangs verborgen gewesen, auf dem mit eleganter Schrift ihr Name geschrieben stand.

Fast unwillkürlich erhob sie sich und ging zum Toilettentisch hinüber. Sie öffnete eine Schublade, nahm ebenjenes Päckchen heraus und öffnete es, um den Gegenstand darin zu betrachten – einen goldenes, mit wertvollen Edelsteinen besetztes Schmuckstück in der Form eines Greifs. Sie legte es in ihre geöffnete Handfläche und las erneut die in der gleichen Handschrift wie ihr Name auf der anderen Seite des entfalteten Papiers geschriebenen Zeilen:

›*So wie sich die Himmelskörper auf ihrem festgelegten Kurs hoch über uns bewegen, sollst du dich in deiner Liebe jeden Tag und jede Nacht als unerschütterliche Constance erweisen.‹*

So begann das seltsame Sendschreiben. Sie las weiter:

Du hast meine Werbung abgelehnt. Ich habe keine Zeit mehr. Und doch spüre ich, daß ich dich nicht verlassen kann, wie ich es sollte – nur Schweigen zwischen uns, und so …

Hier folgten einige Verse, die sie sich schon lange eingeprägt hatte.

Müssen wir scheiden, und kein Gedanke ausgesprochen?
Kein Schwur, noch Lebenszeichen ausgetauscht?
Was sagt dein Herz?
Soll ich nicht erfahren, wissen dürfen,
warum dein Auge Tränen netzt?
Sag, daß es nicht so ist!
Soll diese Liebe, wie versunk'ne Schätze,
unermeßlich tief verborgen liegen – gar für immer?
Kümmert's dich nicht?
Gibt es den bitt'ren ein Schicksalsspruch,
daß wir hinfort getrennt sein müssen?
Ist es zu spät?
Wie blaß sind deine Wangen, die Rosen welk,
dein Schweigen erfüllt mein Herz mit Furcht.
Oh! Willst du nicht sprechen?
So soll ich gehen? Kein Gruß von dir,
kein Kuß, der mich in dieser Kälte wärmt?
Lebwohl?

Der Brief endete mit den Worten: *Behalte das Schmuckstück. Ich würde gerne hoffen, daß du es eines*

Tages vielleicht über deinem Herzen trägst. Vergib mir. James.

Was konnte das bedeuten? Wagte sie sich mit dem Gedanken zu trösten, daß sie ihm soviel bedeutet hatte wie er ihr? Weil sie sich letztendlich und entgegen allen besseren Wissens in ihn verliebt hatte. Oh, warum mußte sich ihre Liebe einen Mann wie diesen erwählen, wo doch weitaus wertvollere Männer sie hofiert hatten? Alles war so sinnlos! Das Schicksal hatte sie tatsächlich grausam verspottet! Die kluge, umsichtige Miss Trevingham hatte sich hoffnunglos in einen gewöhnlichen Spion verliebt! Und anscheinend auch in einen kaltblütigen Mörder. Wie überaus amüsant!

Sie begann leise zu lachen, legte den Brief in die Schublade zurück und warf das Schmuckstück in ihr Schmuckkästchen. Ihre Schultern zuckten, und sie setzte sich vor den Spiegel und bedeckte ihr Gesicht mit den Händen, während die Tränen ihre Wangen hinabrannen.

Die Trevinghamdamen waren im April in die Albemarle Street zurückgekehrt. Die goldenen Kelche der entlang den Parkgeländern wuchernden Narzissen hatten ihre Ankunft verkündet. Mitte Mai lasen sie von Murats Niederlage durch die Österreicher. Seine Armee war aufgehalten worden, als er den Fluß Po überqueren wollte, und jetzt konnte Napoleon nicht mehr auf Unterstützung außerhalb Frankreichs hoffen, da König Joachim gezwungen gewesen war, nach Italien zu fliehen.

Zum Ende des Monats drangen wie unheilvolle Donnerschläge unzählige Gerüchte über den Kanal. Der Sturm war nicht mehr weit entfernt und sollte bald über Belgien hereinbrechen. Ein kleines Dorf namens

Waterloo sollte seinen Platz in den Annalen der Geschichte einnehmen.

In den Klubs von St. James standen die Wetten vollkommen zugunsten Bonapartes und wankten nur leicht, wann immer eine neue Nachricht unter den versammelten Herren weitergereicht wurde. Eine Atmosphäre der Aufregung und Erwartung schwebte über ihnen, als durch die Kurierdienste die Information durchsickerte, daß auf den bisher friedlichen flämischen Fluren eine große Schlacht geschlagen werden sollte.

Die erste die Hauptstadt erschütternde Nachricht war die Botschaft von Wellingtons Niederlage. Es hieß, daß die alliierten Armeen vollständig aufgebracht worden seien und in entsetzlicher Panik nach Brüssel hereindrängten. Die Menschen versammelten sich in aufgeregten Gruppen, um über den Ausgang zu diskutieren, und die Zeitungen wurden in dem Moment mit Beschlag belegt, wo sie frisch aus dem Druck kamen. Die Gerüchte verdichteten sich – bis zu einem warmen Juniabend, an dem der Premierminister, Lord Liverpool, und sein Kabinett am Grosvenor Square mit Lord Harrowby speisten.

Harrowby saß neben einem der geöffneten Fenster, als plötzlich der Klang lauter, jubelnder Stimmen zu ihnen hinaufschwebte. Er schaute über die Schulter und runzelte verwirrt die Stirn.

»Was zum Teufel geschieht jetzt?« murmelte er und trat ans Fenster.

»Gütiger Gott!« keuchte er ungläubig. »Gentlemen! Kommt und seht Euch das an!«

Sie versammelten sich alle an den geöffneten Fenstern und schauten hinaus, wobei sie sich aufgeregt auf die Schultern der jeweils anderen stützten, um noch besser sehen zu können.

Ein Viergespann, das gerade auf den Platz eingebogen war, wurde in wildem Tempo die Straße entlanggetrieben. Es war über und über mit französischen Flaggen, Regimentsbannern und den Adlerinsignien des Kaisers bedeckt. Als die Pferde dann bei Nummer vierundvierzig ruckartig zum Stehen kamen, sahen sie Wellingtons Adjutant, Major Percy, herausspringen, ohne auf das Herablassen der Stufen zu warten, und mit großen Schritten auf die Vordertür des Hauses zulaufen. Sekunden später platzte er in ihren Raum und verkündete den außerordentlichen Sieg von Waterloo. Wellington und seine glorreichen Armeen hatten die Franzosen am 18. Juni in einer Entscheidungsschlacht zerschmettert, und Napoleon Bonaparte war mit den kläglichen Resten seiner kaiserlichen Garde geflohen. Lord Bathurst, der Heeresminister, verlas die Depesche des *Iron Duke*, wie Wellington in Volksmund genannt wurde.

Lady Trevingham und Constance studierten gerade einen Bericht dieser freudigen Ereignisse in der *Morning Post*, als Basset mit einem Tablett hereinkam. Lady Trevingham nahm die daraufliegende Karte und betrachtete sie stirnrunzelnd.

»Der Gentleman hatte gehofft, mit Lord Trevingham sprechen zu können, Mylady. Aber als ich ihm zu verstehen gab, daß Seine Lordschaft noch verreist sei, wünschte er Euch zu sehen.«

»Dann führe ihn herein«, erwiderte sie.

Kurz darauf stand ein bescheiden gekleideter, älterer Gentleman vor ihr. Sein Haar war bereits ziemlich weiß, sein Gesicht ungewöhnlich hager, als sei seine Gesundheit angegriffen, und er ging leicht gebeugt. Er verbeugte sich höflich.

»Vergebt mir mein Eindringen, Lady Trevingham.

Aber ich muß dringend mit Eurem Sohn sprechen. Euer Butler sagte mir, er sei abwesend, und daher nehme ich mir die Freiheit, Euch mein Anliegen vorzutragen. Ich möchte Euch fragen, ob Ihr wißt, wann er nach London zurückkehren wird?«

»Wir erwarten ihn jetzt jeden Tag, Sir«, antwortete sie, über die Dringlichkeit seines Tones überrascht.

»Würdet Ihr dann so freundlich sein, ihm meine Karte zu übergeben, sobald er ankommt? Ich würde mir nicht soviel herausnehmen, wenn es nicht um eine Angelegenheit äußerster Dringlichkeit ginge, die ich mit ihm besprechen muß«.

»Dann kennt Ihr meinen Sohn?«.

»Ich muß zugeben, daß wir uns nur flüchtig kennen, aber Lord Trevingham hat mir einmal eine Freundlichkeit erwiesen, indem er mir zur Hilfe eilte, als ich mich *in extremis* befand, und ich hoffe, daß er es vielleicht erneut tun kann. Darf ich so kühn sein, Euch um Eure Zusicherung zu bitten, daß ihm meine Mitteilung unmittelbar nach seiner Rückkehr übergeben wird?«

»Ja, diese Zusicherung kann ich Euch geben, Sir. Ich wünschte nur, ich wüßte Genaueres über seine Rückkehr. Aber ich denke, daß sie unmittelbar bevorsteht.«

»Dann hoffe ich ihn stündlich zu treffen. Ich danke Euch für Eure Freundlichkeit. Guten Tag, Mylady.«

»Guten Tag, Mr. Colton. Basset wird Euch hinausbegleiten.«

Während dieser Worte läutete sie die Glocke, aber dann erschien zunächst Sophy an der Tür.

Lady Trevingham stellte sie dem Besucher kurz vor und erklärte, daß er gerade gehen wollte. Mr. Colton wollte auch bereits an ihr vorübereilen, blieb aber dann plötzlich abrupt stehen.

 »Das ist ein sehr hübscher Edelstein, den Ihr da

tragt, junge Dame«, bemerkte er mit offensichtlichem Interesse. »Ein einzigartiger Entwurf, nicht wahr?«

»Ja, vermutlich«, antwortete Sophy und schaute auf die an ihrem Mieder festgesteckte goldene Brosche hinab. »Sie gehörte einem Freund meines Bruders, Graf Fabricati, aber ich glaube nicht, daß sie sehr wertvoll ist. Sie ist wohl nur Modeschmuck. Ich fand sie in deinem Schmuckkasten, Connie, als ich nach den Ohrringen suchte, die du mir borgen wolltest. Ich wußte nicht, daß der Graf sie dir geschenkt hatte. Ich hoffe, du hast nichts dagegen, daß ich sie mir auch ausgeliehen habe? Ich werde gut darauf achten, das verspreche ich dir.«

»Das hoffe ich«, murmelte der alte Gentleman. »Ich glaube, sie ist wertvoller, als Ihr ahnt. Guten Tag, meine Damen.« Er verbeugte sich erneut und zog sich dann zurück.

»Nun, ich frage mich, um welches Geheimnis es sich hier handelt?« sann Lady Trevingham nachdenklich. »Was meinst du, Connie?« Sie wandte sich an ihre älteste Tochter, die dasaß und die Tür anstarrte, als wäre sie in Gedanken weit fort. »Connie? Was ist los? Hast du nicht gehört, was ich gesagt habe?«

»Entschuldige, Mama, ich habe geträumt. Aber um deine Frage zu beantworten – hat Justin uns nicht erzählt, daß er einen Mann aus diesem schrecklichen Gefängnis in Rom gerettet hat? Ich bin sicher, daß sein Name Colton war. War das vielleicht derselbe Mann?«

»Ich kann mich wirklich nicht mehr an den Namen erinnern, aber du könntest recht haben. Dein Gedächtnis ist, wie immer, ausgezeichnet. Und wohin gehst du jetzt?« fragte sie überrascht, als Constance eilig den Tisch verließ.

»Ich muß mit Sophy sprechen, bevor sie ausgeht.

Entschuldige mich, Mama!« Mit diesen Worten lief sie davon und ließ Lady Trevingham kopfschüttelnd zurück.

Der geheimnisvolle Gentleman war erst eine oder zwei Stunden gegangen, als ein weiterer Besucher eintraf, der in diesem Falle mit Miss Trevingham sprechen wollte.

Constance putzte gerade ihre Hüte der letzten Saison auf, als der Besucher angemeldet wurde, und sie schaute überrascht auf, als eine Dame den Raum betrat. Sie war ganz in Schwarz gekleidet und trug einen Spitzenschleier über dem Gesicht. Als Basset die Tür wieder geschlossen hatte, warf sie den Schleier zurück, so daß wunderschöne, wenn auch sehr blasse Gesichtszüge erkennbar wurden.

»Anne!« rief Constance, als sie sie erkannte. »Ich wußte nicht, daß du nach London zurückgekehrt bist. Wir dachten, du wärst in Hartsmere. Aber ich sehe, daß du in Trauer bist?«

»Mein Vater starb vor wenigen Wochen. Die Nachricht hat uns erst kürzlich erreicht. Darum komme ich zu dir, Connie. Jetzt wo Giles und ich unser Erbe bekommen, besteht er auf einer sofortigen Heirat. Ich habe ihm gesagt, daß ich ihn mindestens sechs Monate lang noch nicht heiraten kann, da ich jetzt in Trauer um meinen Vater bin, aber er sagt, wir könnten mit einer besonderen Genehmigung eine stille Zeremonie durchführen lassen. O Connie! Was soll ich tun? Ich muß sofort mit Justin sprechen! Ist er schon hier? Ich bin sicher, er kann Giles zur Vernunft bringen! Er will seine Drohung noch immer wahrmachen, euch alle in einen Skandal zu verwickeln. Ich weiß aus eigener Erfahrung, wie verheerend solche Dinge für eine Familie sein können, und ich will alles mir Mögliche tun, um Justin vor dieser Gefahr zu bewahren.«

»Komm und setze dich, während ich darüber nachdenke, was zu tun ist«, antwortete Constance ruhig und wies auf den Platz neben sich. »Mach dir keine Sorgen, meine Liebe, du brauchst nicht zu weinen. Diese Hochzeit darf nicht stattfinden. Justin würde ein solches Opfer niemals zulassen!«

»Aber Giles hat heute morgen bereits die Rechtsanwälte aufgesucht, um die Eheverträge abzuschließen!« klagte Anne jämmerlich.

Constance runzelte düster die Stirn und wünschte, sie könnte Giles Morton ein paar wohlformulierte und glasklare Ratschläge verabreichen.

»Dann muß ich mir etwas einfallen lassen, um diesen Unsinn zu beenden«, erwiderte sie entschlossen. »Ich glaube, mein Onkel Kemsley kann uns am besten weiterhelfen. Wir erfuhren gestern abend, daß er wieder zu Hause ist, und Mama ist gerade heute morgen zu ihm gegangen. Er könnte vielleicht wissen, wann Justin in London eintreffen wird. Ich werde ihn sofort aufsuchen.«

»Glaubst du, du könntest ihn bitten, heute nachmittag zum Berkeley Square zu kommen? Dann bringen die Anwälte mir die Papiere zum Unterzeichnen.«

»Heute nachmittag?« keuchte Constance einigermaßen bestürzt. »Nun, Giles verschwendet als der neue Graf keine Zeit, nicht wahr? Aber warum zum Berkeley Square? Wohnst du nicht bei deiner Tante und deinem Onkel am Grosvenor Square?«

»Ja, ich bin gestern mit ihnen dort eingetroffen. Sie wissen noch nichts von Giles' Plänen. Ich hatte nicht den Mut, es ihnen zu erzählen. Sie sind so sehr darauf aus, daß er Agnes heiraten wird. Aber Giles hat vor, in

Rossmore House zu residieren, sobald die Formalitäten erledigt sind. Daher treffen wir uns alle dort, um die Verlesung des Letzten Willens meines Vaters zu hören. Niemand hat dieses Haus mehr betreten, seit meine Mutter es hat verschließen lassen. Sie haßte diesen Ort, weil Papa dort jenes berüchtigte Duell bestritten hat. Ja, das ist schockierend, nicht wahr?« fügte sie hinzu, als sie Constances vor Überraschung geweitete Augen bemerkte. »Aber mein Papa hat nichts auf Ehre gegeben. Meine Mama sagte, er sei ein verderbter Rohling gewesen und hat ihn mit ihrem letzten Atemzug für das Elend verflucht, das er über uns gebracht hat.«

»Wie schrecklich das alles für dich gewesen sein muß«, murmelte Constance mitleidig. »Du hast bereits genug unter dem damaligen Skandal gelitten, und ich werde alles tun, damit du durch die Unbesonnenheiten meiner Familie keinen weiteren Schaden erleidest. Nun warte einen Moment, während ich meinen Hut und Schal hole, und dann kannst du mich in deiner Kutsche mitnehmen. Ich werde sofort zu meinem Onkel gehen.«

Als Lady Anne Constance vor dem Haus Lord Kemsleys abgesetzt hatte, verlor sie keine Zeit, ein Gespräch mit ihm zu erbitten. Lady Trevingham befand sich ebenfalls noch in dem Damenzimmer, als Constance hineingeführt wurde, und sie lauschte der Schilderung von Giles Mortons ekelhafter Erpressung mit wachsender Empörung.

»Wir werden seinen Bestrebungen bald ein Ende setzen!« erklärte sie zornig. »Wie kann er es wagen, dieses arme Lämmchen so einzuschüchtern! Sein Verhalten ist aufs äußerste zu tadeln! Komm, George! Wir gehen alle zu Rossmore House.« In ihren Augen leuchtete Kampfgeist auf. »Ich muß Giles Morton die Meinung sagen!«

Als sie am Berkeley Square ankamen, klopfte Lord Kemsley laut an die Tür von Rossmore House, einer großartigen Stadtresidenz mit gewaltigem ionischem Portikus.

Nach mehrmaligem Klingen einer Glocke wurde die Tür von einem müde wirkenden Diener geöffnet. Lord Kemsley trug ihr Anliegen vor und marschierte, ohne eine Antwort des Mannes abzuwarten und dicht gefolgt von seinen beiden standhaften Helfern, in die Halle.

»Aber Sir!« protestierte der Diener. »Mein Herr ist nicht zu Hause und hat mir den Befehl erteilt, heute nur Familienmitglieder hereinzulassen.«

»Das ist zweifelsohne richtig«, lächelte Lord Kemsley leutselig, »aber ich denke, wir werden dennoch warten. Unser Anliegen an Mr. Morton ist von äußerster Wichtigkeit.«

»Aber Sir, das Haus ist nicht auf den Empfang von Besuchern vorbereitet. Die Möbel sind noch alle abgedeckt, und es ist noch kein weiteres Personal eingestellt worden.«

»Das macht uns nichts aus, nicht wahr, meine Damen?« unterbrach er den Diener barsch. »Es muß in einem dieser Räume doch sicherlich ein paar Sessel geben, wenn Ihr die Familie erwartet. Dort werden wir auf Mr. Mortons Rückkehr warten.«

Der Mann führte sie, noch immer schwach protestierend, in einen nahe gelegenen Salon und überließ sie dort sich selbst.

Constance sah sich neugierig um. Der Raum hatte gewaltige Ausmaße, die Wände waren mit großen, zerschlissenen Tappisserien behangen. Eine prachtvolle Hochreliefdecke zog das Auge sofort an. Die Möbel und Bilder waren mit Schutzbezügen abgedeckt, wodurch der Raum fast geisterhaft wirkte. Auf der entgegengesetzten Seite befanden sich drei große, rechteckige Fenster, die vom Boden bis zur Decke reichten und auf den Platz hinausführten. Sie waren mit tiefroten Damastvorhängen verhangen, die in schweren, staubigen Falten auf den mit dicken Teppichen belegten Boden fielen. Es war düster hier drinnen, da die Fensterläden noch nicht geöffnet worden waren. Nur die Kerzen in den Wandhalterungen brannten, und die Ecken des Raumes blieben in tiefe Schatten gehüllt.

Constance konnte nicht umhin, an das zu denken, was Lady Anne über jenes Duell gesagt hatte, und ein kalter Schauder durchlief sie, als sie überlegte, ob dies wohl der Raum sei, in dem die grausame Tat begangen worden war.

In diesem Moment hörten sie das Geräusch einer vorfahrenden Kutsche, und nur Augenblicke später wurde Mortons wütend erhobene Stimme in der Halle laut.

Er platzte mit zornrotem Gesicht in den Raum. »Was habt Ihr in meinem Haus zu suchen?« schrie er heftig. »Ich habe strikte Anweisung gegeben, daß nur Mitglieder meiner Familie hereingelassen werden sollten. Was habt Ihr Euch dabei gedacht, Euch meinem Diener aufzuzwingen?«

»Guten Tag, Mr. Morton«, grüßte Lord Kemsley ihn freundlich, als habe Mortons Ausbruch niemals stattgefunden. »Ich bin erfreut, Euch bei so robuster Gesundheit vorzufinden. Als ich Euch das letzte Mal sah, wart Ihr beschwipst. Ihr hattet eine ganze Flasche meines besten Brandy getrunken und mußtet zu Bett gebracht werden wie ein Baby! Nun, in jener Nacht
 war es wohl etwas viel für Eure Nerven. Was übrigens

auch für mich galt«, schmunzelte er. »Dank jenes Taugenichts Gérard.«

»Oh, darum seid Ihr hier?« höhnte Giles, der sich Lord Kemsley ebenbürtig glaubte. »Jetzt, wo Ihr wieder in England seid und Bonaparte sich sicher in britischer Obhut befindet, glaubt Ihr vermutlich, daß alle Gefahr vorüber sei! Nun, ich glaube das nicht! Es ist den entsprechenden Stellen noch immer der Mord an Mr. Johnson zu melden – und die Rolle Eures Neffen bei der Einführung dieses französischen Spions in unsere Kreise!«

»Ja! Ihr dachtet, Ihr könntet das gegen uns verwenden und die arme Lady Anne auf diese Weise Eurem Willen beugen!« rief Lady Trevingham, deren Busen vor gerechter Empörung wogte. »Aber Ihr habt Euch sehr geirrt, wenn Ihr dachtet, wir würden eine solche Niederträchtigkeit dulden!«

»So? Wie wollt Ihr mich hindern? Ihr wißt, daß Ihr, aus Angst vor allem, was ich über Eure Familie enthüllen könnte, nicht gegen mich vorzugehen wagt! Dank Euch Trevinghams ist es diesem verfluchten Franzosen gelungen, mit einem Geheimdokument zu entkommen und so unser Land zu bedrohen! Ihr wollt doch nicht, daß das allgemein bekannt wird. Ich weiß Bescheid.«

»Aber Ihr unterliegt einem Mißverständnis, Mr. Morton«, erwiderte Lord Kemsley freundlich. »Seht Ihr, mag Monsieur Gérard auch Franzose sein, so ist er doch auch ein britischer Agent. Tatsächlich ist er ein Mitglied meines Stabes und handelt nach meinen Anweisungen.«

Lady Trevingham triumphierte, als sie Mortons bestürzten Gesichtsausdruck bemerkte. Constance wirkte genauso verblüfft wie Morton.

»Ihr lügt!« brauste Giles ungläubig auf. »Das ist nur

eine Eurer Listen, um Euch von meinem Haken zu winden! Nun, das wird nicht gelingen! Mr. Johnson kannte ihn als französischen Spion. Er war ihm schon seit einiger Zeit dichtauf gefolgt und registrierte jede seiner Bewegungen. Er wußte, daß Gérard jenen Brief bei sich hatte, denn er hatte mir davon erzählt. Leider mußte er für seine Loyalität zu England bezahlen – Gérard hat ihn deshalb getötet!«

Lord Kemsley seufzte und schüttelte betrübt den Kopf. »Wie leicht Ihr zu täuschen seid, Mr. Morton. Erkennt Ihr denn immer noch nicht, daß *Mr. Johnson* der wahre Agent Bonapartes war? Er hat Euch jene Geschichte nur erzählt, weil er die Chance sah, Profit aus dieser außergewöhnlichen Situation zu ziehen. Nennt Dupois und Loyalität bitte nicht in einem Atemzug! Und erzählt mir nicht, daß er nicht um Vergütung für seine Information gebeten hat, weil ich es nicht glauben würde!«

Die Schuld trieb Mr. Morton plötzlich die Röte ins Gesicht, als er sich des Handels erinnerte, der in jener Nacht in dem Gasthaus vereinbart worden war.

»Das dachte ich mir«, fuhr Kemsley mit leicht angewiderter Stimme fort. »Ich glaube, Eure Rolle wird, anders als diejenige Monsieur Gérards, näherer Untersuchung nicht standhalten.«

»Aber Onkel George! Warum hat dieser Gérard dich angeschossen, wenn er dein eigener Agent war?« fragte Constance, die sich nicht länger zurückhalten konnte.

»Kommt, wir sollten uns hinsetzen, und dann erkläre ich alles. Wir haben noch immer viel Zeit, bevor die anderen eintreffen. Auch Ihr, Mr. Morton. Sicherlich möchtet Ihr einige weitere Details hören, nicht wahr? Ich sehe, daß Ihr noch nicht überzeugt seid.«

Morton runzelte die Stirn und warf sich in einen Sessel.

»Monsieur Gérard und ich sind uns vor einigen Jahren begegnet, als ich nach dem Friedensvertrag von Amiens am französischen Hof weilte. Er war ein großer Günstling der Kaiserin Josephine. Sie rief ihn ständig an ihre Seite, um ihn um Erklärungen zu bitten, wenn sie den politischen Diskussionen auf ihren Empfängen zuhörte.«

»Ah, ja! Jetzt erinnere ich mich!« schaltete sich Lady Trevingham erfreut ein. »Kein Wunder, daß er mich so schelmisch ansah, als er in London zum ersten Mal zu mir kam! Aber damals hatte er natürlich diese Narbe noch nicht! Er war ein hübscher Junge! Wir fragten uns alle, ob die Kaiserin ...«

»Bitte laß mich fortfahren, Amelia«, unterbrach ihr Bruder ihren Redefluß. »Er war auch damals schon ein geübter Spieler. Sein Vater hatte ihm alle Tricks beigebracht, und der Junge beherrschte die Kunst bald ausgezeichnet. Sie konnten beide gut davon leben. Nur durch reinen Zufall entdeckte ich noch andere Fähigkeiten an ihm. Er nahm häufig großartige Titel an, um eine Einladung an die Tische mit den höchsten Einsätzen zu erhalten. Ich wollte seinen Betrug nicht aufdecken, weil ich allmählich erkannte, wie nützlich sich ein solcher Mann für mich erweisen könnte. Gérard war, trotz seines weniger gehobenen Ursprungs, als Gentleman äußerst überzeugend. Bald danach erwies er mir, aus Dankbarkeit für mein Schweigen über seine etwas skrupellosen Aktivitäten, einen großen Dienst. Er warnte mich vor Napoleons Absicht, jeden auf französischem Boden befindlichen Engländer zu inhaftieren, und zwar alle zwischen achtzehn und sechzig Jahren. Dank Gérards Kühnheit und Mut gelang es mir, der Gefangennahme zu entgehen, und er sorgte dafür, daß ich sicher nach England gelangte.

Nun, da erneut der Krieg erklärt worden war, verlor ich keine Zeit mehr, Gérard für unsere Zwecke zu rekrutieren. Ein Mann, der mehrere Sprachen beherrschte und jeden beliebigen Charakter annehmen konnte, war in meiner Arbeit für unsere nationale Sicherheit von unschätzbarem Wert. Gérard hatte niemandem im besonderen die Treue geschworen, und ihm gefiel die Herausforderung, mit der ich ihn konfrontierte. Und meine Beurteilung seines Charakters erwies sich als richtig. Er hat uns während der Jahre treu und gut gedient, besonders seit die Franzosen ihn in Spanien gefangennahmen.«

Constance hatte ehrfürchtig schweigend zugehört, aber bei diesen Worten wandte sie keuchend ein: »Er wurde gefangengenommen? Aber einen Spion hätten sie doch sicherlich erschossen?«

»Das hätten sie tatsächlich und auch beinahe wirklich getan! Aber rein zufällig war einer der französischen Offiziere eine führende Persönlichkeit in ihrem Geheimdienst. Da er glaubte, daß Gérard nur ein unbedeutender Spieler sei, der aus reinem Übermut auf der Seite der spanischen Bauern gekämpft hatte, bot er ihm an, sein Leben zu verschonen, wenn er für sie arbeiten würde. Das verschaffte uns die wunderbarsten Gelegenheiten, den Franzosen einen Schritt vorauszubleiben, wenn sie ihre Pläne ausheckten. Wir mußten Gérard nur mit scheinbar wichtigen Informationen versorgen, um seine Position als einer ihrer geschätzten Agenten zu sichern. Sie vertrauten ihm mit der Zeit so vollkommen, daß er während Bonapartes Exil auf Elba sogar von diesem selbst als Bote eingesetzt wurde. Wir arrangierten es für ihn, daß er eine scheinbar zufällige

Bekanntschaft mit Sir Neil Campbell, dem englischen Regierungskommissar auf Elba, eingehen konnte. Die Franzosen hielten dies alles natürlich für einen Teil von Gérards Können als vortrefflicher Agent. Da er in Italien arbeitete, richtete ich es so ein, daß er ein freundliches Auge auf Justin haben konnte, obwohl mein Neffe niemals davon erfuhr! Es hätte seinen Stolz verletzt zu denken, ich würde ihm nicht trauen, selbst auf sich aufzupassen. Die Franzosen hielten dies erneut für einen von Gérards Plänen, unsere Geheimnisse zu erfahren, und waren recht glücklich darüber, daß er scheinbar freundschaftlich mit einem Engländer verkehrte. Es war so einfach, sie zu manipulieren! Sie glaubten sogar, daß er in London sein Leben für sie riskiert hätte.«

»Was hat er in London gemacht, George? Du hast mir niemals erklärt, warum du mich gebeten hattest, dafür zu sorgen, daß er alle richtigen Leute trifft«, fragte Lady Trevingham.

»Ah, ja! Du warst für mich von unschätzbarem Wert, meine liebe Amelia«, antwortete ihr Bruder dankbar lächelnd. »Durch dich und Justin konnte Gérard seine französischen Auftraggeber zufriedenstellend davon überzeugen, alle ihre Anliegen zu verfolgen, und konnte gleichzeitig eine wichtige Aufgabe für uns erfüllen.«

»Mama! Hast du die ganze Zeit über gewußt, daß der Graf einer von Onkels Agenten war?« rief Constance und betrachtete ihre Mutter aufrichtig überrascht.

»Natürlich wußte ich es«, lachte Lady Trevingham. »Du denkst doch nicht, daß ich sonst einen Mann von solch zweifelhaftem Charakter und noch dazu so gut aussehend in die Nähe meiner unschuldigen Kinder gelassen hätte?«

»Aber warum hast du es mir nicht gesagt? Du wußtest, wie besorgt ich war, als er zu uns stieß«, fragte sie ein wenig verärgert darüber, daß man sie nicht in das Geheimnis eingeweiht hatte.

»Ich fürchte, das war mein Werk«, entschuldigte sich Lord Kemsley. »Deine Mama mußte mir versprechen, nichts zu sagen. Ihr werdet gleich verstehen, warum das notwendig war. Wir hatten schon seit einiger Zeit vermutet, daß jemand während des Krieges in Spanien wertvolle militärische Informationen an die Franzosen weitergegeben hatte. Aber die Quelle dieser Informationen blieb uns bis vor kurzem ein vollkommenes Rätsel. Du hast mich eben gefragt, Amelia, was Gérard in London gemacht hat. Nun, die Bonapartisten hatten ihn gebeten, mit einem Mann in Kontakt zu treten, der für ihre Ziele äußerst nützlich sein konnte. Dieser Mann, den sie so verzweifelt auf ihrer Seite brauchten, war niemand anderer als Oberst Dyson! Dank Gérard haben wir unseren Informanten entdeckt. Oberst Dyson arbeitete bereits seit mehreren Jahren für Joachim Murat. Es tut mir leid, dir das sagen zu müssen, Connie, aber er hatte dich als Mittel ausersehen, sich in meine Angelegenheiten einmischen zu können. Er hoffte, durch dich alles zu erfahren, was wir in Wien bezüglich Neapel unternahmen. Ich habe dich nicht ins Vertrauen gezogen, weil ich ihm in Sicherheit wiegen wollte. Er ist ein sehr unaufrichtiger und verschlagener Mann, und wenn du unser Geheimnis gekannt hättest, hättest du dich in seiner Gesellschaft zweifellos nicht mehr natürlich verhalten können, und er wäre dem Netz vielleicht entkommen. Wie es aussieht, hast du ihn statt dessen unwissentlich weiter hineingelockt. Er war sich sicher, dein Vertrauen und deine Zuneigung gewonnen zu haben. Nur darum kam er so bereitwillig nach Chailey, als Gérard deine Mama überredet hatte, ihn einzuladen.«

»Ach, so ist das!« rief Lady Trevingham. »Ich dachte, er wollte Oberst Dyson um Constances willen dort haben. Ich dachte, er wollte erneut den Ehestifter spielen!«

»Ja, damit hat er sich in letzter Zeit anscheinend häufiger beschäftigt. Ich werde ihm einiges zu sagen haben, wenn ich ihn erwische! Und Euch hat er uns nur aufgezwungen, Morton, weil er dieser besonderen Herausforderung nicht widerstehen konnte – und hätte damit fast alles verdorben! Ich weiß nicht, was in Gérard gefahren ist. Er hat sich noch niemals zuvor so unverantwortlich verhalten und schon gar nicht im Verlauf einer so ernsten Angelegenheit. Aber was Dysons Besuch betrifft, so wurde dieser arrangiert, weil ich ihn in Chailey haben wollte. Es war fast an der Zeit, unseren Fisch an Land zu ziehen. Gérard und ich standen durch einen Vermittler in London in Verbindung, während ich fort war. Dieser Mann betreibt einen scheinbar harmlosen Handel mit Schuhen. Es war ein äußerst angenehmer Kurierdienst, durch den wir unseren Feinden stets einen Schritt voraus waren. Ich wünschte nur, die Bonapartisten hätten auch solche verläßlichen Helfer. Zu unserem Pech hatten sie einen Mann ausgesucht, der seine eigenen Interessen den ihren voranstellte und versuchte, seine Taschen auf ihre Kosten zu füllen. Das war Johnson. Du hast ihn in jener Nacht im Sommerhaus gesehen, Connie. Den Brief, den er Gérard gab, sollte Dyson an Murat weiterleiten. Darin standen wichtigste Nachrichten über Bonapartes Pläne. Leider hat er den Brief für seine eigenen Zwecke zurückgehalten, hm, Morton? Diese Verzögerung machte es uns leider unmöglich, die

Flucht des Kaisers zu verhindern. Aber wir haben wenigstens Murat daran gehindert, seine Streitkräfte mit denen Bonapartes zu vereinen.«

»Aber wie?« fragte Constance, von der Erzählung ihres Onkels vollkommen gefangengenommen.

»Wir hatten schon die ganze Zeit über geplant, daß Dyson den Brief Murat bringen sollte. Wenn er ihn mir stahl, würde er damit seine wahre Identität enthüllen und konnte niemals mehr nach England zurückkehren, um uns weiter zu schaden. Das war mein Hauptgrund, ihn bei mir in Chailey haben zu wollen. Ich wollte ihn überlisten, seine Karten aufzudecken. Wir hatten ansonsten keinen schlüssigen Beweis gegen ihn. Gérard schickte seinen Diener zum Gasthaus, um genau herauszufinden, was der Brief enthielt. Wir konnten es uns zwar recht genau vorstellen, mußten aber noch das genaue Datum der geplanten Flucht wissen. Als wir entdeckten, daß der Adler bereits ausgeflogen war, beschloß ich, daß wir Dyson nicht nur fangen, sondern ihn auch zur Lösung eines Problems benutzen konnten, das Castlereagh bei dem Kongreß große Schwierigkeiten verursacht hat. Talleyrand drängte auf die Rückkehr des bourbonischen Königs auf den Thron von Neapel. Castlereagh stimmte zu, daß dies der beste Kurs sei, aber Metternich verzögerte, obwohl er keinen wirklichen Einwand dagegen vorbringen konnte, die formelle Übereinkunft. Seine Unentschlossenheit machte Castlereagh ungeduldig, da er die Angelegenheit endlich geregelt wissen wollte. Metternich vermied das Thema nur, weil er eine Allianz mit Murat unterzeichnet hatte, in der er ihm zusagte, seinen Anspruch auf den Thron zu unterstützen. Die Lösung war ganz einfach. Wenn Metternich diese Allianz nicht brechen wollte, konnte man vielleicht Murat dazu bringen, es zu tun! Dann würde Österreich sich ihm nicht länger verpflichtet fühlen und sich leichten Herzens auf die Seite seiner Partner, Frankreich und England, schlagen.

Ich stattete Gérard mit den Mitteln aus, Dyson, und somit auch Murat, davon zu überzeugen, daß er Bonaparte unterstützen sollte. Ich mußte nur noch Castlereagh und Metternich über diese Entwicklung informieren und abwarten, daß Murat seinen Zug machte. Die Österreicher standen schon bereit, seinen Weg zu blockieren.

Was Gérards Versuch, mich zu töten, angeht, Connie, so war es nicht so, wie es schien. Er mußte vorgeben, es zu tun, um Dyson zu beweisen, daß er der skrupellose französische Spion war, der zu sein er behauptete. Außerdem mußte er Dyson daran hindern, den Schuß selbst abzugeben, weil diese Schlange nicht gezögert hätte, meinem Leben ein Ende zu bereiten. Gérard hat mich mit dem Schuß nur gestreift. Er wollte mir keinen Schaden zufügen. Ich danke Gott für sein rechtzeitiges Eingreifen und sein besonnenes Können. Erinnerst du dich, wie er sagte: ›Alle großen Männer müssen fallen, ohne jemals wieder aufzustehen‹?« fragte er. Constance nickte.

»Nun, das war seine Warnung an mich, wie ein Stein zu Boden zu sinken, als sich der Schuß löste. Wenn du Gérard so gut kennen würdest wie Justin, Connie, wäre dir viel Angst erspart geblieben. Siehst du, Gérard sagte *au revoir*, bevor er abdrückte! Das hast du Justin selbst erzählt, als er dir im Wald zu Hilfe kam. Er erkannte sofort, daß Gérard ›Lebewohl»‹ gesagt hätte, wenn er mich wirklich hätte töten wollen. Er gebraucht diese Wörter stets sehr präzise. Ich muß zugeben, daß ich diese Unterscheidung unter den gegebenen Umständen als sehr beruhigend empfand! Das einzige Problem war, daß ich nicht wieder aufstehen konnte, als ich zu Boden gefallen war, weil ich mir den Kopf an einem Stein gestoßen hatte und bewußtlos geworden war.

Nun, das ist die ganze Wahrheit. Ihr seht also, Mr. Morton, *Graf Fabricati* zu entlarven hieße seine Beliebtheit noch zu fördern. Er hat während dieser letzten Monate in Frankreich und Belgien heroische Arbeit für uns geleistet. Ah, ich glaube, ich höre Eure anderen Gäste kommen.«

Achtzehn

Zu Constances Erstaunen war es Justin, der an dem verwirrten Diener vorbeirauschte, welcher anscheinend überhaupt nicht wußte, was sein Herr nun von ihm erwartete.

Lord Trevingham hielt auf der Schwelle inne, als sein Blick auf die Insassen des Raumes fiel.

»Gütiger Gott! Was tut ihr alle hier?« rief er bestürzt aus.

»Guten Tag, Justin. Ich fragte mich schon, wann du erscheinen würdest«, grinste Lord Kemsley. »Du bist heute morgen so übereilt aufgebrochen, daß ich keine Zeit hatte, mit dir zu sprechen.«

»Hast du den alten Gentleman gesprochen, Justin?« warf seine Mutter, von Neugier überwältigt, ein.

Jetzt war es an Lord Trevingham, breit zu lächeln. »Ja, ich habe ihn gesprochen! Ich kann dir nicht genug dafür danken, daß du mich dazu überredet hast, zu ihm zu gehen, Mama. Als ich hörte, was dieser Satansbraten vorhatte«, er blickte finster zu Morton, »war mein erster Einfall, herzukommen und ihm seinen dünnen Hals zu brechen!«

»Ich würde Euch das gern versuchen sehen!« rief Morton hitzig und erhob sich.

Der Streit, der sich zu entwickeln drohte, wurde von der Ankunft von Mr. Mortons gebetenen Besuchern unterbrochen. Lord und Lady Wyvern, Lady Anne und ein unbekannter Gentleman ganz in Schwarz mit einer Dokumentenmappe unter dem Arm vervollständigten nun ihre Anzahl.

»Ich wußte nicht, daß du heute Gäste hier hast, Giles«, bemerkte Lady Wyvern, die durch den Anblick der unerwarteten Versammlung in dieser düsteren Umgebung etwas verwirrt war.

»Ich auch nicht!« fauchte Giles gereizt. »Gäste warten üblicherweise auf eine Einladung, und diese Leute sind weder eingeladen noch willkommen!«

»Eh ... wollen wir beginnen, Sir?« schaltete sich der Gentleman in Schwarz ein und breitete seine Papiere auf dem Mahagonitisch aus, der die Mitte des Raumes einnahm. »Ich habe die Eheverträge hier, wie Ihr sie erbeten habt, sowie den Letzten Willen und das Testament des Grafen.«

»Eheverträge?« wiederholte Lady Wyvern verwirrt. »Welche Eheverträge?«

Lord Trevingham stand bereits an Lady Annes Seite und lächelte mit leuchtenden Augen zu ihr herab.

»Giles wollte meinen armen Liebling zwingen, ihn als Ehemann anzunehmen, aber ich habe vor, diese Rolle zu übernehmen, wenn Ihr gestattet, Lord Wyvern.« Er küßte seiner Dame ehrerbietig die Hand. »Es war eine noble Geste, Anne, mein Liebling, aber ich hätte niemals zugelassen, daß du dich auf welchem Altar auch immer opferst – und als allerletztes auf einem Altar, den Giles errichtet hat.«

»Giles! Ist das wahr?« fragte Lady Wyvern verärgert. »Du wolltest meine liebe kleine Agnes sitzenlassen? Nach allem, was wir für dich getan haben?«

»Ich bin vollkommen in der Lage, mir meine eigene Gräfin zu suchen, danke, Lady Wyvern. Der Graf von Rossmore darf durchaus die höchststehende Dame im Lande begehren«, erwiderte Giles hochmütig.

»Aber du bist mit Agnes so gut wie verlobt, wie du sehr wohl weißt!« rief Lord Wyvern hitzig. »Warum sonst habe ich dich wohl all die Jahre unterstützt? Und was Euch betrifft, Lord Trevingham, so werde ich Eurer Verlobung niemals zustimmen! Ich bin noch immer der Vormund meiner Nichte, bis sie fünfundzwanzig ist, und Ihr werdet keinen Penny ihres Geldes sehen, wenn Ihr das zu erlangen hofft!«

»Ihr seid beleidigend, Mylord!« erwiderte Trevingham. »Anne und ich lieben uns. Ihr Geld bedeutet mir nichts. Ich wünschte bei Gott, sie wäre arm, dann müßte ich mir solche abscheulichen Anschuldigungen nicht anhören!«

»Gentlemen! Gentlemen!« unterbrach sie der Anwalt. »Wenn die Eheverträge nun doch nicht unterzeichnet werden, sollten wir uns dann nicht der anderen Angelegenheit zuwenden? Ich glaube, mein Kollege ist gerade eingetroffen, so daß wir mit der Verlesung des Letzten Willens beginnen können. Vielleicht ließen sich die privaten Dispute anschließend weiterführen?«

»Nun gut, dann fangt an«, stimmte Morton ihm mürrisch zu. »Je eher, desto besser, was mich betrifft, denn dann werde ich alles Recht der Welt haben, Euch alle aus meinem Haus hinauszuwerfen!«

Die Tür wurde erneut geöffnet, und der überarbeitete Diener kündigte einen weiteren Besucher an. »Mr. Colton wünscht Euch zu sprechen, Sir«, sagte der Diener müde und wankte dann aus dem Raum.

»Guten Tag, Ladies und Gentlemen«, murmelte Mr. Colton mit einer tiefen Verbeugung und trat an den Tisch. »Wir können uns genausogut alle hinsetzen. Es ist ein wenig unkonventionell, daß hier so viele Menschen versammelt sind, die nichts mit dieser Angelegenheit zu tun haben. Bestehen irgendwelche Einwände gegen ihre Anwesenheit?«

»Vermutlich nicht«, erwiderte Morton unbekümmert. »Es scheint, als würde es Trevingham schließlich doch gelingen, ein Mitglied der Familie werden, also fahrt bitte fort, Mr. Colton. Ich finde dies alles allmählich ziemlich ermüdend.«

Mr. Colton nickte seinem Partner zu. »Bitte beginnt, Mr. Jessup.«

Die Verlesung begann, und die Feindseligkeiten wurden ausgesetzt, obwohl die Emotionen auf beiden Seiten des Tisches noch immer schwelten.

Mr. Jessup räusperte sich, setzte seinen Kneifer noch bequemer auf und begann den Letzten Willen und das Testament des verstorbenen Grafen Edward Felix John Anthony, fünfter Graf von Rossmore, zu verlesen.

Morton gähnte demonstrativ, offensichtlich gelangweilt von diesem Hokuspokus, und setzte sich erst auf, als Mr. Jessup die Besitztümer des verstorbenen Grafen aufzulisten begann. Schließlich erreichte er die Stelle, an der es hieß: »Hartsmere und all sein Land, zusammen mit allen vorstehend aufgeführten Besitztümern, allen Staatsanleihen und alle auf meinen Konten in England, Amerika und Indien deponierten Gelder, oder was nach meinem Tode davon übrigbleibt, vermache ich und vertraue ich hiermit meinem einzigen Sohn und Erben, James Edward Farenden Anthony, Viscount Deverell an.«

Das Geräusch plötzlich scharf eingesogenen Atems erklang, als die Worte laut und deutlich durch den Raum klangen, gefolgt von wenigen Sekunden betäubten Schweigens, das schließlich von Mr. Morton gebrochen wurde: »Welches Spiel spielt Ihr mit mir, Schurke? Ihr wißt sehr gut, daß Deverell bereits vor Jahren gestorben ist! Wie kann er der einzige Nutznießer sein? Was ist mit meinen Ansprüchen und jenen Lady Annes? Sie ist Rossmores Tochter!«

»Es tut mir leid, Euch sagen zu müssen, daß der fünfte Graf von Rossmore seinen Letzten Willen vor fast sechs Jahren geändert hat«, erklärte Mr. Colton ruhig. »Ich habe ihn für ihn aufgesetzt. Leider bin ich erst kürzlich nach England zurückgekehrt, um jedermann darüber zu informieren. Diese Dokumente gelangten erst heute morgen in meine Hände.«

»Aber dieser Viscount ist tot, das sage ich Euch! Er starb während der Revolution in Frankreich! Wie kann ein toter Mann etwas erben?« protestierte Morton, dessen Gesicht sich vor Zorn rötete. »Ihr alle wißt, daß er tot ist!«

»Es tut mir leid, dich enttäuschen zu müssen, Cousin, aber wie du siehst, bin ich sehr lebendig!« erklang eine belustigte Stimme vom Eingang her. »Ich bin verwundet worden, aber nicht so arg, wie du es erhofft hattest, oder hattest du dir Vater und Sohn jetzt in himmlischer Umarmung vorgestellt?«

»Graf Fabricati!« riefen seine Verwandten einstimmig.

Seine große, vornehme Gestalt wirkte, umgeben von dem dunklen Eingang, noch größer als sonst. Er hielt nur kurz auf der Schwelle inne und trat dann in den Raum hinein, mit strahlendem Gesicht, als er den Schreck und die Überraschung auf allen Gesichtern wahrnahm.

Lady Anne, genauso sprachlos wie alle anderen, starrte ihn verwundert und mit wachsender Erregung an. Sie nahm gierig jedes Detail seines Gesichts auf und erkannte jetzt die Ähnlichkeit der Form und Farbe ihrer Augen, des dichten, dunklen Haars mit seiner Neigung, sich zu kräuseln, und der geraden, griechischen Nase.

Er war, wie immer, perfekt gekleidet, die langen

Beine von eleganten Pantalons und glänzenden Reitstiefeln mit vornehmen goldenen Quasten umschlossen. Eine Diamantnadel glitzerte in den Falten seines Halstuchs, und den Mantel trug er nachlässig über die Schultern gelegt, wobei ein Ärmel leer herabhing, weil er den rechten Arm über seiner Brust in einer schwarzen Schlinge trug.

»Nun, kleine Schwester? Bekommt dein lange verschollener Bruder keinen Kuß?« sagte er mit zärtlichem, ernstem Lächeln.

»Bruder?« flüsterte Lady Anne, und ihre Lippen zitterten vor Freude. »Du bist mein Bruder? O gütiger Gott, ich muß träumen!«

Auch Constance betrachtete ihn voller Faszination, während ihr Herz durch den Schreck über sein plötzliches und erstaunliches Erscheinen in diesem Hause heftig pochte. Sie fühlte sich seltsam benommen, als die Erschütterung über seine Gegenwart ihren ganzen Körper ergriff. Sie fühlte sich, genau wie Lady Anne, in einem traumähnlichen Zustand, der sie lähmte. Sie erinnerte sich, als ihr Onkel gesagt hatte, Gérard nähme Titel an, die ihm nicht rechtmäßig zustanden. War dies vielleicht ein weiterer seiner Tricks?

Lady Anne eilte an seine Seite. Als er den dunklen Kopf beugte, um sie zu küssen, schien ihre Ähnlichkeit so offentlich, daß man sich wundern mußte, warum dies niemand zuvor bemerkt hatte.

»Ihr intriganter, lügnerischer, heimlichtuerischer Schwindler!« explodierte Morton, dessen Stimmung fast die Fiebergrenze erreicht hatte. »Ich weiß nicht, wie Ihr es geschafft habt, diese Feiglinge davon zu überzeugen, daß Ihr Deverell seid, aber es wird Euch nicht leichtfallen, mich zu narren. Glücklicherweise
 bin ich mit Euren verachtungswürdigen Methoden

vertraut, arme Einfaltspinsel zu betrügen! Kemsley hat sie uns ganz offen beschrieben. Ihr seid ein Hochstapler, Sir, und ich werde dafür sorgen, daß Ihr der Gerechtigkeit zugeführt werdet!«

»Beruhigt Euch, Mr. Morton. Dies führt zu nichts. Die Geschichte dieses Gentleman ist gründlich überprüft worden, das versichere ich Euch. Und es ist vollkommen eindeutig, daß er der sechste Graf von Rossmore ist«, sagte Mr. Jessup in dem Versuch, den zornigen jungen Mann zu besänftigen.

Mr. Morton wandte sich heftig an Mr. Jessup, als er ihn seinen neu erworbenen Titel auf diesen Eindringling anwenden hörte.

»Ich sage Euch, er ist nicht der Graf! Ich bin es! Wie könnt Ihr es wagen, ihn mit diesem Titel anzureden? Ich werde jeden erdrosseln, der ihn bei diesem Namen nennt!«

Lord und Lady Wyvern hatten diesem Austausch schweigend und erstaunt zugehört, aber nun fanden sie ihre Sprache wieder.

»Ist das wahr? Bist du wirklich mein Neffe?« rief Lord Wyvern und tastete nach seiner Brille.

»Du bist Charlottes Sohn?« rief seine Frau höchst überrascht aus.

Wyvern setzte mit zitternden Händen seine Brille auf und betrachtete das Gesicht des Viscount eindringlich.

»Bei meiner Seel'! Ich glaube, er ist ein Rossmorekind! Ich habe niemals zuvor auf dich geachtet oder dich genau angesehen, weil ich es normalerweise hasse, in Gesellschaft meine Brille zu tragen. Und diese Narbe entstellt natürlich, aber ich erkenne jetzt, daß du ganz nach deinem Großvater kommst. Es ist geradezu außergewöhnlich!«

»Ich werde es Euch glauben müssen, Wyvern, denn ich hatte niemals das zweifelhafte Vergnügen, ihn kennenzulernen. Meine Großmutter erzählte stets, wie sehr ich ihm im Aussehen ähnelte, aber sie versicherte mir auch immer, daß die Ähnlichkeit dort, Gott sei Dank, endete!«

»Aber wir wurden vor Jahren über dein Ableben informiert. Dein Vater hat es uns selbst erzählt. Er sagte, du wärst in der Nacht getötet worden, in der der Pöbel das Haus deiner Großmutter in Paris stürmte. Es brach deiner armen Mutter das Herz. Sie hat sich von diesem Schock niemals wieder ganz erholt. Ich habe oft gedacht, daß dieser schreckliche Schlag ihr Ende beschleunigt hat.«

»Glücklicherweise war meine Zeit zu sterben noch nicht gekommen. Ich wurde von meinem Hauslehrer, Vater Benedikt, aus dem Chaos gerettet. Er war der Familiengeistliche meiner Großmutter. Der Graf wurde natürlich darüber informiert, daß ich überlebt hatte. Er hat mich sogar einmal besucht, aber er zog es vor, die Wahrheit aus seinen eigenen niedrigen Gründen zu verbergen.«

Mr. Morton lauschte dieser Unterhaltung mit wachsendem Widerwillen.

»Hört nicht auf ihn! Das alles ist seine groteske Erfindung! Er ist ein vorzüglicher Lügner! Hat er nicht wegen Fearnley gelogen? Der Marqius war noch nie in seinem Leben in Chailey! Das Ganze ist ein von ihm und diesen habsüchtigen Anwälten ausgeheckter Plan. Sie versuchen mich durch List um mein Erbe zu bringen! Wenn diese lächerliche Geschichte wahr wäre, glaubt Ihr nicht, daß er dann schon früher darüber gesprochen hätte?«

 »Ich hatte nicht den Wunsch, irgend jemanden über

meine wahre Identität zu unterrichten«, erwiderte Deverell kalt. »Es ist über zwanzig Jahre her, daß ich dieses bösartige Monster zuletzt ›Vater‹ genannt habe. Und ich würde die Verwandtschaft auch jetzt nicht preisgeben, wenn Mr. Colton und Trevingham nicht wären. Sie haben mir zwei ausgezeichnete Gründe genannt, warum ich meinen Schwur brechen und den Namen Rossmore wieder annehmen sollte.« Er sah bei diesen Worten Constance und seine Schwester an.

»Es muß erst noch zu meiner Zufriedenheit bewiesen werden, daß Ihr berechtigt seid, diesen Namen zu tragen!« höhnte Morton.

»Wir haben alle nötigen Dokumente und andere Beweise, um den Anspruch dieses Gentleman zu rechtfertigen. Und auch ich habe die unbestreitbare Ähnlichkeit mit dem vierten Grafen bemerkt, als ich *Mr. Farenden*, als der er mir zu dem Zeitpunkt bekannt war, zum ersten Mal sah. Er war ihm fast aus dem Gesicht geschnitten. In diesem Raum hing früher ein Porträt, das meine Meinung bestätigt hätte. Er entstammt mit absoluter Sicherheit dem Rossmoreblut.« Er wandte sich an Deverell. »Erinnert Ihr Euch, wie bestürzt ich war, als ich Euch in Eurer Wohnung in Rom zum ersten Mal deutlich sah? Meine Sehfähigkeit hatte in jenem Gefängnis etwas gelitten, und ich bin, ebenso wie Lord Wyvern, ohne meine Brille ziemlich verloren. Aber sobald Ihr ins Sonnenlicht tratet, regte sich irgendwo in meinem geschwächten Geist eine alte, weit entfernte Erinnerung. Wie dem auch sei, erst als der junge Trevingham erklärte, daß Mr. Farenden Graf Fabricati sei, war ich vollkommen sicher, daß ich endlich den Mann gefunden hatte, den ich alle diese langen Monate gesucht hatte.«

»Ja! Ich erinnere mich an jenes Porträt!« schaltete

sich Lord Wyvern erneut aufgeregt ein. »Meine Schwester hat es, zusammen mit anderen Familienbildern, entfernt. Sie konnte deren Anblick nach jenem schrecklichen Skandal und der Nachricht von deinem Tod nicht mehr ertragen, Deverell.«

»Nun, macht Euch bitte nicht die Mühe, sie durch mich wieder zum Leben zu erwecken«, erwiderte sein Neffe mit komisch verzweifeltem Gesichtsausdruck. »Staub zu Staub, wißt Ihr.«

Morton bekam Angst. Wyvern war bereits überzeugt! Er konnte seinen neugewonnenen Reichtum plötzlich seinen Fingern entgleiten spüren.

»Aber er hat einen Mann getötet!« rief er anklagend. »Er ist ein Mörder!«

»Ich gebe zu, daß ich für Dupois' Tod verantwortlich war«, erwiderte Deverell kühl. »Aber ich halte es für ein wenig übertrieben, wenn Ihr es Mord nennt, Mr. Morton. Seht Ihr, ich ziehe es vor, es als Exekution zu bezeichnen. *Necessitas non habet legum.* Das verlangte mein französisches Blut. Wie dem auch sei, Dupois hielt sich für einen Gentleman, und so habe ich ihm die Gelegenheit gegeben, wie ein Gentleman zu sterben. Das verlangte mein englisches Blut.«

Morton verfiel in Schweigen, während seine Gedanken hierhin- und dorthinschossen wie ein Schwarm Fische. Es mußte einen Weg geben, diesen verhaßten Gegner loszuwerden.

»Soll ich das so verstehen, daß ich den Sohn und Erben von Rossmore als einen meiner Geheimagenten eingestellt habe?« fragte Lord Kemsley erfreut lachend. »Nun, ihr habt mich schön hinters Licht geführt, junger Mann, und es gibt nicht viele, denen das erfolgreich gelungen ist, das versichere ich Euch!«

 »Ja, Onkel«, warf Justin ein, den das Erstaunen

Lord Kemsleys königlich amüsierte. »Ich weiß es selbst erst seit heute morgen, als Mr. Colton das Geheimnis lüftete. Seitdem habe ich mich auf diesen Augenblick gefreut, in dem ich den Ausdruck auf allen Euren Gesichtern sehen könnte!«

»Also warst du ein Geheimagent, nicht wahr?« bemerkte Lady Wyvern, während sie ihre Augen nachdenklich verengte. »Dann ist es kein Wunder, daß du jedermann auf diese beklagenswerte Art getäuscht hast. Du mußt es vollkommen gewohnt sein, solche heimlichen Methoden zu gebrauchen, um deine Ziele zu erreichen.«

»Das ist mir zur zweiten Natur geworden«, gab er unumwunden zu. »Und wenn wir nach einem größeren Fisch angeln, erfordert es manchmal viel Verschlagenheit, um ihn ins Netz zu bekommen, worin Ihr mir sicherlich zustimmen werdet, Mylady.«

Sie war über diese Bemerkung sichtlich verärgert und betrachtete ihn mißtrauisch. Aber als sie dann den Schalk in seinen Augen sah, entspannte sich ihr Gesicht wieder, und sie lächelte plötzlich und unerwartet.

»Weißt du, Neffe, ich glaube allmählich, daß du und ich vielleicht recht gut miteinander auskommen könnten.«

Er verbeugte sich. »Das hoffe ich tatsächlich ebenfalls.«

»Vermutlich war diese Angelegenheit mit Fearnley deine eigene Idee? Obwohl ich immer noch nicht ganz sicher bin, wie du das Ganze zustande gebracht hast. Wie hast du es geschafft, mich zu übertölpeln?«

»Madam, es war für mich unwiderstehlich«, antwortete er offen. »Und ich glaube sagen zu können, daß meine Züge einfach ein wenig wohlüberlegter waren als Eure.«

»Mylord«, schaltete sich Mr. Colton auf seine übliche ruhige Art ein. »Dürfte ich allen anderen diese recht eigenartige Situation erklären?«

»Sehr gern, Mr. Colton. Ich bin gern bereit, diese Geschichte Euch zu überlassen.«

Der neuernannte Graf setzte sich zwischen seine Schwester und Miss Trevingham und begegnete Constances leuchtenden Augen mit einem Ausdruck, der ihrem Herzen einen wilden Stoß versetzte.

Mr. Colton stellte sich vor den Kamin und begann seinen Bericht.

»Vor sechs Jahren wurde ich vom verstorbenen Grafen von Rossmore nach Indien gerufen. Er hatte mir über eine dringende Angelegenheit geschrieben, die es erforderlich machte, daß ich sofort auf die Reise nach Kalkutta machte. Als ich dort ankam, lud er mich ein, mit ihm zu speisen, und während dieser Mahlzeit fragte er mich, was ich über die Umstände des Todes seines einzigen Sohnes wüßte. Ich hatte immer gehört, daß er in Paris, zusammen mit seiner Großmutter väterlicherseits, umgekommen sei, als ihr Haus vom Pöbel gestürmt wurde. ›Ja‹, sagte er, ›so heißt es allgemein. Ich habe ihn bei meiner Mutter gelassen, weil seine eigene Mutter nicht geeignet war, einen Rossmore aufzuziehen. Sie war eine Mutter, die ihr Kind verwöhnt, und hätte ihn mit ihrem ständigen Verzärteln in ein Muttersöhnchen verwandelt! Ich wollte, daß mein Sohn ein Mann wird, auf den man zählen kann, ein Mann wie sein Vater! Nun, Colton‹, fuhr er fort, ›ich werde Euch in mein kleines Geheimnis einweihen. Der Viscount lebt sehr wohl noch, oder zumindest war dies vor wenigen Monaten noch der Fall. Ich sehe, daß Ihr sehr erstaunt seid, und das habe ich erwartet. Der Junge wurde von dem Priester meiner Mutter, einem

Vater Benedikt, aus dem Debakel gerettet. Das eigene Leben des guten Vaters war zu der Zeit ebenfalls in großer Gefahr, und so brachte er das Kind zu einem alten Bekannten von mir – einem Monsieur Gérard. Er und ich kennen uns von meinen Vergnügungen in Paris. Gérard hatte einen Sohn, der unehelich geboren war. Er war ungefähr im gleichen Alter wie mein Junge, aber er starb an einem Fieber. Der Priester dachte, es sei für Gérard leicht, die Identität der Jungen auszutauschen und den jungen Deverell, mit den Papieren des toten Kindes, nach Spanien zu bringen. Gérard war leicht zu überzeugen, denn er dachte zweifellos, ich würde ihn für seine Unannehmlichkeiten großzügig entlohnen. Er nutzte jede Situation zu seinem Vorteil aus. Nun gut: Gérard gelang es, meinen Jungen sicher in das Kloster nach Toledo zu bringen, wohin auch der Priester flüchtete. Gérard teilte mir ihre glückliche Ankunft mit, aber ich war nicht so dumm, alles zu glauben, was er mir erzählte. Ich fuhr nach Toledo, um zu überprüfen, ob er einmal in seinem Leben die Wahrheit gesagt hatte. Stellt Euch meine Überraschung vor, als ich herausfand, daß dem tatsächlich so war!

Um den Rest der Geschichte zu erklären, muß ich Euch unvermeidlich noch weiter in mein Vertrauen ziehen, Colton. Ich hatte schon seit einiger Zeit den Verdacht, daß meine liebe Gattin eine *affaire du cœur* hatte. Als ich sie eines Tages zufällig mit ihrem Liebhaber erwischte – und noch dazu in meinem eigenen Haus! –, erteilte ich diesem unverschämten Hund eine Lektion! Zu meinem Pech nahm mir der König meinen berechtigten Eifer übel, und ich mußte mich so weit wie möglich von England entfernen. Ich ging nach Amerika, wo ich mehrere hundert Morgen von Virginia besitze. Hier spürte Gérard mich schließlich auf.

Und jetzt zu meiner köstlichen Rache! Ich beschloß, meiner Frau und der Welt im allgemeinen zu erzählen, daß der Viscount tatsächlich tot sei. Es war der perfekte Plan, sie für alle Schwierigkeiten zu bestrafen, die sie mir bereitet hatte. Sie war ja völlig vernarrt in das Kind.

Ich sagte auch Deverell, daß seine liebe Mama tot sei und ich mich nicht mit einem unreifen Halbwüchsigen belasten wollte. Ich gab dem Priester etwas Geld für den Unterhalt des Jungen und stellte ihn unter die Obhut der Klosterbrüder in dem Kloster. Die Jahre vergingen, und ich vergaß ihn. Ich hatte noch eine Tochter, die ausreichend viele Merkmale der Rossmores aufwies, um die Behauptung meiner Gattin zu stützen, daß ich das Mädchen gezeugt hätte.

Eines Tages wurde nun ein Besucher angekündigt – niemand Geringerer als Viscount Deverell! Er war inzwischen erwachsen und den Beschränkungen entflohen, die ich im auferlegt hatte. Ich ahnte sofort den Grund für seinen Besuch bei mir. Er war zweifellos gekommen, um sein Erbe zu beanspruchen. Es stellte sich aber heraus, daß Gérard meine kleine Täuschung bezüglich des Ablebens meiner Frau aufgedeckt hatte. Der Lump hatte Geld von mir gefordert, und als ich es ihm verweigerte, stellte er sich gegen mich und verriet mein Geheimnis. Und nun war ich gezwungen, mich mit einem zornigen jungen Mann auseinanderzusetzen, der entschlossen war, mich zur Rechenschaft zu ziehen. Ich erklärte, daß es wenig Zweck hätte, über etwas zu streiten, was man nicht ändern könnte, und außerdem befand sich seine Mutter inzwischen nun wirklich jenseits aller irdischen Sorgen – welchen Sinn hatte es also? Leider weigerte er sich, meinen Standpunkt zu akzeptieren, und wir mußten uns schlagen.

 Da wir uns sehr ähnlich sind, fochten wir gleich an

Ort und Stelle. Aber mein Alter war gegen mich, und plötzlich befand ich mich in der erstaunlichen Situation, um Gnade bitten zu müssen! Der junge Teufel hielt sein Schwert an meine Kehle, verflucht sei er für seine Unverschämtheit! Zu meinem Glück hatte er nicht genug Rückgrat, seinen Vorteil auszunutzen. Statt dessen murmelte er vage, daß er mich niemals wiedersehen wollte. Er verfluchte mich – nannte mich verabscheuungswürdig – und schwor dann, daß er jede Verbindung mit mir abbrechen würde. Er legte meinen Namen ab, den ich dermaßen beschmutzt hätte, wie er mir zu sagen wagte, daß er ihn als untragbare Last und untragbare Beeinträchtigung empfände. Dann machte er den Fehler, mir den Rücken zuzuwenden. Er dachte wirklich, er könnte mit mir – mit mir! – sprechen, als sei ich ein gewöhnlicher Lakai! Ich gab ihm guten Grund, sich daran zu erinnern, wessen Blut in seinen Adern floß. Der Teufel kennzeichnet die Seinen, Mr. Colton!

Und nun zum Schluß, denn ich bin dies alles leid. Nach unserem Streit beschloß ich, einen Letzten Willen aufzusetzen, durch den ich den veräußerlichen Teil meines Nachlasses meiner Tochter hinterlassen konnte. Der Rest würde einem entfernten Verwandten von mir zufallen. Aber dann kam mir zu Ohren, daß Verwandte meiner Frau, die Wyverns, planen, meinen Besitz einzuheimsen, indem sie eine Hochzeit zwischen ihrer Tochter und jenem entfernten Verwandten arrangieren wollen.

Ich möchte derlei Pläne unterbinden, indem ich meinen Letzten Willen erneut ändere. Ich möchte, daß Ihr mir die notwendigen Papiere zur Unterzeichnung vorbereitet. Mein einziger Erbe wird mein Sohn, Viscount Deverell, sein. Er glaubt, er könnte seinen eigenen Weg gehen, nicht wahr? Ich werde ihm zeigen, wer das letzte Wort hat! Ich werde ihm meinen Namen die Kehle hinabzwängen! Ich werde mit dem glücklichen Wissen sterben, daß er wahrscheinlich daran ersticken wird!‹

Ich tat, wie mir geheißen und bereitete die Papiere zur Unterschrift vor. Als alles vollbracht war, nahm er die Papiere in seine Verwahrung und ließ mich wieder nach Hause reisen, wobei er mich noch mit der wenig beneidenswerten Aufgabe betraute, seinen Sohn aufzuspüren.

Ich reiste unmittelbar, nachdem meine Arbeit für ihn erledigt war, ab, da ich keinen Moment länger in seiner Nähe bleiben wollte und wünschte, ihn niemals wiederzusehen. Er hatte mir gesagt, daß Vater Benedikt mir helfen würde, den Viscount zu finden. Ich machte mich mit dem Schiff nach England auf, um meine Nachforschungen zu beginnen.

Leider sank das Schiff, mit dem ich reiste, in der Bucht von Neapel, aber als ich, dank der Gnade Gottes, sicher an Land gespült wurde, fand ich mich als Gefangener der Franzosen wieder. Als ich in miserabler Verfassung dahinsiechte, schickte mir der Himmel einen Freund zu Hilfe. Der Gentleman, der mich aus dem Kerker errettete, nannte sich Farenden. Ich wußte es damals noch nicht, aber ich war genau dem Mann begegnet, den ich gesucht hatte. Der Graf hatte mir gesagt, daß sein Sohn den Namen des Franzosen benutzte, der als sein richtiger Vater galt – Monsieur Gérard. Und so wurde mir die wahre Identität meines Erretters erst vor wenigen Tagen bekannt.

Nachdem mich Mr. Farenden zu meiner Familie zurückgebracht hatte, schrieb ich an Vater Benedikt in

 Toledo. Seine Antwort kam mit großer Verzögerung,

aber darin teilte er mir mit, daß Deverell jetzt unter dem Namen Farenden in Italien lebte! Ich könnte ihn an der Narbe auf seiner linken Wange erkennen. Des weiteren besaß er eine antike und wertvolle Brosche, die aus der Familie seiner Großmutter, den Beaurois', stammte. Heute morgen sah ich eben jenes Schmuckstück, das mir in aller Genauigkeit beschrieben worden war, und erfuhr, daß es einem *Graf Fabricati* gehörte. Dieses zusätzliche Rätsel wurde erst vor wenigen Stunden gelöst, als ich schließlich ein Gespräch mit Lord Trevingham gewährt bekam, von dem ich wußte, daß er Mr. Farendens Vertrauter war. Und er brachte mich endlich zu Viscount Deverell! Wir überredeten ihn, seinen Schwur zu vergessen und mit uns zurückzukehren, um sein rechtmäßiges Erbe zu beanspruchen.«

»Und es war wirklich allerhöchste Zeit!« rief Trevingham aus. »Ich habe noch niemals einen Menschen kennengelernt, der so wenig erpicht darauf war, ein Vermögen zu bekommen!«

»Wäre meine Schwester nicht in solcher Not gewesen, hätte ich mich nicht überreden lassen«, erwiderte der neue Graf. »Aber als mir Mr. Colton erklärte, daß ich dann ihr rechtmäßiger Vormund wäre, konnte ich den Titel nicht mehr ablehnen.« Er lächelte seine Schwester erfreut an. »Ich wußte nicht einmal von deiner Existenz, bis ich nach London kam. Ich war in meinem ganzen Leben noch nicht so überrascht wie in dem Moment, als du mit deinem Onkel und deiner Tante bei Almack erschienst. Deine Ähnlichkeit mit deiner toten Mutter, wie ich sie in Erinnerung habe, war ein Schock für mich. Ich konnte mich dir unmöglich zu erkennen geben, da meine Identität als Graf Fabricati für unsere Arbeit erhalten bleiben mußte. Aber ich wollte alles über dich wissen. Ich entdeckte bald, daß du Justin genauso liebtest, wie er dich liebte, und als ich merkte, daß man dich vielleicht gegen deine Wünsche verheiraten wollte, beschloß ich einzugreifen. Ich konnte nicht dabeistehen und zusehen, wie du eine Ehe eingingst, die dir, wie einst deiner Mutter, nur Unglück gebracht hätte. Trotz meiner Befürchtungen, daß dein Onkel mich erkennen könnte, tat ich alles in meiner Macht Stehende, Justin zu ermutigen, dich als seine Braut zu entführen. Aber als hochanständiger Gentleman bestand er auf Einhaltung der Anstandsformen! Und jetzt bin ich erneut verpflichtet einzugreifen. Als ihr Vormund werde ich dafür sorgen, daß Anne den Mann heiratet, der ihr Herz erobert hat. Ja, Justin, du hast meinen Segen. Du kannst das Aufgebot bestellen, wenn du willst.«

Lady Anne stieß einen Freudenschrei aus und umarmte ihren Bruder, bevor sie sich in die Arme ihres Geliebten stürzte.

»Und was Euch betrifft, Morton«, fuhr der Graf fort und wandte sich von dieser zärtlichen Szene ab, »so hättet Ihr verdient, daß ich Euch forderte. Aber Ihr könntet mich vielleicht erneut versetzen«, sagte er mit boshaftem Grinsen. Morton öffnete den Mund, um seine Empörung über diese Verleumdung auszudrücken, aber Rossmore hob beschwichtigend eine Hand. »Nein, reizt mich nicht länger, Giles. Ich gedenke unsere Differenzen zu vergessen. Ich habe beschlossen, Euch die Besitzungen in Indien zu übergeben. Ihr werdet dort wie ein Radscha leben können, was Eurem Temperament bewundernswert entgegenkommen wird. Wir sind anscheinend entfernte Cousins, und so soll es, meiner Meinung nach, auch bleiben!«

 »Das ist sehr großzügig, Rossmore«, murmelte

Giles und schwoll vor Stolz an. Er hatte erwartet, mit leeren Händen aus der Sache hervorzugehen, und konnte es sich nicht leisten, dieses Angebot abzuweisen. Außerdem war ein solches Leben bestimmt ganz angenehm. Er könnte vielleicht sogar eine Art Nabob werden, und dieser Gedanke gefiel ihm sehr.

Als die Papiere schließlich unterzeichnet waren, lud Lady Trevingham sie alle ein, in ihrem Hause einen Toast auf das frisch verlobte Paar auszubringen.

Mr. Morton lehnte begreiflicherweise ab und verließ sie. Graf Rossmore ging auf seinen Onkel und seine Tante zu. »Ich würde mich sehr freuen, wenn Ihr uns begleiten würdet, Onkel. Es hat genügend Streitigkeiten in meiner Familie gegeben, und ich beabsichtige nach Möglichkeit einen anderen Kurs einzuschlagen.« Er streckte die Hand aus, und Lord Wyvern ergriff sie ohne Zögern.

»Ich bin der gleichen Meinung, Rossmore. Ich werde mitkommen und auch meinen Frieden mit Trevingham machen.«

»Ja, in der Tat«, stimmte seine Frau ihm zu und nahm den Arm des Grafen, während er sie zu ihrer Kutsche geleitete. »Du mußt noch deine Cousinen treffen, Deverell. Besonders Agnes wird begeistert sein. Sie ist solch ein liebes, sanftmütiges Mädchen. Ich bin sicher, daß ihr beide großartig miteinander auskommen werdet!«

»Das werden wir, Tante«, lächelte er entwaffnend. »Ich dachte, ich könnte sie einem meiner Freunde vorstellen, dem Marquis von Fearnley. Was meint Ihr dazu?«

Sie begegnete seinem Blick mit einem Augenzwinkern. »Schachmatt, vermute ich?« bemerkte sie nur.

Der Graf stand an der Tür, um seine Gäste zu verabschieden. Aber als Constance hinausgehen wollte, hielt er sie zurück. »Ich werde dich nach Hause fahren«, sagte er gebieterisch. Sie hatte schon den Mund geöffnet, um gegen derartig anmaßendes Benehmen zu protestieren, aber als sie ihm in die Augen sah, entschied sie plötzlich, die Angelegenheit nicht weiter zu verfolgen.

Nachdem er sie alle hatte wegfahren sehen, schloß er schließlich die Tür und führte Constance in den jetzt leeren Salon zurück.

»Komm her, Constance«, sagte er und winkte sie zum großen Kamin. Sie wies ihn wegen des unbekümmerten Gebrauchs ihres Vornamens nicht zurecht, sondern gehorchte und sah ihn dann fragend an.

Er lehnte sich vor und zog den Schutzbezug von dem großen, über dem Kaminsims hängenden Gemälde.

Constance starrte überrascht auf das Porträt einer klassisch schönen Frau in verschwenderisch mit Perlen bestickten Brokatgewändern. Sie hatte die leuchtenden dunklen Augen des Grafen, die auf sie herabsahen, als amüsierten sie sich über ihre Verwunderung. Dann fiel ihr Blick auf die am Busen der Dame befestigte goldene Brosche. Der Künstler hatte sie detailgenau gemalt, und sie schien auf der blauen Schärpe über ihrer Brust zu strahlen.

»Das ist die Gräfin Hélène, meine Großmutter. Sie war eine großartige Dame aus einer vornehmen und uralten französischen Familie. Dieses Schmuckstück, das sie so stolz trägt, war ein Teil ihrer Familiengeschichte. Die restlichen Geschmeide hielt sie in den Kellern ihres Hauses in Paris verborgen. Vater Benedikt hat sie gerettet, und sie befinden sich jetzt in seiner Obhut, bis ich danach schicken werde. Aber diese

Brosche gab sie mir selbst. Sie nahm sie in der Nacht, als der Pöbel in unser Heim eindrang, von ihrem Gewand und befestigte sie in meinem Hemd. Sie weigerte sich, das Haus zu verlassen. ›Wir Beaurois halten immer stand‹, sagte sie. ›Ich werde mir etwas einfallen lassen.‹ Dann bat sie mich, mit Vater Benedikt zu gehen, und ich sah sie niemals wieder. Wie viel gütiger ihr Erinnerungsgeschenk war als dieses.« Er berührte kurz sein Gesicht, den Blick noch immer auf die harmonischen Gesichtszüge vor ihm gerichtet. »Ich bin froh, daß das Porträt noch immer in diesem Haus hängt.«

Constance starrte ihn erschreckt an. Sie hob die Hand an seine Wange und legte sie sanft an die schreckliche Narbe.

»Das ist das Werk deines Vaters«, sagte sie leise, und in ihrer Stimme schwang eine Mischung aus Zorn und Mitleid mit.

Er lächelte auf sie hinab. »Dies ist der Graf von Rossmore und sein Zeichen«, murmelte er und legte seine Finger auf ihre schmale Hand. Dann wandte er den Kopf und drückte einen sanften Kuß in ihre Handfläche.

»Hast du mir ausreichend vergeben, daß du das Andenken tragen kannst, das ich dir geschenkt habe?«

Sie entzog ihm ihre Hand und ließ den Schal von ihren Schultern gleiten. Auf dem feinen Musselin ihres Kleides schimmerte das Geschenk, das er ihr bei ihrer Trennung gemacht hatte.

»Sophy hat sie heute morgen getragen. Sie fand sie in meinem Schmuckkasten. Ich empfand schreckliche, brennende Eifersucht, als ich sah, daß sie sie genommen hatte. Meine Empfindungen waren so heftig, daß ich wußte, daß ich dich, trotz allem, was geschehen war, noch immer liebte. Ich konnte mich nicht länger selbst täuschen. Nachdem ich mein Herz einmal gegeben hatte, konnte ich es nicht mehr zurückerlangen. Darum trage ich dieses Geschenk über der Stelle, wo es einst allein schlug.«

»Vielleicht sollte ich dir sagen, daß dieses Schmuckstück, den Traditionen meiner französischen Vorfahren gemäß, nach dem Tode auf die vom Erben auserwählte Braut übergeht. Meine Wahl ist auf eine Frau gefallen, die genauso tapfer ist wie diejenige, die das Schmuckstück zuletzt trug. Constance, mein Liebling, ich versuchte ritterlich zu sein und dich einen Ehemann finden zu lassen, der deiner mehr wert gewesen wäre. Monsieur Gérard hat leider einen etwas angegriffenen Ruf. Darum habe ich dich nach Weihnachten so abrupt verlassen. Aber als ich dich wiedersah und erkannte, wie du mich, trotz aller Beweise gegen mich, vor Mortons Nachstellungen zu bewahren versuchtest, konnte ich es nicht mehr ertragen, daß du aus meinem Leben entschwinden solltest. Kannst du so gnädig sein und meine Fehler der Vergangenheit vergessen? Und erweist du mir die große Ehre, die nächste Gräfin von Rossmore zu werden?«

»Ich wäre genauso glücklich gewesen, die nächste Mrs. Gérard zu werden«, antwortete sie liebevoll.

»Ah, ja«, lachte er boshaft, »nur daß es niemals eine vorige Mrs. Gérard gegeben hat.«

»Ich sollte vermutlich hoffen, daß du nicht so stark an den Familientraditionen deiner unwürdigen französischen Vorfahren festhältst«, lächelte sie keck.

»Dann wirst du dich damit begnügen, eine Gräfin zu sein? Auch wenn du eine Rossmore werden mußt?«

»Mein lieber James, ich werde mich damit begnügen, einfach deine Frau zu sein. Ich überlasse die Wahl des Namens vollkommen dir.«

»Ich werde dich nur einmal auffordern, deinen Namen zu ändern«, grinste er. Dann drückte er sie fest an sein Herz: »Also ist dies nicht der Abschied?«

»Nun, vielleicht müßtest du mir noch etwas sagen, James«, erwiderte sie mit scherzhafter Strenge und spähte zu ihm hinauf.

»*Si, cara, t'amo moltissimo. E per sempre. Je t'aime avec tout mon cœur*. Du bist meine Titania, und ich beuge mich deinem Zauber.«

In ihren Augen standen die Gefühle zu lesen, für die sie keine Worte fand, und sein Arm legte sich fester um sie, als er es sah. Er beugte langsam den Kopf und küßte sie zärtlich. In diesem Spiel würde es nur Gewinner geben.

Band 12842

Peggy Guggenheim

Ich habe alles gelebt

Sie sammelte Männer und Kunst. Die Männer gingen, die Kunst blieb.

In ihren respektlosen Memoiren plaudert Peggy Guggenheim (1898-1979) anekdotenreich über ihre stürmischen Liebesaffären mit berühmten Künstlern wie Max Ernst, Jackson Pollock und Marcel Duchamp, über den mächtigen Guggenheim-Clan sowie über ihre provokanten Kunstausstellungen. Entstanden ist dabei nicht nur das schillernde Porträt einer außergewöhnlichen Frau, sondern zugleich auch eine unterhaltsame Dokumentation über einen bedeutenden Abschnitt der modernen Kunstgeschichte.

Dies ist die erste ungkürzte deutsche Ausgabe der berühmten Peggy Guggenheim. Mit zahlreichen bisher unveröffentlichten Abbildungen.

BASTEI
LÜBBE